Só mais uma comédia romântica

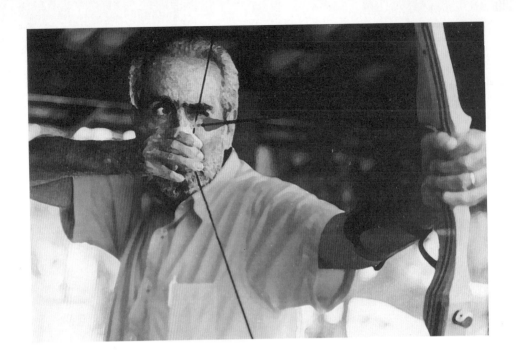

O Arqueiro

GERALDO JORDÃO PEREIRA (1938-2008) começou sua carreira aos 17 anos, quando foi trabalhar com seu pai, o célebre editor José Olympio, publicando obras marcantes como *O menino do dedo verde*, de Maurice Druon, e *Minha vida*, de Charles Chaplin.

Em 1976, fundou a Editora Salamandra com o propósito de formar uma nova geração de leitores e acabou criando um dos catálogos infantis mais premiados do Brasil. Em 1992, fugindo de sua linha editorial, lançou *Muitas vidas, muitos mestres*, de Brian Weiss, livro que deu origem à Editora Sextante.

Fã de histórias de suspense, Geraldo descobriu *O Código Da Vinci* antes mesmo de ele ser lançado nos Estados Unidos. A aposta em ficção, que não era o foco da Sextante, foi certeira: o título se transformou em um dos maiores fenômenos editoriais de todos os tempos.

Mas não foi só aos livros que se dedicou. Com seu desejo de ajudar o próximo, Geraldo desenvolveu diversos projetos sociais que se tornaram sua grande paixão.

Com a missão de publicar histórias empolgantes, tornar os livros cada vez mais acessíveis e despertar o amor pela leitura, a Editora Arqueiro é uma homenagem a esta figura extraordinária, capaz de enxergar mais além, mirar nas coisas verdadeiramente importantes e não perder o idealismo e a esperança diante dos desafios e contratempos da vida.

Título original: *Just Some Stupid Love Story*

Copyright © 2024 por Duchess of Peckham, LLC
Copyright da tradução © 2024 por Editora Arqueiro Ltda.

Todos os direitos reservados. Nenhuma parte deste livro pode ser utilizada ou reproduzida sob quaisquer meios existentes sem autorização por escrito dos editores.

coordenação editorial: Taís Monteiro
produção editorial: Ana Sarah Maciel
preparo de originais: Catarina Notaroberto
revisão: Carolina Rodrigues e Priscila Cerqueira
diagramação: Giovane Ferreira
design de capa: Natali Nabekura
ilustração de capa: Mary Cagnin
impressão e acabamento: Cromosete Gráfica e Editora Ltda.

CIP-BRASIL. CATALOGAÇÃO NA PUBLICAÇÃO
SINDICATO NACIONAL DOS EDITORES DE LIVROS, RJ

C784s

  Doyle, Katelyn
    Só mais uma comédia romântica / Katelyn Doyle ; tradução Alessandra Esteche. - 1. ed. - São Paulo : Arqueiro, 2024.
    368 p. ; 23 cm.

    Tradução de: Just some stupid love story
    ISBN 978-65-5565-691-6

    1. Ficção americana. I. Esteche, Alessandra. II. Título.

24-92451   CDD: 813
                      CDU: 82-3(73)

Gabriela Faray Ferreira Lopes - Bibliotecária - CRB-7/6643

Todos os direitos reservados, no Brasil, por
Editora Arqueiro Ltda.
Rua Artur de Azevedo, 1.767 – Conj. 177 – Pinheiros
05404-014 – São Paulo – SP
Tel.: (11) 2894-4987
E-mail: atendimento@editoraarqueiro.com.br
www.editoraarqueiro.com.br

Para Chris

PARTE UM

Escola Preparatória Palm Bay,
reencontro de quinze anos

Novembro de 2018

CAPÍTULO 1
Molly

Se algum dia você organizar um evento que exija alugar uma tenda branca, pode ter certeza de que eu, Molly Marks, vou confirmar presença já me arrependendo.

Se a tenda for adornada com flores de fora da estação, milhares de luzinhas pisca-pisca, ou se tiver lugares demarcados por cartões de papel imitando linho – se tiver uma pista de dança, uma banda de casamentos, um palco para discursos –, esteja certo de que estarei ausente, torcendo por você, meu querido amigo, a centenas de quilômetros de distância.

Não é nada pessoal. Tenho certeza de que seu evento é importante e de que você é um anfitrião incrível.

Mas a tenda branca é um monumento a demonstrações públicas de afeto, e sentimentos me dão náuseas. Se eu for obrigada a demonstrar um sentimento – o que é péssimo, aliás –, prefiro fazer isso em casa, com as cortinas fechadas e as luzes apagadas, vestindo um roupão sujo de cobertura de bolo e respingos de vinho branco.

Então você pode entender por que, nesta noite abafada em uma ilha iluminada pelas estrelas e famosa por suas praias cor de champanhe, meu entusiasmo é o mesmo de uma mulher mancando em direção a seu túmulo tropical com vista para o mar.

Pois logo à frente, sob o brilho perolado da lua cheia da Flórida, está a boca faminta de uma tenda do tamanho de um navio de cruzeiro.

E, cercada de buganvílias falsas e iluminada por holofotes que piscam em tons de violeta e rosa, uma faixa proclama com uma fonte jubilosa:

BEM-VINDOS AO REENCONTRO DE QUINZE ANOS, TURMA DE 2003!!!

Três pontos de exclamação. Isso é letal.

Admito que, em outras circunstâncias – se eu fosse outra pessoa, por exemplo –, a atmosfera que me dá boas-vindas sob a tenda ondulante até poderia ser algo saído de um sonho.

O ar, afinal, cheira a jasmins, flores de laranjeira, e à brisa salgada que sopra do Golfo do México. A pista de dança é iluminada por tochas que emitem uma luz bruxuleante. Há um bar de champanhe e um buffet que serve lagosta. Homens e mulheres bem-vestidos se abraçam com sinceridade genuína, sorrindo. Vejo até lágrimas em alguns rostos.

Levo a mão à garganta e sinto os batimentos acelerados. Foi um erro não tomar um calmante no hotel. Talvez eu possa me esconder em um dos postos dos salva-vidas.

– Não vou conseguir – sussurro para minha melhor amiga, Dezzie.

Ela e o marido, Rob, são o mais próximo de um acompanhante que consegui para o evento.

Ela aperta minha mão com uma pressão exagerada – um gesto que tem a intenção de me consolar, ou, quem sabe, machucar o bastante para me trazer de volta à realidade na base do susto.

– Você *vai* conseguir – responde ela, também sussurrando.

– Essa é a prova de que minha esposa estudou em uma escola preparatória metida a besta na Flórida – comenta Rob, sem se preocupar com meu nervosismo. – Esse reencontro parece uma festa de casamento.

– Na verdade, isso aqui dá de dez a zero no nosso casamento – diz Dezzie, me arrastando.

Passamos por uma mesa cheia de sacolas de lembrancinhas com repelentes e chinelos cobertos de brilho. Paramos para observar os centros de mesa com abacaxis, orquídeas e palmeiras de uns trinta centímetros de altura cobertas de strass.

– É isso que você ganha por se casar com um assistente social pobre – diz Rob. – E se a gente aproveitasse a decoração pra renovar os votos?

– Se existe alguma coisa pior que um reencontro de turma – respondo, soturna –, é um reencontro de turma com uma renovação de votos. Além do mais, é universal: todo casal que renova os votos termina em, no máximo, um ano. Vocês são um casal perfeito demais pra jogar tudo fora por um pouco de camarão.

– Pelo visto estamos mais animados hoje – diz Rob, estendendo a mão para dar um tapinha em meu ombro.

A sorte de Rob é que estou desolada demais para responder, ou o acertaria bem nas costelas. Ele e Dezzie estão juntos há tanto tempo que Rob e eu somos quase como irmãos. Do tipo que se ama muito e demonstra isso através de bate-bocas e um pouquinho de violência física.

– A cara fechada era a marca registrada de Molly na escola – diz Dezzie. – Ela foi eleita a "mais pessimista" no último ano.

Jogo o cabelo para trás.

– Uma conquista da qual me orgulho até hoje, muito obrigada. Me esforcei muito por isso.

Tive uma vantagem nessa conquista: minha tendência juvenil a ataques de pânico. Mas não tenha pena de mim. Cresci, procurei um psiquiatra e hoje sou uma mulher forte e destemida com um coquetel de antidepressivos e ansiolíticos.

– Não consigo imaginar como Molly era na adolescência – diz Rob, aceitando um bolinho de caranguejo minúsculo salpicado de caviar oferecido por um garçom. – Levando em consideração o quanto ela é insuportável hoje, eu diria que não era boa coisa.

Ele abre um sorrisinho malicioso, e é minha vez de lhe dar um tapinha no ombro.

– Meu Deus, ela era insuportável – diz Dezzie, me abraçando com carinho. – Só queria saber de poesia triste, café sem açúcar, e de fazer discursos feministas no clube de debate. A personificação de uma tatuagem da Sylvia Plath.

– Então, literalmente, nada mudou – retruca Rob.

– Não é verdade – respondo. – Eu sou um doce de pessoa. Só não um doce que estaria nesta festa.

Por favor, acredite: é verdade. Eu moro em Los Angeles e minha carreira depende da minha capacidade de dar início a conversas animadas à beira de piscinas de casas gigantescas em Hollywood Hills, isso enquanto bebo a quantidade exata de champanhe. Sou capaz de encantar qualquer um, converso como a protagonista de um romance e faço networking com tanta facilidade que até pareço estar me divertindo.

Mas isso é na vida real.

Isto aqui é uma versão de mentirinha do ensino médio.

– Bom – anuncia Rob –, hoje vamos te deixar tão empolgada com a ideia de encontrar velhos amigos que eles nem vão te reconhecer. Né, Dezzie?

Dezzie está analisando os arredores e não prestou atenção em nada do que dissemos.

– Onde vamos nos sentar?

– Vamos pegar uma mesa no fundo, onde ninguém venha falar com a gente – sugiro.

Ela bate no meu braço com a bolsa. É uma bolsa muito bonita. Dezzie tem muito bom gosto. Está com um vestido curto e estruturado que parece da Comme des Garçons, mas que, quando meu queixo caiu de tanta inveja ao vê-la, ela garantiu ser uma túnica presa de um jeito inovador que veio da grande casa de alta costura também conhecida como Amazon. Seu cabelo é preto e brilhante, com um corte *long bob*, e os lábios estão em um tom de vermelho que realça sua pele clara com perfeição. Rob, por sua vez, tem sorte por ser bonitão e ter o maxilar marcado, porque seu estilo pode ser carinhosamente chamado de desleixado. Ele está com a calça cáqui amarrotada de sempre, que hoje ele combinou, se é que posso usar essa palavra, com um paletó de tweed claramente quente demais para o clima que está fazendo e um mocassim preto surrado que não é da mesma cor do cinto. Eles formam um casal curioso, como se a Karen O namorasse o Jim de *The Office*. Mas têm uma química invejável.

– Ai, meu Deus, Molly, você *precisa* parar de reclamar – diz Dezzie. – Faz quinze anos que você não vê essas pessoas. Você pegou um avião de Los Angeles até a Flórida, que você detesta. Não vou deixar que se esconda atrás de uma taça de vinho a noite toda mandando mensagens sarcásticas para mim e pra Alyssa por baixo da mesa.

– Se acha que vou beber algo leve como vinho, você realmente não me conhece – digo. – Além do mais, vi que estão servindo coquetéis exclusivos do evento. Como resistir a um Palm Bay Preptini?

– Uau, qual será o sabor da nostalgia de uma escola particular que custa mais de 3 mil dólares por mês? – pergunta Rob.

Pego uma taça coupé de um garçom que passa por nós e viro metade do líquido laranja-claro.

– Mulheres suando em um vestido Diane von Furstenberg, caras velhos e bêbados dançando hip-hop... e, hum, rum, ou algo do tipo.

Dezzie vai direto até uma das mesas e volta segurando três cartões.

– Achei nossas mesas – diz, me entregando um.

Molly Marks, Mesa 8.

Sinto um frio na barriga.

– Espera. Os lugares são *marcados*?

Dezzie dá de ombros.

– Foi a Marian Hart que organizou. Acho que ela quis incentivar as pessoas a se misturarem. Sabe como ela é.

Marian Hart foi presidente da nossa turma e rainha do baile de formatura. Ela tem a energia implacável e otimista de uma diretora de recreação de um cruzeiro.

– Por favor, me diga que estamos na mesma mesa – digo, pegando o cartão de Dezzie.

Desdemona Chan, Mesa 17.

– Que inferno – resmungo. – Espero que a Alyssa esteja na minha mesa.

Alyssa é nossa outra melhor amiga, parte do trio resistente que formamos no segundo ano.

– Não está. Eu vi o cartão dela, ela está na mesa 11. Além do mais, o voo dela atrasou e ela ainda deve demorar uma hora pra chegar. Ou seja, não vai poder te salvar. Você vai ter que *socializar*.

– Eu *sei* socializar muito bem – retruco. – Meu problema é a nostalgia falsa e a animação forçada.

A banda de caras brancos tocando covers do Jimmy Buffett em tambores de aço termina "The Weather Is Here, I Wish You Were Beautiful", e ninguém menos que Marian Hart sobe ao palco.

Ela está impecável, o que não é nenhuma surpresa. O cabelo loiro com luzes perfeitas está preso em um coque elegante, que não sei como não está se desfazendo na umidade da Flórida, e seus braços parecem patrocinados pela empresa da Gwyneth Paltrow.

– Gente! – Ela dá um gritinho no microfone. – Que incrível ver todos vocês. Temos 158 pessoas da nossa turma de 167 aqui esta noite, vocês acreditam? Vamos. Nos. Divertir. MUITO.

Seus olhos azuis chegam a revirar de empolgação.

Enterro a cabeça no ombro de Dezzie.

– Já estou detestando tudo. Por que estou aqui?

– Você *quis* vir, sua hipócrita. Trate de se animar. Pode ser que você se divirta.

Ela está enganada. Eu não "quis" vir. Estou aqui porque cedi à pressão. Sou a única do nosso pequeno círculo que mora do outro lado do país, e as oportunidades de nos encontrarmos estão cada vez mais raras desde que Alyssa virou mãe. Mas estou terminando um projeto e não gosto de viajar quando estou escrevendo.

– Eu devia estar em casa – digo.

– Você pode tirar quatro dias de folga – diz Rob. – Não é uma oncologista.

Estou mesmo bem longe de salvar vidas. Escrevo roteiros de comédias românticas. Pense em encontros fofos, cenários chamativos, galãs segurando lágrimas enquanto confessam seu amor improvável a mulheres que trabalham em revistas e estão com o cabelo sempre bem escovado.

Vou esperar você parar de rir.

Minha carreira está no extremo oposto da minha personalidade. Mas fique sabendo que sou muito boa no que faço. Tive dois sucessos consecutivos assim que terminei a pós-graduação. É verdade que já faz oito anos, mas minha produtora está negociando com uma atriz importante para o papel principal do roteiro que estou terminando, e acho que pode ser um sucesso.

Um grande sucesso.

É preciso muito que seja. Tenho um trabalho estável como roteirista freelancer, mas, depois do sucesso imediato, fui vaidosa o bastante para acreditar que seria a próxima Nora Ephron ou Nancy Meyers, lançando clássicos e nadando em dinheiro. No momento, estou deixando a desejar no departamento "voz milionária de uma geração".

– Já vão começar a servir os aperitivos – continua Marian, no palco. – Então, se puderem se sentar, seria ótimo. Vamos ter um jantar fabuloso, e depois vamos dançar até o chão como se tivéssemos 16 anos de novo! Para aquecer, temos perguntas pra quebrar o gelo em todas as mesas. Conversem enquanto desfrutam das vieiras. Agora vão se divertir!

Seguro a mão de Dezzie.

– Não acredito que vou ter que suportar isso sozinha.

– Você vai se sair bem, princesa – responde ela, se soltando. – Acabe com eles. Se não com seu charme, pelo menos com aquele olhar sinistro.

– Já estou arrependida.

– Olha, aquela é a nossa mesa – diz Dezzie para Rob, apontando para uma mesa com oito lugares, onde já estavam o cara quietinho que lançou o próprio fundo de investimentos e Chaz Logan, o cara mais engraçado da nossa turma.

– Caramba, você ficou com Chaz *e* o bilionário? – choramingo, embora já tenha 33 anos. – Fiquei com inveja de verdade.

Dezzie olha ao redor.

– Ah, acho que sua mesa vai ser interessante.

Sigo seu olhar até uma mesa menor na lateral da tenda, perto da praia, com uma placa em formato de gaivota sinalizando: mesa 8.

E, sentado ali, sozinho, vejo Seth Rubenstein.

Sinto a respiração ficar presa na garganta, uma sensação dolorosa.

– Ah, pelo amor de Deus! – reclamo, quase rosnando.

CAPÍTULO 2
Seth

Estou me divertindo muito. *Amo* esse tipo de coisa.

Faz uma hora que cheguei ao reencontro de quinze anos da minha turma e já me atualizei sobre a última década com minha antiga dupla de Química, Gloria, e a esposa, Emily (elas são cenógrafas em Hollywood, e acabaram de adotar um cachorro), vi umas vinte fotos do bebê de Mike Wilson (muito fofo), ameacei jogar Marian no mar (amo a Marian, e ela está ótima), bebi dois coquetéis nomeados em homenagem à escola (deliciosos) e assisti a um trecho do jogo do Tampa Bay Lightning no celular de Loren Heyman (não sou muito fã de hóquei, mas acho que Loren me confundiu com outra pessoa, ele sempre me diverte).

Agora estou sentado à mesa 8, sozinho, porque, ao contrário dos meus antigos colegas que continuam enrolando, eu respeito o protocolo cuidadosamente coreografado por Marian. Além do mais, quando você é o primeiro a chegar à mesa, pode ver a reação de todos os demais quando percebem que terão que conversar com você a noite toda.

É o máximo.

Estico as pernas na cadeira, bebo um gole do Palm Bay Preptini e bato o pé ao ritmo da abertura de "Margaritaville" enquanto espero pelos meus companheiros de jantar.

Tem aqueles palitinhos de parmesão viciantes na cesta de pães – oba! –, então pego um e dou uma mordida. Uma quantidade meio vergonhosa de farelos cai em meu peito.

Estou espanando os farelos idiotas do paletó quando ergo o olhar e meu estômago se revira.

É Molly Marks, parada à sombra de uma palmeira, me encarando horrorizada.

Faz quinze anos que não nos vemos.

Desde a noite em que terminamos.

Ou melhor, a noite em que ela terminou comigo, de repente, sem nenhum aviso, de um jeito que só consegui superar no final da faculdade – e isso dependendo da quantidade de cerveja que eu bebia.

Enfio o resto do palitinho na boca de uma vez e me levanto com um sorriso largo no rosto, ainda mastigando, porque Molly não merece que eu espere até engolir.

– Molly Marks! – digo, abrindo os braços como se não houvesse nenhum motivo na face da terra para não nos envolvermos em um bom abraço nostálgico com direito a tapinhas nas costas.

Sou Seth Rubenstein, advogado, e vou *afogar* Molly no meu famoso carisma.

Ela fica parada com a cabeça inclinada para o lado como se eu fosse maluco.

Olha só, eu *sou* maluco, admito. Mas sou um maluco *gente boa*, o que Molly sem dúvida acha estranho e difícil de entender, uma vez que é uma pessoa cruel e assustadora.

– Ei, não me deixa no vácuo – digo. – Vem cá, Marksman!

Relutante, ela aceita o meu abraço e me dá três batidinhas hesitantes no ombro, *tap, tap, tap,* como se encostar mais que um dedo em mim a colocasse em risco de contrair uma doença venérea.

Que eu não tenho. Fiz todos os exames antes de vir. Só por precaução.

Eu a puxo para mais perto.

– Ei, um pouco de carinho, por favor, Marky Marks. Sou eu, seu velho amigo, Seth Rubes.

– Quem? – pergunta ela, impassível.

Dou uma risada, porque estou determinado a exalar a amabilidade descontraída de um cara bem tranquilo que não fica nem um pouco desconfortável na presença dela. E Molly sempre foi engraçada, pelo menos para as poucas pessoas com quem ela se dignava a conversar.

– Não acredito que você deu as caras nesta reuniãozinha – digo, recuando um passo para olhar bem para ela.

Ela não apareceu nos reencontros de cinco e dez anos, o que surpreendeu um total de zero pessoas.

– Nem eu – diz ela, soltando um suspiro com aquele jeito de quem está cansada do mundo, e que um dia já me deixou louco.

– Você está incrível – digo.

É claro que isso faz parte do roteiro do que devemos dizer para alguém com quem topamos em uma festa de reencontro, mas no caso dela é verdade. Molly continua com aquele cabelo castanho-escuro comprido e cheio que vai até a bunda, o que a faz se destacar entre os cabelos de corte chanel e presos de nossas colegas. Parece ainda mais alta do que eu me lembrava, com as pernas matadoras à mostra no vestidinho preto e solto que combinou com uma jaqueta de couro, uma contravenção previsível ao traje "coquetel tropical" determinado por Marian. Ela também está usando uns dez – ou vinte – colares dourados delicados, que caem em vários comprimentos, do pescoço até o decote entre seus seios, com pequenos pingentes diversos, como uma flor de cardo e o contorno do mapa da Califórnia. Fico decepcionado comigo mesmo ao admitir que quero arrancar esses colares, um por um.

Ela me olha de cima a baixo.

– Você também está ótimo. Achei que fosse parecer mais velho.

Hum.

Tento não parecer desapontado.

Acho que não consigo, porque ela leva uma das mãos de unhas perfeitas até a boca.

– Desculpa. Não foi isso que eu quis dizer. Eu...

– Você esperava ver a maturidade correspondente à minha seriedade inata? – digo, para salvá-la, porque parece que ela quer sair correndo e se enterrar na areia.

Nunca fui capaz de não tentar salvá-la de si mesma.

Não que algum dia tenha funcionado.

– Não, eu só... quis dizer, é... que você não envelheceu. Ou envelheceu, claro, mas não na mesma proporção que os demais. Está charmoso e viril, faz sentido? Meu Deus, desculpa, nossa.

Ela continua falando como se fosse um dicionário ambulante, mas sua vergonha parece genuína. Fico com pena dela.

– É o botox – respondo, brincando. – Meu cirurgião é ótimo.

Ela não ri, o que não é nenhuma surpresa. Sempre foi econômica com suas risadas. Se quiser fazê-la cair na gargalhada, precisa merecer.

Mas é muito gratificante quando acontece.

– Por favor, sente-se – digo, apontando a cadeira ao meu lado com um amplo gesto cavalheiresco.

Está vazia, porque eu não trouxe acompanhante. Ou, para ser mais exato, a pessoa que eu ia trazer cancelou de última hora ao terminar comigo, após um namoro de quase quatro meses, por mensagem de texto na noite anterior ao voo para cá.

Ela disse, assim como as últimas cinco ou seis mulheres com quem namorei, que estávamos avançando rápido demais. Que eu queria mais do que ela estava preparada para oferecer.

Talvez ela tivesse razão. Eu tendo mesmo a me jogar nos relacionamentos, na esperança de que ambos nos apaixonaremos. Por que conter o entusiasmo e o afeto natural quando qualquer mulher poderia ser a pessoa certa? Estou procurando por uma companheira para o resto da vida, minha alma gêmea, minha esposa.

E tenho certeza – *certeza* – de que logo vou encontrá-la.

Mas, obviamente, não digo nada disso a Molly.

– Quem mais está na nossa mesa? – pergunta ela, olhando ao redor.

– Marian – respondo, com algum deleite.

Molly sempre detestou Marian.

– Meu Deus, ela está igualzinha – diz Molly. – O que ela anda fazendo?

É mesmo a cara de Molly não acompanhar a vida de ninguém da nossa turma.

– Ela é executiva de publicidade – digo. – Especialista em marcas de higiene feminina.

Molly solta uma risada bufada.

– Marian vende absorventes e outras merdas do tipo?

Faço que não com a cabeça.

– Merda, não. Só absorventes.

Desta vez, ela ri.

– E como você está? O que anda fazendo? – pergunto, embora eu saiba exatamente o que Molly anda fazendo, porque ela é, pelo menos entre nossos círculos sobrepostos de amigos da escola, famosa.

Ela pega um dos palitinhos de parmesão na cesta e quebra ao meio, como se fosse um brinquedo, não uma entradinha deliciosa.

Se não estou enganado, ela está nervosa.

Eu estou deixando Molly nervosa.

Perfeito.

– Sou escritora – responde ela vagamente.

– Ah, que incrível. O que você escreve?

– Filmes. Comédias românticas.

Ela revela isso sem nenhum entusiasmo, como alguém que não quer dar brecha a mais perguntas. É minha oportunidade de torturá-la, só um pouquinho.

– Srta. Molly McMarks – digo –, você só pode estar brincando. Justo *você*, escrevendo filmes de beijinhos?

– Filmes de beijinhos arrecadam mais de 50 milhões só no fim de semana de estreia – diz ela. – Ou arrecadavam, antes de os super-heróis tomarem conta das bilheterias.

– Eu adoro super-heróis – digo. – Sem querer ofender.

– É claro que adora. Você sempre adorou uma batalha simplista entre o bem e o mal.

Isso é cruel da parte dela, mas é verdade, e não consigo deixar de gostar do fato de que ela está sendo venenosa. Me lembra do nosso namoro. Ter um amor verdadeiro aos 16 anos deixa marcas. Até hoje eu me sinto atraído por mulheres hostis.

– Eu sabia que no fundo você era sentimental – digo, o que é verdade.

Molly sempre se recusou a ir ao cinema comigo porque os filmes a faziam chorar, e ela sempre teve fobia de chorar em público.

– É um trabalho – diz ela, e vira metade de um Palm Bay Preptini.

– Cuidado aí, moça – digo. – Tem uns cinco tipos de rum nesse negócio.

Ela acena para um garçom e pede mais dois.

– Saúde – diz, me oferecendo um.

Aceito e tomo um gole.

– Hummm...

– E aí, o que você faz? – pergunta ela.

– Sou advogado. Sou sócio de um escritório em Chicago.

Admito que falo com orgulho. Me formei aos 23 anos e aos 28 já era sócio, uma conquista sem precedentes no meu escritório.

– Em que ramo do direito você atua? – pergunta ela.

Não estou tão entusiasmado em compartilhar esse detalhe. Sei que ela não vai gostar.

– Direito de família – digo, mantendo a resposta o mais vaga possível.

Molly me encara com uma expressão de descrença.

– Você é advogado de *divórcio*?

Ela tem uma aversão profunda a advogados de divórcio. O que é justificável.

Mas tento não ser como os advogados que ajudaram a destruir a vida da mãe dela quando éramos crianças. Tenho orgulho de ajudar os casais a terminarem de maneira humana, ou, melhor ainda, a se curarem.

– Não só de divórcio – respondo logo. – Também faço acordos pré-nupciais, mediação...

Os lábios dela se curvam em um sorriso ameaçador.

– É bem engraçado – diz, sem humor nenhum. – Você sempre foi um romântico incurável na escola.

– Se tem alguém que pode dizer isso é você – digo.

Seu rosto fica pálido.

Ooops. Eu não pretendia nocautear tão rápido.

Minha intenção era *arrastaaaaaaar* a coisa toda.

No entanto, seu constrangimento me conforta.

Antes que eu possa envolvê-la em mais lembranças do que ela fez comigo na juventude, Marian chega à mesa, acompanhada de seu ex-namorado da escola, Marcus; nossa colega de intercâmbio da França, Georgette; e o acompanhante de Georgette, um homem charmoso e intimidador que parece entediado como só um parisiense em um reencontro de escola na Flórida seria capaz de estar.

– Que gracinha, olha só pra vocês dois! – diz Marian, olhando para nós. – Como se não tivesse passado nem um dia.

Ela vira e fala com o cara francês:

– Esses dois viviam no maior *amour*.

Coloco o braço sobre os ombros de Molly e aperto.

– Ainda vivemos.

Molly estremece quase imperceptivelmente, o que pode ser por desgosto, ou por conta do frio da brisa do oceano, ou até por uma onda de desejo nostálgico por mim.

Tá, não deve ser a última alternativa.

– Não vivemos, não – resmunga.

O cara francês estende a mão para ela.

– Jean-Henri. Marido da Georgette.

– Molly – responde ela, apertando sua mão. – Chata da turma.

CAPÍTULO 3

Molly

É difícil fingir indiferença quando nossas mãos estão tremendo ao encontrar alguém que magoamos profundamente e para quem nunca pedimos desculpa.

Escondo as mãos embaixo da mesa e espero que Seth não tenha percebido.

Dezzie prometeu que ele não estaria aqui. Pensando bem, Dezzie é o tipo de pessoa que mente sem nenhum constrangimento se acredita que a mentira vai te levar a fazer o que ela acha que é bom para você. E ela acha que encarar minhas ansiedades é bom para mim.

Mas Dezzie é chef confeiteira, não terapeuta. Suas intervenções psicológicas geralmente são um fracasso.

Enquanto isso, Seth voltou a agir como se nada tivesse acontecido. Como se eu não tivesse terminado com ele abruptamente depois de quatro anos de namoro na noite da nossa formatura. Como se aquela não fosse a noite em que planejávamos perder a virgindade juntos, em um quarto de hotel que ele já tinha entupido de pétalas de rosa e deixado quatro tipos de camisinha separados, quarto esse onde eu entrei, parti seu coração e fui embora.

Como se tudo isso não tivesse acontecido em menos de cinco minutos.

Se eu o conheço bem – e não sei se posso afirmar isso, considerando que dei um fora nele há quinze anos e nunca mais nos falamos –, ele está me sacaneando.

Mas está tudo bem, eu repito a mim mesma, tentando respirar normalmente. Ele merece.

Fico aliviada quando Seth começa a conversar com Marian e Marcus sobre Chicago, onde ele mora agora. Então eles passam a falar da casa de Marian, em Miami, e da de Marcus, em Atlanta, e sobre o trabalho dos dois, com publicidade e gestão esportiva.

Pratico francês com Georgette, que é estilista em Paris, e tem a mesma aversão a vieiras que eu.

– *Tu es avec Seth?* – pergunta ela, baixinho, apontando para ele com a cabeça.

– *Non!* – respondo, quase gaguejando. – Eu vim com a Dezzie e o marido dela.

– Ah – diz Georgette, com um suspiro bem francês. – *Tant pis.*

Seu tom tem um leve ar de decepção.

Deixo isso para lá. Georgette estudou com a gente no primeiro ano. Certamente não sabe sobre o término sórdido.

– Mas, me conte... – digo ao marido dela. – Como vocês se conheceram?

Eu me permito mergulhar no conto cheio de glamour que foi o namoro deles. Ou, talvez sendo mais exata, finjo interesse profundo para poder virar de costas para Seth, como se as palavras de Georgette fossem um campo de força capaz de me proteger de ser obrigada a conversar com ele pelo resto da noite.

Ah, e eles se conheceram na abertura de uma exposição de fotografia no bar do terraço do Centre Pompidou, *bien sûr*.

Então Marian se levanta e pega uma pilha de cartões no centro da mesa.

– Hora de usar as perguntas para quebrar o gelo! – diz, toda animada.

– Que divertido! – responde Seth, bastante entusiasmado.

Ele não parece estar brincando.

Não consigo acreditar que a gente namorava.

É verdade que ele era lindo, e de alguma forma conseguiu ficar ainda mais bonito – alto e esguio, cabelo preto reluzente, olhos escuros que brilham cheios de malícia e um nariz um pouquinho torto que só consigo descrever como sexy.

Também tem o fato de ele ter se apaixonado por mim, claro, em oposição aos outros garotos da escola que se afastavam, assustados. E o pequeno detalhe de que eu me derretia naqueles momentos roubados em que ficávamos sozinhos.

Até hoje ele foi a única pessoa por quem me apaixonei.

Eu não deveria ter sentado ao lado dele.

Mesmo com a ansiedade e as tentativas de me concentrar nas anedotas de Georgette sobre Marion Cotillard, todos os feromônios da pegação-no-banco-de-trás-do-carro estão voltando, e a proximidade de Seth está me distraindo. Estou presa entre a necessidade de ir ao banheiro me recompor e o desejo de agarrá-lo e desaparecer embaixo do píer onde a gente se pegava.

O sexo, veja só, é um excelente bálsamo para a ansiedade. Ele traz a pessoa de volta para dentro do corpo, já que é difícil entrar em uma espiral de autodestruição mental quando alguém está pegando no seu peito. Esse fenômeno é responsável por pelo menos 70% dos meus ex-namorados inexplicáveis.

O braço de Seth roça no meu quando ele estende a mão para pegar sua bebida, e sinto o toque reverberar em algum lugar perto dos meus ovários. Meus ombros relaxam pela primeira vez esta noite.

Lanço um olhar sorrateiro em sua direção em busca de algum sinal de que ele também foi dominado por vestígios de luxúria.

Mas ele está concentrado em Marian.

– Primeira pergunta! – diz ela, balançando o cartão. – Qual é a sua lembrança favorita da escola?

Ah, meu Deus.

Marcus ergue a mão.

– Essa é fácil. Ser eleito rei do baile ao lado dessa garota linda.

Marian fica corada e segura a mão de Marcus. Ele olha nos olhos dela, sua expressão cheia de admiração. Dá para *sentir* o calor entre eles.

– Também foi minha noite favorita – diz Marian, praticamente ronronando.

Sem querer, meu olhar cruza com o de Seth. E me pergunto se, como eu, ele lembrou que eu o convenci a não ir ao baile e dar um passeio comigo na praia em vez disso. Que a noite estava exatamente como esta – um pouco úmida e iluminada pela lua cheia. Que pulamos no mar com as nossas melhores roupas e aparecemos na festinha pós-baile rindo, encharcados, eu com o vestido de paetê e ele com o terno.

Nós dois desviamos o olhar.

Georgette fala sobre um mergulho em uma viagem que fizemos para a Costa Rica, então chega a minha vez.

E me dá um branco.

A verdade é que todas as minhas lembranças favoritas da escola envolvem Seth. Mas eu jamais admitiria isso. Então desenterro a primeira lembrança inócua que me vem à cabeça.

– Nunca vou esquecer a noite em que Dezzie, Alyssa e eu saímos escondidas para ir a um bar country clássico de que tínhamos ouvido falar na região das fazendas. Roubamos o conversível da mãe da Dezzie e dirigimos por uma hora em umas estradas de terra escuras ouvindo Patsy Cline no último volume até encontrarmos o bar. Não pediram nossa identidade, comemos churrasco e dançamos com um bando de velhos meio caubóis até as duas da manhã. Foi incrível.

O que não acrescento é que passei a noite toda desejando que Seth estivesse lá. E que Dezzie e Alyssa ficaram enchendo o meu saco por eu ter ligado para que ele ouvisse a banda pelo celular.

– Que legal – diz Marian, sorrindo pra mim.

– É mesmo – diz Seth. – Queria ter ido com vocês.

Seth queria mesmo ter ido. Na época, ele ficou triste comigo por não convidá-lo. Ele ama – amava – música country. E dançar. Ele é *esse* tipo de pessoa.

Tentei levá-lo lá no dia do seu aniversário alguns meses depois, para me redimir, mas descobri que o bar tinha fechado.

Essa história podia ser uma metáfora da nossa dinâmica na escola: ele sempre querendo mais, eu sempre aquém de toda a devoção que ele me dedicava. Seth tinha uma capacidade de afeto infinita. E eu já tinha adquirido o mecanismo de proteção que tenho até hoje: o instinto de recuar exatamente quando o outro mais deseja meu amor.

– Sua vez, Rubes – diz Marcus.

Seth joga o tronco para trás e coloca o braço sobre os meus ombros, como se o gesto não fosse nada de mais.

– O dia que esta aqui aceitou sair comigo – responde.

Ele definitivamente está me sacaneando.

– Estávamos em um torneio de discursos e debates em Raleigh, no primeiro ano – continua Seth, olhando para mim com uma expressão que só pode ser de carinho fingido. – Marks ganhou, claro. Depois disso a gente foi junto com um grupinho pro quarto de hotel do Chaz Logan, conversando sobre a Suprema Corte, porque éramos um bando de babacas pretensiosos. Molly, muito eloquente, saiu pela tangente ao defender a interpretação constitucional em detrimento do construcionismo estrito, e ela era tão inteligente, estava tão linda... que eu achei que meu coração fosse derreter dentro do peito. Então, quando Chaz nos expulsou porque queria dormir, perguntei se ela queria conversar perto da piscina, pois ainda estávamos bem acordados. Colocamos os pés na água, e eu disse a ela que, assistindo à sua oratória perfeita, eu só conseguia pensar no quanto queria beijá-la.

Todos ao redor da mesa olham para a gente como se estivéssemos em uma comédia romântica qualquer. Minha vontade é de me levantar da cadeira e correr para o mar, porque ser comida por um tubarão deve ser melhor que a mistura de vergonha e constrangimento que está me sufocando neste momento.

Seth ri, como se estivesse contando essa história no nosso casamento.

– E você lembra o que você respondeu, Molls? – pergunta ele, olhando dentro dos meus olhos.

Todos esperam, sorrindo.

Eu pigarreio, torcendo para conseguir enunciar as palavras.

– Eu perguntei o que você estava esperando.

CAPÍTULO 4
Seth

Molly está se contorcendo toda.

Preciso admitir que essa era minha intenção, mas agora estou me sentindo um pouco mal por ela.

Imagino que todos na mesa saibam como tudo terminou entre a gente.

Que ela excluiu a conta do Messenger e se escondeu no chalé de esqui do pai em Vail, e eu entrei em uma crise de choro que durou seis semanas e perdi quase dez quilos.

Que ela nunca respondeu aos meus e-mails.

Que nas férias da faculdade ela evitava todos os lugares que frequentávamos juntos.

Que basicamente partiu meu coração e jogou os pedaços em uma lata de lixo.

Aos 33 anos eu já deveria ter superado.

E superei!

Pelo menos eu achava que sim. Mas não esperava encontrar Molly de novo.

Marian, que é uma querida, exclama:

– Que fofo! Vocês dois eram um casal tão lindo.

– Vocês eram mais – respondo, com um sorriso.

Marcus coloca um dos braços musculosos de ex-quarterback nos ombros de Marian.

– Quer dançar um pouco antes de servirem as entradas, linda? – pergunta.

Eu me pergunto se eles vão reacender alguma chama esta noite.

Espero que sim.

Os dois estão solteiros. Não conseguem tirar as mãos um do outro. Se eu tivesse que apostar em quem da nossa turma poderia acabar junto um dia, apostaria neles.

Georgette e o francês também pedem licença e deixam Molly e eu sozinhos para beliscar nossas vieiras ou encontrar algum assunto neutro para conversar.

Eu a convidaria para dançar – sou obcecado por dança –, mas tenho dignidade, e o clima está meio pesado desde que falei o que não devia. E principalmente porque não consigo parar de olhar para o cabelo dela caindo sobre os ombros nesse vestido.

Preciso me afastar.

– Vou cumprimentar o Jon – digo, me levantando.

Jon é um dos meus melhores amigos dos tempos de escola, e ontem saímos com o namorado dele, Alastair, e Kevin, nosso outro melhor amigo. Então cumprimentá-lo não é nenhuma urgência, a não ser pelo fato de que não quero que Molly perceba que, embora não seja nada aconselhável, pelo jeito ainda sinto alguma coisa por ela.

Eu achava que ela fosse ficar aliviada, mas ela me segura pela manga.

– Ei – diz. – Hã... antes que você vá, eu só... queria pedir desculpas.

Toda a excitação que eu estava sentindo se esvai. Fico constrangido. Fingir simpatia enquanto estamos fervendo de ressentimento por dentro é uma forma de poder. Ouvir um pedido de desculpas faz com que eu me sinta como uma vítima. Como um garotinho patético cujo coração foi partido.

– Pelo quê? – pergunto, tentando não parecer vulnerável.

– Você sabe, pelo jeito como as coisas terminaram. Por ter desaparecido.

É, eu não gosto *nem um pouco* disso. Eu não estava procurando por pena. Estava tentando constrangê-la por ser uma víbora. Uma coisa não tem nada a ver com a outra.

No entanto, ela parece a mesma Molly de quando ficávamos sozinhos e ela deixava de lado a postura de rebelde sem causa.

Fico incomodado com quanto isso ainda mexe comigo.

Dou de ombros.

– Isso foi há quinze anos, cara. Sem problema.

Ela balança a cabeça.

– Não foi legal da minha parte. Sempre me senti péssima com isso. E fiquei sabendo que você... não ficou muito bem por um tempo.

Eu me recosto na cadeira e estico as pernas. Pelo jeito vamos ter essa conversa.

– Eu passei um tempinho bem arrasado.

Poupo Molly dos detalhes.

Ela assente, evitando olhar nos meus olhos.

– Talvez você não acredite, mas eu também.

Ela tem toda a razão. Não acredito.

– Eu meio que achava que uma hora você fosse me ligar. – Não consigo deixar de dizer, provavelmente porque já bebi quatro coquetéis. – Ou escrever. Ou, sei lá, pelo menos mandar um pombo-correio pra eu saber que você ainda estava viva.

Ela pega mais um palitinho de parmesão e começa a quebrá-lo. Isso me dói. Ela está desperdiçando gordura saturada da boa.

– É – diz. – É o que uma pessoa normal teria feito. Não tenho nenhuma explicação. Fui babaca.

Não acredito que ela não tenha uma explicação melhor que essa. A verdade é que, apesar de sua postura, Molly nunca foi babaca. Era sensível e escondia isso com cinismo. Quando baixava a guarda, era encantadora.

– Acho que isso não é verdade – digo.

Eu imaginava que Molly fosse negar na mesma hora, mas ela fica um tempo pensando.

– Acho que eu estava com medo. A gente ia estudar a duas horas de avião de distância, eu achava que você ia acabar terminando comigo mais cedo ou mais tarde, e não consegui lidar com isso. Então surtei e terminei tudo antes que as coisas ficassem mais sérias.

É uma explicação razoável. Melhor do que eu ter feito algo terrível sem saber, ela nunca ter me amado de verdade, ou qualquer um dos cenários dolorosos que alimentei ao longo dos anos.

Mas também parece algo que ela poderia ter me contado na época. Uma preocupação que eu poderia ter afastado com abraços e beijos, como fiz em outras ocasiões que a deixavam ansiosa.

Enfim. Eu não vim até essa festa para fazer terapia de casal retroativa com Molly Marks.

Vim para cumprimentar o pessoal, ficar bêbado e talvez curtir com uma das garotas lindas da equipe de tênis.

Eu precisava mudar de assunto.

– Olha só, Molls, não precisa se preocupar com isso, tá? São águas passadas. Enfim, você viu a Marian e o Marcus? Acho que estão apaixonados.

– Uau – diz ela, olhando para a pista de dança, onde os dois estão tão abraçadinhos que quase se fundiram em uma pessoa só.

Como o especialista em relacionamentos que sou, posso dizer que só almas gêmeas dançam assim ao som de "Cheeseburger in Paradise".

– Sempre achei que eles iam ficar juntos – digo.

– É o que parece que vai acontecer hoje. Pelo visto, eles não vão aguentar nem esperar até chegar ao hotel.

– Não, eu quis dizer que sempre achei que eles iam acabar casados ou algo do tipo. Olha só pra eles. Você não acha que são almas gêmeas?

– Não acredito em almas gêmeas.

Isso me deixa confuso. Seus filmes são românticos e positivos. Em todos eles, uma personalidade excêntrica encontra seu par ideal em alguém igualmente excêntrico e perfeitamente compatível. Eu amo os filmes de Molly. São engraçados e otimistas, mas com um toque que revela a personalidade irônica da pessoa que os escreveu.

(Não que o fato de eu ter assistido aos dois pelo menos três vezes queira dizer alguma coisa.)

Não quero revelar o quanto eu estou familiarizado com a sua página no IMDb, então só digo:

– O quê? Você é uma roteirista de comédia romântica que não acredita em almas gêmeas? Que loucura.

– É, loucura. – Ela se recosta na cadeira. – O romance é uma fantasia. Aquilo ali – ela aponta para Marian e Marcus –, infelizmente, é a vida real. E na vida real os finais felizes são raros.

Evito sugerir que ela só acha isso porque matou o nosso romance quando ainda era jovem e impressionável.

– Cara, isso é meio cínico – digo.

– Estou apenas descrevendo os fatos. Sou uma especialista, não sou? O romance é um gênero. Tem suas batidas, como os suspenses psicológicos e os policiais. Começa com um encontro fofo e termina quando as coisas estão finalmente indo bem. E, como autora, você pausa tudo nesse momento para sempre, deixando a história suspensa. Não mostra a parte em que ele trai, ou que ela supera a paixão, ou que os filhos acabam com a vida sexual do casal, ou quando eles morrem em um acidente de mergulho na lua de mel. É uma fantasia. Só mais uma comédia romântica.

– Meu Deus, que deprimente.

– Diz o cara que ganha a vida destruindo relacionamentos.

– Hum, alto lá. Depois de ter trabalhado em vários divórcios e testemunhado diversas reconciliações de última hora, sei que só porque um relacionamento acabou não quer dizer que o amor não tenha sido real. Às vezes só não deu certo. Hoje em dia já percebo quando as pessoas vão se reconciliar, ou quando precisam se afastar e procurar o amor verdadeiro. Todo mundo está destinado a encontrar a pessoa certa. Todo mundo está destinado a encontrar o amor da sua vida.

– Ah, que fofo – diz Molly, com um tom simpático, mas desdenhoso, abandonando a intensidade da conversa para não se render a meu argumento brilhante.

Não consigo nem ficar irritado, porque conversar com ela assim – como se estivéssemos sozinhos e só existissem nossos cérebros – me trouxe uma nostalgia absurda de quando tínhamos 16 anos e éramos obcecados um pelo outro.

Reviro os olhos.

– Não seja condescendente comigo, Marks.

– Não estou sendo. É legal que você pense assim. Mas você está errado.

– Quem magoou você? – pergunto.

Foi uma brincadeira, mas ela estremece.

Porque alguém a magoou. Demais.

Eu não deveria ter perguntado isso.

– Digamos apenas que não nasci pra ser a alma gêmea de ninguém – responde ela.

Essas palavras me entristecem.

Não sei o que dizer.

Ela com certeza não nasceu para ser a minha.

CAPÍTULO 5
Molly

Que droga, Molly.

Uma coisa é ser totalmente sincera sobre os próprios fracassos dentro da minha cabeça. Mas tento não fazer isso em voz alta.

Em uma festa de reencontro da escola.

Com um ex-namorado que me odeia.

O mais doloroso de tudo é que Seth sabe que estou certa. Ele tem pena de mim por isso. Dá para ver no seu rosto.

– Pelo jeito você é bem dura consigo mesma, Molls – diz ele, baixinho.

Mas não sou. Sou dura com pessoas que cometem o engano de tentar me amar. Porque, infelizmente, sei como isso acaba.

– Marks! – Ouço alguém gritar do outro lado da tenda.

É Alyssa. Obrigada, universo.

– Vou só dizer um oi – digo para Seth, mas ele já está acenando para ela, como se não estivéssemos absortos um no outro um segundo antes.

Como se não estivéssemos discutindo algo muito mais íntimo que comédias românticas idiotas.

– Jon, Kevin e eu temos hora marcada com uns mariscos bem caros – diz ele, apontando para seus melhores amigos de infância, que estão na fila dos rolinhos de lagosta.

Ele acena para eles. Kevin olha com mais atenção ao perceber que sou eu ao lado de Seth.

Eu me levanto na maior pressa do mundo.

Abro caminho entre a multidão até o bar, onde Alyssa já está pedindo uma San Pellegrino com gelo e cinco fatias de limão. Seus cachos estão no topo de sua cabeça, acrescentando uns quinze centímetros a seu quase 1,80m de altura, e ela está usando um vestido envelope longo amarelo-alaranjado que destaca o subtom dourado de sua pele escura, e também a barriguinha de grávida.

– Olha só pra você! – Dou um gritinho.

Não a vejo desde antes da gravidez.

Ela coloca a mão na barriga.

– Pois é. Aconteça o que acontecer, prometa que não vai permitir que eu dê à luz na pista de dança.

– Não sei. Se isso acontecer, posso roubar a cena para um roteiro. O cenário aqui está excelente.

– Como você está aguentando? – pergunta ela, baixinho.

Um cara que ela namorou por uns dez minutos passa e a cumprimenta batendo em sua mão no ar.

– Vai, Flamingos! – grita.

Alyssa era uma estrela do atletismo. O orgulho do nosso ano.

– Estou enlouquecendo – respondo. – Você viu quem está sentado comigo?

Ela dá um sorrisinho.

– Vi.

– Vou morrer.

– Você me parece ótima.

– Bom, adivinha o que eu vou fazer – digo, fazendo sinal para o bartender. – Ficar muito bêbada.

Não é difícil cumprir a promessa. A tenda está cheia de garçons circulando com champanhe e, à medida que a noite avança, surgem bandejas de espressos martínis nomeados de – o que mais poderia ser? – Flamingos.

Pulo a entrada para evitar encher o estômago com qualquer coisa que não seja álcool e, o mais importante, para manter distância de Seth. Vejo-o de canto de olho, andando pela multidão, abraçando qualquer pessoa que encontra, adicionando contatos no celular, arrastando todo mundo para a pista de dança.

Sua felicidade é tão óbvia que ele parece estar aumentando os níveis de serotonina de todos na tenda.

Menos os meus.

— Ei! — chama Dezzie, marchando até mim e Alyssa, que decidiu que vai ser minha dama de companhia esta noite.

Na verdade, não estou bêbada a ponto de precisar da supervisão de um adulto. Minha adrenalina supera o álcool. Sinto como se tivesse ingerido estimulantes ilegais, ou pelo menos alguma substância controlada.

— Venham dançar comigo, suas safadas — exige Dezzie, estendendo uma mão para cada uma de nós.

— Estou grávida demais pra dançar — reclama Alyssa. — Meus tornozelos parecem melões. E preciso ligar para o Ryland.

O marido de Alyssa não veio porque ficou cuidando dos dois filhos. Sortudo.

— Não posso dançar. Simplesmente não posso. Olha — digo, apontando para a pista de dança. — *Seth* está dançando.

— Eles trocaram algumas palavras e agora ela está um caco — resume Alyssa.

— Um *caco* — enfatizo, porque bebi uma quantidade suficiente de álcool para perder o senso de proporção.

— Então dança comigo pra passar — diz Dezzie, me pegando pelo braço.

O DJ está tocando sucessos de quando éramos adolescentes, e é difícil resistir a "Baby Got Back", embora eu tenha quase certeza de que essa música foi cancelada. Dezzie ergue os braços, dançando loucamente, e, antes que eu possa me conter, estou dançando com ela. Descubro que se dançar bastante, e fechar bem os olhos, não preciso me preocupar com Seth Rubenstein.

Uma música lenta começa, e Rob surge na nossa frente.

— Posso roubar a Molly um pouquinho? — pergunta para Dezzie, pegando minha mão.

Dezzie me faz rodopiar até os braços do marido, e agarra Alyssa.

— Vamos — insiste Dezzie. — Você não está grávida demais pra dançar uma música lenta comigo.

Coloco as mãos nos ombros de Rob.

— Está se divertindo? — pergunto, ao som de Céline Dion.

— Isso está incrível — responde Rob.

Ele já está bêbado — não para de cambalear, me fazendo perder o equilíbrio —, mas é daquele tipo de bêbado que transborda uma alegria contagiante.

— É mesmo? — pergunto.

– É! Eu amo os amigos de vocês. Sabia que Chaz é comediante profissional? Ele vai me arranjar uns ingressos para o stand-up na próxima vez que passar por Chicago.

– Sorte sua.

– E o cara do fundo de investimentos que está na nossa mesa me contou que tinha uma paixão secreta pela Dezzie, mas era tímido demais pra falar com ela. Não é fofo?

– É! Ela devia largar você pra ficar com ele. Ele pode comprar uma ilha de presente pra ela.

– Justamente! Foi o que eu disse. Ah, e conheci as lésbicas divertidas que moram perto da sua casa em Los Angeles.

– Gloria e Emily?

– É. E escuta só isso... elas fazem cenários para o cinema.

– Hum, é. Eu sei... Porque somos vizinhas. Como você acabou de dizer.

– E eu *amei* o Seth – grita ele, no mesmo instante em que a música para do nada.

– Cala a boca – digo, com os dentes cerrados.

– O quê? – pergunta ele, fingindo inocência. – Ele mora em Chicago. Vamos tomar uma cerveja quando voltarmos para lá.

– Você sabe muito bem que ele é meu ex.

– Sei. Melhor ainda.

– Traidor.

O DJ dá uma batidinha no microfone.

– E agora um pedido dedicado à encantadora Molly Marks – diz, com aquela voz besta que todos os DJs parecem ter.

– Aaaah – entoa a multidão, sendo que todos sabem que eu odeio chamar a atenção, principalmente quando tem dança no meio.

– Molls – diz Rob, a fala arrastada. – Você deve ter um admirador.

A abertura icônica de "It's Gonna Be Me", do NSYNC, explode nos alto-falantes.

Eu viro para Dezzie e Alyssa, que estão rindo de mim.

– Foram vocês? – grito.

Elas fazem que não com a cabeça, inocentes. Alyssa faz um gesto indicando que eu vire.

Seth está atrás de mim, mexendo os lábios com a música.

Ele se ajoelha.

– Me concede esta dança, senhorita?

– Você não fez isso.

Ele sorri, se divertindo.

– Eu fui obrigado. *Obrigado*.

Essa era o oposto da "nossa" música na escola. Eu detestava tanto que Seth colocava no volume máximo no carro para me irritar quando eu estava bancando a pentelha. Eu detestava tanto que ele me obrigava a dançar ao som dessa música quando eu estava chateada, para transformar minha tristeza em raiva. Detestava tanto que ele me fazia serenatas com essa música sempre que íamos ao karaokê, como uma espécie perversa de ritual de acasalamento.

Sabe? Essas coisas que namorados fazem.

Seth pega a minha mão e me puxa para si.

– Vamos, Marks. Você precisa dançar comigo. É uma tradição.

Não tenho escolha a não ser ir atrás dele.

Ele me pega pela cintura e me puxa para mais perto.

– *It's gonna be me!* – grita no meu ouvido.

CAPÍTULO 6
Seth

Finalmente, *finalmente* superei.

Depois de quinze anos nutrindo um leve ressentimento em relação a Molly Marks, estou em paz. Me sinto leve como uma pena, talvez um pouco maluco por ter guardado rancor por tanto tempo. Mas eu me perdoo. Eu escolhi isso no lugar da dor.

Afinal, Molly foi meu primeiro amor verdadeiro e ela pediu desculpas, por mais que tenha sido daquele jeito estranho. Eu acho que nunca mais vou encontrá-la depois desta noite, e quero dançar com ela pelos velhos tempos. Sua música favorita.

Tá, talvez eu queira torturá-la só mais um pouquinho.

A verdade é que quem tem mau humor crônico às vezes precisa ser torturado. Pode ser contraintuitivo, mas a pessoa fica mais animada.

Além do mais, eu bebi *muitos* Flamingos e estou aceso de tanta cafeína.

– Isso é crueldade – grita Molly no meu ouvido.

– Não – respondo. – É *divertido*.

Movimento o quadril próximo ao dela – a uma distância inocente, mas com o ritmo que os adolescentes excitados no baile da escola adoram.

Principalmente para provocá-la, mas também porque... bom, ela é muito gostosa.

– Vamos, cara, mexe esse quadril! – grito, sacudindo seus ombros.

– Ridículo! – grita ela de volta.

Mas atende ao meu comando.

É pele na pele.

– Dança pelo Justin – sussurro em seu ouvido, colocando a mão em sua lombar e nos fazendo girar.

– Que Justin?

– Timberlake, querida.

Molly ri, e sei que venci.

Ela continua a mesma Molly que era na escola. E eu a entendia naquela época. A gente tinha uma química instantânea – não só no que diz respeito à tensão sexual, mas a uma amizade intrínseca, em que a conversa começa sem esforço e acaba durando horas.

Eu tive muitas namoradas, mas faz tempo que não tenho uma conexão assim com alguém.

De certa forma, ainda sinto saudade dela. Minha Molls. Minha Srta. Molly. Minha Marky Marks.

– Molls – digo, puxando-a para mais perto.

– Quem?

(Pode ser que ela tenha dito "Quê?", o NSYNC estava alto demais.)

– Desculpa se fui meio intenso antes. Espero não ter estragado sua noite.

Ela nega com a cabeça.

– Eu mereci – grita.

Não contesto.

– É bom ver você – grito de volta.

– É bom mesmo, né? – diz ela, baixinho.

Acho que foi isso que ela disse. Não consigo ouvir, só ler o movimento de seus lábios. Não me importo.

Agora que esclarecemos as coisas, quero dançar.

Canto a ponte para Molly com entusiasmo, e ela joga o corpo para trás, rindo. Faço-a girar mais algumas vezes, fora do ritmo, só por diversão.

No final da música, ela também está cantando. Estamos olhando nos olhos um do outro, e nossos quadris agora estão... será que ouso dizer?... *roçando*.

É divertido e sexy e, quando "Shake Ya Ass" começa a tocar, ela nem tenta fugir. Em vez disso, começa a rebolar comigo.

Isso está mesmo acontecendo? Ela está esfregando a bunda em mim e jogando o cabelo enorme e sensual na *minha cara*?

Está, Meritíssimo. Está!

Quando a música acaba, estamos sem fôlego, então coloco o braço em volta de seus ombros e a levo para longe da pista de dança.

– Vamos beber alguma coisa – digo. – Já faz uns vinte minutos que tomei o último Flamingo.

Chamamos um garçom e pegamos mais uma rodada daquela bebida alcoólica cafeinada letal.

– Vamos caminhar na praia – sugiro.

Estou abusando da sorte, com certeza. Eu me preparo para vê-la inventar uma desculpa e ir reclamar com Alyssa que estava se divertindo comigo sem querer.

Mas ela concorda com a cabeça.

– Ótima ideia – diz. – A noite está tão agradável.

Kevin olha para mim do outro lado da tenda e faz uma careta de reprovação. Ele é simpático com Molly – eles fizeram faculdade juntos em Nova York –, mas tem um instinto protetor em relação a mim.

O que é gentil, mas não preciso de um super-herói neste momento. Preciso beijar essa mulher que está segurando minha mão e caminhando comigo em direção ao mar, sussurrando:

– Vamos. Preciso de um pouco de ar fresco.

Minha esperança é que isso queira dizer "Quero você".

Seguro sua mão e caminhamos pela praia até pararmos no píer.

– Lembra que a gente se pegava aqui? – pergunta Molly.

Reajo com indiferença.

– Lembro, claro. É um saco que os turistas tenham descoberto essa praia. Hoje em dia demora uma hora e meia pra vir da cidade, por causa do trânsito.

– Eu sei. Minha mãe sempre quer vir quando venho visitá-la, mas agora é tão desagradável.

– Você vem com frequência? – pergunto.

Eu venho, mas nunca encontrei Molly.

– Só uma vez por ano, quando consigo evitar – diz ela. – Passo o Natal aqui, e minha mãe vai até Los Angeles no Quatro de Julho.

Eu lembro que ela ficava muito animada no feriado de independência quando estávamos na escola. Por piores que as coisas estivessem em casa, a mãe dela sempre organizava um churrasco na praia para toda a família.

Nessas festas, Molly sempre estava tão alegre e confiante que ficava quase irreconhecível. Eu amava vê-la assim, feliz, sem complicações.

– Vocês nunca mais fizeram festa na praia? – pergunto.

Fico um pouco triste ao pensar que a tradição não existe mais.

– Eles não deixam mais fazer fogueiras naquela área – diz ela, dando de ombros. – Minha mãe também ficou bem ocupada com o trabalho, se mudou para a parte mais chique da ilha, e meus tios já não têm mais o mesmo entusiasmo para dirigir até aqui... eles estão ficando velhos, sabe? E ainda tem o trânsito.

Os moradores da Flórida odeiam trânsito com todas as suas forças – em parte porque nossas cidades são invadidas por turistas na alta temporada e por pessoas mais velhas que querem fugir do frio no inverno, e que já não dirigem tão bem assim. É, portanto, um estado dado à violência no trânsito.

Fico feliz por morar em Chicago.

Mas ainda gosto de voltar para visitar.

– Como é Los Angeles no Quatro de Julho? – pergunto.

– *Meu Deus*, Seth – diz ela, a voz cheia de algo incomum para ela, talvez entusiasmo.

Também estou cheio desse sentimento, porque faz quinze anos que ela não me chama pelo primeiro nome. Fico literalmente arrepiado. *Seth*.

– É tão lindo! – Ela continua. – É o melhor feriado da cidade... todos ficam doidos com os fogos, e dá para ver o vale inteiro explodindo com aquelas luzes maravilhosas dos cânions. Nem consigo descrever. É um pouco assustador, porque, claro, tem o risco de incêndio e os estrondos ecoando das montanhas, e parece que estamos no meio de um bombardeio, mas é uma experiência tão imersiva que é quase sublime.

Pelo jeito ainda fico excitado quando Molly faz essa coisa rara: ser sincera.

– Você é uma defensora apaixonada do Quatro de Julho de Los Angeles, Molly Marks?

– Acho que sim. É uma noite de pura magia. Você precisa ir até lá ver um dia.

Ela parece processar o que acabou de dizer ao mesmo tempo que eu – isso a faz engolir em seco, e me faz suar um pouco.

– Quer dizer, sabe – emenda ela, logo se corrigindo –, você precisa ir a Los Angeles pra ver como é o Quatro de Julho por lá, não...

– É, eu entendi – digo, para acalmá-la.

– Não quero ser grosseira, mas seria estranho se...

– Molls – digo, segurando-a pelos ombros, com a voz baixa. – Eu entendi. Você não está me convidando para passar o feriado na sua casa. Tudo bem. Não estou ofendido. De qualquer forma, eu ia preferir te visitar no Dia de Ação de Graças. Minha torta de abóbora é incrível.

Ela relaxa.

Estamos sob o luar, em uma praia linda, e estou abraçando Molly. Ela está olhando dentro dos meus olhos, e ela é tão linda.

Eu sei o que tenho que fazer.

É a lei, e eu sou um defensor da lei.

CAPÍTULO 7
Molly

Devagar, Seth se aproxima.

Devagar, dou um passo à frente e encosto os lábios nos dele.

E, de repente, 2002 toma conta de nossos corpos.

Seth sabe exatamente como me beijar. Ou talvez tenha apenas criado o modelo que agora é o padrão que uso para avaliar todos os outros beijos.

De qualquer forma, ele me puxa para mais perto, entrelaça as mãos no meu cabelo e inclina levemente meu pescoço – o que é o meu fim.

Para um cara tão sensível, ele sempre foi dominante na "cama" – ou, para ser mais literal, embaixo do píer, no banco de trás do carro e em quartos de hóspedes vazios durante festas na casa dos nossos amigos.

Um pouco de força funciona comigo. Me obriga a "estar presente", como diz minha terapeuta.

Até hoje mantenho o cabelo comprido para que os caras possam puxar como Seth fazia.

Parto para cima dele, e logo nós dois caímos na areia. Ela é branca e fininha, e imediatamente gruda em nossa pele e se aloja em nossas roupas.

Não nos importamos. Estamos ocupados consumindo um ao outro.

– Espera – digo, arquejando.

Na mesma hora, ele interrompe o movimento prazeroso – muito, muito prazeroso – que está fazendo com os dedos, que estão por baixo da minha calcinha.

– Isso é literalmente ilegal. Você é advogado. Pode perder sua licença.

– Talvez valha a pena – diz ele, com a voz rouca.

Eu me sento.

– Hotel – digo. – Precisamos ir para o hotel.

– Molly Marks... – diz Seth, a voz levemente embriagada de tantos Flamingos. – Você está me convidando pra ir até o seu quarto?

– Aproveite antes que eu mude de ideia, Rubes.

Ele se levanta em um salto (uma força impressionante no abdômen) e estende a mão para me ajudar.

– Parece que eu acabei de dar uns pegas na praia? – pergunto, tentando tirar a areia do cabelo, que agora está cheio de nós por causa dos puxões deliciosos de Seth.

– Parece – responde ele. – Mas não se preocupe. Está tarde. Eles vão estar bêbados demais pra notar.

Voltamos até a tenda e seguimos pelas sombras, longe do bar, até a saída. Então chamamos um Uber.

"Eu não estava aguentando mais", envio em uma mensagem para Dezzie e Alyssa ao sairmos. E é meio mentira, mas também é meio verdade.

Eu não estava aguentando mais aquela tensão sexual.

Ficamos nos agarrando durante todo o percurso.

CAPÍTULO 8
Seth

Não vai ser nenhuma surpresa se eu disser que gosto de *fazer amor*.

Um olhar carinhoso, Sade tocando ao fundo e uns óleos de massagem: combo perfeito para eu me tornar um homem feliz e excitado. (A parte da Sade é brincadeira. Sejamos sinceros: prefiro a trilha sonora íntima da respiração.)

Sou sentimental, eu sei, mas minha preferência também é questão de praticidade. Um sexo lento e presente, sem que nenhum dos dois caia na gargalhada, é um ótimo teste para saber se pode rolar uma paixão.

Mas eu não quero *fazer amor* com Molly Marks.

Hoje minha energia está mais para a de um adolescente excitado.

Energia do tipo dois-virgens-desesperados-para-finalmente-ficarem-sozinhos-para-*transar*.

Que foi onde ela me deixou quinze anos atrás, na noite em que terminou comigo.

Mas não vou pensar nisso. Um coração partido não é nada bom para a virilidade.

Então, não.

Não quero luz de velas.

Não quero me entregar a preliminares sem pressa. As preliminares foram meu pau roçando na minha calça durante aquele maldito percurso sem fim até o hotel.

Agora quero deixar essa garota maluca.

Levanto seu vestido e abaixo sua calcinha. Ela está perfeitamente molhada.

– Tudo bem? – pergunto, porque consentimento é sexy mesmo quando estamos revivendo a luxúria desesperada dos 16 anos.

– Mete logo – responde ela, providenciando uma camisinha.

Leitor, eu meto.

E é tão bom.

Muito melhor do que bom.

É mil vezes melhor do que bom. Então apagamos.

Acordo no quarto de Molly Marks, que tem o cheiro do seu perfume e o aroma incrível do que quer que ela passe no cabelo.

Molly está roncando baixinho, e é muito fofo.

A cena toda seria um sonho se não fosse a ressaca devastadora e *descomunal*.

Eu me levanto da cama de Molly (cama de Molly!), ligo para o serviço de quarto e peço tudo a que temos direito, registrando a cobrança no meu nome. Vasculho o frigobar e encontro uma daquelas embalagens com quatro analgésicos. Tomo dois e separo dois para ela, ao lado de um copo com água gelada.

Ela nem se mexe.

Abro as portas de correr e fico à vontade em sua varanda com vista para a baía enquanto espero nosso banquete.

O dia ainda não está quente e sinto uma brisa gostosa, então fecho os olhos para a minha meditação matinal. (Faço isso todos os dias, sem desculpa. A disciplina é a essência do autocuidado.)

Ouço a batida à porta quando nosso café da manhã chega, e Molly acorda quando vou abrir. Ela esconde tudo, menos os olhos semicerrados, debaixo do cobertor enquanto o garçom revela o banquete de ovos, panquecas, suco verde, suco de laranja, bacon e croissants, e empurra o êmbolo da prensa francesa fumegante.

Dou uma gorjeta generosa, e ele sai sorrindo.

Viro para Molly, sorrindo também.

Ela abaixa a coberta e vejo seus lábios.

Molly não está sorrindo.

– Você ainda está aqui – diz, sem graça.

Meu excelente humor deixa meu corpo e paira logo acima da minha cabeça, tremulando, sem saber se é seguro voltar.

– Ah... – digo, me perguntando se entendi tudo errado.

Era para ser coisa de uma noite só?

Teria como ser um caso de uma noite só quando esperamos quinze anos para isso?

Eu deveria ter saído de fininho sob o manto da escuridão depois de transar com uma garota que conheço desde os 14 anos?

– Desculpa – digo, com toda a naturalidade que sou capaz de reunir. – Não vou demorar. Só achei que você pudesse querer alguma coisa pra absorver a bebida.

Ela fecha os olhos e esfrega as têmporas.

– Desculpa, desculpa – diz.

Sua voz sai rouca, como se ela tivesse fumado um maço de cigarros na noite anterior. Eu diria que é uma voz sedutora, mas estou sentindo uma vibe forte que diz que a hora da sedução definitivamente já passou para a gente.

– Não, tudo bem – respondo. – Vou te deixar em paz. Só vou roubar uma xícara de café, porque minha cabeça está reclamando dos doze Flamingos que virei ontem à noite. Foi muito bom ver você... e tudo o mais.

Ela se senta.

– Não... Ei, Seth, desculpa. Não foi o que eu quis dizer. Você não precisa ir embora. Me ajuda a comer essas panquecas.

Relaxo um pouco, mas não totalmente, porque parece que ela está com pena de mim.

– Tudo bem, Molls. Eu quero nadar um pouco antes de arrumar minhas coisas. Vou nessa.

Ela salta da cama e vai até o armário, onde pega um roupão comprido e meio hippie, e a peça é tão a cara de Los Angeles que revela um pouco a adulta que ela é agora, não a menina que ainda vejo na minha cabeça.

Espera, isso saiu estranho.

O que quero dizer é que eu a conheço através das lentes das minhas lembranças. Não faço ideia de quem ela se tornou.

E adoraria conhecê-la.

Duvido, pelo modo ríspido como ela fecha o roupão, que o desejo seja mútuo.

Eu deveria ir. Ainda tenho algum orgulho, mesmo que ela já o tenha ferido bastante.

Eu me levanto e pego a carteira em cima da cômoda.

– Senta, Rubenstein – diz ela, em tom de ordem. – Não posso comer quinhentos dólares de serviço de quarto sozinha.

– Não se preocupe, é por minha conta – digo.

– Não estou preocupada. Sou uma roteirista elogiada e bem paga. Senta aí.

Eu me sento sem mais reclamações, porque estou com tanta fome que prefiro comer a preservar minha dignidade.

– *Como* você virou roteirista? – pergunto. – Sempre achei que você fosse virar lobista, ou professora, ou algo do tipo.

Ela era *tão* séria na escola.

– Sou cheia de mistérios – diz Molly, enchendo o prato de ovos mexidos.

Pelo jeito, ela não tem a intenção de revelar mais do que isso.

– Tô falando sério – digo, insistindo.

– Bom, eu me formei em Comunicação, porque queria ser secretária de imprensa da Casa Branca. Sabe como é, um desejo normal para uma garota de 18 anos – responde ela, rindo um pouco de si mesma. – Mas tive que fazer algumas disciplinas de escrita criativa, e me saí muito bem. Então resolvi começar uma pós em roteiro.

– Por que roteiro?

Ela despeja uma quantidade enorme de ketchup nos ovos.

– Porque é mais lucrativo do que se dedicar a uma obra-prima literária, e eu gosto de ganhar dinheiro.

– Estratégica – digo. – Mas por que comédias românticas?

Na escola, ela não suportava nada que fosse minimamente romântico. Não assistia nem a obras-primas como *Titanic*. Gostava de se aconchegar no sofá com pipoca e ver *documentários*.

– Elas eram muito mais populares quando comecei a escrever, e era uma área bem mais fácil de entrar sendo mulher – diz ela. – E eu queria escrever coisas comerciais. Além disso, é um trabalho rápido, porque todas têm o mesmo arco e usam temas parecidos. Era mais prático.

– Você parece desdenhar do próprio gênero.

Parece também estar em desacordo com a garota que era. Os interesses de Molly nunca eram "práticos". Ela gostava de ouvir Rufus Wainwright, discutir a existência da economia do gotejamento e ler volumes curtos de Edna St. Vincent Millay.

– Não é desdém. Acho que as comédias românticas são um reflexo subvalorizado da nossa cultura. As convenções de gênero são um veículo narrativo que reflete as fantasias e ansiedades subjacentes ao desejo biológico de encontrar um companheiro, você sabe.

– Ah, tipo, uma *alma gêmea*?

Ela solta um gemido.

– Não começa com essa besteira de novo. Estou falando do impulso de reprodução do próprio material genético.

– Não é besteira, é amor verdadeiro. E é isso que você vende, não é? Almas gêmeas? Em certo nível, você deve achar a ideia atrativa, já que dedicou toda a sua carreira a ela.

– O que eu acho atrativo é lucrar explorando o desejo humano inerente por conexão. É um trabalho. Sou boa nisso. Fim de papo.

Não estou convencido.

– Quanta besteira, Molls. Nossa, não acredito que estou ouvindo isso.

– Como é que é?

Ela parece brava.

Acho que não voltamos a um nível de intimidade que me permita ser sincero.

Pelo jeito, essa é a parte da encenação dos tempos de escola a que ela continua se apegando: achar o amor cafona.

Acontece que eu sei que isso não é verdade.

Seria capaz de apostar minha vida nisso.

Mas, por enquanto, vou apostar em outra coisa.

CAPÍTULO 9
Molly

Seth fica muito gato quando está me provocando. Estou dividida entre expulsá-lo do meu quarto e pedir que tire meu roupão.

Mas não posso fazer isso, porque já estou morrendo de vergonha por ter passado a noite com ele.

Não que o sexo tenha sido ruim – foi… fantástico, na verdade –, mas é que parece que ele quer isso um pouco mais do que eu.

Sempre quis.

– Se acha mesmo que estou tão errado – diz ele, naquele tom de advogado –, e que o amor verdadeiro não existe, e que almas gêmeas são uma besteira hollywoodiana, então prove.

Ele está sentado todo alerta, como se essa fosse uma questão muito séria, e não uma conversa constrangedora pós-sexo entre duas pessoas que nunca mais vão se falar na vida.

– Provar como?

– Vamos fazer uma aposta. Ver quem sabe mais sobre relacionamentos: a escritora de romances ou o advogado de divórcio.

– E como vamos fazer isso?

– Com provas. Cinco casais, cinco anos. Nós dois prevemos quem vai ficar junto e quem vai terminar. No reencontro de vinte anos, vemos quem acertou mais. Se for você, admito que o amor verdadeiro é uma fantasia. Se eu ganhar, você admite que almas gêmeas existem.

– Você só está tentando me convencer a vir no próximo reencontro.

Ele reflete sobre o que eu disse.

– Bom, eu gostei de transar com você.

Minha nossa.

– O que foi? – pergunta ele, ao perceber que eu me contorci. – Não gostou do sexo?

– Gostei – admito, a contragosto. – Gostei tanto que é até irritante. *Você é irritante.* Você era irritante assim na escola?

– Era! – responde ele, e abre um sorriso largo. – Vamos, Marks. Está com medo de ser derrotada pelo meu conhecimento superior sobre relacionamentos?

Não estou com medo. Só desnorteada porque meu namorado da escola está sentado bem na minha frente: um homem bem-sucedido, em forma, confiante e sem camisa (com pelos grossos e viris no peito, que ele não tinha na última vez que o vi assim), conversando comigo como se fôssemos adultos que acabaram de transar. E foi *muito* bom.

Não sei por que estou surpresa. Sempre tivemos química. Mas existe um tipo de química quando você está de pegação na casa dos pais de alguém durante uma festa – quando a gente vive à procura de lugares furtivos para se pegar, e cada hora sem o toque da outra pessoa é uma tortura – e tem isso aqui.

Que é... maduro. Adulto. Divertido. Inteligente.

É como o encontro fofo em uma comédia romântica.

Mas eu não acredito em comédias românticas.

Aprendi bem cedo o que acontece com os chamados "finais felizes".

Por outro lado, acredito na minha capacidade de desvendar as pessoas. Quando escrevemos sobre os temas recorrentes de um romance, vemos as pessoas os reproduzindo na vida real. Elas não conseguem evitar. Elas respiram essas narrativas no dia a dia.

Mas pessoas não são personagens criadas em um laboratório para serem perfeitas uma para a outra.

Como alguém que estuda essas coisas a trabalho, consigo olhar para um casal e ver as necessidades que eles nunca vão conseguir satisfazer um para o outro. As feridas irreconciliáveis que vão acabar os afastando.

Consigo ver como vai terminar.

Não estou dizendo que *gosto* de saber essas coisas, só que, se eu pudesse escrever os relacionamentos dos meus amigos por eles, eu escreveria.

Então posso aceitar essa aposta.

Sem problemas.

Posso ganhar sem o menor esforço.

– Tá bom. Cinco casais, cinco anos. Um ponto para cada acerto.

– Fechado – diz ele.

– Como eu claramente estou em vantagem, você pode escolher o primeiro casal.

Ele dá umas batidinhas nos lábios, pensando.

– Marian e Marcus.

– Qual é a sua previsão?

Ele ri.

– Está brincando? É óbvio que eles estão apaixonados. E desde que a gente era adolescente. O jeito como eles estavam dançando ontem à noite... acho que finalmente descobriram. Acho que quando nos encontrarmos de novo eles vão estar casados e com filhos.

Não estou convencida. Ficar nostálgico por causa de um relacionamento da época de escola não é a mesma coisa que ter compatibilidade. Por exemplo: nós dois. Seth está confundindo uma segunda chance com a chama acesa de um relacionamento verdadeiro.

– Não – digo. – Na melhor das hipóteses, eles vão tentar um relacionamento à distância por um tempinho, mas não vão acabar juntos. Marian precisa de alguém com mais personalidade. Além do mais, ela é do tipo que tem tudo planejado. Se casar com o Marcus fizesse parte do plano, ela já teria casado.

Seth pega o celular e começa a digitar.

– Marcus e Marian – resmunga. – Rubenstein diz que sim, Marks diz que não. – Então olha para mim. – Sua vez de escolher.

Escolho um casal sobre o qual sei que tenho razão.

– Dezzie e Rob. Eles vão continuar juntos. Aqueles dois vão morrer com uma hora de diferença na mesma cama quando tiverem 99 anos, discutindo depois de uma transa apaixonada.

Algo obscuro surge em seu rosto.

– Não sei.

– O quê? É você que acredita em amor verdadeiro. Até o meu coração de pedra enxerga que, se alguém neste mundo encontrou o amor verdadeiro, foram eles.

Seth estremece.

– Não me entenda mal... os dois são encantadores. Mas senti uma vibe estranha no Rob. Ele estava meio que flertando com todo mundo ontem. Na verdade, pensando bem, ela também.

– Eles são assim – digo em protesto. – É tipo um jogo pra eles.

Ele dá de ombros.

– Às vezes os jogos se esgotam. Os opostos se atraem, e eles são tão iguais que podem entrar em combustão.

Fico ofendida pelos meus amigos.

– É claro que não. Os opostos se atraem é um tema de romance velho e desgastado. Na vida real, as pessoas se sentem atraídas por quem é como elas. Já percebeu que casais que passaram a vida inteira juntos começam a ficar parecidos?

Ele literalmente gargalha.

– Já. E Dezzie e Rob não são nem um pouco parecidos. Você viu as roupas que eles estavam usando? Meu Deus.

Antes que eu possa destacar que eles ainda têm 30 e poucos anos e bastante tempo para virar o clone um do outro, ele já está digitando no celular.

– Enfim, foram dois – diz. – Eu escolho agora. Alyssa e Ryland.

Essa também parece fácil.

– Eles vão ficar juntos – digo.

Não seria nada legal prever que o relacionamento dos meus amigos vai dar errado, mas neste caso eu acredito de verdade que Alyssa e Ryland vão durar mais que qualquer outro casal.

– Você está muito otimista para alguém que supostamente acredita que o amor é um delírio coletivo.

Dou de ombros.

– Eu não disse que o amor *não* existe. Só acho que não é coisa do destino. E que, na maioria das vezes, não dura.

Ele bebe um gole do suco verde.

– Acho que você não é tão cínica quanto pensa que é.

– Eu acho que você sabe muito pouco a meu respeito.

– Eu acho que sei *muitas* coisas a seu respeito.

– Porque a gente namorou quinze anos atrás?

– É. E você continua forçando essa postura de quem está cansada do mundo pra proteger um núcleo emocional vulnerável.

– Não – retruco, pegando um pedaço de bacon do prato dele. – Meu núcleo emocional está morto. Enfim, Alyssa e Ryland. Qual é a sua previsão?

– Eles vão ficar juntos. É óbvio.

– Ótimo, mas conta se nós dois acharmos a mesma coisa? – pergunto.

– Não – responde ele. – Quem são os próximos?

Não conheço muitas pessoas da nossa turma o bastante para dar um prognóstico do relacionamento delas, então escolho Gloria e Emily.

– Elas vão terminar – anuncio. – E acho que logo.

Ele me olha como se eu fosse uma assassina.

– Meu Deus. Claro que não. Elas são perfeitamente compatíveis. E você já viu como olham uma pra outra? Tem um brilho. Todos deveriam ter essa sorte.

Nego com a cabeça.

– Você não conhece as duas tão bem quanto eu. Emily quer um bebê. Gloria está aceitando por enquanto, mas claramente morre de medo da ideia de ser mãe. Ela não queria nem ter um cachorro. Acho que elas não vão superar essa.

Seth me olha como se eu estivesse louca.

– Gloria parece capaz de fazer qualquer coisa por Emily... não é à toa que ela aceitou o cachorro. E não é nada incomum ter um pé atrás com a maternidade. Você está sendo cínica outra vez. E cruel. Elas não são suas amigas?

– Não estou sendo cruel. Estou tentando ganhar a aposta. E você está errado.

– Não estou, não. Eu *vejo* essas coisas, já te disse. Eu sinto a vibe, e sei na hora se são almas gêmeas ou não.

Bom, se ele está contando com magia, eu com certeza vou ganhar. E eu gosto de ganhar.

– Tá bom. Anota aí no seu celular.

E ele vai digitando.

– Eu escolho os próximos – diz. – Jon e Alastair.

Eu diria que não é justo, porque Jon é um dos amigos mais antigos de Seth, mas eu fiz a mesma coisa com Dezzie. Além do mais, sei por quem Jon é apaixonado, e não é por Alastair.

– De jeito nenhum que eles ficam juntos – digo.

Ele ergue os olhos do celular, surpreso.

– De jeito nenhum?

– Isso mesmo. Jon é apaixonado pelo Kevin desde que a gente tinha 16 anos. Não sei se os dois vão ficar juntos algum dia, mas, depois de ver como Jon estava olhando pro Kevin ontem, sei que Alastair não vai durar.

Seth parece pasmo.

– É uma abordagem bem romântica. Ofensiva, mas romântica.

– Ofensiva? Do que você está falando?

– Estou falando que só porque eles são amigos e são gays, você acha que eles só podem estar apaixonados.

– Hum, não. Não é nada disso que eu estou falando. Eu continuo em contato com Kevin. E ele falou sobre Jon umas oito vezes desde que eu comentei que vinha para o reencontro.

– Se você insiste, Marks – diz Seth. – Mas está errada. Jon está pensando em pedir Alastair em casamento.

– Bom, eu diria que é antiético usar informação privilegiada para vencer a aposta, mas muita coisa pode acontecer em cinco anos, e tenho certeza de que no final eu é que vou estar certa.

Ele digita nossas previsões no celular.

– Quer escolher os últimos? – pergunta.

Quero, mas não consigo pensar em ninguém em quem tenha prestado atenção o suficiente para ter uma opinião formada.

– Pode escolher – digo.

Ele dá um sorriso diabólico.

– Eu e você.

CAPÍTULO 10
Seth

Se uma mulher seminua maravilhosa nunca te acertou uma garfada de ovos mexidos cheios de ketchup, você não sabe o que está perdendo.

A única coisa ruim é ter que tirar os pedaços de ovo dos pelos do peito depois.

Tento parecer sério enquanto faço essa manobra elegante, mas é difícil, porque Molly está tão satisfeita consigo mesma que está literalmente chorando de rir.

Imagino que seja um castigo do universo por eu ter colocado a música do NSYNC para ela ouvir tantas vezes.

– Você se acha mesmo muito engraçada, né, Srta. Marks? – digo, molhando o guardanapo no copo de água.

– É o que você ganha por tirar uma com a minha cara.

Sério, balanço a cabeça enquanto limpo o ketchup grudado entre os meus mamilos.

– Não estou tirando uma com a sua cara. Pode fazer sua aposta.

Ela revira os olhos.

– Seth, sinto muito por partir seu coração mais uma vez, mas esta é a primeira e a última vez que vamos transar. Aproveite o brilho do orgasmo.

– Eu não teria tanta certeza, Molls. Acho que você gostou do meu... tempero.

Como os grandes tiozões que vieram antes de mim, balanço uma garrafinha de molho de pimenta.

– Não me faça jogar ovos em você de novo. Estão acabando.

Empurro meu prato na direção dela.

– Pode comer o meu.

– Tá bom! – Na mesma hora, ela joga meus ovos em seu prato e coloca mais ketchup. – Enfim, isso nunca vai se repetir. Desculpa.

– Posso saber por quê? – pergunto, com a boca cheia de croissant.

– Porque você meio que me odeia, e eu até mereço.

Talvez ela tenha certa razão. Mas admitir isso não é o objetivo da brincadeira.

O objetivo é provocá-la.

– Eu não odeio você! – digo, em tom de protesto. – E você não merece ódio nenhum. Bom, talvez mereça. Por um acaso sua atividade secundária é ser uma serial killer ou projetar aquelas poltronas de avião minúsculas?

Ela sorri para mim.

– As duas coisas.

– Eu perdoo você. Pelos assassinatos, pelo menos.

Ela recosta na cadeira e cruza as pernas, e uma de suas coxas aparece pela fenda do roupão de seda.

– Na verdade esse é justamente o nosso problema, Seth.

Eu também me recosto na minha cadeira, cruzando os braços.

– Qual?

– Eu parti seu coração quando a gente era muito novo. Sempre vou ser a garota que você perdeu. Você nunca vai conseguir superar isso. Então não poderíamos namorar nem se eu quisesse, e eu não quero. A dinâmica de poder estaria sempre em desequilíbrio. Você sempre me amaria mais do que eu amaria você.

Não sei ao certo se ela está brincando.

– Que monólogo emocionante. Talvez eu chore.

Ela assente, séria, e lambe o ketchup do garfo.

– Que delícia.

– Você é tão nojenta.

– E você gosta.

(Eu gosto.)

– Enfim, não fica triste – diz ela. – Tenho certeza que você vai encontrar alguém que aceite se casar com você um dia. Pode me passar o sal?

– Você está com um humor excelente hoje – comento. – E acho que sei bem por quê.

– Porque o reencontro já passou.

– Não. Você sempre ficava toda animada depois que eu te dava uns amassos. Está feliz porque te levei à loucura.

Molly joga a cabeça para trás e ri.

– Você tem uma opinião muito elevada do próprio desempenho sexual.

– E você concorda com essa opinião, se não estou enganado quanto à noite passada.

– Que gracinha.

– Enfim, é claro que vamos transar mais uma vez no reencontro de vinte anos. Esta é minha aposta.

– Você acha que não sou capaz de resistir a você?

– Acho que vamos vir juntos.

Ela ri para mim com uma pena exagerada.

– Não, eu provavelmente vou estar com meu namorado gato.

– Eu provavelmente vou *ser* o seu namorado gato.

Ela ri.

– Você é engraçado.

– Eu concordo, mas não é piada. Sabe, eu sou um excelente namorado. Disponível emocionalmente, equilibrado e aberto ao compromisso. Mas você, infelizmente, tem muita bagagem. Porque nunca *me* superou.

Eu não acredito nesta parte. Só estou entrando no jogo dela. Como quando ela assumia a negação e eu a afirmação ao praticarmos para os debates, e discutíamos sobre coisas para as quais nem dávamos a mínima.

– E por que você acha isso? – pergunta ela. – Porque não falo com você há quinze anos?

Dou uma risada. É tão cruel que é fofo.

– Você é bem cruel – digo. – E sente prazer nisso.

– Eu sei. Quer mesmo namorar uma mulher perversa e que é capaz de se divertir com isso?

– Ah, Molly. Coitadinha. Eu nunca disse que *queria* namorar você. Seria uma boa ação da minha parte. Por pena.

Ela bebe um gole do café no qual colocou tanto leite e açúcar que é praticamente um tiramisu.

– E por que você tem pena de mim a ponto de me oferecer tanta bondade?

– Bom, querida, eu claramente sou o cara mais legal que você já conheceu. Nossa noite mágica juntos vai reacender o seu amor por mim. Você vai se lembrar de como é ter sentimentos. Vai pra casa e vai definhar. Vai desenterrar os anuários da escola e ler o que eu escrevi pra você. Vai implorar à sua mãe que mande fotos de nós dois no baile. No fim, vai ficar tão desesperada que vai aparecer na minha porta e implorar para que eu te aceite de volta. E, como sou uma alma generosa, e quero que você tenha alguma dignidade, vou aceitar sair com você. Só pra que você tenha um acompanhante para o reencontro da escola.

– E depois?

Abro um sorriso, pego sua mão e beijo seus dedos.

– Depois vou partir seu coração.

Molly revira os olhos, se levanta, pega minha camisa do chão e joga no meu colo com dois dedos.

– Muito bem. O café da manhã acabou. Nos vemos em cinco anos.

Eu me visto, dou um beijo em sua bochecha, exijo que ela me passe seu contato e volto para o meu quarto, cantarolando.

Ao chegar, não resisto, preciso mandar um e-mail para ela.

De: sethrubes@mail.me
Para: mollymarks@netmail.co
Data: Dom, 11 de novembro de 2018 às 9:54
Assunto: De nada

E aí, Marks?

Muito bom ver você e te conhecer no sentido bíblico ontem à noite. Como sei que você não é lá muito íntegra, seguem aqui os detalhes da nossa aposta. Você não vai ter como fugir, minha bela ensaboada.

Aliás, ainda tem areia nos meus dentes.
Seth

Colo a lista dos nossos palpites e começo a arrumar as malas. Só mais tarde, quando já estou na casa dos meus pais, recebo uma resposta.

De: mollymarks@netmail.co
Para: sethrubes@mail.me
Data: Dom, 11 de novembro de 2018 às 12:56
Assunto: Res: De nada

Nossa, Seth, você não via MESMO a hora de me mandar um e-mail. Sabe que os e-mails aparecem com a hora em que foram enviados, né? Enfim, que bom que você ficou com areia nos dentes, e não, tipo, na uretra.

Nos vemos daqui a cinco anos!

Bj
Molls

PARTE 2
Dezembro de 2018

CAPÍTULO 11
Molly

— Chegamos! — anuncia Dezzie, entrando pela porta da cozinha da mansão gigantesca e obscena da minha mãe.

— Desdemona! — responde minha mãe, correndo para envolvê-la em uma névoa de perfume de jasmim, seguida pelos redemoinhos sedosos de sua túnica com estampa de flamingos. — Você está deslumbrante, como sempre.

Dezzie está vestindo um maiô preto superdecotado por baixo de um vestido de linho creme transparente. O único detalhe em sua roupa que sugere o fato de ela estar indo para uma festa de Natal é seu calçado, uma sandália espadrille vermelha altíssima. Rob, por sua vez, veste um calção de banho com estampa de renas e um casaco de Papai Noel, com a barriga redonda e tudo.

— Feliz Natal, Srta. Marks — diz ele, largando uma caixa com os biscoitos de Natal elaborados de Dezzie e uma sacola enorme junto com as bebidas sobre a ilha da cozinha. — Eu trouxe ingredientes para fazer minha famosa batida polar.

Minha mãe cumprimenta Rob com um beijo no rosto e entrega a ele uma jarra de cristal.

— Seja rápido. Alyssa acabou de avisar a Molly que eles estão quase chegando.

Todos os anos, na tarde do dia 24, Dezzie, Rob, Alyssa, Ryland e os filhos deles vêm à casa da minha mãe para um churrasco. Ryland grelha carnes e hambúrgueres vegetarianos, Dezzie traz sobremesas sofisticadas

63

e minha mãe compra uma quantidade absurda de presentes para as crianças, que Rob entrega vestido como um Papai Noel tropical. Ao pôr do sol, sempre embarcamos na lancha da minha mãe e passeamos pela baía até a marina, para que as crianças vejam os veleiros ancorados enfeitados com luzes de Natal.

É a realização de uma fantasia capitalista, e uma das grandes alegrias que minha mãe tem no ano. Como sou filha única, ela passou por um divórcio amargo e eu não lhe dei netos, ela gosta de mimar meus amigos com seus estoques imensos de afeto e riqueza material.

– Batida? – pergunta Rob, estendendo a jarra.

Recuso, pois sei que a mistura é basicamente um rum saborizado com uma pitada de Sprite, e talvez um dedo de suco de cranberry. Não tenho a intenção de perder a linha em uma festa com crianças, nem de cair do barco.

Rob dá de ombros e vira um copo.

– Nossa, vai com calma. São só onze da manhã – diz Dezzie, pegando o copo.

– O Papai Noel precisa ficar quentinho no Polo Norte – diz Rob, erguendo as sobrancelhas.

Lá fora, começa uma gritaria.

– As crianças chegaram! – diz minha mãe.

Ela abre a porta, e Frankie e Amelia entram correndo, ignorando todos nós e indo direto até Rob.

– Tio Papai Noel! – gritam.

Ryland vem logo atrás, equilibrando uma pilha de presentes.

– Ei, pessoal, devagar – diz. – O que foi que a gente conversou? Não destruam a casa da Tia Kathy.

Minha mãe acena com a mão, minimizando o comentário.

– Ah, deixa as crianças. Como vai, querido?

– Agora que vi você, estou ótimo.

Ele abre seu sorriso matador – ao mesmo tempo encantador e sincero, como se viesse direto do coração. Minha mãe praticamente desmaia. Nem mesmo Kathy Marks é capaz de resistir à beleza impressionante de Ryland – pele bronzeada, sobrancelhas expressivas e aquela barba por fazer na quantidade exata.

Ele olha por cima do ombro:

– Tudo bem por aí, Lyss?

Alyssa vem andando até a casa bem, bem devagar, com a mão na barriga, que está ainda maior do que a de Rob.

– Não se preocupem. Em uns quinze minutos eu chego aí! – grita ela.

Dezzie e eu corremos para encontrá-la. Ela está incrível, a pele reluzente por causa dos hormônios, da umidade da Flórida, ou do esforço que está fazendo para caminhar.

– Olha só pra você! – exclama Dezzie.

– É, aos catorze meses de gravidez.

– Mamãe, *vem* – grita Amelia, colocando a cabeça para fora da porta, indignada. – O Papai Noel tá aqui.

As seis horas seguintes são uma comoção de caos com aroma de Natal, com as crianças abrindo presentes e os adultos tentando evitar que elas caiam no mar e se afoguem. Só quando voltamos da marina, e as crianças desmaiam no quarto de hóspedes, os adultos têm a oportunidade de colocar a conversa em dia em paz.

– Então, temos uma novidade – diz Rob.

Ele passou o dia com um copo de batida na mão e parece um pouco alto. Dezzie olha para ele de soslaio.

– Não...

– Ah, por favor. Estamos em família – diz ele, erguendo o copo. – A Sra. Chan e eu estamos oficialmente tentando engravidar.

– Aah, gente! – digo. – Isso é maravilhoso.

Dezzie e Rob sempre quiseram filhos, mas estavam esperando que ele terminasse o mestrado em serviço social para tentarem.

– Você deveria seguir o exemplo deles, Molly – diz minha mãe. – Tem gente aqui que não está ficando mais jovem.

– É... Tem só aquele pequeno detalhe de eu ser solteira.

– Vamos dar um jeito nisso – diz ela. – Vocês conhecem algum cara bacana?

Essa pergunta me pega de surpresa. Minha mãe nunca me encheu por causa disso antes. Dado seu próprio histórico romântico, eu achava que ela estivesse aliviada por eu nunca ter me envolvido com alguém.

Mas, na verdade, ela passou a semana inteira meio estranha: saía para atender ligações misteriosas e voltava toda distraída. E, quando um buquê enorme de rosas natalinas chegou, ela arrancou o bilhete antes que eu pudesse ler e disse apenas que era de "um cliente".

Ou ela está doente e não quer me contar – o que parece improvável, já que ela anda alegre demais – ou o impensável aconteceu: minha mãe está apaixonada.

– Não conhecemos mais nenhum cara solteiro – diz Alyssa. – Acabamos nos tornando aquelas pessoas que só têm amigos que são pais.

– Bom, Seth mandou um oi – diz Rob, cheio de malícia.

– Seth? – pergunta minha mãe.

– Rubenstein – responde Dezzie.

– Seth *Rubenstein*? – repete minha mãe, como se Dezzie tivesse dito algo terrível. – Bom, faz um tempo que não ouço esse nome. Por onde ele anda?

Minha mãe nunca gostou de Seth. A gente namorou durante os piores anos do divórcio dela, e ela achava que éramos jovens demais para um relacionamento tão sério. E também que ele ou me engravidaria ou partiria meu coração.

Ela ficou aliviada quando eu terminei tudo antes que ele tivesse a oportunidade de fazer qualquer uma dessas duas coisas.

– Ele mora em Chicago – diz Dezzie. – Molls não comentou que eles se viram no reencontro da turma?

Minha mãe me lança *aquele* olhar.

– Não, não comentou.

– Eles tiveram uma boa *conversa* – diz Alyssa. – Não foi, Molly?

– Não!

Minha mãe praticamente solta um uivo, porque Alyssa é cruel e minha mãe não é nada burra.

– Não! – exclamo, mentindo. – A gente só colocou a conversa em dia. E, escuta só, ele agora é advogado de divórcio.

Ela semicerra os olhos.

– *Mentira*.

– Verdade. É sócio de um escritório grande.

– Viu só? Eu estava certa em não confiar nele – diz ela. – Incrível ele ter escolhido esse ramo depois de ver o que aconteceu com você.

Eu não discordo de que seja uma escolha meio estranha, considerando que eu era uma demonstração ambulante do trauma que o divórcio pode causar. Mas não importa. A carreira de Seth não me diz respeito. Ainda que eu tenha pensado nele com uma frequência assustadora desde que nos vimos.

Uma pequena parte de mim ficou tentada a escrever para ele perguntando se estaria por aqui no fim do ano. Mas não quero que ele entenda errado. Com ou sem aposta, o fato de ele afirmar que passaríamos a noite juntos de novo implica que ele achou que aquela noite poderia ser mais do que algo casual. Ele claramente a encarou como um momento significativo de uma narrativa romântica que teria um arco ascendente.

Não foi.

Eu não me envolvo romanticamente com pessoas boas. Não fui feita para isso.

E não quero magoar Seth outra vez.

Alyssa boceja, pede desculpas por bocejar e boceja mais uma vez.

– Acho que essa é a nossa deixa – diz Ryland.

Todos se levantam e damos início a meia hora de abraços, comentários de última hora, desejos de fim de ano, piadas internas e mais abraços de despedida. Depois que todos vão embora, minha mãe me dá um beijo de boa-noite e vai dormir.

Vou até a cozinha e dou uma olhada no celular, que deixei carregando enquanto estávamos no barco.

Tinha uma chamada perdida e duas mensagens do meu pai.

Pai: Oi, fofinha.

(Ele sabe que eu detesto ser chamada de fofinha.)

Pai: Vou precisar remarcar nosso encontro de amanhã. Me liga.

Era para eu ir até a casa dele às onze para um brunch com ele e a (quarta) esposa, Celeste. Cancelar o Natal com a filha é de uma frieza ímpar, até para ele.

Não que seja uma surpresa. Ele é o tipo de pai para quem é sempre a gente que tem que ligar (ao contrário da minha mãe, que me ligaria cinco vezes por dia se acreditasse que eu atenderia), e o tipo de ser humano que não vê nada de mais em abandonar planos antigos ou, aliás, casamentos. Ele é assim desde que eu era adolescente e, na maioria das vezes, eu não levo para o lado pessoal.

Mas me dispensar no dia do nascimento do Nosso Senhor Jesus Cristo é novidade.

Não retorno a ligação porque, se eu fizer isso, ele vai conseguir ouvir o tom de decepção na minha voz. Em vez disso, mando uma mensagem.

Molly: E aí?

Ele começa a digitar na hora, o que encaro quase como um elogio. Meu pai costuma levar dias para responder mensagens.

Pai: Celeste está doente e eu também estou me sentindo um pouco indisposto... não vai dar para a gente se ver amanhã.
Pai: Vamos tentar beber alguma coisa no dia 26?

Tentar beber alguma coisa? Eu sou a única filha desse homem.

Molly: Eu vou embora dia 26
Molly: Meu voo é às 8 da manhã
Pai: Tá... Eu tenho algumas reuniões em Los Angeles mês que vem. Levo você para jantar quando estiver por lá.

Que querido.

Parte de mim quer ligar e gritar pedindo que ele, sei lá, no mínimo finja estar decepcionado. Mas, se ele souber que fiquei irritada por isso, só vai entrar na defensiva, e isso vai me deixar ainda mais irritada, e vou começar a chorar, e vou me odiar por chorar, e ele vai me dizer que estou sendo infantil, e vou desligar na cara dele.

Isso tudo é especulação, claro.

Então só respondo "tá".

Pai: Feliz Natal!

Não respondo. De repente, sou tomada pela ansiedade. Para mim, nenhum gatilho é pior do que as rejeições do meu pai.

Penso em acordar minha mãe para que ela lamente comigo o quanto meu pai é um babaca incorrigível – seu assunto favorito depois do preço dos imóveis –, mas vou acabar passando a noite toda pensando nisso.

Não quero pensar nele. Quero que alguém me abrace e me faça esquecer.

Dane-se, penso.

Abro meu e-mail e procuro o de Seth.

De: mollymarks@netmail.co
Para: sethrubes@mail.me
Data: Seg, 24 de dezembro de 2018 às 21:02
Assunto: E aí?

Está na cidade?

CAPÍTULO 12
Seth

Não estou na cidade. Estou em Nashville, na casa do meu irmão, com minha família.

Mas estou tentado a fugir, fretar um avião e ir até a Flórida, só pelo prazer de responder que sim ao e-mail de Molly Marks.

Meu irmão Dave entra no porão, onde estou tentando montar um triciclo para o meu sobrinho.

– Precisa de ajuda? – pergunta ele, olhando com ceticismo para o mar de porcas, parafusos e barras de metal vermelhas e reluzentes aleatórias espalhadas no chão à minha volta.

– Talvez eu jogue tudo fora e dê dinheiro de presente para ele – digo. – Quanto você sugere? Uns quinhentos?

– Ele tem *3 anos*.

– Tá bom. Vê se você consegue prender aquela roda com aquela coisa de metal ali.

– A *chave Allen*?

Dave é engenheiro mecânico. Minha falta de familiaridade com ferramentas é dolorosa para ele.

Em minutos, e com uma única olhadinha no gráfico indecifrável que serve como manual de instruções, ele monta o triciclo vermelho, com as fitas no guidão e tudo.

– Acho bom a gente ir dormir agora – diz ele. – Os garotos vão acordar às cinco, e não vamos conseguir segurá-los por muito tempo.

Não vejo a hora. Amo passar o Natal aqui. Nossa família não é religiosa

– minha mãe é católica não praticante e meu pai, judeu secular –, então, na infância, as festas de fim de ano significavam basicamente abrir presentes e comer latkes. Mas Clara, minha cunhada, é supernatalina. Ela tem três árvores com temas diferentes, paga profissionais para cobrirem a casa inteira de luzes e organiza um jantar de Natal para vinte pessoas.

No entanto, ainda não estou pronto para ir dormir.

Quero contar vantagem.

– Ei, adivinha o que aconteceu – digo.

– O quê?

– Molly Marks me mandou um e-mail.

Depois que ficamos juntos no reencontro, Dave me disse que eu nunca mais ouviria falar dela.

Eu gosto muito quando ele está errado. Principalmente no que diz respeito às garotas em quem estou interessado.

A expressão em seu rosto imediatamente se fecha.

– *Não* – diz, balançando a cabeça com tanta vontade que parece ter sido possuído por um demônio. – Apaga. Ela não serve pra você.

A reação extrema me obriga a parar por um momento. Sendo objetivo, é quase certo que ele tenha razão. Mas isso não basta para diminuir meu entusiasmo. Molly está pensando em mim. Significa alguma coisa.

– Faz quinze anos – contesto. – Você não tem como *saber* que ela não serve pra mim.

– Tenho, sim. Ela foi péssima com você. Não merece uma segunda chance depois do que aconteceu.

A preocupação dele é comovente, mas não estou convencido de que tenha razão. As pessoas mudam.

– A gente era muito novo quando isso aconteceu. Eu me diverti com ela no reencontro.

– E ela te dispensou. Um belo lembrete de que continua sendo a mesma pessoa.

– Ela não me dispensou, só disse que nos encontraríamos daqui a alguns anos. Seria *tão* ruim assim?

– Tá, tudo bem, então responde. Pega um avião. Arranja um juiz de paz pra casar vocês na manhã de Natal. Tenho certeza de que vão ser muito felizes juntos.

Solto um suspiro. Acho que ele está me menosprezando, e a ela também.

– Você não entende – digo. – Você tem uma esposa, uma família e *amor*, e eu tenho... muitos amigos, um plano de academia e uma sala bem grande em um escritório de advocacia. Sou solitário. Então por que não aproveitar as oportunidades que aparecem?

Ele inspira bem fundo, como se já tivéssemos conversado sobre isso duzentas vezes.

O que, é claro, é verdade.

– Seu problema é que você acha que uma mulher vai te fazer feliz como um milagre. Você mergulha em tantos relacionamentos, sempre tentando se convencer de que está apaixonado, ainda que não esteja. Estou cansado de ver você se machucar.

– Bom, o que você sugere que eu faça? Pare de namorar?

– Não. Quero que você encontre alguém. Todos queremos. Mas você age como se o amor fosse resolver todos os seus problemas e acaba tomando decisões ruins. E Molly Marks é uma decisão péssima.

Eu não devia ter comentado nada.

Ergo as mãos em sinal de derrota.

– Tudo bem. Entendi.

Ele assente, desconfiado, e me dá boa-noite.

Espero que ele feche a porta e pego o celular imediatamente para colocar em prática minha suposta decisão péssima.

De: sethrubes@mail.me
Para: mollymarks@netmail.co
Data: Seg, 24 de dezembro de 2018 às 21:35
Assunto: Res: E aí?

Feliz Natal, Sra. Markadora.

Estou em Nashville na casa do Dave com a família. Imagino que você esteja na Flórida sofrendo por mim então?

Não consigo parar de sorrir enquanto espero pela resposta, que chega quase imediatamente.

De: mollymarks@netmail.co
Para: sethrubes@mail.me
Data: Seg, 24 de dezembro de 2018 às 21:37
Assunto: Res: Res: E aí?

Sim, sofrendo desesperadamente. O que, na verdade, quer dizer que esperava que você estivesse aqui para uma sessão rápida de sexo casual. Bom, AZAR O SEU. Feliz Natal etc.

Tenho certeza de que ela ficaria satisfeita se a conversa acabasse nesse ponto, mas a ideia de que ela quer passar a noite comigo de novo – ainda que seja para sexo casual – me deixa animado demais para permitir que acabe por aqui.

De: sethrubes@mail.me
Para: mollymarks@netmail.co
Data: Seg, 24 de dezembro de 2018 às 21:39
Assunto: Res: Res: Res: E aí?

Alguém não vê a hora de perder nossa aposta. Aliás, você vai mesmo perder. Olha só o que eu acabei encontrando nas redes sociais da sua melhor amiga Marian:

> Marian Hart... está com Marcus Reis... no Clube de Golfe & Iate... se sentindo em êxtase!!!
>
> Que fim de ano incrível eu tive na minha cidade natal com um grupo tão lindo de familiares e amigos. Curtindo com ninguém menos que Marcus – existe alguma coisa que se compare a um pôr do sol na ilha com nossas pessoas favoritas?

Não que eu queira te alarmar, claro.

Aperto o botão de enviar, sabendo que a natureza competitiva de Molly vai impedi-la de me ignorar.

De: mollymarks@netmail.co
Para: sethrubes@mail.me
Data: Seg, 24 de dezembro de 2018 às 21:41
Assunto: Res: Res: Res: Res: E aí?

Você deve estar bem satisfeito. Mas, por favor, lembre que eu disse que talvez eles namorassem por um tempinho e acabassem se separando depois. Eu tenho cinco anos para acertar. (Incluindo a nosso respeito.)

Aproveite sua comemoração de Natal sem sexo.

A cabeça de Dave surge à porta.
– Você arriscou, não foi?
– Arrisquei o quê?
– Escrever para ela.
– Bom, quando uma mulher admite seu desejo por um encontro noturno, é educado responder.
– Não me obrigue a confiscar seu celular.
– Com todo o respeito, Dave, vai se foder.
Ele revira os olhos e fecha a porta.
Mas ele tem razão.
Já estou sentindo aquele arrepio de *e se*. A minha parte obsessiva que sai com uma mulher duas vezes e já começa a escolher os nomes dos nossos filhos está vindo à tona. Se eu embarcar em uma paquera por e-mail com uma pessoa com quem tenho tanta história – uma pessoa de quem ainda gosto muito –, só vou ficar cheio de esperança. Apesar do meu otimismo crônico, até eu sei que não posso me colocar em posição de vulnerabilidade nesta época do ano.

Os Tempos Sombrios estão chegando. E com isso quero dizer: o Ano-Novo.

Talvez você pense que uma pessoa como eu, um homem famoso pela vitalidade perene, ficaria alegre com a chegada de um novo ano. Que sou um homem dado a resoluções. O tipo de cara que diz "este ano vou chegar à marca de um quilômetro em quatro minutos e vinte e vou escalar o Kilimanjaro".

Não sou.

Raramente fico deprimido, mas tem alguma coisa no início do ano que me deixa desanimado. O pavor começa no Natal e vai piorando conforme a noite de Ano-Novo se aproxima, uma festa que acho superestimada e decepcionante.

Talvez seja a comparação com o Natal. O Natal na casa de Dave é sempre incrível, apesar de suas opiniões indesejáveis sobre minha vida amorosa. Eu rolo no chão com as crianças, encho-as de presentes, brinco com a família, acabo com todos no UNO e vou embora. Sempre por volta do dia 27, para não abusar da hospitalidade deles. Volto para Chicago, que está sempre congelada, e fico olhando para o calendário esperando que a tristeza se instale.

Nunca me sinto tão solitário quanto logo depois de estar tão feliz.

Para quem vê de fora, minha vida é bem cheia. Tenho um trabalho interessante, uma vida social agitada, não me faltam namoradas e encho a agenda de eventos esportivos e culturais.

Mas minha vida está cheia das coisas erradas.

Eu quero o que Dave tem. Quero meus próprios filhos fofos, minha própria esposa inteligente e engraçada e minha própria casa enorme e um estoque enorme de manteiga de amendoim em um bairro bucólico.

Durante muitos anos, essa não foi uma dor tão grande. Quando o escritório de advocacia era meu norte. Ser advogado era meu sonho desde o ensino fundamental. Construí minha reputação como um dos melhores advogados de família de Chicago.

Mas já estou entediado. Pior que isso: estou insatisfeito.

Eu me pego me perguntando se deveria fazer outra coisa – me dedicar a um trabalho voluntário, mudar de cargo ou até abrir minha própria empresa –, mas acabo me ocupando demais com o trabalho e me distraindo com a busca pelo amor verdadeiro.

Acho que só estou frustrado. Tenho tudo o que quero na vida profissional. E, quando tiver uma família, o trabalho não vai importar tanto.

Além disso, essa sensação sempre passa em meados de janeiro, quando o trabalho volta a engatar (o período logo após as festas de fim de ano é uma época popular para os pedidos de divórcio), as luzes de Natal são retiradas e todos retomam a rotina.

Volto a ficar alegre. Como num passe de mágica.

Mas aquela semana logo após o Natal é brutal.

Este ano não é diferente.

O triciclo faz o maior sucesso com Max. Minha mãe e eu preparamos um peru de oito quilos. Clara organiza a casa cheia de convidados para o jantar em uma sessão de cantorias, com livretos impressos e tudo, e um músico da escola de Vanderbilt.

Não escrevo para Molly, embora pense nela.

Então volto para casa, para a tundra. Desfaço as malas em meu apartamento imaculado. Acendo a lareira a gás para trazer um pouco da alegria que acabei de deixar, e ela tremula como se estivesse zombando da minha casa vazia.

Fico em casa na noite de Ano-Novo, alegando cansaço, e pioro as coisas ao acordar na manhã seguinte e abrir o Facebook para analisar todos os momentos felizes que os outros estão aproveitando.

Então eu vejo.

Uma postagem rara de Molly Marks. É de alguns dias atrás, mas não tão antiga que não possa ser usada para puxar qualquer assunto.

Faço uma captura de tela e colo em um e-mail.

De: sethrubes@mail.me
Para: mollymarks@netmail.co
Data: Ter, 1º de janeiro de 2019 às 11:09
Assunto: Parabéns!

E aí, Moles?
Feliz Ano-Novo! Acabei de ver a notícia. Parabéns... amei o desempenho dela em Headlands!

> **FOFOCADEBILHETERIA.COM:** Margot Tess, vencedora do Globo de Ouro, vai estrelar em comédia romântica da produtora 6FiftyX

> *Tess, que levou para casa o prêmio de Melhor Atriz em Série Dramática pelo papel de Rhathselda no épico histórico arrebatador Headlands, será a protagonista e produtora executiva de Filha da Noiva. A comédia romântica, sobre uma mulher em busca do amor na festa de casamento da própria mãe, foi escrita por Molly Marks e será dirigida por Simon Larch.*

Eu deveria acabar o e-mail por aí – manter descontraído, deixar que ela responda ou não. Mas estou feliz por ela, e quero que Molly saiba que merece estar orgulhosa de si mesma. Imagino que não seja um sentimento que ela alimenta com frequência. Então acrescento:

> Preciso confessar uma coisa: depois do reencontro, voltei e assisti (tudo bem, eu me rendo, reassisti) a seus filmes. Amo poder relaxar e não ficar pensando se alguém vai sofrer uma morte trágica e acabar com o meu coração. E sempre ouço sua voz – aquele sarcasmo que revela que uma infeliz mal-humorada é a responsável por toda a felicidade na tela.
>
> Parabéns, moça. É um serviço à humanidade.
>
> Abraços.
> Seth

Aperto enviar e fico paralisado.
Abraços? Por que escrevi isso?
Passo alguns minutos fuçando o aplicativo do e-mail para ver se não existe uma função de "Me arrependi de mandar isso; por favor, apague antes que o destinatário veja", mas não tenho essa sorte.
Que seja. Abraços!

CAPÍTULO 13
Molly

No primeiro dia deste ano abençoado, acordo à uma da tarde de ressaca e com uma forte ansiedade pós-festa. Dei as boas-vindas a 2019 na festa anual da Margot Tess em sua propriedade em Los Feliz. Ela é uma das estrelas do momento, e os convidados da festa eram mais extravagantes do que as pessoas do mercado com quem estou acostumada. Aproveitei e fiz muito networking; por isso, neste momento, minha energia emocional é a de uma bola de papel higiênico amassada.

Minha relação com festas é complicada. Tenho pavor delas, porque sou uma introvertida que prefere ficar sozinha ou – quando sinto falta de interação social – com os mesmos quatro a seis amigos íntimos. No entanto, como boa parte do meu trabalho depende de fazer networking, e os relacionamentos sociais e de negócios em LA estão interligados, me obrigo a sair de casa quando surge a possibilidade.

Então sou como o cara do filme *O Máscara*: eu me arrumo, entro no lugar e lembro que sou atraente, engraçada e boa de papo. Distribuo elogios, ofereço favores, apresento pessoas, pego bebidas e consigo números de telefone até entrar na energia da festa e não querer mais ir embora. Sou a garota que acaba indo para o pós-festa, chupando uma bala de menta atrás da outra e compartilhando fofocas quentíssimas com os outros inimigos do fim. Antes das quatro da manhã, já fiz oito novos melhores amigos.

Mas depois – *depois* – eu acordo na manhã (ou, nesse caso, na tarde) seguinte e questiono tudo o que fiz. Será que fui grosseira ao me apresentar a determinado produtor? Será que minha energia caótica me fez parecer bêbada ou doida demais? E, meu Deus, o que eu faço com todos os números de telefone que consegui? Será que convido essas pessoas para um café ou um drinque? E o que eu faço se os novos conhecidos aceitarem o convite?

Me arrasto para fora da cama, pego um Red Bull sem açúcar na geladeira (uma cura para a ressaca como nenhuma outra) e me acomodo no sofá para reler as mensagens da noite anterior na esperança de me lembrar das pessoas que consegui capturar em minha teia.

Sete pessoas. Soluço.

Eu me preparo e vejo se causei mais algum estrago por e-mail.

O nome de Seth é o primeiro da minha caixa de entrada.

Eu não esperava ter notícias depois da decisão maluca de escrever para ele no Natal. Abro o e-mail, e é uma mensagem fofa sobre o meu novo filme.

Considero a possibilidade de ignorar. Eu nem deveria ter entrado em contato com ele, para começo de conversa, porque não quero que ele me entenda mal. Sério. Mas o gesto foi tão gentil que me deixou devendo no mínimo uma resposta rápida.

> De: mollymarks@netmail.co
> Para: sethrubes@mail.me
> Data: Ter, 1º de janeiro de 2019 às 13:45
> Assunto: Res: Parabéns!
>
> Obrigada, Seth... que bom saber disso. Os últimos roteiros acabaram ficando no limbo durante anos, e os produtores andam se afastando de roteiros originais e optando por adaptar livros, então este é o primeiro trabalho grande que consigo em um tempo. Estou animada.

Penso em apagar tudo – estou sincera demais por causa da ressaca –, mas o destinatário é Seth, que bate treze de dez na escala de sinceridade, então mantenho o que escrevi e apenas acrescento:

Tudo bem com você?

bj
Molls

Fecho a caixa de entrada e começo a enviar as temidas mensagens para meus novos amigos e conhecidos enquanto como uns carboidratos deliciosos e reconfortantes.

Estou voltando a me sentir normal, tirando o cansaço, quando recebo uma mensagem do meu pai.

Pai: Feliz Ano-Novo, fofinha
Pai: Vi a notícia sobre o filme. Nada mau.

Nada mau. Abro um sorriso, apesar de tudo. Vindo dele, é o elogio do século.

Ninguém dá menos importância ao meu trabalho do que meu pai. Ele acha que comédias românticas são "banais" e diz que estou perdendo meu tempo com "bobeiras independentes" quando deveria ir atrás de "coisas maiores". Ele se considera um especialista no assunto porque seus livros já foram adaptados para o cinema. Sendo mais exata, foram adaptados para uma grande franquia que arrecada centenas de milhões de dólares a cada filme.

Imagino que este seja o momento em que devo revelar que meu pai é Roger Marks. Isso mesmo. O cara que escreve aquelas histórias comerciais de quinta sobre Mack Fontaine, o detetive particular da Flórida que captura serial killers em pântanos e seduz loiras gostosas com passados perigosos. Você pode encontrar os livros dele distribuídos pelos caixas de qualquer supermercado do país.

Em razão de seu status de grande autor de romances com capítulos de uma página e enredos sobre contrabando de animais exóticos, ele também credita a si mesmo meu sucesso como roteirista. Ele ama me dizer que herdei seu talento e insinuar que o nome Marks me fez chegar aonde estou.

Não é verdade. Prefiro morrer a citar o nome Mack Fontaine para conseguir qualquer vantagem que seja, e meu pai é um narcisista.

Em meus momentos mais sombrios, no entanto, eu me pergunto se ele não tem um pouco de razão a respeito do meu talento. É possível que eu tenha herdado dele minhas melhores qualidades profissionais – a criatividade, a facilidade com as palavras, a capacidade de ser carismática em festas. O que me preocupa. Porque, se herdei suas melhores qualidades, a probabilidade de também ter herdado as piores é grande. O sarcasmo incurável. A frieza nos relacionamentos. A capacidade de magoar as pessoas sem perceber.

Não respondo à mensagem. Já estou no meu limite, e interagir com ele só vai piorar as coisas. Em vez disso, dou uma olhada em meu e-mail para ver se chegou algo de Seth. Uma pitada de seu otimismo talvez equilibre as coisas.

Percebo que recebi, sim, uma nova mensagem. Mas fico surpresa com a falta de alegria.

De: sethrubes@mail.me
Para: mollymarks@netmail.co
Data: Ter, 1º de janeiro de 2019 às 18:52
Assunto: Res: Res: Parabéns!

Se estou bem? Vejamos. Estou no escritório, às nove da noite de um feriado nacional.

Não é por escolha. Eu tinha combinado de jantar com um amigo hoje, mas ele cancelou e eu quase chorei. Bom, nem tanto. Mas isso me afetou demais para um simples jantar cancelado. Provavelmente porque não estou saindo com ninguém no momento e meus amigos estão ocupados com as famílias que criaram enquanto eu, embora me esforce muito para encontrar a conexão humana pela qual anseio, faturei milhões de dólares redigindo acordos pré-nupciais rígidos.

Preciso de uma vida, Molls. Ouvi dizer que a existência humana é mais que reuniões sobre audiências de custódia e comer sushi absurdamente caro na mesa do trabalho.

Esse não é o Seth Rubenstein que eu conheço. Ele parece desanimado. A ponto de ser preocupante. Nem penso muito. Só respondo.

De: mollymarks@netmail.co
Para: sethrubes@mail.me
Data: Ter, 1º de janeiro de 2019 às 18:55
Assunto: Res: Res: Res: Parabéns!

Coitadinho do velho solitário. Sabe, você pode me ligar se precisar de um ombro para chorar. Ainda são sete da noite por aqui, e eu amo pessoas tristes.

555-341-4532
bj

Meu celular toca quase na mesma hora. Hesito um pouco. Vamos mesmo conversar pelo telefone? Como fazíamos na época da escola, quando tínhamos aquelas conversas longas e sentimentais que duravam horas?

Provavelmente não. Vou só dar um oi e me certificar de que ele está bem.

Atendo no segundo toque.

– Nossa – digo. – Foi rápido. Bom saber que você continua afobado.

– Molly Marks, algum dia eu fingi ser descolado?

Ouço um sorriso em sua voz. Um sorriso irônico, que consigo visualizar. Ótimo. Ele não deve estar tão triste quanto imaginei.

– Tem razão – digo. – Você sempre foi sincero quanto a ser um pateta.

– Obrigado.

O que se segue é uma pausa constrangedora. Não sei bem o que dizer. Então arrisco um:

– Sinto muito que você esteja preso no trabalho.

– Ah, tudo bem. Melhor estar aqui do que em casa. O que você está fazendo?

– Nada de importante. Pensando em fazer um macarrão.

– Eu achava que as pessoas não comiam macarrão em LA.

– Quando estão de ressaca, comem.

Ele ri.

– Festa importante ontem?

– Muito.

– Pelo menos se divertiu?

– Sim, mas socializar tanto assim me deixa agitada no dia seguinte. Além disso, minha ansiedade sempre piora no Ano-Novo. Odeio esta época do ano.

– Eu também – diz ele. – Muita pressão para começar do zero e ser melhor.

Fico chocada ao descobrir que Seth não gosta do Ano-Novo. Eu imaginava que ele fosse do tipo que não vê a hora de começar a praticar a atenção plena, deixar de ingerir açúcar e se inscrever em maratonas.

– Fico surpresa por você não gostar desta época do ano – digo. – Mas, sim. É o fetiche da realização. Sou capaz de vomitar só de pensar.

– Gosto de traçar objetivos em outros contextos. Mas fazer isso só porque é janeiro me deixa de mau humor.

A ideia de um Seth que não é um raio de sol é tão nova que chega a ser encantadora.

– Aposto que você fica fofo todo mal-humorado – digo.

Flertando?

Eu deveria estar flertando? Isso é aconselhável?

Não sei ao certo o que estou fazendo. Nem o que é essa interação.

– Infelizmente, não estou lá muito fofo, não – diz ele. – Tem shoyu na minha camisa.

– Deve existir alguma mulher por aí que curte isso.

– Ótimo, pode me dar o telefone dela?

Ah, sim. Definitivamente estamos flertando. Preciso começar de novo.

– Aposto que você faz resoluções de Ano-Novo assim mesmo – digo. – Admita.

Ele solta um suspiro.

– É claro que faço. A gente tem que fazer. Senão fica sem assunto no escritório.

– Eu não. Meu escritório é minha casa, que neste momento está coberta de embalagens de chocolates da Hershey's.

– Eu pensei que você não gostasse de chocolate.

Ele lembra.

– Não gosto, mas Alyssa me mandou uma sacola de "beijinhos de Ano-Novo", porque ela tem pena de mim por ser uma solteirona. E ressaca me dá fome. Enfim, quais são as suas resoluções?

– Você vai me zoar.

Provavelmente.

– Prometo que não vou – digo.

– Não acredito em você. Mas minha atração pelo seu desprezo é profunda demais.

Fico bem satisfeita ao ouvi-lo reconhecer que não sou a única entre nós que ainda sente alguma atração.

– Vai lá, tenta.

– Passar menos tempo no escritório. Conseguir uma namorada. Me casar. Ter um filho antes dos 36 anos.

Solto um assovio.

– Caramba. Você tem muito trabalho pela frente.

– Eu sei. É desesperador – diz ele.

– Talvez se você não se pressionasse tanto fosse mais fácil apenas, tipo, viver?

– Mas eu não quero apenas viver, Molly Marks. Quero sugar a vida até o caroço e realizar todas as minhas fantasias heteronormativas mais tediosas.

As coisas que ele está me contando são constrangedoras de tão íntimas.

– Quer que eu te ensine a usar o Tinder? – pergunto, tentando deixar a conversa mais leve.

– Ah, eu sei usar o Tinder, acredite. Parece que já saí com todas as mulheres de Chicago. Mas elas sempre terminam tudo.

– Não consigo acreditar nisso – digo, com carinho, porque ele parece triste.

– É verdade. Dave diz que sou um monogâmico em série que mergulha de cabeça em relacionamentos fadados ao fracasso porque romantizo o amor, como se ele fosse uma cura para tudo.

– Hum – digo. Não quero ferir seus sentimentos, mas faz sentido. – E é verdade?

— Não sei. Sempre que conheço uma garota legal fico muito animado. Sempre *parece* real.

Não consigo deixar de pensar que esse problema vai se resolver logo. Ele é bonito, rico e bom de cama. Só teve azar até agora.

— Bom, não se preocupe – digo. – Você é um bom partido. Vai acontecer. Isso de arranjar uma esposa é mais fácil para os homens.

— É mesmo?

— Em Los Angeles, com certeza. Nós, mulheres, somos jogadas para escanteio bem cedo.

— E *você*? Tá namorando alguém?

Faço uma pausa antes de responder. Tenho medo de que esta conversa esteja ficando íntima demais.

— Não. Terminei com um cara faz alguns meses, antes do reencontro.

— Por quê? – pergunta ele.

— Ah, descobri que ele tinha uma espada.

— Você está falando *sério*?

— Não. Ele era chato. Cansei daquele papo interminável dele sobre o trabalho no ramo financeiro.

Me dou conta, tarde demais, de que Seth também tem um trabalho convencional e pode ficar com medo de eu achá-lo chato também. O que não é verdade.

— Que pena que não deu certo – diz ele. – Se é que era isso que você queria.

— Obrigada. Não era. Ficamos poucos meses juntos. Nada de mais.

— Você quer encontrar alguém? Tipo, se casar, ter filhos e tudo mais?

Não penso muito nessas coisas. Não acredito tanto assim que relacionamentos possam ditar meu futuro. Mas acho que, se acontecesse algum milagre, eu não me oporia.

— Hum, quem sabe? Se eu conhecesse a pessoa certa...

De repente me dou conta de que estamos falando sobre casamento e planos de vida. Preciso recuar.

— Hum. Isso é estranho? – pergunto.

— O quê?

— Sabe, conversar sobre nossos *sentimentos*.

— Eu não acho estranho. Acho que faz bem.

– É meio intenso, na verdade – digo.

– Bom, você pode desligar se não aguentar a pressão, Marks – diz ele, com uma risada sarcástica. – Sei que às vezes você tem dificuldade de terminar o que começou.

Eita.

Isso foi impetuoso demais para alguém com quem estou tentando ser gentil, ainda mais considerando que esse alguém é o *Seth*.

– Pera aí – digo, sem esconder que me senti ofendida. – O que você quer dizer com isso?

– Foi brincadeira.

Mas nós dois sabemos que isso não é verdade.

– É mesmo? Pareceu um ataque.

– Não, eu só estava me referindo a uma coisa que você disse no reencontro. Que tem medo de intimidade.

– Errado – rebato. – Se me lembro bem, eu disse que tive medo de te perder na época da escola, então terminei tudo pra evitar me magoar. Não é a mesma coisa.

– Tem certeza?

Não gosto dessa besteira de método socrático de ficar perguntando e perguntando. Se eu quisesse ser criticada, teria respondido à mensagem do meu pai.

– Seth, eu estava falando sobre meu comportamento na adolescência. Você vai mesmo aplicar o comentário à pessoa que sou agora, depois de ter interagido comigo durante só umas dez horas nos últimos quinze anos?

O bizarro é que ele não dá o braço a torcer.

– Você lembra que eu sou advogado de divórcio, né? Eu passo dezoito horas por dia lidando com separações e você é um personagem típico, Molly. Uma fugitiva. Você fica com medo de sentir alguma coisa e foge.

Eu deveria desligar. Esta não é a conversa leve que eu queria ter com ele.

– Eu vou ter que pagar por essa consulta? – pergunto.

O que segue é uma pausa muito, muito longa.

– Estou oferecendo gratuitamente porque gosto de você – responde ele, finalmente.

Sua voz é suave. Quase carinhosa.

Eu me sinto inquieta. Não sei como reagir a essa declaração.

— Você *gosta* de mim? — repito.

— Muito, Molly.

— Sabe, eu não sou lá muito agradável — digo, em tom de brincadeira, porque não confio em mim mesma o bastante para continuar no tom que ele trouxe para a conversa. — Ninguém te repreenderia por dizer que não gosta de mim.

— Viu? Você está fazendo de novo — diz ele. — Quando a conversa fica séria, você faz uma piada ou um comentário autodepreciativo para aliviar.

Sei que ele tem razão, mas não quero admitir.

— Talvez eu só faça isso com você.

— Duvido muito. Você também fazia isso quando a gente era adolescente. E tem relação com um tipo específico de personalidade em um relacionamento. Você provavelmente desiste quando as coisas te assustam. A intimidade faz você se afastar.

O que responder a um comentário como esse? Ele gosta "muito" de mim, mas está me criticando pelo modo como me comporto em um relacionamento?

— Por que você está sendo tão desagradável? — pergunto. — Eu me ofereci pra te fazer companhia. Não estou atrás de um diagnóstico psicológico. Acredite, já tive vários.

— Desculpa — responde ele, rapidamente. — Acho que é meu lado advogado. Não consigo não discutir. Estou sendo babaca.

Mas não é bem isso. Nada do que ele está dizendo soa cruel. Na verdade, soa sincero demais.

— Você não está sendo babaca — digo. — Mas está pressupondo que sabe tudo sobre mim.

— Tem razão. Quero te conhecer melhor.

É, está na hora de colocar um fim nisso.

— Olha, eu preciso jantar e dormir um pouco — digo.

Mais uma pausa longa. Então ele diz:

— Marks, você está me abandonando quando eu mais preciso?

Seu tom é mais leve. Ele claramente percebeu que me assustou.

— O que você achava que ia conseguir? — deixo escapar sem pensar. — Horas de sexo por telefone?

Ele solta uma risada, chocado.

– Sonhar não custa nada.

Sinto que meu rosto fica vermelho e fecho os olhos com tanta força que dói.

– Que pena – digo.

– Bom, salva meu número. Vai que você muda de ideia, né? É bom conversar com você, Molls.

– Aham. Bons sonhos.

Bons sonhos?

Será que eu sou a pessoa mais esquisita de Los Angeles?

Desligo antes que ele possa se despedir.

Eu queria que não fosse tão tarde para eu poder ligar para Dezzie ou Alyssa e analisar essa conversa nos mínimos detalhes. Só que, se eu contar o que aconteceu, elas vão achar que estou obcecada e vão ver coisas que não existem.

Mas... *Será mesmo* que não existem?

Dizer a um homem com quem fiquei recentemente que me ligue tarde da noite porque ele está triste não sugere que existe alguma coisa entre a gente?

Eu *sugeri* isso, no mínimo indiretamente, e recuei aterrorizada quando ele reconheceu o que estava acontecendo. E talvez seja por isso que o comentário sobre meu hábito de fugir me atingiu.

Eu me consolo com macarrão. Muito macarrão. O pacote inteiro de macarrão.

Não vou nem entrar no mérito da quantidade de vinho que eu tomo.

Vou dizer apenas que foi o suficiente para mandar mensagem para ele no meio da noite.

Molly: Sei que a ideia foi minha, mas acho melhor a gente não se falar mais

Faço uma pausa, então escrevo mais uma palavra.

Molly: Desculpa

Pronto, isso deve bastar.

Geralmente, quando tomo uma decisão, principalmente uma que envolve um homem, é definitiva. Termino relacionamentos como uma profissional: sem recaídas e sem olhar para trás.

Desta vez, no entanto, não é assim que funciona.

Fico deitada sem conseguir pegar no sono, agarrada ao celular até minha mão começar a doer, olhando para a mensagem que eu mesma escrevi.

A sensação é a de que escrevi a coisa errada.

Será que posso escrever mais depois de dizer que não devemos continuar nos falando? Se sim, o que dizer? *Desculpa, Seth, você tem razão. A intimidade me assusta! Por favor, mantenha-se disponível apenas para ironias leves para que eu não entre em pânico e...*

E o que mais?

O que eu acho que sou capaz de fazer?

Bom, exatamente o que ele disse.

Fugir.

Não consigo evitar. Está no meu DNA.

Eu me levanto e levo o celular para outro cômodo, onde não possa ficar olhando para ele ou, pior ainda, mandar outra mensagem para Seth. Pego o romance norueguês de oitocentas páginas que estou lendo com algum esforço e, graças aos deuses da autoficção escandinava entorpecente, durmo em minutos.

Acordo com o sol gostoso da Califórnia entrando pelas janelas e me sinto bem até me lembrar do que fiz na noite anterior. Eu me obrigo a sair da cama e passar um café antes de tirar o celular do carregador.

Tem uma mensagem de Seth. Segundo o horário da mensagem, ele mandou bem cedinho, então deve ter visto a minha assim que acordou.

> **Seth:** Oi, Molls. Não precisa pedir desculpa... eu entendo. Você só estava tentando ser gentil e me fazer companhia, e eu fui inconveniente. Espero que você não ache que eu estava te criticando ou que alimento qualquer animosidade por causa da época da escola. Juro que não guardo rancor.
>
> **Seth:** A verdade é que talvez eu esteja caidinho por você. Gostei muito do tempo que passamos juntos no reencontro e de voltarmos a ter contato. Tenho pensado muito em você desde

aquela noite, e no quanto nos divertimos, no quanto você é linda, e no quanto o sexo foi incrível.

Seth: Sei que é infantilidade ficar provocando a garota de quem a gente gosta, e talvez eu tenha feito isso ontem à noite, por isso peço desculpas. Se quiser tentar conversar de novo, prometo não fazer nada além de flertar com você e te dizer o quanto é bonita. Mas entendi sua mensagem, e não vou te incomodar a não ser que você diga que está tudo bem... pelo menos não até você ter que pagar a aposta no reencontro de vinte anos. Se cuida. Seth

É claro que Seth é o tipo de pessoa que escreve parágrafos inteiros e com pontuação perfeita por mensagem de texto, e assina com o próprio nome, como minha mãe faz. A nerdice do seu estilo de prosa, no entanto, não me impede de fazer uma análise profunda de cada palavra.

É o "caidinho" que me pega. Soa bem – é delicado, mas tem um quê de lamento, como se tivesse saído de uma canção country bem melosa do Lyle Lovett. Uma parte considerável e perversa de mim quer dizer a ele que continue mandando parágrafos fofos sobre o quanto eu sou encantadora.

Mas sua doçura é exatamente o fator determinante. Eu simplesmente não sou legal o bastante para ele.

Por um momento, sinto vontade de ser. Vontade de acreditar na lógica das comédias românticas: que Seth poderia me ajudar a vencer o meu medo e aparar minhas arestas, e que eu poderia ajudá-lo a ser mais realista, até que cada um de nós vire a peça que falta um no outro.

Mas não é assim que funciona.

Envio a Seth uma última mensagem.

Molly: Você é fofo. Mas não posso fazer isso.

PARTE TRÊS

Outubro de 2019

CAPÍTULO 14
Seth

Existe alguma coisa que se compare a beber uma cerveja gelada em um copo personalizado de trinta dólares em um jogo de beisebol? O que tem no acrílico que deixa a cerveja tão mais gostosa? Tão *gelada*. Tão *divertida*. Tão *americana*. Não americana como os discursos extremistas velados. Mas como os churrascos no quintal, o Quatro de Julho, as cascas de amendoim no chão do estádio.

O único problema com os copos personalizados é a dificuldade de carregar dois deles e mais uma pipoca gigante e um pretzel quente com mostarda extra de volta até as arquibancadas. Principalmente em um jogo onde todos estão gritando, batendo os pés e esbarrando uns nos outros alegremente (ou em desespero).

Agradeço ao atendente animado da lanchonete, equilibro o pretzel em cima da pipoca, seguro dois copos pela borda com os dedos em pinça na outra mão e dou início à jornada hercúlea de volta ao meu lugar.

Tenho sorte. Meu lugar é muito, muito bom. Embora alguns possam dizer que estou torcendo para o time errado.

Estou no Estádio do Dodgers, em Los Angeles, torcendo pelo Cubs de Chicago no sétimo jogo da Liga Americana. Quem vencer essa partida passa para a Série Mundial. Estamos na sexta entrada. O jogo está empatado, 2 a 2. E estou ficando louco. Tive que sair para comprar comida para não ter um ataque.

Meu lugar fica aproximadamente trinta degraus mais abaixo, descendo por uma escada estreita, então estou levemente em pânico pensando em como vou atravessar a multidão de torcedores agitados. Me sinto vulnerável, embora orgulhoso com minha camisa do Cubs. Sei que torcedores do Dodgers vão jogar pipoca em mim, ou coisa pior, quando eu descer. Preciso estar preparado física e emocionalmente. Respiro fundo.

– Seth!

Ouço alguém gritar atrás de mim. Paro, mas não viro a cabeça, porque se fizer isso vou derrubar alguma coisa. Além disso, todas as pessoas que eu conheço estão nos nossos assentos. Tenho certeza de que ninguém está falando comigo.

Dou mais alguns passos instáveis, e o pretzel balança em cima da pipoca.

Um dedo cutuca meu ombro.

Viro devagar e dou de cara com Gloria, minha amiga da época da escola, e sua esposa Emily.

De *algum* jeito, consigo não derrubar a comida em ninguém ao cumprimentá-las.

– *Sabia* que era você – diz Gloria. – Eu reconheceria suas orelhas em qualquer lugar.

Minhas orelhas enormes e idiotas são mesmo inconfundíveis. E acabei de cortar o cabelo, o que enfatiza a minha característica menos atraente. Mas sem problema, acho que minha beleza física não é lá muito importante para duas mulheres lésbicas. Uma das quais, percebi, está bem grávida.

– Vocês estão grávidas! – grito. – Parabéns!

Emily coloca a mão na barriga.

– Gêmeos. Dois meninos. Acredita?

Acredito, e elas vão ser mães maravilhosas. Não consigo deixar de sentir uma pontada de satisfação por elas terem aprofundado sua união dando início a uma família, uma vez que isso favorece uma aposta que fiz com certa mulher que não deve ser nomeada.

– Vocês duas serão mães *sinistras* – digo.

– E isso é bom? – pergunta Gloria.

– Muito bom – garanto.

– O que traz você aqui? – pergunta Emily.

– O Cubs, claro – diz Gloria, apontando para minha camisa. – Esse traidor tem a audácia de torcer pelo inimigo no nosso território, e nem liga pra gente pra dizer que está na cidade.

– Terrível – concorda Emily.

– Desculpa! – digo. – Eu cheguei hoje à tarde. Ia mandar mensagem, juro. Vocês acham mesmo que eu *não quero* aproveitar a piscina de vocês com vista para os cânions?

– Como você sabe que temos uma piscina com vista para os cânions? – pergunta Gloria. – Por acaso está nos perseguindo?

– Estou – digo, sério. – Na verdade eu moro em um carro em frente à casa de vocês. Tenho uma câmera com superzoom e consigo ver *através* das janelas.

– Ótimo – diz Gloria. – Eu estava atrás de um motivo pra te colocar na cadeia, que é o lugar dos torcedores do Cubs.

Dou uma risada e perco o equilíbrio. Seguro os copos de plástico com mais força. Não posso derramar cerveja em uma grávida.

– Com quem você veio? – pergunta Emily.

– Achei vocês – diz uma voz atrás de mim. – Desculpa, a fila do banheiro tinha dez milhões de pessoas. E as pias estão cobertas de tinta azul.

Viro rápido ao ouvir aquela voz.

O pretzel tomba bem no meu peito, manchando minha camisa de mostarda. Tento segurá-lo e a pipoca sai voando, caindo feito confete comestível em cima de mim. E é óbvio que a dona da voz é Molly Marks.

– Droga! – grito. – Desculpa.

Um dos copos escorrega e, mas em vez de segurá-lo, bato nele, derramando todo o líquido no decote e na camisa da mulher que me mandou parar de entrar em contato quando eu disse que sentia alguma coisa por ela.

Ótimo.

Molly fica parada, em choque e em silêncio, por uns quinze segundos. Então olha para a cerveja pingando para dentro de seu sutiã, enxuga uma gota com o dedo e o leva delicadamente à língua.

– Hmmm – diz ela. – Uma lagerzinha?

– Meu Deus – resmungo, sem saber o que fazer naquela situação, com as mãos cobertas de mostarda.

– Eu imaginei que você fosse mais de IPA – diz Molly, pingando cerveja.

– Não tem IPA nos copos colecionáveis – respondo, com vontade de chorar.

– Vou buscar uns guardanapos – diz Gloria.

Ela corre em direção à lanchonete.

– Quer que eu te ajude a se lavar no banheiro? – pergunta Emily a Molly. Molly ri.

– Infelizmente os banheiros do Estádio do Dodgers não são equipados com chuveiros. Mas tudo bem. Eu gosto de cheirar a bar. Me lembra a minha juventude.

– Molly, não sei nem como me desculpar – digo. – Vou comprar uma camisa nova pra você.

– É, e quem sabe uma pra você também – diz ela.

Olho para meu peito manchado de mostarda.

– Por que é que sempre que eu estou perto de você acabo besuntado em condimentos?

– Ah, não vejo problema nenhum com a mostarda. O problema é a camisa do Cubs. Como punição por estragar minha roupa, você vai tirar essa camisa.

Gloria volta com os guardanapos e entrega para Molly, que começa a se limpar.

– Não se preocupem comigo. Vocês vão perder o início da próxima entrada – diz Molly. – O Seth vai me comprar o que eu quiser na lojinha do Dodgers. Encontro vocês nas nossas cadeiras.

– Seth, eu te mando uma mensagem – diz Gloria. – Vamos fazer um chá de bebê sábado. Aparece lá se ainda estiver na cidade.

– Eu adoraria – digo, triste.

– Ah, não chora – diz Molly, com uma seriedade fingida. – Você vai superar essa. Vamos.

Ela pega minha mão e começa a me levar pela multidão ao longo da passarela curva do estádio em direção ao que imagino que seja a lojinha. A intimidade desse gesto me deixa confuso. O que não quer dizer que não esteja gostando.

– E aí, o que você está fazendo aqui? – pergunta ela.

– Vim ver o Cubs ganhar do Dodgers.

– Não acredito.

– Quer apostar?

– Eu não sou de apostar.

– Só se for contra o relacionamento dos seus amigos.

Ela franze o cenho.

– Imagino que você esteja convencido de que vai ganhar. Dois a zero. Por enquanto.

Fico confuso.

– É... quê?

– Bom, Emily e Gloria me parecem felizes, e estão grávidas. E Marcus e Marian estão sempre publicando atualizações amorosas no Facebook.

Abro um sorriso típico de quem sabe algo que uma bela rival não sabe.

– Molly, Marian está em um relacionamento, mas não é com Marcus.

– Ah, não? Então é com quem?

Olho para o jogo em uma tela plana ali perto e localizo um dos craques do Cubs. Uma bola vem voando em sua direção, e ele salta e pega a bola antes que ela bata no muro. A câmera se aproxima de seu belo rosto, com um sorriso largo.

– Com aquele cara – respondo, apontando.

Molly inclina a cabeça como um papagaio confuso.

– Javier Ruiz?

– É – afirmo.

– Você só pode estar brincando. Esse cara não vale uns 200 milhões de dólares?

– Isso aí – digo.

– Tá, espera aí. Como é que a Marian *conhece* um jogador profissional de beisebol?

– Marcus apresentou os dois. Ele é agente do Javier.

– Meu Deus. Mas ela nem mora em Chicago.

– É um relacionamento a distância.

– Como você sabe de tudo isso?

– Estou aqui com ela. Marian me convidou porque sabe que sou um grande torcedor do Cubs.

– Você está aqui com *Marian Hart*?

– Sim. Ela é uma pessoa encantadora, generosa e atenciosa, que teve a gentileza de se lembrar de mim. Estar aqui com o time é uma experiência incrível. Sabia que tem uma suíte completa para o time visitante com bebidas e comidas de graça? Eu comi costelas de qualidade e bebi um Manhattan antes do jogo.

– Que bom pra você. E pra Marian. Eu daria para aquele cara com força.

Tento não engasgar só de pensar nisso.

– Eu achava que você torcia para o Dodgers – digo.

– Eu me vendo.

Chegamos à loja, abarrotada do chão ao teto de parafernália do Dodgers.

– O que você quiser, Marks – digo. – Eu pago.

Molly não se apressa ao analisar uma e outra peça, fazendo questão de mostrar que está olhando o preço e dizendo coisas como:

– Não, não, não é caro o bastante.

Fico ali parado, tímido com a camisa do Cubs suja de mostarda, vendo as pessoas me olharem com hostilidade, confusas e dando risadinhas.

Ela finalmente vem com suas escolhas: um moletom ("pode esfriar mais tarde, estamos no deserto!"), uma camisa ("essa cor fica ótima em mim!"), um boné ("tem muita claridade lá fora"), quatro chaveiros ("para meus primos em Iowa") e duas camisetas, uma masculina grande e uma feminina pequena.

– Uma pra você e outra pra mim.

– Molly, não vou usar uma camiseta do Dodgers.

– Ah, vai. É seu castigo por derramar cerveja em mim.

– Foi um acidente.

– Não é a intenção que conta, e sim o estrago.

– Eu estou literalmente sentado com os familiares dos jogadores. Como convidado de uma das estrelas do time.

– Bom, explique para eles que você está fazendo uma gentileza.

Dou um suspiro. Acho que posso usar a camiseta do avesso.

Levo suas escolhas para o caixa e dou meu cartão para pagar pelos 473 dólares.

– E aí? – digo, entregando a sacola cheia a ela. – Como você está?

– Eu? Bem, bem. Ah, você sabe. Vida de escritora. Só digitando, digitando, digitando. E você?

– Eu estou ótimo. *Muito* obrigado por perguntar.

– Você está sendo sarcástico?

– Não, entusiasmado. Você não reconheceria o sentimento.

Estou tentando parecer legal, mas me sinto estranho. O que se diz a uma pessoa que já disse com todas as letras que não quer mais falar com você? Será que ela se esqueceu?

– Bom, é, acho melhor a gente ir trocar de roupa – digo. – Foi bom ver você.

Molly franze o cenho.

– Não vai me convidar pra ver a Marian?

Franzo o cenho de volta para ela.

– Você não... *gosta* da Marian.

– Mas eu gosto de *você* – diz ela, e meu coração para de bater por um instante.

Ela parece surpresa com as próprias palavras, como se elas tivessem escapado.

Ainda assim, perco o fôlego.

– Ah. Bom, estamos na seção H, fila 31, ao lado do corredor. As pessoas com camisa do Cubs que a arquibancada inteira está vaiando. Venha dar um oi se quiser.

CAPÍTULO 15
Molly

Anoto o número da cadeira de Seth no celular para não esquecer e aceno quando ele se afasta.

Uma brisa seca deixa o suor do meu cabelo gelado quando a noite começa a cair. Os holofotes lançam sombras nas arquibancadas. O estádio parece pegar fogo de tantas oportunidades. E eu também.

Seth. Aqui. Qual a probabilidade?

Preciso contar a Alyssa e Dezzie. Abro nossas mensagens em grupo.

Molly: Puta. Merda

Alyssa: O que foi????

Molly: Estou no jogo do dodgers e acabei de encontrar seth rubenstein!

Molly: Ele derramou cerveja em cima de mim e eu o obriguei a gastar 400 dólares em moletons

Dezzie: Q?

Molly: Sei lá!!!!! Entrei em pânico

Alyssa: Tá, pra começo de conversa, o que o Seth está fazendo em um jogo do Dodgers?

Molly: Eles estão jogando contra o cubs

Molly: E não é só isso, ele veio com a marian hart, que está namorando o JAVIER RUIZ

Dezzie: Espera aí. O Javier Ruiz que era casado com aquela modelo?

Molly: O próprio!!!!
Alyssa: O que está acontecendo?!?!
Alyssa: Caos no universo!
Molly: Preciso ir limpar a cerveja do meu peito
Alyssa: Seja legal com o Seth
Dezzie: Mas não legal *demais*, Molly

Enfio o celular de volta na bolsinha transparente permitida no estádio antes que eu revele que já disse ao Seth que *gosto* dele.

É claro que, quando você interrompe a comunicação com a pessoa logo depois de ela dizer que sente alguma coisa por você, o correto é manter distância. Você não pode rejeitar alguém e depois ficar em volta mandando elogios.

Além do mais, eu poderia ter dado um milhão de outras respostas quando Seth perguntou por que eu queria encontrar Marian. Por exemplo, "Não quero parecer grosseira". Ou "Quero que ela me arranje um encontro com um jogador de beisebol milionário". Ou "Você tem razão, eu não gosto dela, deixa pra lá, boa sorte com a sua mancha de mostarda".

Eu devo ter algum problema muito sério.

O problema é que eu gosto *mesmo* de Seth. Quando o vi, meu estômago fez uma acrobacia tão elaborada quanto a do pretzel dele ao sair voando.

Vou ao banheiro, molho um pouco de papel para limpar a cerveja que está esquentando no meu umbigo e visto a camiseta nova. Sorrio para o reflexo no espelho. *Amo* vestir o uniforme do time. Sou uma torcedora dedicada.

Minha mãe cresceu assistindo a jogos de beisebol com meu avô, e várias equipes da liga treinam na nossa região na Flórida durante a primavera. Os ingressos são muito baratos. Depois que meu pai saiu de casa, íamos aos jogos sempre que podíamos. Levávamos um pacote de pipoca de micro-ondas escondido, comprávamos uma Coca grande para dividir e passávamos horas entregues ao ritmo do jogo.

Até hoje eu amo a sensação. A energia da multidão é contagiante, uma descarga de serotonina tão certa quanto ingerir meia dose extra de antidepressivo. Adoro ver os torcedores cantando as músicas que tocam no último volume no estádio – "We Will Rock You", "Seven Nation Army",

"Sweet Caroline". Além disso, quando o Dodgers ganha, fogos de artifício disparam em todo o Echo Park.

Volto para onde Emily e Gloria estão. Nossos lugares são ruins, decidimos vir de última hora. Elas estão olhando para o campo com os olhos semicerrados, tentando entender o que está acontecendo.

– Você está linda – diz Emily.

Jogo um boné para ela.

– Com os cumprimentos do Sr. Rubenstein.

– Aham – diz Gloria. – E o que eu ganho?

Reviro a sacola.

– Quer um moletom?

Ela olha para mim com os olhos semicerrados.

– Está fazendo 38°.

Dou de ombros.

– Mas é um calor seco. E foi de graça.

Ela aceita o moletom.

– Então, adivinhem com quem Seth veio – digo.

– Com quem? – pergunta Gloria.

– Marian Hart! Ela conseguiu ingressos porque está *namorando* Javier Ruiz.

Emily olha para mim sem expressão, mas Gloria se aproxima e pergunta:

– O cara do Cubs?

– Ahaaam!

– Você está inventando isso? – pergunta Emily.

– Eu não minto, Emily. Mentir não tem graça.

– Se Marian está aqui, por que não me mandou uma mensagem? – pergunta Gloria. – Por que *ninguém* me manda mensagem?

– Eu te mando mensagem, amor – diz Emily, e beija seu rosto.

– Marian também não falou comigo – destaco.

As duas me lançam um olhar paciente.

– Será que não é porque ela sabe que você não gosta dela? – sugere Emily.

– Por que todo mundo diz isso?

– Porque você não sabe esconder seus sentimentos.

Como, por exemplo, quando eu deixo escapar algo como *Eu gosto de você!* Entendido.

– Bom, eu disse ao Seth que a gente iria até lá dar um oi para eles.

Gloria se levanta na mesma hora.

– Ah, e vamos mesmo. Javier Ruiz? Eu preciso entender essa história.

Emily insiste que a gente espere a entrada terminar – uma entrada sofrida, já que ninguém marca – antes de enfrentar a descida até as cadeiras cheias de glamour de Seth e Marian no camarote. Marian está com uma jaqueta vermelha reluzente com RUIZ escrito nas costas. Ela e Seth estão cercados por outras mulheres vestindo jaquetas com os nomes dos jogadores combinando, todas tão absurdamente reluzentes e bem-cuidadas que tenho vontade de pedir licença para ligar para um dermatologista, um colorista, um esteticista e um cirurgião especialista em lipoaspiração para marcar consultas de emergência.

– Marian Hart! – grita Gloria em meio ao tumulto.

Marian vira, e seu rosto se ilumina.

– Gloria! Venha aqui!

Gloria desce a escada vertiginosa saltitando nos tamancos plataforma – o que me faz temer por sua vida – e se joga nos braços de Marian.

Marian, como sempre, está radiante. Ela sorri e acena enquanto abraça Gloria. Aceno de volta, me esforçando para transmitir simpatia e entusiasmo.

Seth, que está atrás de Marian, ri da minha tentativa.

– Bom trabalho – diz, só mexendo os lábios.

– Eu teria ligado, mas fico na cidade só esta noite – diz Marian para Gloria.

– Veio com seu *homem*, pelo que fiquei sabendo – diz Gloria, cutucando-a nas costas. – Quero saber de tudo.

Marian dá uma risadinha apaixonada.

– Marcus nos apresentou há alguns meses. Ele é agente do Javier. A gente se conheceu e foi imediatamente como se soltassem fogos de artifício. Tivemos um daqueles encontros que duram o dia todo... e a noite toda – revela ela, ficando corada. – Estamos juntos desde então.

– Não é difícil pra você estar em Miami e ele em Chicago? – pergunto, porque tenho uma necessidade de questionar a felicidade dos outros.

Marian dispensa meu comentário com um aceno.

– Ele viaja tanto que o lugar onde ele mora não faz muita diferença. Fazemos dar certo. E *vale a pena*.

– Será que ele não tem um amigo pra essa daqui? – diz Emily, apontando para mim. – Ela precisava de um homem com braço forte.

– Espera aí! – grito. – Tenho muitos pretendentes.

Dou uma olhadinha para Seth. Sua expressão está neutra.

– Bom, é melhor a gente voltar para nossos lugares antes que a próxima entrada comece – diz Gloria. – Mas, Seth, nos vemos no chá de bebê no sábado? Começa às duas.

– Estarei lá – diz Seth. – Me manda o endereço.

Voltamos para nossas cadeiras a tempo de ver Tom Beadelman fazer um home run, virando o jogo para o Dodgers. Gloria, Emily e eu gritamos até ficarmos roucas. Comemoro com o cavalheiro barbudo à minha direita e sua filhinha, que está girando uma daquelas toalhas comemorativas que eles distribuem de graça nos jogos.

Eu me abaixo e ofereço um dos chaveiros do Dodgers que Seth comprou. (Não tenho primos em Iowa, só queria aumentar a conta.) Ela dá um sorrisinho tímido e balbucia um:

– Bigada.

Emily me lança um olhar de soslaio como quem diz "Quem é você?".

Nem ligo. O DJ toca "Don't Stop Believin'" no último volume, o estádio inteiro (exceto, imagino, os torcedores emburrados do Cubs) canta junto, e eu estou feliz, para variar um pouco.

Meu celular vibra no meu bolso.

Pego o aparelho e vejo que recebi uma mensagem de Seth.

Seth: Merda.
Seth: Vamos perder, não vamos?
Seth: Eu culpo a cerveja barata.

Acima dessas mensagens, ainda está a minha última conversa com ele.

2 *de janeiro*

Molly: Você é fofo. Mas não posso fazer isso.

Ele teve que ler *isso* antes de me mandar essa mensagem nova, e mandou assim mesmo.

Espero que ele esteja escrevendo porque já passou tempo suficiente desde a ligação constrangedora em janeiro, não porque eu disse que gostava dele. De qualquer forma, ver seu nome na tela do meu celular aumenta aquela sensação estranha de alegria.

Molly: Não se preocupa. Vocês têm mais uma entrada para se humilhar ainda mais
Molly: E a culpa não é da cerveja barata. É que nosso time é muito melhor
Molly: E você é um péssimo torcedor! Tem que acreditar até o fim, não apenas DESISTIR porque estamos na frente

Meu celular volta a vibrar.

Seth: Não acredito que estou levando um sermão (correto) sobre como torcer de uma mulher que um dia escreveu um trabalho durante o jogo do Tampa Bay Lightning de tanto tédio.
Molly: Sim, porque hóquei é infantil e violento

Guardo o celular e tento me concentrar no jogo. A entrada acaba. É o fim da oitava e o Cubs pode empatar o jogo. Emily segura minha mão.

– Faça uma oração – exige.

Pego um dos chaveiros do Dodgers, beijo e levanto em direção ao céu. Os torcedores ao meu redor aplaudem.

Recebo uma mensagem.

Seth: Agora é MINHA vez de brilhar. Vá à merda, Molly Marks.
Seth: Meu Deus, me desculpa. Minhas tentativas de machismo esportivo são... deselegantes. Retiro o que eu disse. Por favor, não vá à merda.
Seth: A não ser que você queira, por algum motivo.
Seth: Mas eu ainda acho melhor não.
Molly: PARA

Seth: É. Boa. Parei.
Molly: Usa sua atenção pra se concentrar em perder o jogo

Nesse momento, ninguém menos que Javier Ruiz vai até a base, e meu celular não vibra mais.

– Strike out, strike out, strike *out* – resmunga Gloria.

O arremessador lança. Não é uma bola ideal.

– Tudo bem, tudo bem, tudo bem – murmura Emily, como se fosse um feitiço. – Está tudo sob controle, tudo sob controle.

Ruiz erra. Strike!

Comemoramos.

Mais um strike.

Comemoramos ainda mais.

– Strike out! – grito quando o arremessador gira o braço.

Todos prendemos a respiração.

Ruiz rebate a bola bem longe nas arquibancadas.

– Droga! – grito.

Os torcedores ao meu redor resmungam.

Meu celular vibra.

Seth: Quer saber? Falei cedo demais. Com certeza vamos ganhar.

Não consigo nem escrever uma resposta provocativa. Estou estressada demais para isso.

O Cubs não volta a marcar, e o Dodgers volta a rebater. O estádio inteiro está tenso.

O primeiro jogador é eliminado.

Estou morrendo.

– Vamos, Lanzinella – grita Emily. – Empata, meu amor!

Os amigos que fizemos durante o jogo ecoam o que ela diz.

– Empata! Empata! – todos gritamos.

Lanzinella empata, e todos vamos à loucura.

Até que Woo, o rebatedor seguinte, é eliminado.

Temos a chance de virar o jogo.

Madison é o próximo, e vai até a base. "We Will Rock You" começa a tocar, e quase desejo que eles desliguem a música para que os jogadores se concentrem e ganhem essa droga.

O próximo é Robinson, que não é famoso por ser um bom rebatedor.

Emily explode com uma raiva que não faz seu estilo.

– Tá brincando? Não tem ninguém pra colocar no lugar dele?

A mulher atrás dela cospe no chão e grita:

– IMBECIL!

Imagino que seja para o técnico.

Robinson erra.

Meu corpo inteiro fica tenso.

Robinson erra outra vez.

Eu relaxo, porque já vejo onde isso vai dar. E não é na Série Mundial.

O arremessador do Cubs se prepara. O tempo desacelera. E, de repente, o som mais lindo de todos atravessa o estádio.

O som do taco batendo na bola.

Eu me esforço para enxergar sob a luz dos holofotes quando a bola atravessa o campo em direção às arquibancadas.

É um home run. Lanzinella circula as bases com Robinson em sua cola. Não acredito que estamos dois pontos na frente na nova entrada.

Abraço Emily e Gloria, berrando.

Quando paramos de gritar, pego o celular e mando uma mensagem para Seth:

Molly: Não é uma boa noite para estar com um jogador do cubs
Seth: Nada. Está no papo.

Não está.

Eles perdem.

O estádio parece flutuar. As pessoas estão dançando nos corredores, se abraçando, jogando pipoca para o alto. O céu se ilumina com as espirais prateadas e douradas dos fogos de artifício, e todos paramos boquiabertos.

A distância, posso ver fogos de artifício menores explodindo – tons de vermelho, verde e dourado estourando como trovões, ecoando nas montanhas.

– Meu Deus, que lindo – digo, para ninguém em particular.

Meu celular vibra.

Seth: Você tinha razão sobre os fogos de artifício em LA. É mágico.

Sorrio, encarando a tela.
– Vamos comemorar no Izzie's? – pergunta Gloria.
– Com certeza – respondo.
Izzie's é um barzinho fofo descendo o estádio, no Echo Park. É perto o bastante para ir andando, e já é tradição bebermos alguma coisa por lá depois do jogo.
Vamos saindo devagar atrás da multidão, que segue em direção ao estacionamento. As pessoas estão fazendo trenzinho, dançando. O céu continua iluminado pelos fogos. O ar cheira a comida porque algumas pessoas estão fazendo churrasco na calçada e outras estão vendendo cachorro-quente e cerveja gelada.
Eu me pergunto se Seth está aproveitando tudo isso, o encanto da minha cidade na noite quente de outono.
Pego o celular e respondo à última mensagem.

Molly: São lindos, né? Fico feliz que você tenha visto
Molly: E lamento pela derrota :(

Ele responde na mesma hora.

Seth: Não posso dizer que não doeu. Pelo menos agora sou amigo do Javier Ruiz.

Dou risada ao pensar em Seth amigo de uma celebridade. O que talvez não seja mais absurdo que Marian namorar uma.
Penso um pouco e decido... *que se dane.*

Molly: Ei... emily, gloria e eu vamos beber alguma coisa em um bar aqui perto. quer vir junto?
Molly: E marian também, claro, se ela se dignar a confraternizar com o inimigo

Seth: Ah, obrigado pelo convite! Mas não posso... vamos voltar para o hotel no ônibus da família e dos amigos para chorar a derrota.

Claro. Foi idiota da minha parte convidar. Ninguém quer sair com os torcedores exultantes do time adversário.
Mas eu cheguei a pensar que talvez Seth quisesse sair *comigo*.
– O que foi? – pergunta Gloria.
Eu me dou conta de que estou olhando para o celular desanimada.
– Ah, nada! – respondo.
Volto a guardar o celular no bolso e tento não ficar decepcionada.
Mas, quando chegamos ao sopé da colina, meu celular vibra.

Seth: Mas a gente se vê no chá de bebê, né?

CAPÍTULO 16

Seth

A casa de Gloria e Emily é o tipo de lugar pelo qual as pessoas se mudam para LA: uma construção moderna em uma colina de Silver Lake com vista para Hollywood, com direito a palmeiras, piscina e o aroma de flores de laranjeira. A decoração é exatamente o que se espera de um casal de cenógrafas. Só os banheiros já são bem mais bonitos que qualquer cômodo do meu apartamento.

– Você veio! – exclama Gloria quando entro no quintal, onde umas vinte pessoas estilosas a ponto de intimidar estão reunidas ao redor de uma mesa comprida cercada por buganvílias rosa-choque.

Examino o grupo procurando por Molly. Ela não está aqui. Não gosto do quanto isso me decepciona.

Mostro para as futuras mamães dois pacotes de presente reluzentes – um meu e o outro de Marian.

– Pra vocês.

– Dissemos pra não trazer presentes! – exclama Emily. – Ter filho agora virou uma coisa comercial demais. É doentio. Essas crianças só vão ganhar berços e uns paninhos.

– Nem fraldas? – pergunto, inocente.

– Não – responde ela, rindo. – Espero que seja esse seu presente.

– Um deles é meu e o outro é da Marian. Ela ficou muito triste por não poder vir.

– Aaaah, abre o da Marian primeiro! – diz Gloria.

Aponto para o pacote roxo.

– Aquele.

Emily olha para dentro do pacote e cai na gargalhada.

– Meu Deus, aquela *ridícula*.

– O que é? – pergunta Gloria.

Emily mostra duas camisas do Cubs com RUIZ escrito nas costas.

– Meu Deus – diz Gloria, balançando a cabeça. – Nunca imaginei que ela fosse tão má.

– Estão autografadas – digo, tímido.

– E o seu? – pergunta Emily, pegando o outro pacote. – É melhor que não sejam bonés pra combinar.

Ela tira do pacote uma cópia de *Boa noite, Lua*.

– Aaaah, agora sim – diz Gloria.

– Era meu favorito quando eu era criança – explico. – Não vejo a hora de ler para os meus filhos um dia.

Gloria me dá um beijo no rosto.

– Você é fofo, sabia?

– Minha única qualidade.

– Estou feliz que você tenha vindo, Seth. É sempre um prazer te ver.

– Também estou feliz por ter vindo. É ótimo ver sua casa pessoalmente. Já parecia incrível no Instagram, mas, nossa, olha essa piscina. Se eu morasse aqui, ficaria só relaxando em uma boia de flamingo bebendo piña colada.

– Você trouxe roupa de banho? – pergunta Gloria.

– Eu não sabia que seria chá de bebê e festa na piscina.

– Estamos em LA – responde ela. – Toda festa é uma festa na piscina. Não se preocupa. Pode entrar pelado. LaCroix?

Aceito a água com gás sabor coco que tem um leve gosto delicioso de protetor solar.

A irmã de Gloria, Elle, surge de dentro da casa, com Molly a reboque.

Uau.

Molly está tão linda com o sol refletindo em seu cabelo escuro que sou obrigado a desviar o olhar. Meus dias de admirar a beleza dela deveriam ter ficado para trás. Isso é só um reflexo.

– Elle! – grito, me levantando para abraçá-la. – Eu não sabia que você morava aqui.

– Ah, meu Deus, não – diz ela, fingindo um arrepio exagerado. – *Nunca*. Eu moro em Nova York com as pessoas sãs. Só vim organizar essa reuniãozinha.

– E é uma ótima anfitriã. Tão positiva e cheia de alegria – diz Gloria. – Chegou só quarenta minutos atrasada.

– Desculpa, dormi demais. Mas espere só pra ver o que eu preparei pra vocês. Vocês vão *desejar* que eu fosse menos divertida.

Molly descansa um dos braços nos ombros de Elle.

– A Srta. Gutierrez aqui é sempre divertida – diz Molly. – Você devia ter visto ontem à noite. Ela virou umas dez doses de tequila e levou um surfista australiano de 24 anos pra casa.

– Hum, você bebeu tantas tequilas quanto eu e passou a noite de papinho com um bombeiro – rebate Elle. – Chegou a pegar o número dele?

– Passamos a manhã inteira trocando mensagens – diz Molly, baixinho. – Vamos sair pra beber alguma coisa amanhã naquele bar novo na Fig.

Tento não estremecer ao pensar em Molly nos braços musculosos de um bombeiro heroico. Nos braços musculosos de qualquer um. Os braços musculosos em que Molly decide passar seu tempo definitivamente *não* são da minha conta.

– Pare de contar vantagem – diz Elle. – Enfim, agora que estou aqui pra ser a mestre de cerimônia, podemos começar?

– A gente precisa mesmo fazer essas brincadeiras? – pergunta Gloria. – Não podemos ficar sentadas na sombra, comer cupcakes e ter uma conversa civilizada?

– Minha querida irmã, eu não passei mais de vinte minutos pesquisando brincadeiras de chá de bebê pra sentarmos civilizadamente.

– Concordo – diz Emily. – Vamos ver que horrores Elle inventou pra nós.

Elle é famosa pelo sarcasmo, e talvez conseguisse até ser mais descolada que Molly na escola se não fosse três anos mais nova. Hoje ela é executiva de um selo de música independente e tem tatuagens no pescoço. (Tatuagens no pescoço me excitam e me assustam na mesma medida.) É chocante que ela tenha ficado responsável por organizar o chá de bebê.

– Um momento, por favor – diz Elle.

Ela desaparece casa adentro e volta carregando um cesto de plástico gigante cheio de balões.

– Ah, meu Deus! – exclama um homem elegante de bermuda e cafetã transparente. – São balões de água?

– Isso mesmo – responde Elle. – O nome da primeira brincadeira é Bate-Bate com Bebê.

– Será que me atrevo a perguntar? – resmunga Gloria.

– Vamos nos dividir em duas equipes. Cada um coloca um balão de água embaixo da blusa, que vai ser o bebê.

Elle demonstra, enfiando um balão embaixo da camiseta. O balão não é grande. Ela não parece estar grávida, parece mais estar com um pequeno tumor abdominal.

Ela balança a barriga falsa, fazendo-a ondular.

– Nojento – diz o cara do cafetã.

Fico tentado a concordar.

– E depois? – pergunta Gloria.

– Duas pessoas, uma de cada equipe, correm em direção uma à outra e batem as barrigas tentando estourar o balão do adversário – diz Elle. – A equipe que estourar o maior número de balões vence.

Emily bate palmas, toda alegre.

– *Amei* essa brincadeira.

– Claro, você não vai participar – resmunga Gloria. – É violento demais pra uma grávida.

– Por isso mesmo que eu amei – diz ela.

Elle divide as pessoas ao redor da mesa em duas equipes, e passamos os balões um para o outro.

– Muito bem – diz ela. – A equipe número um fica do lado esquerdo do quintal, e a equipe dois, do direito. Emily, você vai ficar responsável por documentar a brincadeira pra posteridade... e para possíveis chantagens.

Formamos duas fileiras, cada equipe em seu território, a uns cinco metros uma da outra.

Molly olha em meus olhos e sacode a barriga, me ameaçando.

– Vou pegar você e seu feto, Rubenstein!

Agarro o bebê de água, protegendo-o.

– Fique longe do Seth Júnior – grito de volta. – Ele é minha maior chance de ter um herdeiro.

– Preparar, apontar, vai! – grita Elle.

Ao seu comando, vinte adultos bem arrumados de 30 e poucos anos correm na direção uns dos outros. Corro o mais rápido que posso em direção a Molly, agarrando a barriga para que ela não saia voando em direção à grama. A dela está bem presa dentro do maiô, e ela tem a vantagem de conseguir correr mais rápido por isso.

Ela vem para cima de mim com tudo, barriga com barriga. Nossos balões batem um no outro. Protejo o meu, optando por uma estratégia de defesa.

– Trapaceiro! – grita Molly. – Para com isso!

– Não tem regras! – grito em resposta, desviando de suas tentativas de me acertar.

– Então tá.

Ela mostra as unhas compridas, enfeitadas de uma forma elaborada que as transformou em garras com flores em tons pastel, e ataca minha barriga.

Eu me curvo para desviar de suas mãos e tento estourar seu balão com as minhas.

Uso muita força e o balão sobe em direção ao peito dela em vez de estourar.

Molly avança e puxa minha camiseta para cima. Meu bebê cai na grama, mas permanece intacto. Ela ergue o pé para pisar no balão, mas eu a seguro pelos ombros e a puxo contra mim com força, para apertar o seu. O balão sobe até escapar pelo decote.

Sei o que preciso fazer.

Eu me abaixo e mordo o balão.

Ele explode em cima de nós dois.

Molly grita e ri.

– Não acredito que você estourou meu bebê com os dentes.

– O gosto da vitória é doce. E levemente emborrachado.

Torço a camisa, que está encharcada e grudada em meu peito.

– Nunca imaginei você participando de um concurso de camisa molhada, mas você se sairia bem – diz Molly.

– Pelo meu estado agora, acho que posso entrar na piscina no fim das contas – comento, tentando não me concentrar na natureza sugestiva de suas palavras e no fato de que ela está encarando meu peito sem nenhum pudor.

Ao nosso redor, boa parte dos competidores continua balançando os balões. Mas eu mal os vejo, porque de repente o clima entre mim e Molly esquenta.

Bastante.

Dou um passo para trás, mas Molly pega minha mão e ergue com tudo em direção ao céu.

– Rubenstein me derrotou! – grita para Elle. Então ela vira para mim. – Vamos entrar na piscina.

Sem esperar por uma resposta, ela tira a bermuda, se sacudindo, tira as sandálias e sai correndo. Pula sem hesitar, espirrando água e molhando metade dos meus companheiros de equipe.

– Vem! – grita para mim. – Está uma delícia!

– Não trouxe roupa de banho – grito de volta.

– E daí? – diz Emily, que se levanta e tira a saída, revelando um biquíni e uma barriguinha linda. – A política da nossa piscina é de que a roupa é opcional.

Eu nunca tiraria a roupa toda na frente de uma plateia composta basicamente de mulheres em um *chá de bebê*, mas acho que uma cueca boxer pode passar por sunga.

– Tá bom – digo –, mas só porque está fazendo uns trinta graus. Como vocês conseguem viver assim em pleno outubro?

– Olha quem fala. Em Chicago já está nevando! – rebate Molly.

Tiro as roupas e penduro atrás da cadeira para que sequem ao sol. Vou direto para o aeroporto depois da festa e não quero colocá-las molhadas na mala.

Pulo perto o bastante de Molly para espirrar água nela. A água está quente do sol e do calor, mas fresca o bastante para nos refrescar.

Nado na direção de Emily, na parte rasa, mas uma mão segura meu tornozelo e eu afundo. Ouço o som abafado de uma risada e, ao olhar para baixo, vejo o cabelo de sereia de Molly rodopiando ao redor dos meus pés.

Ela me solta e volta até a superfície. Eu vou atrás dela, agarro seus ombros e a faço afundar na água.

Ela sobe rindo e tossindo. Isso me faz lembrar todas as piscinas da nossa juventude na Flórida. Quando namorávamos, Molly e eu fazíamos os trabalhos de casa juntos, e depois passávamos horas na piscina da casa dos meus pais. Era um jeito bem conveniente de ficarmos quase nus em um cenário permitido.

Molly estende as mãos em direção ao meu quadril e começa a me puxar, mas recuo e fujo nadando.

Tento não gostar de toda essa atenção, mas ela faz bem ao meu ego. É restauradora.

Ela vem atrás de mim de novo, e eu a levanto, acima da água e dos meus ombros.

— Eu vou te jogar se você não se comportar — digo, em tom de ameaça.

— Duvido — provoca ela.

Eu não preciso de mais incentivo que isso. Jogo Molly em direção à parte funda, e ela cai espirrando água para todos os lados.

— Ah, agora você vai ver! — grita ela, nadando com força na minha direção com um olhar assassino.

— Tudo bem, crianças — grita Elle. — Já chega.

Levanto a cabeça e me dou conta de que todos estão olhando para nós dois.

Não tem mais ninguém na piscina além de Emily, que está sentada nos degraus da parte rasa, com um sorrisinho no rosto.

— Vamos pra próxima brincadeira se Molly e Seth tiverem acabado a deles — diz Elle.

— Acho que fiquei grávido só de olhar pra eles — diz o cara do cafetã para uma mulher encharcada ao seu lado.

Sinto o rosto esquentar. Estávamos nos comportando como adolescentes.

Adolescentes *cheios de tesão*.

Inaceitável.

— Desculpa! — grito, nadando para bem longe de Molly Marks, e saio da piscina.

Sou melhor que isso.

Gloria me joga uma toalha.

— Qual a próxima brincadeira? — pergunta ela.

— Lista de Desejos do Bebê — responde Elle. — Em círculo, escrevemos uma atividade que achamos que vocês devem fazer com os bebês durante o primeiro ano de vida. Vou juntar tudo em um livro, e você e

Em podem escrever recadinhos sobre a experiência no verso dos cartões, como lembrança.

– Ah, que fofo! – diz Emily.

– Né?! – responde Elle, rindo. – Chega a doer de tão fofinho.

Todos nos reunimos ao redor da mesa, e Elle distribui canetinhas e cartões amarelos com as palavras *Nosso primeiro ano como mães...* em relevo.

– Certo – diz Elle. – Vou colocar um cronômetro de cinco minutos. Vamos lá.

Todos nos curvamos sobre nossos cartões. Tento não deixar que a água pingue no meu. Isso é importante. Elas provavelmente vão guardar esses cartões pelo resto da vida. (Eu, pelo menos, guardaria.)

Quebro a cabeça tentando pensar em alguma coisa legal. Então me lembro de quando meu sobrinho Max nasceu. Ele era um bebê agitado e, quando eu ia visitar Dave e Clara, eles estavam sempre desesperados por uma folguinha. Então eu o colocava no canguru, preso ao meu peito, e caminhava com ele pela trilha ali perto. Às vezes passávamos horas passeando, só eu e ele. Eu amava senti-lo tão pertinho, os pezinhos pendurados em cada lado do meu tronco.

Tento deixar minha letra horrorosa legível.

Caminhar com eles junto ao peito em uma trilha linda em um dia lindo.

Quando terminamos, cada um lê o seu em voz alta.

Elle sugere dar aos bebês a receita de *arroz con leche* da mãe dela e de Gloria. Uma mulher com o cabelo cor-de-rosa vestindo um macacão de linho sugere fazer moldes de cobre das mãozinhas dos bebês e transformá-los em móbiles para pendurar no berço. (Ela mesma se oferece para fazer os moldes; é artista, para a surpresa de um total de zero pessoas.)

Leio o meu em voz alta tentando, com sucesso, não me engasgar, embora a brincadeira esteja me deixando emocionado.

Molly é a última. Imagino que vá dizer algo bobo ou sarcástico, já que tem aversão a assuntos sentimentais. Algo como "Fazer queijo de leite materno e levar pra um churrasco com os vizinhos" ou "Lembrem-se: não chacoalhem os bebês – com muita força".

Ela pigarreia, e sua voz sai mais suave que o normal.

– Então, quando eu era bebê, na verdade, quase até a idade adulta, minha mãe cantava canções de ninar para embalar meu sono. Era tão gostoso que até hoje eu tenho uma playlist de canções de ninar, que ouço quando estou com insônia. – Ela faz uma pausa e torce os lábios. – É. Então... esse é o meu. É.

Gloria leva a mão ao coração.

– Molly! Que ideia fofa!

E é fofo mesmo. De verdade.

Não consigo não imaginar Molly, toda durona, aninhada em sua cama com fones de ouvido, adormecendo ao som de uma canção de ninar.

Ou, melhor ainda, Molly embalando o próprio bebê, cantando para fazê-lo dormir.

Isso me deixa triste por não ser a pessoa que vai cantar com ela.

CAPÍTULO 17
Molly

Um dos problemas de quase nunca se abrir em público é que não desenvolvemos, com o passar dos anos, uma maneira elegante de fazer isso.

Outras pessoas parecem capazes de expressar sentimentos profundos sem constrangimentos. Elas conseguem dizer, por exemplo, "Uau, que bebê mais fofo" ou "Essa música é muito emocionante", sem querer se jogar de um penhasco. Pessoas como eu – que se sentem mais à vontade levando a vida como se tudo fosse uma piada sutil – ficam nervosas quando são obrigadas a reconhecer que também vivenciam emoções humanas. Não desenvolvemos a musculatura necessária para voltar à normalidade; ficamos presos em uma vulnerabilidade lancinante.

É assim que me encontro agora, depois de admitir meu vício em canções de ninar. Meu coração está acelerado, e meu rosto está tão quente que parece que estou sofrendo uma reação alérgica.

Mona, amiga de Gloria, coloca a mão no meu braço.

– Que história mais linda. Fiquei com vontade de ligar pra minha mãe e dizer o quanto a amo.

Ah, meu Deus, faça isso parar.

– É – respondo, a voz trêmula. – Obrigada.

Ninguém mais fala nada, mas estão todos olhando para mim.

Pego o celular e cubro meu rosto vermelho e miserável.

– Vou te mandar minha playlist, Gloria – digo.

Enquanto mexo no aplicativo de música, chega uma mensagem.

Seth: Pode mandar pra mim também?

Olho para ele por cima do celular, e ele está sorrindo para mim, como se estivesse enviando apoio emocional com os olhos.

Argh, eu odeio o quanto ele me conhece.

Molly: Por quê? Você está grávido?
Seth: Estou.

Colo o link da playlist nas mensagens.

Molly: Aqui. Parabéns

– Quem quer bolo? – pergunta Elle.

Eu não. Para mim já deu de chá de bebê. Eu queria ter uma desculpa para ir embora.

Seth se levanta.

– Na verdade, não posso ficar – diz, pesaroso. – Preciso ir para o aeroporto. Vou só me trocar e chamar um carro.

Não deixe Seth escapar, uma voz desesperada uiva nos meus pensamentos.

Eu me levanto em um salto.

– Espera. Não faz isso. É tão... caro. Eu te levo.

Mais uma vez todos olham para mim. É raro que um morador de Los Angeles se ofereça para enfrentar o trânsito até o LAX. Fazer isso a uma hora de distância e a essa hora do dia é inédito.

Mas parte de mim já está com saudade dele e lamenta que não tenhamos tido a chance de colocar a conversa em dia. Lamenta ter dado um fora nele durante um ataque de pânico meses atrás.

– Vou encontrar uns amigos para jantar em Venice, então tenho que ir para aquele lado de qualquer forma – minto.

– Não é mesmo fora de mão pra você? – pergunta Seth.

– Nem um pouco. Vá lá se trocar. Nos encontramos lá fora.

Dou um beijo carinhoso em Gloria e Emily e faço a volta na mesa, me despedindo dos demais.

Elle segura meu braço quando chego à porta da cozinha.
– Espera – sussurra. – Está acontecendo alguma coisa entre você e Seth?
– Não!
Ela ergue uma das sobrancelhas.
– Tem certeza? Você estava muito alegrinha na piscina.
– Ah, por favor – digo. – Não se pode mais provocar um ex-namorado?
– Eu estava só esperando você arrastar Seth pra dentro e acabar com ele.
– Acho que vou fazer isso no carro.
Ela dá uma risadinha.
– Foi o que eu pensei. O cara continua sem conseguir tirar os olhos de você. Vai nessa, garota.
Tento agir como se essa informação não me afetasse.
– Tá, preciso ir logo pra tentar pegar menos trânsito. Vamos beber alguma coisa antes de você ir embora da cidade, que tal?
Ela me puxa e beija meu rosto.
– Te amo.
– Também te amo.
Quando saio, Seth já está lá fora, com uma mala de rodinhas.
– Para onde vamos, capitã?
– O meu é o Lexus branco.
Ele percorre a rua com o olhar até encontrar minha SUV. Dá risada.
– Eu não esperava ver você dirigindo um carro de mãe do subúrbio.
– Eu *amo* o meu carro – digo, bufando. – Os carros de mãe do subúrbio são espaçosos e práticos. E, se quiser ter o privilégio de andar em um, vai ter que pedir desculpas à minha querida Laurel.
– Seu carro tem um *nome*?
– Claro. Eu passo mais tempo com ela do que com qualquer pessoa.
Abro o porta-malas para Seth, que guarda sua bagagem e depois entra no carro ao meu lado.
– Podemos ir? – pergunto.
– Podemos.
Isso é óbvio, já que ele está no carro, com a porta fechada e com o cinto de segurança. Mas, agora que consegui sair do chá de bebê, me dou conta de que criei outro problema: sobre o que vamos conversar durante uma hora?

Eu queria isso. Mas agora minha mente é um vazio de ansiedade.

– E aí, quanto tempo vamos demorar? – pergunta Seth.

– Vamos ver.

Conecto o celular, e o aplicativo do mapa informa que serão apenas cinquenta e oito minutos.

– Puxa – diz ele. – Tem certeza de que não vai desviar do seu caminho?

– Absoluta.

A verdade é que o aeroporto fica na direção contrária à que eu precisava seguir, eu não tenho amigos em Venice e a volta vai demorar mais ainda.

Mas vale a pena. Por algum motivo, quero muito fazer isso.

Além do mais, agora que estamos no carro, eu me sinto mais calma. Amo dirigir em LA – o fluxo quase musical do trânsito nas rodovias de dez pistas me traz uma espécie de paz. Aqui as pessoas não são agressivas no trânsito como em Nova York ou na Flórida; são rápidas, confiantes e competentes. É como se a cidade inteira tivesse um acordo de cavalheiros de chegar a qualquer lugar o mais rápido possível sem matar ninguém no caminho. (Em Nova York parece que ninguém vai se importar se acabar matando você. Na Flórida parece que eles *querem* matar você.)

– E aí, o que tem feito desde o jogo? – pergunto.

– Fui à praia em Malibu.

– Ah, que delícia. Mas a água é gelada demais pra entrar.

– Eu não acho – responde ele. – Amo água gelada. Sempre vou à praia em Chicago.

– Chicago não tem praias.

– É claro que tem.

– Aquelas manchinhas de areia no Lago Michigan não contam.

– É óbvio que contam.

– É sério que você nada no Lago Michigan no inverno?

– Não no inverno, mas nesta época do ano ainda é suportável. Um mergulho polar agradável.

– Você é tão fitness.

– Né?

– Você deveria ter me ligado. Eu teria indicado uns bares e restaurantes pra você conhecer. Teria te levado pra fazer alguma coisa.

Ele se recosta no assento.

— Molly — diz ele, devagar. — Não quero te constranger nem nada. Mas tive a sensação muito clara de que você *não queria* que eu te ligasse. Tipo, nunca mais.

Fico em silêncio. Eu sei, é claro, que fui incoerente sem nenhuma explicação, e que isso deve ser confuso para ele. Mas ser mais clara exigiria que eu processasse minhas próprias emoções — algo que considero muito desagradável, como minha terapeuta guerreira pode atestar.

Tamborilo no volante, grata pelo trânsito que me liberta da obrigação de olhar para ele.

— É — respondo finalmente. — Eu me arrependo disso.

— Mesmo? — pergunta Seth.

A intensidade no tom da sua voz revela que essa informação tem alguma importância para ele. Que ele se importou de verdade quando pedi para que ele não me procurasse mais.

Com uma longa pausa, engulo em seco a resistência inata a qualquer resquício de vulnerabilidade. Devo isso a ele.

— Mesmo — me obrigo a dizer. — Passei meses me perguntando se deveria te procurar e pedir desculpa. Por ter exagerado aquela noite.

Ele me olha fixamente.

— Eu teria gostado disso — diz. — Eu não... sabia que você se sentia assim. Claro.

— É — respondo, olhando para a frente com determinação. — Senti falta de saber o que estava acontecendo com você.

Ele balança a cabeça e solta uma risada suave.

— Uau.

— E, quando te vi no jogo, me dei conta do quanto estava sendo idiota, porque fiquei muito feliz de te ver — confesso, olhando para o retrovisor. — Quer dizer, quantas vezes na vida eu fui grata a Marian Hart?

Ele solta uma risada bufada, mas fala com a voz suave:

— Fico emocionado de saber disso, Molly.

Por um momento, nós dois ficamos em silêncio. Reúno coragem para olhar para ele, e Seth está me olhando com tristeza.

— Mas sabe de uma coisa? — diz. — Eu *sei* que passei dos limites naquela conversa. Eu... exagerei. Entendi por que você reagiu daquele jeito.

Nas entrelinhas de suas palavras flutua implícita a frase que ele disse naquela noite. *Estou caidinho por você.* Eu me pergunto se isso ainda é verdade. Se eu ousaria perguntar a ele.

Não. Não é o tipo de pergunta que se faça. É o tipo de coisa que é preciso reconquistar.

Mexo na saída do ar-condicionado em vez de dizer alguma coisa.

A verdade é que não faço ideia do que responder.

Como ele é mais hábil socialmente que eu, Seth muda de assunto.

– E como você está? – pergunta.

– Agora? Meio suada.

– Eu quis dizer no geral.

– Bem.

– Tão específica e expressiva.

Dou de ombros, porque me nego a dizer a ele que estou exausta das manobras sociais ininterruptas para implorar por um trabalho, cansada do calor insuportável de outubro, e me sentindo sozinha desde a última série de encontros vazios.

– Está tudo bem – digo. – Não tenho muito o que contar.

– Ah, vamos. E o filme com Margot Tess? Quero ouvir sobre sua vida cheia de glamour.

Não quero *mesmo* falar sobre isso. Faz parte das manobras sociais ininterruptas para conseguir trabalho. Mas não vou mentir para ele. Então digo:

– Não vai rolar. Pelo menos não comigo.

Ele olha para mim com o tipo de incredulidade que uma pessoa com um emprego normal demonstra ao ouvir falar sobre os caprichos de uma carreira no cinema.

– Não! O que aconteceu?

– Margot decidiu que quer seguir uma direção mais "convencional". Achou meu tom "espinhoso" demais.

Tenho certeza de que ele, principalmente, pode entender o que ela quis dizer.

– Meu Deus, Molly. Que pena.

Dou de ombros.

– Ah, eu recebo assim mesmo pelo trabalho que tive com o roteiro, então não tem problema. Mas seria legal conseguir produzir algo grande.

— Concordo! Quero mais filmes de Molly Marks para satisfazer meu próprio prazer egoísta.

— E como vai o seu trabalho? — pergunto, porque não quero a piedade de Seth Rubenstein, nem mais motivos para remoer meu período de seca profissional.

— Sabe, estou um pouco entediado, pra falar a verdade.

— Tanto divórcio te deixou desanimado?

Ele estremece.

— Eu sei que você me acha um idiota por trabalhar com direito de família, e entendo, mas, na verdade, você é parte do motivo pelo qual eu faço o que faço.

Tiro os olhos do trânsito por um instante para olhar para ele, desconfiada.

— Você se inspirou no meu trauma de infância pra passar os melhores anos da sua vida profissional causando devastação emocional e ruína financeira aos outros?

— Não, eu queria ajudar as pessoas. Estou falando sério.

— Não consigo entender.

Para ser sincera, me dói, *sim*, que ele tenha entrado nessa área depois de ver o que aconteceu comigo e com minha mãe. Meu pai nos deixou quando eu estava no oitavo ano, e Seth acompanhou o que aconteceu depois. Ele viu os advogados e o administrador dos negócios do meu pai ferrarem minha mãe, transferindo o dinheiro para o exterior e depois a segurarem no tribunal por anos quando ela tentou provar justamente isso. Ele viu o quanto nós duas ficamos devastadas com essa experiência.

Quer dizer, para deixar tudo às claras, nós não passamos fome. Meu pai pagou meus estudos e a pensão determinada pelo juiz. Minha mãe começou uma nova carreira no setor imobiliário. Mas ela levou anos para recompor suas finanças. Nós duas tivemos que nos mudar para um apartamentinho ruim, e sempre que o carro parava de funcionar não sabíamos se teríamos dinheiro para pagar o conserto. Isso sem falar na depressão dela, que durou anos, ou nos meus ataques de pânico frequentes.

Enquanto isso, meu pai comprou o primeiro de muitos veleiros, se mudou para um condomínio à beira-mar, se casou de novo, dessa vez com uma pessoa sete anos mais velha que eu, e me via uma vez por mês.

Então, é, não sou fã de advogados de divórcio.

– Eu achava que tinha que existir um jeito mais humano de terminar um casamento – diz Seth. – Então, quando virei sócio do escritório, contratei uma terapeuta familiar especializada no assunto, e incentivo todos os meus clientes a se consultarem com ela. Também tento insistir na mediação. Nem sempre é agradável, é claro, mas tivemos muito sucesso guiando casais em direção a soluções amigáveis fora do tribunal, mesmo em situações que começaram complicadas.

Não estou convencida.

– Que bom pra você. Vai ter que perdoar meu ceticismo.

Ele encontra meu olhar no retrovisor.

– Sinto muito pelo que ele te fez passar. Com sua mãe. Nunca esqueci aquilo.

Ele está falando do colapso nervoso da minha mãe durante o divórcio e de meu pai ter me deixado como o principal apoio emocional dela. Eu, sua filha adolescente. Ela pediu desculpa – nós duas até fizemos terapia familiar. Mas isso tornou minha adolescência bem difícil.

– Obrigada – digo. – Ela está ótima agora. Começou a *namorar* ano passado. Ela não fala se é sério, mas começou a dizer que eu preciso "baixar a guarda e me abrir para o amor", como se fosse a própria Oprah.

Ele ri.

– Que bom.

Falar sobre mim mesma e minha relação com o amor romântico está me deixando desconfortável.

– Enfim – digo –, por que está entediado?

– Bom, eu nunca estive tão bem profissionalmente. Mas sinto que estou um pouco estagnado.

– Pode fazer outra coisa? Como, sei lá, não trabalhar com divórcios?

– Já pensei na ideia de começar uma clínica jurídica sem fins lucrativos. Ou abrir meu próprio escritório. Mas não quero me ocupar demais com o trabalho e depois ter filhos e não ter tempo para passar com eles.

Sinto uma pontada estranha de afeto por Seth estar pensando nisso. Cuidando dos filhos futuros. Ele é tão... *bom*.

– Entendo – digo apenas, porque a busca dele por uma família é mais um assunto que me deixa inquieta.

E é aí que o fluxo da conversa termina.

Uma pausa tão longa se impõe que quase considero a possibilidade de ligar o rádio. Sou consumida pelo fato de não conseguir manter uma conversa confortável com Seth, uma pessoa com quem nunca tive essa dificuldade. Na verdade, muitas das melhores conversas da minha vida foram com ele. O que é relevante, considerando o fato de que nem tínhamos 18 anos quando tivemos essas conversas.

Mas ele parece tão reticente quanto eu ao falar sobre o futuro.

– E a sua família? – finalmente pergunto, com a sensação de que estou riscando assuntos de uma lista. Na sequência, vou perguntar sobre sua rotina de exercícios e sono.

Ele sorri.

– Está ótima. Estive com Dave e as crianças mês passado. Viajamos para Pigeon Forge e fomos ao parque Dollywood. Foi uma loucura.

– Mentira! É meu *sonho* ir pra lá.

Ele abre um sorrisinho irônico.

– Sei não. Você não tem um histórico muito bom com parques se me lembro bem.

– Meu Deus. Nem me lembre.

Ele está se referindo ao encontro "irônico" em que fomos a um parque aquático cafona de estrutura duvidosa na Flórida e eu quase morri.

– Só você para cometer um erro quase fatal ao subir em um tobogã – diz ele.

Eu torci o tornozelo tentando subir em um bote inflável, caí na água e quase fui sugada pelo tubo íngreme de "corredeiras"... de costas. Por sorte, Seth me segurou, e nada pior aconteceu, mas acho que fui responsável pelo investimento de milhões de dólares em recursos adicionais de segurança no Ocala Splash Attack.

Ainda fico emotiva quando me lembro daquele dia. De como Seth me abraçou quando descemos do tobogã, eu chorando, ele torcendo a água do meu cabelo. Foi o auge do vínculo romântico adolescente forjado no trauma, como se estivéssemos em um romance do John Green. Temos mesmo o perfil de um casal típico de romance. Seth é o garoto sensível e gentil, e eu a garota maluquinha dos seus sonhos. (Ou pesadelos, para ser mais exata.)

– Eu achei que você fosse se afogar – diz Seth. – Passei horas sem conseguir respirar direito. Talvez dias. Na verdade, não estou conseguindo respirar agora, só de lembrar.

Ele coloca o rosto na frente do ar-condicionado e respira fundo exageradamente.

Dou tapinhas em suas costas.

– Calminha. Coloque a cabeça entre os joelhos.

Ele ri, mas fica tenso ao sentir meu toque.

Afasto a mão bem rápido.

– Você foi tão fofo depois – digo.

Ele olha para mim.

– Eu sempre fui fofo.

Eu me corrijo.

– É verdade. Você me mimava. Não sei se algum dia te agradeci por isso.

Ele balança a cabeça.

– A gente não precisa agradecer às pessoas por serem legais.

– Quando a gente não sabe retribuir, talvez precise.

Não estou falando só da escola. Estou falando da vida em geral. Mas principalmente dele.

– Você *era* legal comigo, Molly. Só tem um jeito diferente de demonstrar.

– É. Um jeito que afasta as pessoas.

Ele olha diretamente para mim.

– Está tudo bem?

– Como assim? Está. Claro.

– Parece que você está deprimida, ou algo do tipo.

– Na verdade, eu *não* estou deprimida – minto. – O que é raro pra mim.

– Que bom.

– Acho que estou fazendo o que você disse que eu faço. Fugindo dos meus sentimentos.

– Que sentimentos?

Tristeza, por ter deixado que ele se afastasse.

– Ah, sei lá – respondo. – Nostalgia, talvez.

Ele concorda com a cabeça.

– Acho que despertamos isso um no outro. Conversar com você é como folhear o anuário da escola ouvindo Dashboard Confessional – diz.

– Tenho quase certeza de que isso não é um elogio.

– Ah, qual é! Você amava música emo.

– Não mesmo! Você que amava, Rubenstein.

– Ah, é verdade. Você amava NSYNC.

– Não me faça virar o carro.

– Você não faria isso. Teria que me levar com você.

Levá-lo comigo. Meu Deus, eu bem que queria.

Sou tão burra. Faz dias que Seth está aqui e, em vez de procurá-lo, fiquei olhando para o celular, me perguntando se ele mandaria mensagem. E agora ele está indo embora, e as coisas estão estranhas entre nós, e tudo o que eu quero é dizer a ele que acabei descobrindo que os sentimentos que ele confessou ter meses atrás são mútuos.

Eu também estou caidinha.

Passamos pela primeira placa que indica o aeroporto.

Não quero deixar esse homem sair do meu carro.

– Sabe, Seth – digo logo, antes que perca a coragem. – Não faz muito tempo que você está aqui, e parece que você ainda não está pronto pra voltar ao trabalho. Você não precisa ir embora hoje. Eu tenho um quarto de hóspedes... Você podia ficar e eu podia te mostrar a Zona Leste da cidade. Ou, ah, melhor ainda, a gente podia ir até o parque Joshua Tree, fazer caminhadas, comer comida gordurosa e comprar incensos caros. Minha amiga Theresa tem uma casa linda lá. Fica a duas horas...

– Molls – diz ele, me interrompendo, com uma risadinha que parece forçada. – É muito gentil você se oferecer, mas eu preciso voltar.

Quero morrer depois dessa rejeição, muito razoável na verdade, mas estou no embalo e sei que vou me arrepender se não disser o que quero, então reúno coragem, respiro fundo e sigo em frente.

– Eu só acho que seria bom passarmos um tempo juntos. Sabe, a gente se divertiu no reencontro, e as coisas acabaram dando errado, o que provavelmente foi minha culpa porque, como você bem disse, eu saboto as coisas e acabo metendo os pés pelas mãos. Mas o que quero dizer é que... eu gosto de você, sinto sua falta e queria que você ficasse.

Não consigo olhar para ele. Estou paralisada, esperando por uma resposta. *Rezando* para não ter passado a vergonha que acho que passei.

Seth coloca a mão no meu ombro, e isso faz com que meu nível de cortisol volte a baixar. Seu toque sempre teve o poder milagroso e incrível de me acalmar.

Reúno coragem para olhar para ele, vejo algo em seu rosto, e tenho esperança.

Esperança.

Como ele não responde que sim de imediato, gaguejo um pouco mais.

– Ou eu p-posso ir pra Chicago. Ficar na casa da Dezzie. A gente pode sair, e quem sabe...

– Molls – diz ele, finalmente, com muita delicadeza, muita gentileza –, eu conheci uma pessoa.

Fico sem ar.

– Ah! – digo. – Ah, claro, tá, desculpa!

– Sem problema. – Ele tira a mão do meu ombro. – Você é uma gracinha.

Uma gracinha. Quero morrer.

Entro na pista que leva ao embarque.

– Qual é a companhia aérea? – pergunto.

Obrigo meus lábios a formarem uma linha reta e dou uma olhada no retrovisor para garantir que não estão tremendo.

– American – responde ele.

Levamos quinze minutos torturantes para chegar ao terminal, e não falamos nem mais uma palavra sequer.

Paro o carro.

– Bom, chegamos.

Seth se aproxima e me dá um beijo no rosto. Fecho os olhos.

– Fica bem, Molls – sussurra ele no meu ouvido.

Dou um jeito de esperar que ele pegue a mala lá atrás antes de começar a chorar.

PARTE QUATRO

Fevereiro de 2020

CAPÍTULO 18

Seth

O nome dela é Sarah Louise Taylor, e ela é perfeita para mim em todos os sentidos.

Nos conhecemos em agosto, em um evento beneficente. Ela é defensora pública de Cook County, um trabalho estressante e mal remunerado que ela adora, porque ama a justiça com todas as forças. Ela me inspira. Com seu apoio, estou dando os primeiros passos para abrir a clínica jurídica sem fins lucrativos em que tenho pensado há anos.

Ela é corredora de longa distância – se classificou para a Maratona de Boston pela *quarta* vez este ano –, e acordamos cedo todo sábado para fazer uma corrida longa juntos. (Meu ritmo é bem lento para Sarah, mas ela está me ajudando a melhorar. Agora eu tenho a capacidade pulmonar de um garoto de 18 anos.)

Ela cresceu trabalhando na fazenda dos pais no Kansas, e é uma cozinheira vegana incrível que faz questão de usar produtos locais. É claro que isso é difícil no longo inverno de Chicago, mas você não acreditaria no que ela consegue fazer com limões em conserva e beterrabas assadas. Não como carne há meses.

Ela é filha única e quer uma família grande, com filhos, cachorros e parentes correndo pela casa. Não vê a hora de engravidar, pois acha que vai amar a experiência de gerar uma vida em seu corpo, de estar tão próxima de alguém a quem vai dedicar tanto amor. Passamos muito tempo debatendo os nomes que daremos a nossos filhos. (Os nomes do momento são Jane, nome da mãe de Sarah, e Sam, nome do meu avô.)

Ela é generosa e intuitiva na cama, e aos domingos ficamos em casa fazendo amor. Ela gosta de olhar nos olhos, ir devagar, estabelecer contato. Na primeira vez que fizemos sexo, ela chorou, e isso me fez chorar também.

Seu apartamento é cheio de porta-retratos das pessoas que ela ama – são fotos e mais fotos de amigos e familiares queridos. Quem conseguiria conhecer Sarah Louise Taylor e não se apaixonar completamente por ela?

Eu não.

Agora, Sarah está em Milwaukee, em uma reunião, o que me proporcionou uma oportunidade valiosa de organizar um fim de semana só dos garotos em Nova York com Jon e Kevin.

Sarah acha que vim para visitar restaurantes e ir ao teatro com velhos amigos. Na verdade, vim comprar um anel de noivado com a orientação de duas pessoas cujo gosto é muito superior ao meu.

Faz só seis meses que estamos juntos, mas estamos prontos para sossegar. Sei que ela vai aceitar o pedido.

Jon e Kevin me encontram para o brunch no meu hotel na Union Square, e trocamos abraços apertados. Os dois moram no Brooklyn e, embora o voo de Chicago a Nova York seja rápido, nos encontramos poucas vezes no ano. Tenho inveja da proximidade deles. Tenho muitos amigos em Chicago, mas, por algum motivo, não tenho um melhor amigo.

Eles estão ótimos. O cabelo grisalho de Jon está penteado para trás em um corte mais elegante do que ele costuma usar, e ele parece ter acrescentado alguns quilos de músculos a seu físico esguio. Tenho certeza de que todos os alunos têm uma quedinha por ele.

Kevin está cultivando um bigode bem elegante, com as pontas enceradas, e seu físico enorme a la Tom Selleck está coberto por um de seus *looks* – como editor de moda, ele sempre compõe looks elaborados, e o de hoje envolve um suéter assimétrico desbotado e calça de couro.

– E como vai a ilustre Sarah Louise? – pergunta Jon.

– Aquela visão – entoa Kevin.

– Estou com saudade dela – diz Jon. – E olha que só nos vimos uma vez.

– *Eu* estou com saudade dela, e nem nos conhecemos – diz Kevin.

Abro um sorriso.

– Precisamos dar um jeito nisso. Quem sabe eu organizo uma viagem pra cá pra fazer o pedido.

– Ah, meu Deus, por quê? – resmunga Jon, enrugando o nariz.

Jon é famoso por detestar Nova York, embora more aqui desde que se formou na faculdade.

– E aí, aonde vamos primeiro? – pergunto.

– Roman & Roman – anuncia Kevin. Ele chamou para si a responsabilidade de liderar a busca assim que contei que ia fazer o pedido. – Eles são especializados em anéis de noivado antigos. Coisa fina. Peças únicas. Você vai amar.

– Parece perfeito – digo.

Terminamos o brunch e passeamos pela feira da Union Square. Amo o cheiro das feiras, de flores frescas e terra. Tenho que trazer Sarah para ver. Ela diz que não gosta de Nova York, mas aposto que gostaria se viéssemos juntos.

Uma mulher loira com um corte de cabelo chique nos cumprimenta assim que entramos na joalheria.

– Kevin! – diz, se aproximando para um abraço.

– Seth, esta é Adair – diz ele. – Nos conhecemos desde que eu trabalhava na *Iconic*. Pedi a ela que separasse algumas peças pra você olhar.

– Sarah, não é? – diz ela, com um sorriso caloroso. – Kevin me contou tudo e acho que tenho umas opções que podem ser perfeitas para ela.

Ela nos conduz pela loja minimalista, decorada com painéis de madeira, até uma salinha com uma caixa em veludo preto com anéis reluzentes aguardando em uma mesa.

Ela pega um anel de platina com uma pedra central grande e redonda.

– Esta é uma peça de herança. Lapidação roseta, dois quilates. Muito clássico.

Kevin faz um barulho de quem está tendo um orgasmo.

– Quero – diz, gemendo.

– É lindo – diz Jon.

– Não sei – respondo.

Algo na peça parece demais. Parece que pode atrair mais atenção para o dedo de Sarah do que ela gostaria.

– Talvez seja muito... herdeira – digo.

Adair assente, como quem entende o que quero dizer. Ela coloca o anel de volta e pega outro, muito menor, com um diamante rodeado de retângulos verdes reluzentes.

— Art déco – diz. – Lapidação brilhante, ladeado por quatro esmeraldas baguete primorosas. Muito delicado... Veja a filigrana nas bordas.

— Aah, amei esse – diz Jon. – Lembra o prédio da Chrysler.

— Né? – diz Adair, rindo. – Eu costumo sugerir peças art déco para pessoas de gosto mais discreto... O estilo é marcante, mas delicado.

O anel é legal e claramente não tem nada a ver com minha namorada. Sarah é uma garota do meio-oeste. Ela é mais planície, milharal e cabelo loiríssimo natural.

Ela não quer um anel de noivado verde, seja art déco ou não.

Adair me mostra um anel depois do outro. Aprendo sobre lapidação Asscher, lapidação Old Mine e analiso algo chamado diamante Fancy Yellow que custa 78 mil dólares.

— Acho que ela ia querer algo... menos amarelo – digo, engolindo em seco.

Uma nova bandeja é trazida.

Damos uma olhada em um solitário de meio quilate mais baratinho, e uma infinidade de anéis que parecem mais alianças de casamento do que anéis de noivado. Gosto de todos. Mas nenhum deles é o anel certo.

Não paro de pensar que esses anéis são um pouco específicos demais. Fico imaginando cada um deles na mão de alguém como Molly Marks – alguém que talvez nem queira um anel até ver um cheio de história e personalidade.

Imagino Sarah entrando na loja e pensando que não gostaria de usar o anel de outra pessoa. Consigo ouvi-la dizendo: "Ah, mas e se derem azar?"

— Sabe de uma coisa? Não sei se ela gostaria de algo usado – digo, quase me desculpando, para Adair.

— Ele quer dizer *antigo* – diz Kevin, horrorizado.

— Eu entendo – diz ela –, não se preocupe. Você pode dar uma olhada na Trinket, em Williamsburg. Eles têm peças lindas. A maioria é um pouco mais modesta, o que pelo jeito é o que ela quer.

Concordo com a cabeça, embora não tenha certeza de que ela ia *mesmo* querer algo modesto. Ela é defensora pública, mas gosta de coisas finas. Suas amigas usam pedras consideráveis. E não me importo de comprar algo caro para ela.

Ainda assim, Kevin parece achar uma sugestão muito boa. Pegamos o metrô da linha L e vamos até a Bedford Avenue no Brooklyn. Todas as pessoas parecem viver em uma cidade diferente daquela em que estávamos pouco antes. Não são apenas estilosas; estão *montadas*, prontas para serem vistas ao meio-dia e meia de um sábado qualquer.

– Você não morava aqui? – pergunto a Jon. – Não eram só caras com barba de lenhador e calça jeans bem justa?

– Ah, é, isso foi antes de o bairro ficar caro demais, lá pra 2010. Agora só caras do setor financeiro e modelos moram aqui.

Jon é professor. Ele não se dá muito bem com caras do setor financeiro e modelos.

– Estou com um mau pressentimento – digo. – Sarah odiaria este lugar.

Kevin me manda ficar quieto.

– Se não tomar cuidado vai acabar com uma daquelas pedronas tediosas da Tiffany.

Tiffany.

É isso.

Na mesma hora tenho a sensação de que o que Kevin considera uma pedrona tediosa é *exatamente* o que Sarah iria querer.

Entramos na joalheria, que tem um letreiro vintage dourado e é mais ou menos do mesmo tamanho da entrada do meu apartamento em Chicago. Tudo ali, incluindo as vendedoras e o público majoritariamente feminino, é pequeno. Jon é franzino o bastante para se encaixar discretamente, mas Kevin e eu ocupamos cerca de 80% do espaço restante.

As vendedoras de 20 e poucos anos nos ignoram, então ficamos dando uma olhada nas peças. Adair tinha razão: são lindas, mas também são exageradamente delicadas. Alguns dos anéis parecem pequenos demais de propósito, como se coubessem melhor no dedo de uma criança do que no de uma mulher adulta. Outros são simplesmente bizarros, como um com uma pequena opala na boca de quatro cobras entrelaçadas.

Imagino Sarah confusa e decepcionada caso eu comprasse um anel desses.

Com mais clareza ainda, imagino Molly Marks rindo deles. Achando que são afetados e pequenos demais.

Não sei por que fico pensando em Molly. Não nos falamos desde que ela me deixou no aeroporto.

Deve ser porque aquele dia teve algo de doloroso. Entrei no avião e coloquei um podcast de direito para tocar e passei as quatro horas e meia do voo até Chicago tentando não me lembrar de como seu rosto se fechou quando eu disse que tinha conhecido alguém.

De como eu desejei, só por um instante, que isso não fosse verdade.

– Você vai querer ver alguma coisa desta loja? – pergunta Kevin.

– Não sei – respondo. – Tudo aqui parece tão...

– Presunçoso? – sugere ele.

– É!

– Concordo... não combina com a descrição que você fez da Sarah.

Saímos da loja, e sinto que consigo respirar de novo.

– É o seguinte – digo. – Acho que talvez a gente devesse ir na Tiffany.

Kevin me olha como se eu tivesse acabado de esfaquear seu coração.

– Muitas das amigas dela têm anéis de lá – digo, antes que ele possa se opor –, sei que ela gosta, e quero comprar algo de que ela vai gostar.

– Parece a decisão certa – diz Jon. Ele vira para a rua e faz sinal para um táxi. – Para a Tiffany, na Quinta Avenida – diz com firmeza ao motorista.

– Talvez depois a gente possa tomar um chá no Plaza – resmunga Kevin, se espremendo para entrar ao meu lado. – Andar de carruagem pelo Central Park.

– Sarah amaria tomar chá no Plaza – digo, tentando explicar quem ela é. – E andar de carruagem no Central Park. E visitar o Empire State. Ela não faz questão de ser descolada. E eu amo isso nela.

Jon dá um tapinha em meu joelho.

– Você não precisa se explicar.

– A Tiffany é um clássico – admite Kevin, mal-humorado. – Eu é que estou sendo esnobe.

Entramos na loja, e solto um suspiro. Rodeado de todo aquele azul icônico, imediatamente sei que foi a decisão certa. Sarah vai soltar um gritinho de alegria só de ver a caixinha.

Encontramos uma vendedora, e logo escolho um anel oval com uma faixa de diamantes e uma faixa de preço alta-porém-não-absurda. Entrego o cartão de crédito e recebo uma sacolinha em troca.

Jon e Kevin aplaudem quando levanto a sacola no ar.

Abro um sorriso, mas me sinto um pouco murcho.

Tento direcionar meus pensamentos para a imagem certa: Sarah, com o anel de diamante na mão com unhas estilo francesinha, chorando de alegria.

Mas, em vez disso, fico imaginando Molly Marks vendo o azul Tiffany e revirando os olhos para mim. "Muito criativo."

Fico aliviado quando Kevin diz:

– Estou morrendo de fome, quero um hambúrguer.

– Vamos ao P. J. Clarke's – sugere Jon. – A esta hora ainda não vai estar muito cheio.

Caminhamos durante quinze minutos até a Third Avenue, e começo a me preocupar com a sacolinha azul em que estou levando 30 mil dólares em diamantes.

– Será que enfio essa bolsa na cueca ou algo do tipo? – pergunto. – Nova York ainda tem assaltantes?

– Me dá aqui – diz Jon. – Eu guardo na minha bolsa.

Entrego a sacola a ele e me sinto estranhamente mais leve.

Chegamos ao restaurante, que já está agitado com pessoas do centro conversando no bar. Isso me lembra do happy hour nos bares de Chicago próximos ao meu escritório, e me sinto mais à vontade. Pedimos cerveja e viro a minha enquanto espero pelo hambúrguer.

– Tudo bem, cara? – pergunta Jon, vendo meu segundo copo chegar.

– Tudo ótimo! – respondo, pensativo.

Mas, mesmo alegrinho por causa do álcool, me sinto menos animado do que um cara que acabou de comprar um anel de noivado para a namorada deveria se sentir.

– O que Alastair anda fazendo? – pergunto a Jon, para mudar de assunto.

Ele e Kevin trocam um olhar estranho.

– Não sei – diz Jon. – A gente... terminou.

– O quê? Quando? – pergunto.

– Um pouquinho antes do Natal.

– E você não me contou?

– Bom, eu não estava pronto para processar o que aconteceu. A gente passou tanto tempo conversando sobre ficarmos noivos, mas ele queria abrir o relacionamento e eu não me sentia à vontade, então decidimos dar um tempo. Depois disso...

Ele lança outro olhar para Kevin.

– Na verdade, temos uma novidade – diz Kevin. Ele pega a mão de Jon sobre a mesa. – Estamos juntos. Tipo... *juntos*.

Largo a cerveja no meio de um gole.

– Gente! Como assim? Faz quanto tempo?

– Desde o Ano-Novo – diz Kevin. – A gente não queria te contar enquanto não fosse algo sério.

– Então é sério?

– Vamos morar juntos no fim do mês – diz Jon com um sorriso tímido. – Assim que meu contrato de aluguel acabar.

– Ah, meu Deus. Estou muito feliz por vocês – digo, levantando o copo. – Ao amor! E à felicidade!

Pode ser a segunda cerveja caindo no estômago vazio, mas agora me sinto mais feliz. Como se a notícia de que meus dois melhores amigos encontraram o amor um no outro me fizesse mais feliz que meus próprios planos de pedir a mão da minha namorada em casamento.

– Sabe quem previu isso? – digo. – Molly Marks.

– Como é que é? – pergunta Kevin, rindo.

– É. Na última festa de reencontro. Ela disse que tinha uma faísca entre vocês.

– Acho que ela percebeu antes da gente – diz Jon.

– Ah, para com isso – responde Kevin. – Eu já estava doido por você. Você sabe muito bem.

Jon sorri para ele.

– O que eu quis dizer foi que eu fui caidinho por você por toda a vida adulta. Só não sabia se era recíproco.

– É *muito* recíproco.

Eles se aproximam e se beijam.

Os dois se encaixam. É natural. Leve.

Eu me pergunto se Sarah e eu também somos assim.

Mas não quero pensar em Sarah, porque a pessoa que está na minha cabeça agora é Molly. E eu estou perdendo a aposta, dois a um.

Ela vai me zoar demais se descobrir.

E quero muito que ela faça isso.

CAPÍTULO 19
Molly

O nome dele é Sebastian Stone, nome de batismo Tom Lovell, e ele é o homem mais gato e gostoso com quem já falei. Com quem já dormi, então...

Nós nos conhecemos na estreia do filme de uma amiga. Ele se aproximou e perguntou se alguém já tinha dito que eu parecia a Demi Moore, e decidi dormir com ele naquele exato minuto.

Ele tem 26 anos. É ator. Não do tipo aspirante – trabalha em uma série sobre garotas adolescentes que resolvem crimes. Quer fazer a transição para filmes de ação. Nunca assistiu a nenhum dos meus filmes. E eu não assisto à série dele.

Ele se exercita por duas a quatro horas ao dia e come quantidades obscenas de peito de frango. Faz bronzeamento artificial, luzes e tratamentos faciais. Acha engraçado eu me esconder do sol e não tingir o cabelo. Gosta de brincar com meus cabelos brancos na cama, enrolando-os nos dedos de unhas feitas e me chamando de velha gostosa.

Tem um buldogue francês chamado Milo, com quem é fotografado passeando de vez em quando. As fotos acabam nas seções "gente como a gente" de revistas de fofoca que ficam nos caixas do supermercado. Ele não forja os flagras, mas também não evita os cafés cheios de celebridades com paparazzi na frente. Certa vez, aparecemos em uma revista, flagrados passeando juntos de mãos dadas pela Sunset e bebendo um café gelado de doze dólares. A manchete era A MULHER MAIS VELHA DE SEBASTIAN. Emoldurei.

Ele mora em West Hollywood, em um prédio alto e caro. Não tem carro. Levo quarenta e cinco minutos, no mínimo, para chegar à casa dele no meu. Ele veio à minha casa três vezes e pergunta por que moro em um lugar que não tem academia ou piscina particular. Quer que eu me mude para Beverly Hills. Ri quando digo que prefiro pular do seu arranha-céu.

Somos um clichê do tipo "os opostos se atraem". Eu sei disso, mas entenda: tem o sexo.

Sou uma escritora profissional e não sei se existem palavras capazes de descrever o que ele faz. Acho que tem alguma coisa a ver com força abdominal e vigor jovial. Ele ama estar entre as minhas pernas. Ama estar dentro de mim. Ama o sabor da minha pele. Ama me abraçar em frente a espelhos e me prender contra cabeceiras e árvores. Eu tive mais orgasmos nos últimos três meses do que nos últimos três anos.

É o melhor sexo ansiolítico que eu já tive. Minha vida está um caco, mas não tomo um ansiolítico desde que nos conhecemos.

Neste momento, Sebastian está fazendo uma massagem em nosso hotel em Cabo San Lucas, onde viemos passar o feriado prolongado. Sebastian está pagando, então ele escolheu o hotel, que, embora luxuoso, parece ter sido projetado apenas para fotos. É difícil andar pelos corredores sem encontrar influenciadores seminus tirando fotos. Eu me sinto desleixada e descuidada com meu cafetã branco boho. Todos aqui usam fio dental neon.

Chamo o garçom e peço mais uma margarita em minha espreguiçadeira. O sol está forte demais para tirar o cafetã e mergulhar na piscina, então estou escondida embaixo de um guarda-sol com meu chapéu enorme há horas, arrastando o guarda-sol pela área da piscina em uma batalha contra os raios que me perseguem.

Estou feliz por estar sozinha. Sebastian e eu chegamos há duas noites e passamos cada minuto juntos desde que saímos de Los Angeles. É nossa primeira viagem de casal, e os longos períodos em que não estamos comendo ou transando estão começando a me cansar. Sebastian é inteligente à sua maneira, mas não temos muito em comum. Em LA isso não é problema, já que raramente passamos mais que uma noite juntos. Aqui, estou começando a sentir que a conversa se esgotou.

Meu celular apita com uma notificação, e largo o livro que estou lendo. Estou tentando não ficar no celular durante a viagem, mas ler um romance físico é mais difícil do que costumava ser, agora que praticamente só leio por aplicativos.

Alyssa: Molls, como está a viagem?
Alyssa: Estou morta com os posts do Sebastian no Insta
Alyssa: Sabe quantos órgãos eu venderia para ir a um resort sem crianças?
Molly: Na verdade tem uma criança aqui. Um bebê. Com duas babás. E a mãe tem um cachorro que ela parece amar mais que a criança, porque está sempre passando o bebê para a babá e abraçando o cachorro
Alyssa: Triste
Alyssa: (MAS EU ENTENDO!)
Molly: Gente rica é louca
Dezzie: Molly, você está esquecendo completamente quem você é e se divertindo?

Tiro uma selfie com meus óculos enormes e minha margarita e mando.

Molly: Na piscina, amor
Dezzie: Cadê seu homem?
Molly: Fazendo uma massagem
Alyssa: Vocês estão se dando bem?
Molly: Basicamente comendo guacamole e transando toda hora
Alyssa: PARA. VOU MORRER DE INVEJA.
Molly: Mas ele é um pouco chato. Estamos ficando meio sem assunto
Dezzie: Conversem sobre o abdômen dele
Alyssa: Ou o pênis
Molly: ALYSSA! Quando você virou uma pervertida?
Alyssa: Você não quer saber quanto tempo faz que eu não transo. Tipo uns cinco anos. Eu não estou brincando
Dezzie: Acho que você esqueceu que tem um bebê de menos de dois anos, então isso é impossível
Alyssa: Imaculada conceição
Dezzie: Queria que funcionasse pra mim. Estou tão cansada de transar com o rob para fins de procriação. Se não der certo vou fazer uma inseminação caseira

Alyssa: Vai acontecer

Molly: Continuem tentando!!! Eu preciso de uma mini dezzie

Alyssa: Ou um mini Rob

Dezzie: HAHAHA. Um bebê andando por aí de calça cáqui e uma camiseta de banda de 2006? Não vejo a hora

Molly: Pelo menos você TEM um rob. Sério, gente, essa viagem está fazendo eu me perguntar por que todos os meus melhores relacionamentos são puramente sexuais

Molly: Tipo, o seb é bacana e eu gosto da companhia dele em pequenas porções, mas o principal é que ele é gostoso e nossa química é incrível

Molly: Estou entediada

Dezzie: Eu sei por quê

Molly: Ah, deus

Dezzie: PORQUE VOCÊ EVITA NAMORAR COM AS PESSOAS QUE VOCÊ GOSTA DE VERDADE

Alyssa: Sem falar que quando acaba gostando delas sem querer, você acaba tudo na hora

Tento pensar em uma resposta atrevida, mas a caixa de texto é substituída por uma chamada. E veja só de quem: Seth Rubenstein.

Não falo com ele desde que nos vimos em Los Angeles. Mas passei bastante tempo stalkeando Seth e sua linda namorada no Instagram depois disso.

– Alô – digo.

– Molly McMarks?

– Ela mesma.

Ele ri. Meus lábios se curvam em um sorriso que não consigo conter. Amo o som da risada dele.

– Como você está? – pergunta ele, se embananando um pouco com as consoantes.

Como se estivesse bêbado.

– Eu diria 7,5 de 10. Talvez 8.

– Isso equivale a, tipo, 16 para uma pessoa normal.

– Com certeza.

– O que você está fazendo?

– Na verdade, estou no México. Bebendo margaritas à beira de uma piscina de borda infinita de frente para o mar.

– Sério mesmo, cara?

– Sério mesmo, cara.

– Nossa, que inveja.

– O inverno permanente de Chicago te pegou?

– Na verdade, estou em Nova York.

– Ah, é? O que anda fazendo aí?

Ele dá uma risadinha.

– Você não vai querer saber.

– Captei.

– Você é a única pessoa que ainda diz "captei".

– Não. Minha mãe também diz.

– Como ela está?

– Ótima. Acabou de vender uma casa de 10 milhões na baía. Aumentando minha herança.

– Você vai ficar tão rica. Vai poder largar o trabalho e viver da herança.

– Ei! Fique sabendo que sou uma mulher independente com uma carreira em expansão.

A maior meia-verdade que já deixou meus lábios.

– Eu estava brincando – diz ele. – Em que você está trabalhando?

Argh. Não quero contar a ele, porque isso significaria admitir para mim mesma o quanto meu projeto atual é idiota. Meu pai me perguntou a mesma coisa na semana passada e eu menti e disse que estou dando um tempo entre um projeto e outro para evitar o desdém.

Mas enfim. É só o Seth. Ele se orgulha das minhas realizações como só alguém que não está enxergando a trajetória descendente pode se orgulhar.

– Fui contratada para adaptar um dramalhão para jovens adultos furreca que vai estrear em um aplicativo de streaming minúsculo e que só alunos do sexto ano e pessoas que têm o gosto de alunos do sexto ano vão ver.

– Do que os alunos do sexto ano gostam?

– De frango.

Ele dá uma gargalhada.

– Não foi tão engraçado – digo. – Você está bêbado?

– Hummmm... talvez um pouco – admite Seth.

– Não são tipo sete horas aí?

– Comecei cedo.

– Ocasião especial? Ou você é só um homem de negócios bebendo sozinho em um bar de hotel?

– Ocasião especial.

– Gostaria de compartilhar comigo?

– Bom, foi por isso que liguei.

– Ah, achei que tivesse ligado porque está bêbado e apaixonado por mim.

Isso escapou, provavelmente por causa da minha segunda margarita.

Contorço o rosto todo em uma careta de tanta humilhação e me sinto infinitamente grata por ele não estar me vendo.

Ele fica em silêncio por um instante. Então ri.

– Vai *sonhando*, Karl Marx.

Ufa, que alívio. Ele vai deixar essa passar.

– Não me chame assim.

– Tá bom, Molly Malolly.

– Eca. Minha *mãe* me chama assim. Por favor, não imite a minha mãe. Enfim, qual é a sua novidade?

Eu não faço a menor ideia do que ele tem para me contar. Que Marian se casou com o jogador do Cubs? Que ele teve uma ideia para um roteiro? Que está com uma doença terminal e está ligando para se despedir?

– Você está ganhando – diz ele.

– Ganhando o quê?

– A nossa aposta.

– Porque você finalmente admitiu pra si mesmo que eu não vou ser sua acompanhante no próximo reencontro?

– Não. Porque Jon e Kevin estão juntos.

– O quê?! – grito tão alto que a YouTuber ao meu lado interrompe a live e lança um olhar feio para mim.

– Né?!

Dá para ouvir o sorriso na voz de Seth.

– Aah, fiquei tão feliz por eles!

146

– Eu também! Mas não consigo acreditar que você estava certa.

Eu consigo. Eles são aquele tipo raro de casal predestinado em que romances são baseados.

– Eu te falei, sou boa nisso – digo. – Você está com eles agora?

– Passamos o dia juntos, mas saí pra te ligar... ah, *merda*.

Ouço alguns ruídos, e mais palavrões.

– Seth? Está tudo bem?

Ele solta um suspiro.

– *Droga*. Deixei uma coisa com Jon.

– Uma coisa importante?

– É – responde ele, a voz tensa. – Bem importante. Olha, tenho que ir.

– Captei. Nos falamos em seis meses?

Mas ele já desligou.

Abro minhas mensagens na mesma hora.

Molly: Gente
Molly: Uau
Dezzie: Que foi?
Molly: Seth Rubenstein acabou de me ligar
Dezzie: "Seth Rubenstein" haha. Como se a gente conhecesse outro Seth
Molly: Ele ligou para contar que jon e kevin da escola estão namorando!
Alyssa: !!!
Dezzie: Sempre achei que tinha alguma coisa entre aqueles dois
Molly: Eu tambééééém

Eu queria que Seth estivesse aqui para que eu pudesse me vangloriar bem na cara dele.

Mas ele não está. Sebastian está. E ele está vindo na minha direção, com um roupão branco e fofinho.

Sebastian se joga na espreguiçadeira ao meu lado.

– Oi, amor.

– Oi. Como foi sua massagem?

– Muito boa.

Ele tira o roupão, revelando a musculatura perfeita e coberta de óleo de massagem, depois tira da sacola que carrega o protetor solar, a garrafa de água gigante e o livro. Pelo que já notei, ele só lê autoajuda sobre coisas nada a ver, como o poder da manifestação.

– O que você quer jantar hoje? – pergunto. – Será que vamos até a cidade? Ouvi dizer que a comida do Dahlia é incrível.

Ele coloca a mão na minha coxa.

– Por que não ficamos por aqui e pedimos serviço de quarto?

Ele quer dizer ficar por aqui e transar na nossa suíte. Que foi o que fizemos ontem.

Não me parece má ideia, mas as pessoas podem comer em um restaurante e transar na mesma noite.

– Vamos pelo menos dar uma olhada em um dos restaurantes do hotel – respondo. – O de sushi tem omakase.

Sushi é uma das poucas comidas que Sebastian come, além de peito de frango.

Ele aperta minha coxa.

– Claro, amor.

– Vou lá fazer uma reserva.

É bom mexer as pernas depois de um dia inteiro derretendo ao sol em uma espreguiçadeira. Sempre acho que gosto de viagens em que ficamos sem fazer nada à beira da piscina. Aí, depois de um dia, começo a enlouquecer.

Faço a reserva para o jantar. Depois, por impulso, pergunto:

– Tem algum passeio ou excursão que você recomendaria para amanhã?

– Estamos no fim da época de migração das baleias – responde a concierge. – Temos um passeio matutino de duas horas de observação de baleias que sai às dez.

Baleias! A bióloga marinha que eu queria ser na infância dá um mortal em comemoração.

– Fantástico. Pode reservar pra mim, por favor? Para duas pessoas.

– Claro, senhora.

Volto até a piscina irritada por uma mulher jovem ter me chamado de "senhora", mas satisfeita por ter providenciado uma aventura.

– Conseguimos uma mesa para o jantar às oito – digo a Seb. – E adivinha o que mais.

Ele tira os olhos do livro sobre cristais, ou sei lá o quê.
– O quê, amor?
– Reservei um passeio de observação de baleias pra gente!
Ele retorce o belo lábio superior.
– Em um barco?
– É... sim.
– Eu fico enjoado. E achava que você odiava barcos.
– Eu odeio veleiros. E mesmo assim abriria uma exceção para ver *baleias*. Vamos!
Ele abre um sorrisinho doce.
– Por que não vai sozinha e tira muitas fotos?
– Você não quer ir *mesmo*?
– Amor, eu vomitaria nas baleias.
Ele volta para o livro sobre autorrealização, ou sabe-se lá o quê.
Fico sem palavras. Que tipo de homem se nega a ir em um passeio de observação de baleias com a namorada?
Um homem chato.
Seb, preciso finalmente admitir para mim mesma, é de uma chatice crônica.
Pego o celular e busco o contato de Seth.

Molly: Você gosta de baleias?
Seth: Hum, gosto. Não sou um monstro.
Seth: Por quê?
Molly: Só estou fazendo uma pesquisa informal
Seth: Para localizar os sociopatas entre seus conhecidos?
Molly: É. Até agora só achei um
Seth: Esse um é você?
Molly: Acabei de matar uma baleia, na verdade, então...
Seth: Imagino que estava em extinção.
Molly: É. Um filhote
Seth: O importante é se manter fiel a si mesma.
Molly: Sou uma mulher de princípios
Seth: É por isso que admiro você.

Rio alto. Sebastian levanta os olhos do livro sobre astronumerologia, ou qualquer coisa do tipo.

– O que é tão engraçado?

– Ah, só... nada. Baleias.

Ele sorri para mim.

– Você é fofa. Quer voltar para o quarto?

Olho para o celular, saudosa, mas Seb já está me puxando da cadeira.

O restante da noite passa conforme o previsto. Transamos no chuveiro. Comemos sushi. (Sashimi para ele, omakase com doze pratos para mim, porque é importante *viver*, mesmo que seu namorado tenha pavor mortal de carboidratos.) Voltamos para o quarto e transamos outra vez.

Nunca imaginei que fosse possível ficar tão cansada de um sexo tão maravilhoso.

Programo meu alarme e acordo cedo. Sebastian não está – sem dúvida já foi para a academia. Pego uma torta de bacon no restaurante onde servem o café da manhã e vou para a recepção encontrar o grupo do passeio.

Somos seis: eu e uma família de cinco pessoas de Cincinnati. Os pais são simpáticos, mas as filhas – três garotas adolescentes – olham para mim como se eu fosse uma aberração por ir sozinha.

– Estou aqui com o meu namorado, mas ele fica enjoado em barcos – explico para a mãe, que não perguntou.

– Ah, que pena. Enjoado demais para ver as baleias?

– Né?! – digo, soltando um suspiro. – Acho melhor eu terminar.

Ela olha para mim, confusa.

– Brincadeira! – digo.

Ela ri com educação e se ocupa da distribuição de protetor solar para as filhas.

Somos levados até a praia, onde uma lancha nos espera. O guia se apresenta e distribui coletes salva-vidas para todos. Dois homens nos empurram até a arrebentação, e partimos.

Sento perto da proa com o guia.

– Elas estão a poucos quilômetros da costa hoje – diz ele. – O dia está bom. Calmo. Elas estão comendo.

Faço um sinal positivo com a cabeça, deixo o vento soprar em meu cabelo e o sal borrifar meu rosto. Andar de barco no Pacífico é diferente de andar de barco nas baías do golfo e nas zonas costeiras próximas à casa da minha mãe. Aqui é bem mais divertido. Eu me sinto como Tom Cruise em um filme do Michael Bay. Sinto que estou sorrindo. Estou me divertindo de verdade.

Que novidade.

O guia se levanta em um salto.

– Ali. À esquerda.

Todos viramos e vemos uma baleia-azul enorme emergindo da água. Ela desaparece, então sua cauda rompe as ondas com um estrondo.

– Olhem, mais duas! – grita uma das garotas.

Viro e vejo ambas saindo da água juntas – uma grande e a outra pequena.

– É a mamãe e um filhote! – grita outra das adolescentes.

Todos pegamos os celulares e fotografamos obsessivamente.

Então paro e fico só observando – deixo o momento me inundar.

O guia pega o leme e desvia o barco, e passamos uma hora observando várias baleias. Algumas se aproximam, curiosas. Um filhote se exibe saltando para fora da água, e a mãe nada à sua volta, protegendo-o.

Elas jogam água no barco. Esguicham água pelo respiradouro. Fazem tudo que se pode desejar que uma baleia faça.

A família e eu rimos e tiramos fotos e, quando o passeio chega ao fim, até as filhas parecem gostar de mim. Não me lembro da última vez que alguma coisa me pareceu tão revigorante.

Amei fazer isso, mas parte de mim desejava ter alguém para compartilhar o momento, além de uma família de estranhos.

Dou uma boa gorjeta ao guia, me despeço da família e vou em direção à piscina com as pernas bambas, mareada. Pego uma cadeira, peço uma margarita e me deito para examinar a coleção de fotos.

Ficaram lindas, e abro o Instagram para publicar algumas.

A primeira postagem que vejo é de @sethrubes.

Ele está sentado ao lado da namorada loira maravilhosa em um parque. Estão de mãos dadas, e tem um anel enorme e reluzente no dedo dela.

A legenda diz *@Sarah_LT acabou de fazer de mim o homem mais feliz de Chicago. Não, espera, do mundo todo.*

A foto tem 563 curtidas, e o primeiro comentário é da própria @Sarah_LT: *Não vejo a hora de ser sua esposa.*

Fecho o aplicativo, chocada, abandono a margarita e volto para a suíte para encontrar Seb.

– Está chorando, amor? – pergunta ele, saindo do banho em toda a sua glória.

– Não é nada – respondo. – Acho que vou ficar menstruada.

– Aah. Vem aqui que eu te dou um beijo pra ver se isso passa – diz ele.

Eu me enterro em seu peito e, por um instante, apenas me permito chorar.

Ele enxuga as lágrimas dos meus olhos e me beija nas bochechas.

Ele é mesmo gentil.

Sei que vou terminar tudo assim que voltarmos a LA.

Acabo não publicando as fotos das baleias.

PARTE CINCO

Junho de 2020

CAPÍTULO 20

Seth

Eu sou uma criatura de movimento.

Gosto de acordar às cinco da manhã para ir à academia e de caminhar os três quilômetros até o escritório, mesmo no inverno congelante de Chicago. (Exceto na neve; eu tenho muita energia, mas não sou louco.) Gosto de encontrar colegas e clientes para almoçar em restaurantes descolados (eu pago) e de encontrar amigos para beber alguma coisa depois do trabalho no pub antigo que fica virando a esquina do escritório. Gosto de ir ao teatro, à ópera, a sinfonias, ao cinema. Nos fins de semana, gosto de fazer trilhas, andar de bicicleta e correr longas distâncias com Sarah. Gosto de jogar golfe com meus amigos. (Amo esportes de paizão.) Gosto de fazer compras no mercado gourmet, preparar refeições elaboradas, e depois fazer uma limpeza vigorosa na cozinha.

Gosto de limpezas vigorosas em geral.

E gosto de pessoas. Sou extrovertido. Puxo papo na fila do mercado e converso com estranhos em aviões. (Eu sei. Mas não consigo evitar.) Amo argumentar no tribunal. Amo festas e, se não tiver uma para acontecer em um futuro próximo, eu mesmo organizo. Minha agenda está lotada todos os dias de manhã até a noite e, se tiver alguma lacuna, eu a preencho o mais rápido possível.

Amo esta vida e me dou bem nela, ainda que esteja ansioso para trocar todos os karaokês e conferências por grupos de pais e encontros no parquinho. Mas, para gerir o caos, preciso de uma serenidade rigorosa quando não estou em movimento. Preciso de silêncio quando não estou socializando. Um refúgio de calma.

Mantenho meu apartamento imaculado – todas as vistas para o lago desobstruídas, bancadas de mármore limpas, móveis claros esparsos e piso escuro polido. Mantenho meu escritório tão organizado que os assistentes jurídicos têm medo de mexer em alguma coisa, e é melhor que tenham mesmo, porque um único papel perdido destrói meu foco e acaba com o meu humor. Meus e-mails são organizados com tanta perfeição que minha assistente e eu somos quase apaixonados um pelo outro, uma paixão platônica. Mantenho a caixa de entrada zerada e os contatos sempre atualizados. Quando não estou em reuniões, trabalho em silêncio, sozinho.

Movimento e pessoas, ou silêncio e solidão. Esses são meus dois modos de operação.

Portanto, uma quarentena é um evento feito sob medida para implodir meu psicológico.

Sei que sou absurdamente abençoado. Não perdi ninguém para a covid-19.

Meu emprego está garantido e posso trabalhar em meu escritório em casa. Estou isolado com minha noiva, não sozinho. Não tenho que acompanhar meus filhos estudando em casa enquanto tento trabalhar.

Mas a situação está longe de ser ideal.

Sarah sublocou seu apartamento e veio morar comigo assim que ficamos noivos. Seria estranho não morarmos juntos antes de nos casarmos. Fazia sentido. Eu estava animado.

Eu sabia que teria que me acostumar a compartilhar meu espaço, mas não esperava que isso me deixasse tão claustrofóbico. Sarah tem uma personalidade expansiva – exuberante e tagarela.

Ela gosta de espaços aconchegantes e encheu meu apartamento de fotos, bugigangas, mantinhas e almofadas que ela borda enquanto escuta podcasts. Ela precisa se ocupar com pelo menos duas coisas ao mesmo tempo. Sempre. Ela liga a TV para trabalhar, porque o barulho de fundo a ajuda a se concentrar.

Tenho calafrios só de pensar.

Nada disso é condenatório. Em outras circunstâncias, seria encantador.

Mas, sem a agitação de nossas vidas ocupadas, estamos o tempo todo colados um no outro. Tomamos café da manhã, almoçamos e jantamos juntos. Ela trabalha no quarto de hóspedes, e eu, em meu escritório. Fazemos reunião atrás de reunião por Zoom. Assistimos à televisão juntos à noite. Nos revezamos na bicicleta ergométrica. Conversamos até ficarmos sem assunto.

Estamos sem assunto.

Eu achava que tínhamos tudo em comum. A lei. Valores. O exercício físico.

E *temos*.

Mas também achava que tínhamos algo especial. E, por mais que tente, não consigo entender o que era, ou para onde foi.

Não que a gente brigue. Somos gentis um com o outro. Mas paramos de conversar sobre tudo o que importa, exceto as estatísticas sombrias e implacáveis da covid. Faz um mês que não transamos. Nunca fazemos o outro rir.

E, ontem à noite, enquanto cada um lia sua cópia da The New Yorker na cama, ela virou e tirou a revista das minhas mãos com delicadeza.

De início, achei que ela quisesse transar e fui tomado por puro pavor. Depois, logo na sequência, veio uma sensação de desespero por ter reagido assim à possibilidade de tocar minha futura esposa linda e sexy.

– Querida, estou cansado... – comecei a dizer.

– Preciso te falar uma coisa – disse ela. – Rebecca vai sair do meu apartamento.

Rebecca é a pessoa que está sublocando o apartamento de Sarah até que o contrato acabe.

– Ah, é? – perguntei. – Por quê?

– Ela está cansada de ficar sozinha na cidade e vai se mudar para a fazenda da irmã em Wisconsin. Vai ajudar com as crianças.

– Ah, nossa. Que legal.

De repente me ocorreu que Sarah talvez quisesse sair da cidade por um tempo, e logo comecei a calcular se isso ia deixar as coisas entre a gente melhores ou piores.

– Então eu estava pensando em voltar para o meu apartamento – disse ela, tão baixinho que foi quase um sussurro.

– *Como é?*

Ela pegou minha mão e apertou.

– Sei que deve parecer loucura, mas acho que estamos precisando de espaço. E, quer dizer, é uma distância de vinte minutos, então não significa que não vamos mais poder passar um tempo juntos.

Uma distância de vinte minutos! Essas palavras eram ao mesmo tempo chocantes e... estranhamente interessantes. Perversamente interessantes. Traiçoeiramente interessantes.

– E a coisa de... é... morarmos juntos antes do casamento?

– Bom, a gente não vai poder se casar tão cedo – disse ela, com uma risadinha fraca, e minhas mãos começaram a tremer.

– Desculpe se eu estiver me afobando aqui – falei. – Mas... você quer terminar?

Ela ficou um bom tempo em silêncio.

– Não sei, Seth. Faz um tempo que as coisas estão estranhas. Sei que você também sente isso.

Senti um impulso de preservar seus sentimentos com uma mentira, insistir que tudo estava *maravilhoso* e que estávamos *loucamente apaixonados*. Mas não seria justo.

Fazia tempo que precisávamos ter uma conversa difícil.

Ela foi corajosa de iniciá-la. Não tenho certeza de que eu teria conseguido fazer isso.

– Eu sei – admiti baixinho. – Não sei se é a pandemia, ou se é uma coisa nossa mesmo.

– Eu amo você – disse ela, a voz mais próxima do tom de sempre. – Mas talvez a gente tenha dado um passo maior que a perna. Faz só dez meses que a gente se conhece.

Ela tem razão. Eu estava muito ansioso para que a fase solteirão da minha vida terminasse.

Não via a hora de me aquietar.

Ainda quero tudo isso. Um casamento, uma família. Mas não consigo afastar a sensação de que este não é o relacionamento certo para isso.

De que ela não é minha alma gêmea.

– Eu entendo – falei, apertando sua mão. – Foi rápido, e as circunstâncias mudaram. Tem sido muito difícil para nós.

– De certa forma, a pandemia talvez seja uma bênção – disse ela. – Se não fosse a covid, teríamos nos precipitado com a organização do casamento, nos deixado levar pelo entusiasmo, e talvez não tivéssemos tido tempo de ficar juntos de verdade.

Dói saber que o tempo juntos foi o que fez os sentimentos que ela tinha por mim esfriarem.

Ainda que seja mútuo, é de partir o coração.

– Vamos dar um tempo – falei. – Você volta para o seu apartamento, cada um de nós tem seu espaço, e a gente vê o que acontece.

Ela ficou em silêncio por um tempo, organizando os pensamentos.

– Será que isso não vai só arrastar um término? – perguntou.

Dei um suspiro.

– Talvez.

– Eu só... Nossa, isso é tão difícil. E queria que não estivesse acontecendo – disse ela, enxugando uma lágrima.

Eu a envolvi em meus braços.

– Eu também.

E fizemos amor – e foi a transa mais carinhosa desde o nosso noivado.

Acho que nós dois sabíamos – sabemos – que era a última.

Isso foi ontem.

Ainda estou processando o que aconteceu quando acordo com o aroma de muffins de banana, que só podem ser veganos e sem glúten. Ela está na cozinha, com roupa de academia, preparando um suco verde.

– Oi, lindo – diz.

Por um momento, me pergunto se a noite passada foi uma alucinação. Se foi só meu inconsciente lidando com um problema que minha mente consciente se recusa a reconhecer que é real.

Então percebo a mala dela à porta.

Meu Deus. Ela vai embora *hoje*?

– Reservei um caminhão para as nove – diz ela, me oferecendo um copo de suco.

Tem cheiro de pepino e salsinha.

Olho para ela boquiaberto.

– Você reservou um caminhão *no meio da noite*?

– Não, reservei ontem antes de conversarmos – responde ela, olhando para a centrífuga, não para mim.

Como responder a isso?

– Ah.

É tudo que consigo dizer.

– Acho que consigo guardar tudo até o fim do dia – diz ela. – Aí deixo você em paz.

Fico paralisado.

– Você não tira minha paz, Sarah.

– Não foi isso que eu quis dizer. Desculpa, eu só não sei como agir. – Ela coloca as mãos na ilha da cozinha e inclina o tronco para a frente. – Você está chateado?

– Não. Só é muito repentino.

Ela faz que sim.

– Quero arrancar o band-aid de uma vez, sabe?

Acho que ela tem razão. Mais alguns dias morando juntos não vão mudar o fato de que mais um dos meus relacionamentos fracassou.

– Tudo bem – digo. – Eu entendo. Que tal eu ir buscar o caminhão enquanto você começa a guardar tudo? Eu ajudo você a fazer a mudança, depois podemos pedir algo do Vinioso's para comer.

Vinioso's é um restaurante italiano delicioso que fica perto da casa dela. Quando começamos a namorar, passamos muitas noites comendo o espaguete ao molho de tomate deles, bebendo muito vinho e tendo conversas maravilhosas. Parece um bom lugar para a nossa despedida.

– Ótima ideia – diz ela.

Quando volto com o caminhão, passamos a tarde guardando as coisas dela.

O mais estranho é que esse é um dos dias mais felizes que passamos juntos em meses. Rimos e fazemos piadas e, quando ela tenta guardar uma almofada com um golden retriever bordado, exijo que me deixe ficar com ela.

– Você odeia essa almofada! – diz ela, em protesto.

– Síndrome de Estocolmo. Não posso viver sem ela.

– Bom, nesse caso, ela é sua.

Às cinco, já carregamos tudo e levamos até o apartamento. Subimos com as malas e as poucas caixas com suas coisas – principalmente equipamentos de treino, fotos e livros – em menos de vinte minutos.

Fazemos o pedido no Vinioso's e coloco a máscara para percorrer os poucos quarteirões até lá para buscar. Também compro uma garrafinha de Manhattan já misturado e pronto para o consumo – Sarah não bebe muito, e eu tenho que levar o caminhão de volta, mas acho que um coquetel de despedida é um jeito festivo de dizer adeus.

Quando volto para o apartamento dela, está tocando Frank Sinatra – estava sempre tocando Frank no Vin's, quando era seguro comer em restaurantes – e a mesa está arrumada com toalha e velas.

Enquanto comemos, compartilhamos nossas lembranças favoritas do tempo que passamos juntos. Especulamos sobre como nossos amigos e familiares vão receber a notícia – e esperamos que não fiquem tristes por nós, porque sabemos que estamos tomando a decisão certa.

Enquanto como meu tiramisu e ela um sorbet de limoncello, Sarah tira o anel de noivado e o desliza pela mesa.

– Fique com o anel – diz ela. – Acho que você consegue devolver. Eu ainda tenho a caixa.

Não consigo imaginar a tristeza que seria voltar até a Tiffany e tentar devolver um anel de noivado. Também não consigo imaginar dá-lo a outra mulher.

Comprei aquele anel porque sabia que ela – especialmente ela, minha Sarah – ficaria feliz de recebê-lo.

E ela ficou.

O anel nunca foi o problema.

– Por favor, fique com ele. Quero que fique com ele.

Ela dá um sorriso triste e o coloca no dedo da outra mão.

– Obrigada.

Nós nos levantamos, e o que se segue é um momento constrangedor.

– Sarah Louise Taylor – digo, finalmente –, eu te desejo uma vida muito feliz.

Ela me envolve em um abraço apertado.

– Pra você também, Seth.

Quando finalmente chego em casa, são dez horas da noite e eu estou emocionalmente exausto.

Visto uma blusa de cashmere que Sarah me deu e abro o laptop. Imagino que deva começar a rascunhar um e-mail para enviar à minha família explicando o que aconteceu, ainda que demore alguns dias para enviá-lo.

Sei que, se tentar ligar para eles, vou desmoronar, e eles vão ficar preocupados.

Sei que meu irmão, principalmente, vai pensar *eu avisei*. Ele nunca acreditou que Sarah fosse a pessoa certa e me avisou que eu estava, mais uma vez, mergulhando em um relacionamento sério mais por querer ter alguém do que por atração por aquela pessoa específica. Tivemos uma briga feia e ficamos três semanas sem nos falar. Mas ele tinha razão. Como sempre.

Em vez de escrever minha notícia triste, passo os olhos por alguns e-mails de trabalho com os quais não tenho capacidade de lidar no momento e vejo uma mensagem de um velho amigo da faculdade, Mike Anatolian.

De: michaelcanatolian@netmail.co
Para: sethrubes@mail.me
Data: Dom, 21 de junho de 2020 às 16:06
Assunto: Favor?

E aí, cara?

Como está lidando com a pandemia? Espero que esteja tudo bem com você, Sarah e a família.

Eu queria ver se você pode me fazer um favor… Minha irmã mais nova está indo para o último ano na NYU e está enlouquecendo com os estágios que precisa fazer no verão. Ela vai se formar em cinema e tinha conseguido um estágio em uma produtora, mas eles fecharam por causa da covid, e ela está em pânico. Talvez seja difícil, mas será que você ainda tem contato com aquela garota com quem você ficou no reencontro da escola? Becks está tentando encontrar um estágio remoto em cinema e pensei que talvez uma roteirista pudesse ter algumas demandas que ela pudesse resolver de Nova York.

Tudo bem se for estranho, só achei que valia a pena perguntar. Eu não conheço muitos artistas, já que trabalho com finanças, hahaha.

Enfim, como você está, cara?

De repente, só de pensar em mandar um e-mail para Molly, já me sinto muito melhor.

CAPÍTULO 21
Molly

Eu sou uma solitária inveterada. Absolutamente introvertida. Taurina em essência.

Ficar sentada em casa sozinha por uma semana sem falar com ninguém a não ser por mensagem de texto foi, durante muitos anos, o meu maior sonho.

Isso foi antes de o confinamento se tornar uma realidade forçada.

Ao que parece, passar o tempo todo sozinha, algo que é tão gostoso quando é uma folga de compromissos sociais e reuniões, se transforma em algo que parece uma tortura quando não é interrompido de vez em quando por essas obrigações. Minha casa, que antes era meu santuário, começou a parecer uma prisão.

Manter contato com os amigos de forma on-line perdeu totalmente a graça. Não, não quero jogar pôquer virtual com seis pessoas da faculdade. Não, não quero entrar em mais um clube de cinema on-line. Não, não quero um encontro às cegas pelo Zoom.

Quero participar de reuniões, nas quais eu possa fazer de tudo, ainda que nervosa, para vender minhas habilidades como escritora para produtores que não estão nem aí para o meu talento ou minha voz singular. Quero ir a um encontro, em que eu possa beijar um estranho enquanto bebo coquetéis. Quero ir a um restaurante, onde eu possa comer um prato servido por uma pessoa amigável demais que não para de interromper minha conversa para perguntar se a comida está do meu agrado. Quero ir a um spa com minhas amigas, onde a gente fique nua sem nem pensar em germes e fofoque sobre conhecidos em comum.

Quero ver a minha mãe. E quero parar de assistir ao jornal em um estado de ansiedade e desespero. Quero saber menos sobre virologia e taxas de contaminação. Quero parar de me preocupar com a possibilidade de as pessoas que eu amo morrerem.

Quero ser tocada por outro ser humano.

Meu psiquiatra aumentou a dose dos meus remédios, mas os antidepressivos só ajudam até certo ponto em casos de isolamento crônico e trauma em massa.

O fato de a indústria do cinema ter quase paralisado também não ajuda em nada. Ofertas de novos projetos desapareceram. Ninguém está comprando material novo.

O que não me impede de passar o dia olhando para minha caixa de entrada, esperando por algo mais promissor que receitas da minha mãe, alertas do Facebook e lixo eletrônico de lojas de roupas que estão nas últimas. Ou contas. Por favor, Deus, já chega das contas.

Não que eu esteja falida. Tenho minhas economias e ainda recebo os direitos, embora escassos, dos filmes que escrevi. Mas também não estou otimista quanto a meu poder aquisitivo futuro. Estou começando a ver minha carreira ir pelo ralo.

Quando tive "sucesso" como roteirista com 20 e poucos anos, pensei que fosse apenas o início. Que meu dom falaria por si só e que eu me tornaria uma marca, capaz de exigir projetos cada vez melhores e cada vez mais dinheiro.

Mas nunca mais consegui repetir o sucesso dos primeiros filmes. Meu nome não é uma commodity valiosa. E, com Hollywood totalmente paralisada, não vejo muitas oportunidades de me redimir em um futuro próximo.

Isso tira meu sono.

Hoje não está sendo diferente. Acordei e me obriguei a tomar um café gelado e dar uma caminhada rápida pelo quarteirão antes de abrir o laptop e repetir em silêncio meu mantra diário: *Por favor, que eu tenha recebido uma oferta. Só um tira-gosto. Qualquer coisa que não seja mais silêncio e uma rejeição.*

Não tive essa sorte.

O que significa mais um turno do meu novo trabalho de me sentar no sofá e assistir a reprises de séries enquanto como cereal direto da caixa.

Meu celular toca depois de noventa minutos de um dia repleto de reality shows, e tiro os olhos das mulheres que estão jogando vinho umas nas outras, limpo as migalhas das mãos e atendo.

É o meu pai.

Retornando minha ligação de três dias atrás. Um ritual trimestral em que ele fala sobre suas últimas colocações nas listas de best-sellers, relembra a viagem mais recente, pergunta sobre a minha carreira, a considera patética em silêncio e no fim me oferece dinheiro.

É um ótimo ritual de vínculo.

– Oi, pai – digo, me reacomodando nas almofadas.

– Oi, fofinha – diz ele.

Ouço um grito vindo de algum lugar do outro lado da linha.

– Ouviu isso? – pergunta ele. – Arara.

– Uma arara? Onde você está?

– Em Keys. Meu amigo Kimbo tem uma ilha particular em um santuário de aves. Celeste e eu viemos passar o mês por aqui.

– Meu Deus, vocês foram de avião? É permitido? Não estão com medo de pegar covid?

– Viemos de barco.

Eu não deveria ter perguntado.

– Enfim, o que está pegando? – pergunta ele.

Olho da televisão no mudo para a caixa de cereal.

– Ah, só trabalhando um pouquinho.

– Em quê?

– Hum, um roteiro especulativo.

– Comédia romântica?

– É.

– Parece que você tem um tempinho para conversar então.

Ah. Chegamos à parte sobre meu potencial desperdiçado mais cedo do que eu esperava.

Não sei por que insisto nessas ligações, a não ser pelo fato de que, se não fizesse isso, acabaria órfã de pai. É estranho o quanto podemos desejar a atenção daqueles que mais têm o poder de nos magoar.

– Bom, é, as coisas estão indo devagar por aqui, claro – digo. – Com as produções canceladas. As coisas do Mack Fontaine também devem estar suspensas, não?

– Ah, não estou preocupado. O último já está em pós-produção.

– Que sorte.

Não estou surpresa por meu pai sair ileso de uma crise econômica mundial.

– É por isso que estou ligando, na verdade – diz ele. – Estamos na fase de desenvolvimento do *Busted* e acabamos de demitir os roteiristas que estavam trabalhando nele.

Busted é um dos romances mais populares do meu pai. O enredo é sobre uma modelo que contrata Mack Fontaine para expor um cirurgião plástico corrupto após uma mamoplastia mal feita. É claro que, como ninguém resiste a Mack, ela também tem um caso tórrido com ele.

– Que pena – digo, sem saber o que eu posso ter a ver com isso.

– Eles não estavam acertando o tom da Diane – diz ele, se referindo à personagem dos implantes. – Meu produtor acha que precisamos que uma mulher escreva. Para deixar a personagem mais sexy.

Eu gostaria de poder dizer que esta é a primeira vez que meu pai se refere ao próprio trabalho como sexy.

– Faz sentido – digo. – Pode ser uma boa mudança de ritmo. Não vemos muitos filmes de ação escritos por mulheres.

– É, bem, pensei que talvez você quisesse se candidatar, já que ama o livro.

Eu não amo o livro. Admito que os romances do meu pai têm um apelo incrível, mas definitivamente não fazem o meu estilo. É claro que eu jamais diria isso para ele. Ele acha que eu o considero um gênio. Ele acha que todo mundo pensa assim.

Isso não muda o fato de que estou chocada. Ele nunca levou meu trabalho a sério. Eu pensei que ele achava que eu escrevia mal.

– Nossa – digo, sem conseguir me conter. – Isso é... Obrigada por pensar em mim, pai. Seria muito legal.

– Bom, nunca diga que seguiu meus passos para nada.

– O que você precisa que eu faça?

– Um tratamento, pra começar.

– Tá. Tudo bem. Sem problemas. Pra quando?

– Sem pressa. As coisas não estão avançando muito rápido, por causa do vírus. Ainda estamos sondando diretores.

– Tá. Bom, vou começar agora mesmo. Estou animada.

A esposa chama por ele, e a ligação fica abafada por um instante.

– Preciso ir, filha. Tênis.
– Tá bom. Te amo, pai.
– É. Tchau.

A linha fica em silêncio do outro lado.

Sinto uma tensão estranha nas laterais do rosto.

Um *sorriso*, talvez.

Meu pai me fez *sorrir*.

Tento não deixar esse sentimento crescer demais, porque nunca é bom alimentar esperanças no que diz respeito a Roger Marks. Mas não consigo evitar. Estou *lisonjeada*.

Ele acha que sou capaz de escrever um filme de ação, caramba. Que pode confiar a mim seu precioso Mack Fontaine. Considerando o quanto ele estima o próprio trabalho, não é um elogio qualquer.

Pego o laptop para mandar um e-mail à minha agente avisando sobre a novidade.

Meu coração quase para quando vejo o primeiro nome que aparece na minha caixa de entrada.

Seth.

Não falo com ele desde seu noivado.

Tive que silenciá-lo no Instagram, porque, toda vez que ele publicava uma foto com a noiva linda, sarada e aparentemente perfeita-para-ele-em-todos-os-sentidos, eu ficava triste.

E já tenho motivos suficientes para isso.

Ainda assim, clico no e-mail mais rápido do que sou capaz de dizer "má ideia".

> De: sethrubes@mail.me
> Para: mollymarks@netmail.co
> Data: Seg, 22 de junho de 2020 às 11:12
> Assunto: Oooooooi, Mooooolly (ler em baleiês)
>
> E aí, Marks?
>
> Como está se saindo durante esses tempos difíceis? Espero de verdade que você esteja bem, e sua família também.

Eu queria te pedir um favor. A irmã de um amigo está estudando cinema na NYU e o estágio dela acabou sendo cancelado por causa da covid. Ela está atrás de algo que possa fazer remotamente, e pensei que talvez você possa querer a ajuda de uma universitária inteligente durante o verão. Tenho certeza de que ela vai fazer o que você quiser, mesmo que seja só revisar o que você escrever. Não tem nenhum problema se você não estiver interessada – só achei que valia perguntar.

Me conte como você está. Tenho pensado em você.
Seth

Humm. O tom é bastante soturno (o que é apropriado) e prático.
Ainda assim, é bom ter notícias dele.
Não tenho necessidade nenhuma de contratar uma estagiária, mas acho que posso arranjar algumas tarefas para ajudar a irmã do amigo dele. Eu me lembro do quanto ficava desesperada por qualquer brechinha para entrar na indústria quando estava na faculdade. Se eu for a melhor chance de qualquer pessoa de conseguir fazer um nome e algum dinheiro no cinema, fico preocupada por ela, claro, mas é melhor que nada.
Clico em responder.

De: mollymarks@netmail.co
Para: sethrubes@mail.me
Data: Seg, 22 de junho de 2020 às 11:20
Assunto: Res: Oooooooi, Mooooolly (ler em baleiês)

E aí?

Estou bem! As coisas andam meio solitárias para uma solteirona, mas estou muito grata porque as pessoas que eu amo estão bem. Vendo pelo lado bom, eu jamais imaginei que seria agraciada com uma coleção tão variada e glamourosa de máscaras.

Como está a sua família? Não é sua cunhada que é médica de emergência? Espero que ela esteja bem. Não consigo nem imaginar o estresse.

Vou ter o maior prazer em ajudar a irmã do seu amigo. As coisas andam lentas no cinema no momento, como você deve imaginar, mas tenho certeza de que consigo arranjar algumas coisas para ela fazer umas horas por semana. Passe meu e-mail para ela se ela tiver interesse.

A propósito, vi a notícia do seu noivado! Parabéns!

Tudo de bom,
Molls

Clico em enviar antes que possa me questionar ou ficar revisando linha por linha, e escrevo o e-mail para minha agente.
Ao enviar o segundo e-mail, ouço o aviso de uma nova mensagem.

De: sethrubes@mail.me
Para: mollymarks@netmail.co
Data: Seg, 22 de junho de 2020 às 11:51
Assunto: Res: Res: Oooooooi, Mooooolly (ler em baleiês)

Aposto que você é puro glamour de máscara. Já eu pareço um assaltante de banco.

Mas, falando sério, sinto muito que esteja se sentindo sozinha. Eu tive o problema oposto — me sentia preso e sem espaço. Tenho certeza de que a quarentena é terrível em qualquer situação. Sei que não é exclusividade minha, mas odeio demais tudo isso.

Obrigado por perguntar sobre a Clara. Ela é mesmo médica de emergência. Está em quarentena em um hotel há dois meses para que Dave e as crianças fiquem seguros. É uma situação terrível – trabalhando como louca, com saudade dos meninos, vendo coisas terríveis todos os dias. Mas pelo menos ela não ficou doente. Ela tem esperança de que, agora que eles têm EPIs mais adequados, logo vai ser seguro voltar para casa.

Quanto ao estágio, muito obrigado. O nome dela é Becky Anatolian e ela vai ficar muito feliz de trabalhar com um ícone. Vou colocar vocês em contato.

E obrigado pelas palavras de carinho sobre meu noivado. Mas, na verdade... Sarah e eu acabamos de terminar. (Tipo, ela se mudou ontem.) Então ainda estou processando...

Enfim, fico feliz que esteja bem, e obrigado mais uma vez!

Ai, meu Deus.
Droga.
Eu não deveria ter comentado nada a respeito do noivado. Não me ajuda em nada saber disso. E me sinto péssima porque a notícia me deixa... feliz?
Argh, *Molly*.
Mas é a verdade. A notícia me deixa feliz.
A alegria não vem de um sentimento que os alemães chamam de *schadenfreude*, a alegria pela desgraça alheia. Não existe nenhuma parte de mim que deseje que Seth sofra.
Mas uma parte de mim – a que é imediatista e tem um cérebro reptiliano – quer Seth... disponível. Quer que ele fique na espera caso eu decida que quero ele para mim.
Ou talvez a palavra certa seja "admita". Admita que quero ele para mim.
Não que agora isso seja mais possível do que já foi algum dia. Repito mentalmente os motivos pelos quais eu não devo dar importância a esse desejo bobo: estamos separados por quase um continente inteiro em uma pandemia infinita na qual não é seguro pegar um voo comercial; faz *um dia* que ele terminou o noivado; ele é bom e gentil, e eu sou... o tipo de pessoa que fica alegre quando alguém diz que acabou de terminar o noivado.
Então não respondo.

Eu me afasto do computador, encho minha garrafinha de água, pego uma máscara e saio para caminhar.

Em dias normais, detesto caminhar no bairro onde moro, porque as subidas fazem minhas panturrilhas queimarem, mas não posso ficar sentada em casa. Preciso me mexer para diminuir a adrenalina. Me sinto como se tivesse acabado de cheirar três gramas de cocaína. (Na verdade nunca cheirei cocaína, porque tenho certeza de que ia gostar tanto que iria me viciar na mesma hora, mas, pelo que eu sei, três gramas são o suficiente para, tipo, matar um elefante.)

Felizmente, é um dia fresco de junho em LA – com máxima de 23°.

O clima perfeito que nos foi prometido no sul da Califórnia, antes que o aquecimento global começasse a transformar a região em uma bola de fogo inabitável. Caminho rapidinho, subindo e descendo a rua, desviando de grupos de crianças e cachorros fora da coleira, pensando no que escrever para Seth.

É claro que não posso, de jeito nenhum, expressar meu alívio ou comunicar um interesse romântico. Para além do fato de que me faria parecer insensível, egoísta e até completamente louca, não quero ser o estepe emocional de ninguém. E, de qualquer forma, não é o que qualquer um gostaria de ouvir logo após um relacionamento fracassado.

O que eu preciso é ser gentil.

Oferecer empatia e um ombro amigo, caso ele queira um.

Em resumo, preciso agir como uma pessoa melhor.

De volta em casa, vou direto para o computador.

De: mollymarks@netmail.co
Para: sethrubes@mail.me
Data: Seg, 22 de junho de 2020 às 12:45
Assunto: Res: Res: Res: Oooooooi, Moooolly (ler em baleiês)

Meu Deus, Seth, sinto muito pelo término. Não consigo nem imaginar ter que lidar com isso agora.

Você está bem? Estou aqui caso você precise de um ombro amigo.

Com amor,
Molly

Paro um instante, recobro o juízo e apago a parte que diz "Com amor, Molly". Penso em trocar por "bjs", mas isso parece casual demais para o assunto do e-mail. Não consigo pensar em nada melhor, então envio assim mesmo.

E passo uma hora olhando para a caixa de entrada e comendo mais cereal, no automático.

De: sethrubes@mail.me
Para: mollymarks@netmail.co
Data: Seg, 22 de junho de 2020 às 14:06
Assunto: Res: Res: Res: Res: Oooooooi, Mooooolly (ler em baleiês)

Obrigado por perguntar, Molls. Eu estou... em estado de choque.

A ideia de terminar foi da Sarah. E não tenho intenção nenhuma de colocar a culpa nela – em última análise, acho que foi a decisão certa, e que ela foi corajosa e perspicaz ao apontar a questão, em vez de deixar a situação se arrastar. Mas estou me recuperando do fim abrupto. (Ela sugeriu a ideia sábado à noite e se mudou no domingo.)

O problema é que eu achava que nós dois éramos ótimos juntos. Não, nós éramos *mesmo* ótimos juntos. Por um tempo, pelo menos.

Ela é defensora pública e me inspirou a finalmente me organizar e abrir a clínica jurídica sem fins lucrativos em que eu vinha pensando. Tenho um grupo ótimo de estudantes de direito ajudando vítimas de violência doméstica com questões legais. Seu amigo Rob indica clientes para nós – ele é um cara bem legal.

Enfim, aí ficamos noivos, e o engraçado é que eu perdi o anel no dia em que comprei. Deixei com Jon e Kevin sem querer. Tive que pegar um táxi para o Brooklyn correndo para ir atrás dele. Agora não consigo deixar de pensar que isso foi um sinal.

Mas, assim que ficamos noivos, ela veio morar comigo, e a covid começou quase na mesma hora, e acabamos passando meses praticamente em cima um do outro. Foi claustrofóbico. Talvez, se tivéssemos mais espaço, as coisas tivessem sido diferentes… não sei. Talvez tenhamos conhecido melhor um ao outro e percebido que não éramos tão compatíveis quanto imaginávamos. De qualquer forma, não estava funcionando.

No fundo, eu acho que, se isso nos fez terminar, não era para ser. Estou feliz que tenha acontecido antes que nos casássemos ou tivéssemos filhos.

Eu quero me casar com o amor da minha vida, sabe?

Ainda assim, dói muito.

Enfim, acho que acabei contando mais do que você gostaria de ouvir!

Obrigado por ouvir/ler minhas divagações.
Seth

    Leio o e-mail quatro vezes. E a frase que sempre me prende é *Eu quero me casar com o amor da minha vida.*
    Nossa, ele merece isso.
    Quero ajudá-lo. Respondo na mesma hora.

De: mollymarks@netmail.co
Para: sethrubes@mail.me
Data: Seg, 22 de junho de 2020 às 14:20
Assunto: Res: Res: Res: Res: Res: Oooooooi, Mooooolly (ler em baleiês)

Parece mesmo doloroso. Mesmo quando não é para ser, términos são uma droga. E saber com um dia de antecedência é... difícil.

Vou me permitir ser bem sincera por um instante: você merece alguém incrível. É uma das melhores pessoas que eu conheço.

Você vai encontrar o amor da sua vida. E ela vai ser uma mulher de sorte.

E é por isso que, de vez em quando, eu queria ser essa mulher.

Meus dedos são mais rápidos que meu cérebro, então demoro um segundo para me dar conta do que acabei de escrever.
Não, Molly.
Não, não, não e *não*.
Apago a última linha horrorizada e releio o e-mail inteiro para garantir que não disse mais nada que possa expor meu desejo por ele.
Clico em enviar.
Mas me livrar daquele e-mail não muda a verdade.
Eu queria, *sim*, ser o amor da vida de Seth Rubenstein.

CAPÍTULO 22
Seth

Desde que enviei o e-mail de "Sinto informar que não vou mais me casar", não paro de receber mensagens e ligações de amigos e familiares.

Minha mãe ficou soluçando e se perguntando como alguém poderia abandonar seu filho perfeito.

Meu pai disse que logo vou encontrar outra pessoa, porque sou um bom partido.

Meu irmão disse que Sarah não era certa para mim e que, "como ele já me disse muitas vezes", preciso parar de mergulhar nos relacionamentos rápido demais.

Kevin disse que teve um mau pressentimento desde que comprei o anel "básico".

Jon disse que Kevin é insensível e lamentou que eles não possam vir me visitar, porque é perigoso demais pegar um avião.

Mas as palavras que mais me confortaram, na verdade, foram as de Molly Marks: "Você é uma das melhores pessoas que eu conheço."

Não é pelo fato de o sentimento parecer muito verdadeiro, e sim porque Molly não é uma pessoa de ficar elogiando os outros. Ela raramente é sincera desse jeito e, quando é, é sincera *mesmo*.

Ler suas palavras me lembrou da última vez que nos encontramos. Quando Molly me convidou para ficar na casa dela e pareceu muito decepcionada quando contei sobre Sarah, e também constrangida por eu ter notado sua frustração.

Eu sei que faz um dia que saí de um relacionamento. Mas me pergunto se ela está solteira.

Não posso perguntar *para ela*. Ela vai achar que estou maluco.

Mas, quando ela disse que sabe que vou encontrar o amor da minha vida, parte de mim vibrou com um pensamento doido: *E se eu já tiver encontrado? E se for você?*

Quero desesperadamente responder – manter a conversa fluindo –, mas não tenho ideia do que dizer.

Em vez disso, respondo a Mike Anatolian.

De: sethrubes@mail.me
Para: michaelcanatolian@netmail.co
Data: Seg, 22 de junho de 2020 às 14:27
Assunto: Res: Favor?

Fala, cara! Que bom ter notícias suas. Está tudo bem comigo e com minha família – pelo menos em questão de saúde. O trabalho anda devagar, mas a clínica jurídica que mencionei está indo bem e me mantendo ocupado. Quanto a Sarah… é uma longa história. Me ligue um dia desses e conversamos sobre as novidades.

Molly aceitou oferecer um estágio à Becky. Diga a ela para me escrever que eu coloco as duas em contato.

Em questão de minutos, recebo um e-mail de Becky.

De: bma445@nyu.edu
Para: sethrubes@mail.me
Data: Seg, 22 de junho de 2020 às 14:35
Assunto: Estágio

Caro Sr. Rubenstein,

Muito obrigada por me ajudar a entrar em contato com Molly Marks. Não vejo a hora de conhecê-la e estou muito grata pela sua ajuda.

Espero que não seja ousadia demais, mas tive mais uma ideia: passei a faculdade inteira como voluntária em um abrigo para mulheres em Nova York, mas agora ele está fechado por causa da covid. Como você pode imaginar, é muito triste, além de perigoso, para as mulheres que estão em situação de abuso. Mike me contou sobre sua clínica jurídica, e achei muito inspiradora e extremamente necessária. Se tiver algum trabalho voluntário em que eu possa ajudar de maneira remota, eu adoraria.

Muito obrigada mais uma vez,
Becky Anatolian

Que garota simpática.
E uma bela distração da minha obsessão com o estado civil de Molly. Escrevo uma resposta rápida.

De: sethrubes@mail.me
Para: bma445@nyu.edu
Data: Seg, 22 de junho de 2020 às 14:46
Assunto: Res: Estágio

Oi, Becky!

Uau, que oferta gentil. Com certeza vou aceitar. Precisamos de ajuda com as entrevistas de triagem, que são feitas por vídeo. Elas servem para nos ajudar a determinar se é possível auxiliar potenciais clientes, ou se precisamos encaminhá-las para outros profissionais. Vou pedir ao nosso coordenador que entre em contato com você para ver se é uma boa ideia. Talvez eu também precise de ajuda com pesquisa para alguns casos se estiver interessada no lado mais jurídico da operação.

Nesse meio-tempo, vou colocar você em contato com Molly.

Atenciosamente,
Seth

Abro outra janela e começo a digitar.

> De: sethrubes@mail.me
> Para: bma445@nyu.edu; mollymarks@netmail.co
> Data: Seg, 22 de junho de 2020 às 14:48
> Assunto: Molly, esta é a Becky
>
> Oi, Molly e Becky,
>
> Estou enviando este e-mail para que tenham o contato uma da outra. Vou deixar que sigam com as apresentações.
>
> Boa escrita!
> Seth

Ufa.

A nuvem de fracasso que pairava sobre mim desde que acordei esta manhã está se dissipando com essa onda de e-mails.

Minha caixa de entrada emite um sinalzinho simpático, e a conversa com Molly entra em destaque com a chegada de uma nova mensagem. Vejo um clipe de papel – ela enviou um anexo.

Abro.

Sou saudado pela foto de um filhote de baleia dando um mortal para trás em um mar azul-turquesa reluzente.

> De: mollymarks@netmail.co
> Para: sethrubes@mail.me
> Data: Seg, 22 de junho de 2020 às 14:53
> Assunto: Res: Res: Res: Res: Res: Res: Ooooooi, Mooooolly (ler em baleiês)
>
> Obrigada por apresentar minha jovem estagiária.

Achei que você pudesse querer algo para se animar.

(Tirei esta foto logo antes de terminar com meu último namorado. Me fez mais feliz do que ele.)

Bato na mesinha de mármore com tanta força que solto um uivo de dor.

Mas não importa, porque Molly está *solteira* e, além do mais, ofereceu essa informação *por livre e espontânea vontade*. Será que ela está lendo minha mente? Será que está me contando isso porque sente a mesma atração por mim que eu por ela?

Pego o celular porque isso pede um contato mais imediato do que o e-mail pode oferecer. Nem me importo se eu ficar parecendo um ansioso psicótico.

Seth: Obrigado pelo conteúdo baleístico!
Molly: Nada como filhotes de baleia para aliviar a dor de uma separação
Molly: E eu tenho MUITO mais de onde veio essa foto

Eu não ia perguntar a ela sobre o término do relacionamento, mas sinto que talvez ela queira que eu faça isso. Ou, no mínimo, não se importe, uma vez que não para de tocar no assunto.

Seth: Seu término foi difícil?
Molly: Na verdade não... Não nos amávamos nem nada do tipo

Não se amavam! Ela está falando comigo sobre *amor*? Está admitindo que às vezes *tem* esse sentimento? Preciso me segurar para não bater de novo na mesinha.

Molly: O problema foi a época... A gente terminou LOGO antes da covid
Molly: Então estou sozinha, curtindo minha companhia encantadora há quatro meses

Molly: Por mais que eu me orgulhe de ser uma ranzinza introvertida e autossuficiente, descobri que na verdade gosto da companhia de outros humanos
Molly: E de sexo. Mais sexo seria útil para passar o tempo

SEXO? Não quero dar uma de adolescente, mas ELA DISSE SEXO???

Seth: Os gogo boys estão atendendo por vídeo
Molly: Pra que pagar gogo boys se fotos de pau são gratuitas?

Ai, meu Deus, ela disse isso *mesmo*? De repente sinto que estou querendo dar um passo maior do que eu posso em termos de cantada. Tento responder com a maior naturalidade possível.

Seth: A indústria dos nudes está realmente aquecida
Seth: Isso me consola quando penso nas noites solitárias que estão por vir
Molly: Receber fotos de pau?
Seth: Distribuir
Molly: Eu não acredito nem por um segundo que você já mandou um nude
Seth: Já mandei
Seth: Mas de bom gosto, e só quando solicitado
Molly: Não acredito nem um pouco
Seth: Por quê?
Molly: Porque você é um cavalheiro civilizado e cortês de 1849

Já não me sinto mais como um adolescente. Me sinto como um adulto com uma ereção enorme. E, se Molly acha que não sei trocar mensagens sexys, ela não me conhece, embora já tenha me visto em ação na vida real. Então vou relembrá-la.

Seth: Não foi o que você disse quando eu gozei no seu peito

Molly não começa a responder imediatamente, e fico preocupado com a possibilidade de a ter ofendido. Mordo o lábio, estressado, quando ela finalmente começa a escrever.

Molly: HAHAHAHA
Molly: Essa não conta. Você estava bêbado e eu me aproveitei do seu senso de decência prejudicado

Ah, você vai ver só.

Seth: Meu pau discorda
Seth: Três vezes
Molly: Você contou
Seth: É óbvio que contei
Seth: Ainda penso em você quando toco uma
Seth: Toda linda, suada e sussurrando meu nome
Molly: Eu faço você gozar?
Seth: Bem rápido
Seth: Menos quando me controlo pra passar mais tempo pensando em você
Molly: Você tá com o pau duro agora?
Seth: Muito. Duro.
Molly: Prove

Estou completamente sóbrio, mas me sinto bêbado. Abro a calça jeans. Tiro.

Meu pau já está quase saindo da cueca boxer, molhado na ponta. Eu me posiciono de modo a mostrar um pouquinho do abdômen no enquadramento além do pau, porque sou um homem generoso.

Sem pressa, escolho um filtro preto e branco antes de mandar a foto, porque não menti quando disse que distribuo pornografia caseira com classe.

Envio.

Molly: Caramba
Molly: Quero ver você pegando nele

Estou literalmente latejando. Meu Deus.
Eu nunca mandei um *vídeo* antes.
Mas quero mandar.
Vou mandar.
E quero algo em troca.

Seth: Eu mando se você mandar também
Molly: Fechado

Apoio o celular no laptop e me atrapalho um pouco para escolher um ângulo favorável. E mando ver. Penso em Molly se tocando ao pensar em mim e levo cerca de um minuto para gozar.
Muito.
Exageradamente.
É obsceno. Nunca mandei algo assim para ninguém, e meu coração acelera quando penso que ela vai ver isso.
Só que… é, eu quero que ela assista.
Seleciono o arquivo no aplicativo de mensagem, checo três vezes para ter certeza de que estou mandando para a pessoa certa e envio.
A prévia aparece na área das mensagens e estou tão excitado com o fato de que Molly vai assistir que vou ter que gozar mais uma vez daqui a pouco para não morrer de tesão.
Então surge um vídeo embaixo do meu. A prévia é uma imagem dos seios dela. Seios que passei tanto tempo abraçando e acariciando na adolescência, que são como velhos amigos. Velhos amigos incrivelmente gostosos.
Abro o vídeo, e ele enquadra Molly dos seios para baixo. Ela está sentada na cama apoiada em uma pilha de travesseiros e tem um vibrador rosa ao seu lado.
Meu Deus.
Ela começa brincando com os seios – acariciando-os, apertando os mamilos. Suas mãos descem até as coxas, que ela toca levemente com os dedos, provocando a si mesma.
Seguro meu pau, que já está incrivelmente duro de novo, e começo a acariciá-lo enquanto assisto – mas não faço rápido demais. Não quero gozar antes dela.

Ela abre as pernas e se acaricia com dois dedos. Posso *ouvir* o quanto está molhada. Ela pega o vibrador, aperta um botão, e o aparelho começa a zumbir. É como um ASMR sexual. Só o áudio seria o suficiente para me fazer gozar.

Mas não preciso fazer isso, porque ela encosta o vibrador no clitóris. Ouço o vibrador zumbir, ouço Molly suspirar de prazer, sua respiração virando pequenos gemidos, seus sussurros de "ah, isso, isso, ah".

Ela estende a mão e aproxima a câmera, e vejo de perto o quanto está inchada, vermelha e molhada. Quero tanto sentir seu sabor que coloco o dedo na boca e finjo que é dela. Paro de acariciar meu pau porque senão vou gozar, e ele lateja na minha barriga, como se estivesse com raiva por ter sido largado.

É um desejo diferente de tudo o que eu já senti. Minha virilha está literalmente pulsando. Molly pega mais um brinquedinho de algum lugar que não está enquadrado pela câmera – um vibrador em formato de pênis roxo, brilhante e de proporções generosas. Devagar, ela vai penetrando. Não consigo acreditar no que estou vendo. Ela fica de joelhos, com o pau entre as pernas, montando nele, e coloca o vibrador no clitóris.

Percebo pelo som dos seus gemidos, rápidos e altos, que ela está prestes a gozar, então seguro meu pau e começo a me acariciar no mesmo ritmo que ela. De repente, ela geme tão alto que parece quase um grito – "ah, Seth, ah, meu Deus, *aaaaaaah*". Fecho os olhos e explodo em minhas coxas e minha barriga.

Quase desmaio.

Passo um minuto ofegando.

Quando abro os olhos, vejo que, embaixo do vídeo, ela mandou uma única mensagem: um emoji de baleia, com água jorrando pelo respiradouro.

Dou uma risada.

Mas ainda estou emotivo.

Não consigo acreditar que ela fez isso por mim, que compartilhou algo tão maravilhoso, íntimo e pessoal comigo. Alcanço a cueca do chão para me limpar, então pego o celular e ligo para ela.

Ela atende no primeiro toque.

– Oi – diz.

Sua voz mal passa de um suspiro.

– Eu... – Minha voz está rouca e, por um instante, fico sem palavras.

– Eu também – sussurra ela.

– Obrigado – digo. Para alguém que ganha a vida usando as palavras, estou bem incoerente. – Eu nunca... – Eu me esforço para expressar o que estou sentindo. – Estou, tipo, *comovido*, Molly.

Ela ri baixinho. Consigo imaginá-la deitada na cama, nua e com o corpo mole por causa do orgasmo, sorrindo para o teto.

– Achei que você precisava de um estímulo – diz ela.

– Isso foi bem mais que um estímulo.

Ela ri mais uma vez. Parece tímida. Um tom que não ouço nela desde a adolescência, quando namorávamos.

– Nunca mandei nada tão... explícito antes – diz ela. – Exagerei?

– *Exagerou*? Meu amor, quero atravessar o país e te comer até te deixar louca a ponto de você ter que largar o trabalho porque quer passar os dias só gritando o meu nome.

– Teoricamente não tenho um trabalho no momento – diz ela. – Então tenho bastante tempo pra gritar.

Consigo ouvir em sua voz que ela está dando um sorrisinho.

Por um instante, sou tentado a fazer o que disse. Eu poderia tentar a sorte com duas máscaras no avião. Ou dirigir por dois dias até LA. Mas não quero ficar doente, e depois passar para ela. Então só digo:

– Vou me lembrar disso.

– O que você vai fazer o resto do dia? – pergunta ela.

– Provavelmente ver seu vídeo e me masturbar – respondo.

É uma piadinha, mas provavelmente também é verdade.

– Eu também – diz ela.

Nós rimos.

– Ei – digo. – Seu e-mail foi muito importante pra mim.

– Aah.

Seu tom é indecifrável, então decido não insistir no assunto.

– E aí, como você está ultimamente? – pergunto.

– Hum – responde ela, devagar. – Bem, eu acho.

– "Bem" não parece muito bom.

– Alguém está melhor que isso?

– Não que eu saiba.

– Estou enlouquecendo aos poucos por ficar tão isolada – diz ela. – Mas me sinto muito babaca por reclamar, já que ninguém da minha família ficou doente e tenho economias suficientes pra me sustentar até o cinema voltar.

Odeio pensar que ela está sozinha em Los Angeles. Já acho a cidade solitária mesmo quando estou só de passagem. Fazer isolamento lá me parece desolador, mesmo com o clima mais agradável.

– Você sai pelo menos de vez em quando? – pergunto.

– Até que sim. Encontro algumas amigas ao ar livre. Mas não é o bastante pra não enjoar da minha própria companhia. Estou pensando em adotar um cachorro, e nem gosto de cachorros.

– Você gosta de gatos.

Sinto uma satisfação aguda por saber isso a seu respeito. Por ter um conhecimento institucional de quando éramos adolescentes.

– Eu sei, mas cães são mais sociáveis e menos propensos a serem atacados por coiotes.

– Ah. Não temos muitos coiotes em Chicago. Talvez você devesse vir morar por aqui.

– Vocês têm nevascas, Seth. Pare de se achar.

– Nevascas são ótimas para um sexo aconchegante. Em frente à lareira. Com um vinho encorpado na mesinha de centro e uma vista pra cidade e pro lago.

– Você defende a vida na tundra de um jeito bem convincente.

– Bom, eu *sou* advogado.

– Preciso tomar um banho – diz ela. – Mas isso foi… – Ela faz uma pausa, procurando a palavra certa. – Divertido.

Eu adoraria um adjetivo mais forte – como "alucinante" ou "transformador" –, mas aceito o que ela está disposta a me dar.

– Posso ligar outra vez? – pergunto.

– Pode.

Abro um sorriso.

– Ótimo.

– Ótimo.

Ouço um clique, ela se vai, e meu rosto dói de tanto sorrir.

CAPÍTULO 23

Molly

Largo o celular ao meu lado e me olho no espelho que fica em frente à minha cama: estou nua, cercada de brinquedinhos sexuais e com um sorriso largo no rosto.

Seth está solteiro. E ele é tão gostoso.

Mas, mais que gostoso, ele é... familiar. Eu o *conheço*. Eu *gosto* dele.

E quero que ele ligue de novo. Quero que ele me ligue toda hora.

Meu entusiasmo parece uma novidade tão doce que não quero contar a ninguém o que aconteceu – nem mesmo a Dezzie e Alyssa.

Quero proteger Seth. Ele acabou de terminar um relacionamento, e para quem vê de fora pode parecer desleal ou desesperado da parte dele cair nos braços virtuais de uma ex. Mas também não sei como explicar a intimidade do que acabou de acontecer.

Parece algo muito íntimo. Só nosso.

Lavo meus brinquedos, tomo um banho e arrumo o quarto. Sinto uma explosão de energia que se manifesta em um desejo de limpar a casa, o que faço com prazer e atenção aos detalhes de maneira pouco comum para mim. Limpo como se Seth fosse vir me visitar. Ele sempre foi do tipo que não tolera bagunça.

Eu me pergunto como é o apartamento dele. O que ele está fazendo neste momento.

Provavelmente trabalhando. Que é o que eu deveria estar fazendo.

Pego o laptop com mais determinação que de costume.

Meu único e-mail novo é da minha nova "estagiária", Becky.

De: bma445@nyu.edu
Para: mollymarks@netmail.co
Data: Seg, 22 de junho de 2020 às 15:06
Assunto: Res: Molly, esta é a Becky

Cara Srta. Marks,

Estremeço ao ler a saudação. Por acaso ela acha que eu tenho 70 anos?

> Sou muito grata pela oportunidade. Espero que não se importe por eu aproveitar para expressar admiração por seu talento e sua obra. *Careless* é um dos meus filmes favoritos, e não consigo acreditar no quanto você era jovem quando o escreveu. Estou muito entusiasmada para aprender com uma mulher com realizações tão extraordinárias.
>
> Estou enviando meu currículo. Aguardo suas instruções.
>
> Atenciosamente,
> Becky

Vou precisar ensinar a jovem Becky a xingar e escrever e-mails de quatro palavras ou ela não vai sobreviver nesta cidade.

> De: mollymarks@netmail.co
> Para: bma445@nyu.edu
> Data: Seg, 22 de junho de 2020 às 15:15
> Assunto: Res: Res: Molly, esta é Becky
>
> Oi, Becky. Estou animada para trabalhar com você. Vamos começar com uma ligação – pode ser quarta-feira depois das dez da manhã, Horário do Pacífico? Me avise se tiver disponibilidade. E se me chamar de Srta. Marks mais uma vez está demitida ;)
>
> Molly

Como não chegou mais nenhum e-mail, finalizo o trabalho do dia. Compro *Busted* na Amazon para reler e retomo a maratona de *Real Housewives* enquanto sonho acordada com Seth.

Eu me pergunto se ele vai ligar amanhã. Se vai me acordar com palavras doces.

Vou para a cama sem colocar o celular no silencioso, para não perder a ligação caso isso aconteça.

Mas, de manhã, acordo sem chamadas perdidas.

Em vez disso, tenho várias mensagens da minha mãe.

Mãe: Bom dia, minha querida.
Mãe: Sonhei com você esta noite. Estávamos fazendo compras em Miami para o seu aniversário de 16 anos. Você comprou aquela camisa verde-limão transparente que te deixava com cecê. Lembra dela? HAHA! E depois caímos num esgoto.

Não é o conteúdo sensual que eu estava esperando.

Mãe: Estou com saudade.
Mãe: Uma pessoa no mercado gritou comigo e com Bruce hoje de manhã porque estávamos de máscara!

Bruce é o cara com quem ela está saindo. Eles se conheceram quando ela vendeu uma mansão e algumas casas para ele, na mesma rua em que ela mora. Durante a pandemia, o "eu" da minha mãe aos poucos foi virando um "nós", conforme eles passavam mais tempo juntos. Pelo jeito, o relacionamento já está no nível "idas juntos ao supermercado".

É fofo.

Mãe: Você acredita nisso?? GRITOU.
Mãe: Ninguém aqui se cuida. Vamos todos pegar essa praga.
Mãe: Você está dormindo?
Mãe: Me ligue quando acordar!
Mãe: Se quiser.
Mãe: Te amo! Mãe

Vou até a cozinha preparar um chá. Ligo para ela enquanto faço a infusão.

– Oláááá! – Ela atende cantarolando logo no primeiro toque.

Minha mãe sempre atende o telefone como se tivesse acabado de beber seis latas de Red Bull.

– Oi, mãe.

– Já sabe da novidade?

– Acabei de acordar.

– *Meio-dia*?

Ela se levanta todos os dias às seis da manhã para se exercitar num elíptico que ela tem há uns vinte anos, e quando dá sete horas já está começando a verificar os e-mails de trabalho, até nos fins de semana. Mesmo antes da pandemia ela já achava a agenda flexível de um profissional criativo um horror. Agora que não tenho nada de urgente para fazer, ela acha que estou praticamente em coma.

– Não são nem nove horas aqui – respondo. – Relaxa.

– Você está desperdiçando sua vida dormindo!

– Não preciso levantar pra nada!

– Vá dar uma caminhada! Quem sabe você arranja um marido.

Ela está me enchendo o saco para ir atrás de um amor. Acha que eu evito de propósito. Como se ela mesma não tivesse passado quase duas décadas fazendo exatamente a mesma coisa.

– Não me obrigue a desligar na sua cara – digo.

– Enfim, você soube da novidade? – pergunta ela.

– Você *acabou* de me perguntar isso.

– Seth Rubenstein foi *abandonado no altar* – sussurra ela. – Encontrei Jan Kemp no mercado e ela disse que...

– Seth não foi abandonado no altar – interrompo, esfregando os olhos. – A noiva terminou com ele.

– Jan disse que ele está arrasado!

– E como ela sabe?

– Ela é melhor amiga da Bonny O'Dell – responde minha mãe, triunfante.

Bonny O'Dell é vizinha dos pais de Seth.

Eu sei que deveria evitar essa conversa, mas ainda não bebi minha cafeína diária e minha astúcia está dispersa.

– Fiquei sabendo que foi amigável – digo.

– Ficou sabendo por quem? – pergunta ela, desconfiada.
– Ah... Seth.
Silêncio.
– Seth Rubenstein? – pergunta ela.
– Hum... é, mãe. O Seth de quem estamos falando.
– Por que você falou com Seth Rubenstein?
– Somos amigos. Ele me mandou um e-mail pra me pedir um favor, e o assunto do término acabou surgindo.
– Que conversa fiada.
Não consigo me segurar. Caio na gargalhada.
– Como assim, conversa fiada?
– Um homem não manda e-mail para pedir um favor no dia em que é abandonado no altar.
– O que, como já sabemos, não foi o que aconteceu.
– Cuidado com ele, ele é traiçoeiro.
– Meu Deus. Ele deve ser a pessoa menos traiçoeira que eu conheço. Por que você tem tanta implicância com Seth?
– Porque ele é um advogado de divórcio. Você já conheceu algum advogado de divórcio que fosse boa pessoa?
– Bom, felizmente o trabalho dele é irrelevante pra sua vida.
– Não se ele fica escrevendo pra minha filha pra afogar as mágoas.
– Tá bem, mãe. Ele é loucamente apaixonado por mim. Você descobriu tudo.
Não vou negar que a ideia me deixa eufórica.
– Ah, ele é loucamente apaixonado agora, talvez. Até se *divorciar* de você e *arruinar* sua vida. Que é a *profissão* dele.
– Tá bom, mãe. Obrigada pelo conselho. Acho melhor não me casar com ele.
– Pensando bem, ele merece ser abandonado no altar – diz ela, agora bem irritada.
– É. Merece estar na cadeia, na verdade. Preciso ir.
– Não precisa nada – rebate ela.
– Preciso, sim. Te amo, mãe. Tchau.
Desligo e balanço a cabeça em negação. Mas estou levemente satisfeita por ela pensar que está acontecendo alguma coisa entre mim e Seth.
Meu celular volta a vibrar com uma mensagem de Dezzie.

Dezzie: AI, MEU DEUS, vocês ficaram sabendo do Seth Rubenstein????
Alyssa: Não!
Alyssa: O que aconteceu?
Dezzie: Foi abandonado pela noiva
Alyssa: No meio da quarentena???
Dezzie: Sim! Rob ligou pra falar sobre uma indicação pra clínica dele hoje de manhã e pelo jeito Seth parecia bem chateado

Não fico feliz ao saber disso. Coitado do Seth. No entanto, não consigo deixar de pensar que ele ficaria mais animado se me ligasse para sussurrar palavras doces e sem sentido.

Não compartilho isso com as minhas amigas.

Molly: Fiquei sabendo. Muito triste. Fiquei com pena dele
Dezzie: Você devia mandar uma força para ele, por mensagem
Dezzie: E uma foto do seu peito
Alyssa: Bom, talvez seja melhor esperar um pouco pra mandar a foto do peito
Dezzie: Verdade, tem que ir com calma
Dezzie: Mas é sua hora de brilhar
Molly: MEU DEUS, gente, do que vocês estão FALANDO?
Alyssa: Você nega que estão apaixonados?
Molly: hum, sim
Dezzie: ah, por favor, toda vez que eu falo dele você fica toda sentimental
Molly: Não é verdade. Para de me caluniar
Dezzie: Tá bom, mudando de assunto, o rob anda estranho
Molly: Estranho como?
Dezzie: Ele insiste em ir para o escritório, embora esteja fechado, como se não suportasse ficar em casa comigo
Alyssa: Talvez ele só esteja ansioso. Eu mesma seria capaz de matar alguém pra poder ir a um escritório. Tipo, assassinato mesmo. Com as próprias mãos
Dezzie: Acho que não é só isso. Ele anda mal-humorado

Dezzie: Como se estivesse de TPM permanente
Dezzie: E bebendo demais. Até pra ele. Nossa lixeira de recicláveis anda uma vergonha
Dezzie: Fico nervosa porque vamos começar a in vitro assim que a clínica abrir e isso é ruim pros espermatozoides
Molly: Argh, sinto muito! Já conversou com ele?
Dezzie: Ele não admite que tem algo errado
Molly: Será que é estresse por causa do trabalho?
Alyssa: Pensei a mesma coisa. Com certeza ele está lidando com crianças que perderam alguém. Deve ser terrível
Dezzie: Tem razão. Está sendo difícil mesmo pra ele
Dezzie: Deve ser paranoia minha
Dezzie: Enfim, tenho que ir
Molly: Te amo, dezzie. Ligue se quiser conversar mais!

Eu me sinto tentada a mandar um "que tal prestar atenção na sua esposa?" amigavelmente para Rob. Normalmente, ele não se importaria – sempre me liga para perguntar o que dar de presente para ela de aniversário ou me contar que ela não anda bem, para que eu puxe conversa –, mas não quero me intrometer no casamento se for algo sério. Tenho um mau pressentimento por ele estar distante, já que Rob costuma ser do tipo que fica saltitando e exigindo a atenção dela como um cachorrinho. Além do mais, ele bebe bastante mesmo nos melhores dias.

Pensar que isso piorou... não é bom.

Uma mensagem de Seth me distrai.

Seth: Pode falar agora?

Abro um sorriso tão largo que meus lábios parecem estranhos no meu rosto.

Vou para o quarto, troco a camiseta surrada por uma regata que deixa meu decote à mostra e passo um pouquinho de maquiagem. Então ligo para ele por vídeo.

Ele demora um pouco para atender e me pergunto se ele não quer falar cara a cara, mas ele atende.

Acabado.

Os olhos vermelhos, o cabelo despenteado e a barba por fazer. É sexy, mas sei que não é um bom sinal para uma pessoa com o temperamento de Seth. Ele não é do tipo que anda por aí de calça de moletom.

– E aí? – digo.

Ele dá um sorriso triste e com os lábios apertados.

– E aí, Molls?

Aquele sorriso largo e estranho some do meu rosto. Ele não parece feliz em me ver.

Mas talvez só esteja cansado.

– Como você está? – pergunto, hesitante.

Ele solta um suspiro.

– Hum. Não muito bem.

Eu não esperava que ele estivesse ótimo, mas depois da noite passada também não esperava que parecesse tão arrasado.

– O que aconteceu? – pergunto, a voz mais empática possível.

Ele solta mais um suspiro.

– Não consigo parar de pensar na noite passada.

– Nem eu – digo, baixinho.

Ele fecha os olhos.

– Estou me sentindo muito culpado.

Sinto um frio na barriga.

– Acho que foi um erro – continua Seth.

Passo a língua pelos lábios. Minha boca está seca. Não quero perguntar, mas preciso:

– Está falando do término?

Ele coça o rosto com as costas da mão, franzindo os olhos.

Parece *tão* arrasado.

– Não – diz, para meu mais profundo alívio. – Terminar foi a coisa certa a fazer. Mas foi tão de repente, sabe?

Faço que sim com a cabeça, tentando manter a expressão neutra.

– E, depois do que aconteceu ontem, tudo o que eu quero é te ver. Falar com você.

Ah, graças a Deus. Achei que essa conversa estivesse indo para outra direção.

– É. Eu também.

– Mas, Molly, faz *dois* dias que terminei um noivado.

O alívio se transforma em pavor. Seth parece cheio de desprezo por si mesmo. Não sei o que dizer.

– E é claro que a gente não fez nada de errado – diz ele –, e foi legal.

Faço uma careta ao ouvir o orgasmo mais intenso que já tive ser descrito como "legal".

– Mas acho que talvez isso tudo seja demais.

– Ah – digo.

Ele me lança um olhar aflito.

– Não estou falando de você… estou falando de mim. Preciso parar de pular para cima de qualquer coisinha como se um novo relacionamento fosse um bote salva-vidas.

– Qualquer coisinha?

Estou enjoada.

– Droga. Não foi isso que eu quis dizer. Você não é… você é importante demais pra mim, Molly.

Fico emocionada ao ouvi-lo dizer isso. Embora, no fundo, eu saiba que o que vem na sequência vai ser brutal.

– Mas preciso ficar sozinho, entender por que sempre faço isso, sabe? Eu sempre mergulho de cabeça nas coisas.

– É. Faz sentido – me obrigo a dizer.

– E não é justo arrastar você junto. Fui eu que fiz essa bagunça, e não quero que você se perca nela.

O triste é que eu sei que ele não diria isso se não sentisse o mesmo que eu. Que existe algo importante entre a gente. Importante demais. Pelo menos para ele. Pelo menos neste momento.

E é por isso que não posso insistir.

– Não se preocupe. Eu entendo.

Ele esfrega o queixo, parece exausto.

– Mesmo?

Eu entendo. Não queria entender, e detesto tudo isso, mas entendo.

– Sim. Faz sentido que você tenha questões mal resolvidas e queira dar atenção a elas.

Ele fecha os olhos e respira fundo.

– Molls, eu sinto como se tivesse usado você.

Dou uma risadinha.

– Você não me usou. No máximo, eu que te enganei pra que você performasse atos sexuais na frente da câmera pra minha satisfação egoísta.

– Você não me enganou, Molls. E eu não me arrependo.

– Nem eu.

Ele assente.

– Tá bom. Eu sinto muito. Não quero te passar nenhuma mensagem confusa, magoar você, ou...

Não suporto esse carinho cheio de compaixão. Preciso interrompê-lo antes que eu caia no choro. Coloco um sorriso sarcástico no rosto e ergo as mãos.

– Epa, epa, epa – interrompo. – Foi só sexo virtual, cara. Não estamos namorando nem nada do tipo.

Não é verdade, claro. Não foi só sexo virtual, pelo menos não para mim. Mas não quero que Seth pense que vou ficar aqui sentada sofrendo por ele. Eu tenho dignidade. E não quero que ele se sinta mais culpado do que já se sente.

Mas ele parece surpreso. Magoado, quase.

– Acho que significou algo mais pra mim – diz. – E esse é o problema.

Não digo nada. Estou com vontade de chorar.

Seth abre aquele sorrisinho tenso mais uma vez.

– Tchau, Molls.

E desliga.

PARTE SEIS
Julho de 2021

CAPÍTULO 24
Molly

A Flórida no auge do verão não seria minha primeira escolha para um casamento. Afinal, sou assumidamente uma pessoa que evita comemorações em geral, e também acredito piamente que a Costa do Golfo só é habitável de novembro a fevereiro.

Mas o casamento de Jon e Kevin é especial. Correndo o risco de ser brega, esse casamento representa mais que uma celebração do relacionamento dos dois. É uma celebração da oportunidade de voltar à vida. Por isso, posso suportar qualquer voo transcontinental com duas máscaras e toda a umidade sufocante.

E, esta noite, um dia antes do evento abençoado, estou coberta não apenas de suor, mas também de felicidade por estar com as minhas melhores amigas. Encontrar Dezzie e Alyssa depois de dezoito meses separadas é transcendental.

Exceto pela presença de Rob.

Estamos sentadas na varanda de um restaurante, e ele está falando alto demais com a garçonete.

– Mais um old-fashioned, gata – diz, sacudindo o gelo no copo de cristal vazio.

Dezzie lança um olhar irritado para ele. Faz quarenta e cinco minutos que estamos aqui, e ele já bebeu dois. Isso sem contar os dois martínis que bebeu na casa da mãe de Alyssa mais cedo. Ele está arrastando as consoantes. São sete horas, e Rob já está falando arrastado.

– Não chame a garçonete de "gata" – diz Dezzie, entre os dentes.

– Ela gosta – responde ele, alto demais.

A garçonete abre um sorriso tenso para nós.

– Pode deixar. Mais alguém gostaria de alguma coisa?

Fazemos que não com a cabeça.

Ryland se recosta na cadeira.

– É tão bom estar em um restaurante sem três crianças berrando.

Essa é uma tentativa óbvia de suavizar o clima, mas Dezzie não alivia.

– É... é bem mais relaxante estar com só uma criança fazendo cena – acrescenta ela, os olhos fixos no marido.

– As crianças estão se divertindo com os primos, Ry? – pergunto.

– Quem se importa? – responde Ryland, brincando. – Eu estou me divertindo. É a primeira vez que estamos sem elas em...

Ele dá uma olhadinha no relógio.

– Sete anos? – brinca.

Alyssa solta um gemido.

– Ah, é o que parece.

– Se estão tão cansados das crianças, por que tiveram um terceiro filho? – pergunta Rob.

Todos ficamos em silêncio por um tempo, chocados.

Faz meses que Dezzie está tensa com a mudança de atitude de Rob. Eu e Alyssa estamos muito preocupadas com os dois. Mas a situação é bem pior do que eu imaginava.

– Eu amo meus filhos mais que tudo, Rob – diz Alyssa, com calma. – Mas os mais velhos estão tendo aulas on-line e precisam da nossa supervisão o tempo todo, e Jesse ainda usa fraldas. Nós dois estamos trabalhando em casa em tempo integral, sem nenhuma ajuda com as crianças, em um espaço pequeno. É bem estressante.

– Ela quer dizer que estamos vivendo o nono círculo do inferno de Dante – diz Ryland, passando um braço pelos ombros de Alyssa.

– Bom, pelo menos ninguém *morreu* – responde Rob.

Alyssa empalidece.

Ryland inclina o tronco para a frente.

– O que foi que você disse?

– Eu disse que sinto muito que seja tão inconveniente ter que cuidar dos próprios filhos quando tem tanta gente morrendo – diz Rob. – No meu trabalho...

– Eu perdi a minha *mãe* – diz Ryland, interrompendo-o. – Não pudemos nem nos *despedir* dela porque ela estava isolada em um *hospital*, tá bem? Então não venha me falar sobre meus filhos *morrerem*.

Alyssa segura a mão dele e se levanta.

– Venha, amor. Vamos dar uma volta.

– Merda, desculpa, foi mal – diz Rob com a voz rouca. – Sério, cara. Senta aí. Eu não sabia.

– Eu te *contei* – diz Dezzie.

– Bom, eu esqueci!

Ryland, que é uma das pessoas mais tranquilas que conheço, está visivelmente tremendo de raiva. Ele deixa que Alyssa o ajude a se levantar, e os dois atravessam o restaurante lotado sem dizer mais uma palavra.

– Boa, hein? – diz Dezzie a Rob.

Ele nem olha para ela.

– Preciso mijar – resmunga, se levantando.

Então, fico sozinha com Dezzie à mesa.

E é claro que neste exato momento a comida chega.

Nenhuma de nós tem mais vontade de comer.

– Meu Deus. Você não estava exagerando – digo.

Ela apoia a cabeça nas mãos.

– Eu sei. Tem dias que ele é gentil e normal, e tem dias que age... assim.

– Você acha que ainda é por causa da pandemia?

– Pra ser sincera, eu não sei. Quer dizer, ele tem muitos clientes jovens que perderam pessoas queridas. Então acho que foi por isso que ele explodiu com Ry. Não que isso seja uma desculpa.

– Não. Ele perdeu o controle.

– E é óbvio que o isolamento, o medo e todo o resto tem seu preço – continua ela, visivelmente cansada. – O médico dele receitou Prozac, mas... – Ela hesita. – Claramente não está funcionando.

Estendo a mão por cima da mesa para segurar a dela.

– Sinto muito.

– Estou ficando esgotada, Molls. Ele anda tão instável. Bebendo tanto. – Seus olhos se enchem de lágrimas. – Não sei quanto tempo vou aguentar isso. Tem vezes que ele é tão cruel.

Dou a volta na mesa para ficar ao lado dela e a abraço.

– Sinto muito, meu amor – murmuro.

– Eu estou sempre esperando que as coisas melhorem – diz ela, com a voz embargada. – Amo tanto ele, sabe? E sei que Rob está sofrendo, eu *vejo* que ele está sofrendo, mas ele não conversa comigo. Está se afastando. E não sei se é pra me proteger ou se ele não suporta tocar no assunto, mas sinto que estou perdendo meu marido.

– Vocês já consideraram fazer terapia?

– Ele se recusa. Comigo ou sozinho – responde ela, enxugando uma lágrima e fungando. – E me sinto péssima por reclamar do meu casamento com tantas coisas terríveis acontecendo com uma quantidade imensa de pessoas. Mas vamos finalmente começar a fertilização mês que vem e tenho medo de que...

Nesta hora, Rob volta.

– Comida! Boa! – diz ele, como se não tivesse notado que estou abraçando sua esposa, que está chorando.

Olho diretamente para ele, o que deve provocar algum nível de remorso, porque ele pergunta:

– Tá tudo bem, amor?

– Você precisa pedir desculpas a Ryland e Alyssa – diz Dezzie.

– Pode deixar – responde ele, se jogando na cadeira e atacando o filé.

Aperto Dezzie com carinho e volto à minha cadeira. O molho de sálvia e manteiga do meu ravióli já começou a esfriar.

Alyssa e Ry voltam de mãos dadas.

– Ei, me desculpem – diz Rob imediatamente. – Eu passei do limite.

– Passou mesmo – diz Ryland, em um tom frio que deixa claro que ele não quer falar sobre o assunto.

Terminamos a refeição com um ar de constrangimento. Tento aliviar a tensão falando sobre o casamento recente de Marian com o jogador de beisebol (uma cerimônia íntima só para a família que saiu na revista *People*) e mostrando fotos dos gêmeos de Gloria e Emily (eles são tão fofos que eu até me perguntei se *eu* não deveria ter um filho).

Assim que pagamos a conta, Dezzie diz a Rob que eles deveriam voltar para a casa dos pais dela antes que peguem no sono. Alyssa, Ryland e eu decidimos dar uma caminhada e tomar um sorvete.

– Estou preocupada com Dezzie – digo, assim que ela se afasta com Rob. – Ela começou a chorar quando vocês foram dar uma volta.

– Coitadinha – diz Alyssa. – O que está acontecendo com Rob?

– Quase estrangulei aquele idiota – resmunga Ryland.

Alyssa aperta seu braço carinhosamente.

Pela milionésima vez, fico maravilhada com o quanto eles são ótimos juntos. O quanto irradiam um amor tranquilo e inabalável.

Não acredito que um amor como esse aconteça para muitas pessoas, menos ainda que possa existir para mim. Acho que é um presente raro que a querida e gentil Alyssa merece.

Mas acreditar nisso não me impede de desejar um relacionamento como o deles. Um relacionamento em que parece existir um mundo íntimo e seguro entre os dois.

Passeamos entre os turistas, passando por butiques que parecem vender só vestidos de verão em tons pastel e camisas Tommy Bahama. O ar tem um cheiro doce e é úmido como na minha infância. Quando nos aproximamos da sorveteria (um estabelecimento local icônico chamado Miss Malted's), as calçadas estão cheias de casais e famílias alegres lambendo os sorvetes de casquinha pelos quais a Miss M's é famosa.

– Ry, sabia que Alyssa já trabalhou nesta sorveteria? – pergunto.

Ela solta um resmungo.

– No final daquele verão eu estava com três cáries.

– Oi, pessoal! – chama uma voz familiar.

A voz de *Seth*.

Paro de andar. Meu corpo inteiro se enrijece quando o vejo.

Eu sabia que ele viria para o casamento, claro.

Tentei me preparar para isso.

Mas não tenho um manual sobre como me comportar diante da pessoa de quem sinto tanta falta todos os dias.

Ele está com toda a família Rubenstein – os pais, o irmão, a cunhada e os dois sobrinhos.

– E aí, Rubenstein? – grita Alyssa, saltando na frente para cumprimentá-lo.

– Nossa, Alyssa e Molly – diz a Sra. Rubenstein, se desvencilhando dos filhos para me dar um abraço. – Meninas, como vocês estão? Quanto tempo!

Ela abraça Alyssa, então vira para Ryland.

– E quem é esse jovem tão charmoso?

Ryland estende a mão.

– Ryland Johnson. Marido da Alyssa.

– Barbie Rubenstein, e meu marido, Kal – diz ela, e então aponta para o outro filho. – E este é nosso filho, David, e sua linda esposa, Clara. E, claro, você deve conhecer Seth.

– Que bom te ver, cara – diz Ryland.

– E eu sou o Jack! – grita o garotinho que está nos ombros de Seth antes que ele possa responder. Ele bate na cabeça de Seth para enfatizar. – Diz que sou o Jack.

– Me desculpe, Jack, que grosseria da minha parte – diz a Sra. Rubenstein com uma seriedade performática. – Amigos, este é meu neto, Jack, e aquele cavalheiro charmoso ali é irmão dele, Max.

– Tenho 4 anos – grita Jack, alto o bastante para despertar os mortos.

– E eu tenho 6 anos – diz Max, tímido, como se fosse obrigado a fornecer a informação após o anúncio do irmão.

O Sr. Rubenstein solta a mão de Max e aperta meus ombros.

– Ora, se não é a Srta. Molly Marks. Meu Deus, menina, quanto tempo faz que não nos vemos? Vinte anos?

Abro um sorriso, porque o Sr. Rubenstein sempre me chamou de "menina", e eu sempre amei a família do Seth.

– Por aí – respondo. – Como é bom ver vocês.

A Sra. Rubenstein pega minha mão.

– Molly. Você está incrível. Como vai sua mãe? Feliz e com saúde, espero? Sempre vejo os anúncios dela pela cidade.

Dou uma risada.

– Ela nunca viu um banco de parque onde não quis colocar o próprio rosto.

– E o que traz vocês até aqui? – pergunta o Sr. Rubenstein.

– O casamento de Jon e Kevin – diz Alyssa.

– Ah, que bom! – exclama a Sra. Rubenstein. – Nós também vamos. Menos os meninos, claro.

– Eu não sabia que vocês viriam – diz Seth para mim, tirando o sobrinho dos ombros e colocando-o na calçada com delicadeza.

– Acabei conseguindo um lugarzinho na lista – respondo, brincando.

Ele estremece.

– Ah, não… desculpe, eu não quis dizer que fiquei surpreso por você ser convidada… É que sei que você detesta casamentos. E a Flórida. Imaginei que não viesse.

Faz sentido. Em outros tempos, eu não teria vindo mesmo. Afinal, uma pandemia é uma ótima desculpa para evitar demonstrações de emoções clichês e tendas brancas.

É claro que não digo toda a verdade: vim em parte por causa dele.

Faz um ano que não nos falamos, desde que ele cortou contato comigo em junho do ano passado. Tomei o cuidado de evitar comentar sobre ele com minhas amigas. Silenciei o perfil dele nas redes sociais. Fiz tudo o que estava ao meu alcance para não jogar sal na ferida que ele deixou.

Mas continuo pensando em Seth todos os dias.

Sempre que checo meus e-mails espero ter recebido um dele.

É patético.

– Tio Seth, tio Seth! Toc, toc – diz Max.

– Quem é? – pergunta Seth.

– Eolá.

– Que Eolá?

– Eolá sei? – grita Max.

Seth olha para mim, rindo.

– O Max é o comediante da família – diz.

– Estou vendo – respondo. Há algo de muito fofo em uma criança que curte tanto a piadinha do toc, toc. Eu me abaixo. – Ei, Max. Toc, toc.

Seu rostinho se ilumina.

– Quem é?

– A tenda.

– Que tenda?

– Atenda a porta e descubra.

Ele cai na gargalhada.

– Nunca ouvi essa!

– Você deveria roubar essa piada, cara – diz Seth. – É comédia das boas.

– Bom – diz Alyssa. – Estávamos indo até a Miss M's. Vocês não querem...?

Dave leva o indicador aos lábios e faz que não com a cabeça, e imagino que seja um gesto universal entre pais que quer dizer "nem fale em sorvete".

205

Alyssa faz sinal de positivo com o dedão.

– Nos vemos no casamento? – pergunto.

– Até amanhã, menina – diz o Sr. Rubenstein.

– Até amanhã, menina – repete Jack.

Ryland fica observando eles se afastarem.

– Pare de encarar – digo, sussurrando.

– Como o Seth estava encarando você? – pergunta ele.

Fico feliz por eles terem percebido.

– Meus olhos me enganaram ou você tentou fazer amizade com uma *criança*? – pergunta Alyssa.

– Eu acho que ela estava tentando conquistar o *tio* da criança – diz Ryland, com ironia.

Penso um pouco em como responder. Então dou uma risada.

– Acham que funcionou?

CAPÍTULO 25
Seth

– Que maravilha! – exclama meu pai assim que Molly se afasta. – Ela está solteira, Sethie?

– Você lembra que ela partiu o coração dele e ele ficou com uma depressão que durou anos, né, pai? – pergunta Dave.

– Lembro, mas ela está *solteira*?

– Não sei – respondo. – Faz muito tempo que não nos vemos.

É mentira, claro. Mas tento evitar ser atormentado pelos meus pais a respeito de perspectivas de um relacionamento.

– Manda uma mensagem pro Jonnie. Pergunta pra ele se a Molly vai levar alguém ao casamento – diz minha mãe.

Na verdade, eu gostaria de mandar uma mensagem para Jon perguntando por que ele não me avisou que ela vinha. Se ele tivesse me contado, eu teria me preparado mentalmente. Agora, me sinto instável. (Emocionalmente, quero dizer. Não estou andando pela rua trocando as pernas. Ao contrário de muitos turistas caminhando por aí aos tropeços.)

– Deixe o Seth em paz, mãe – diz Dave.

– A gente pode entrar na piscina quando chegar em casa? – pergunta Max.

– Está tarde – diz Clara. – Vocês podem ficar na piscina o dia inteiro amanhã.

– Com o tio Seth?

Clara abre um sorrisinho para mim.

– Isso vocês precisam pedir para ele.

– Por favor, tio Seth? – pergunta Max.

– Claro – respondo. Afinal, está quente demais para fazer qualquer coisa que não seja ficar na piscina. Eu amo o clima da Flórida, mas até eu chego ao limite quando faz mais de 30 graus com cem por cento de umidade. – Mas temos que mergulhar cedinho, porque nós, adultos, temos um casamento mais tarde.

– Você está pedindo pra ir pra piscina cedinho com esses monstrinhos? – pergunta Dave. – Você sabe que eles acordam às seis, né?

– Ossos do ofício – digo.

– Ele disse ofício! – grita Jack, que acha que todas as palavras que não conhece são palavrões.

Como esperado, eu não durmo muito no dia seguinte.

Os garotos levam a sério o "cedinho". Às seis e quinze já estão no meu quarto pulando em cima de mim. É só graças às habilidades de negociação de Clara que consigo tomar um café e meditar por cerca de dez minutos antes de colocar a sunga e entrar na piscina com um salto bomba para uma manhã de caos.

Os garotos são o máximo, para quem não se importa com um pouco de violência física, claro. São arminhas de água, lutinhas com os macarrões da piscina e até "ataques de tubarão" embaixo da água que resultam em caldos-surpresa. Tento propor brincadeiras mais tranquilas, mas eles não aceitam. Querem que eu os jogue para o alto. Eu topo, e por um instante sinto uma nostalgia.

Penso em Molly me perseguindo na piscina de Gloria e Emily há quase dois anos. Depois, Molly, impulsiva, me convidando para ir até o parque Joshua Tree.

Molly me mostrando seu lado mais vulnerável.

Eu me pergunto se ela ainda pensa em mim.

Fujo dos garotos e entro para tomar um banho e responder a alguns e-mails de trabalho antes de me arrumar. Às duas e meia, visto o terno de linho que Jon e Kevin indicaram como traje para o evento e me reúno com o restante da minha família para pegar a SUV com motorista que contratamos para nos levar até o casamento. Chegamos ao local: uma mansão luxuosa dos anos 1920 de estuque cor-de-rosa, ao estilo de um palazzo veneziano, à beira da baía.

Atravessamos um terraço de mármore e descemos até os jardins, cercados por figueiras-de-bengala nodosas que irrompem da terra como florestas contidas.

Uma jovem entrega leques de penas, bem no estilo Era do Jazz, com os quais nos abanamos enquanto caminhamos em meio à multidão. Reconheço Marian sentada nos primeiros bancos com Javier.

E, atrás de Javier, vejo Molly com Alyssa e Ryland. Ela está usando um vestido *flapper* com contas douradas. Jon e Kevin pediram que viéssemos de linho branco ou roupas temáticas dos anos 1920, e ninguém supera Molly. Nunca a vi tão produzida, ou com roupas tão elegantes.

Cruzamos olhares, e ela sorri para mim. Estou prestes a me aproximar para cumprimentá-la quando um sinal alto ecoa no sistema de som, indicando para que nos sentemos.

Jon e Kevin caminham juntos pelo corredor enfeitado com peônias; estão maravilhosos, de mãos dadas e radiantes. Eles emanam o magnetismo de duas pessoas loucamente apaixonadas.

Quero o que eles têm.

Quero tanto que preciso respirar fundo algumas vezes e lembrar a mim mesmo de me concentrar no momento, o momento *deles*, para não me perder em meus próprios anseios.

A música para e o oficiante – um poeta amigo deles – dá as boas-vindas a todos e recita palavras lindas sobre compromisso e amor.

Minha mãe percebe o quanto estou emocionado e começa a *acariciar minhas costas*.

Eu me desvencilho de sua mão como uma criancinha de 4 anos, feliz por Molly estar algumas fileiras à frente e não ter visto essa cena.

Então, chega a hora dos votos.

Jon é o primeiro. Embora seja tímido por natureza, também é professor e está acostumado a passar o dia todo diante de adolescentes emburrados. Ele fala diretamente com Kevin, de cor, sem ler.

– Eu conheci você aos 14 anos e soube imediatamente que te amava – diz. – Como éramos crianças, demorei alguns anos para entender que meus sentimentos não eram apenas de amizade. Mas eu sabia. Eu tinha essa consciência mesmo naquela época, quando ficávamos de bobeira e estudávamos juntos, ou matávamos as aulas… e quando nos inscrevemos na universidade, você sempre foi mais do que um amigo querido. Você era a *minha* pessoa. A melhor de todas.

Eu me lembro do vínculo entre eles durante aqueles anos, do carinho que tinham um com o outro. Havia mesmo um quê de casal neles. Eles tinham uma linguagem própria e sempre caíam na gargalhada juntos.

Eu era o terceiro membro do nosso grupinho, mas sempre ficou bem claro que eles eram mais próximos.

– Quando fomos para a faculdade, e nós dois acabamos em Nova York, eu me dei conta de que o sentimento que eu tinha por você era romântico – continua Jon. – E isso me deixou aterrorizado. Porque você era meu melhor amigo. Minha rocha. Meu porto seguro. A pessoa que me acalmava quando eu estava ansioso, me fazia rir quando eu estava triste, preenchia meu coração quando eu estava solitário. Você era a pessoa que sabia de todos os meus segredos. – A voz dele fica embargada. – Todos, exceto um. – Jon faz uma pausa para se recompor. – Eu não podia te contar esse segredo porque morria de medo de que você ficasse constrangido ou se afastasse de mim. Tinha medo de te perder para sempre. Então guardei o meu segredo, embora tantas vezes, *tantas* vezes, tenha me sentido tentado a arriscar e contar o que eu sentia por você. Mas nunca parecia ser o momento certo. Ou você estava em um relacionamento, ou eu. Ou você estava ocupado demais com o trabalho, às vezes viajando. Eu sempre tinha uma desculpa para não contar.

Mal consigo respirar. É como se Jon estivesse falando com o meu coração. Espio Molly para tentar ver se essas palavras estão fazendo com que ela pense em mim, como estão me fazendo pensar nela. O olhar dela está fixo em Jon. Vejo Molly enxugar uma lágrima.

Molly Marks, *chorando* em um casamento. É tão atípico que quase dou uma risada. E espero – *desejo* – que em parte seja porque ela nos vê na história que Jon conta.

Espero que esteja chorando por nós.

– Então, um dia – continua Jon –, no auge do inverno, durante uma nevasca, alguém bate à minha porta. Eu tinha acabado de terminar um relacionamento, estava assando biscoitos para o Ano-Novo e planejava comer tudo sozinho na frente da TV. Não estava esperando ninguém.

Ele coloca a mão no ombro de Kevin e abre um grande sorriso.

– E era *você*. Com um buquê que tinha colocado em uma sacola plástica para proteger as flores da neve. Eu ri, perguntei por que tinha comprado flores naquele tempo horrível, e você tirou o buquê da sacola e me entregou. Eram peônias brancas, minhas favoritas. Não estava nem perto da época de peônias. Tão delicadas, e você as protegeu do frio. Estendi a mão para pegá-las e colocá-las na água, mas você segurou a minha mão. Senti o meu sangue gelar. Fiquei com medo de que fosse me dizer que ia se mudar, ou que estava doente. Em vez disso, você disse "Jon, você é minha alma gêmea. Eu te amo".

Começo a chorar de verdade. Lágrimas pesadas e silenciosas escorrem pelo meu rosto, competindo com o suor.

– E tudo o que eu consegui dizer – continua Jon – foi "Eu também te amo". O que você disse era tão simples, tão verdadeiro, e mudou minha vida para sempre. Então, Kev, meus votos hoje são simples e verdadeiros. Prometo ser sua alma gêmea. Prometo também te amar.

Dou mais uma espiada na direção de Molly, que está com um sorriso radiante e os olhos cheios de lágrimas.

E penso, simplesmente: *sim*. Preciso ser corajoso como Kevin. Preciso confiar que ela vai ouvir a minha verdade, como Jon.

Preciso confessar que estou apaixonado por ela.

E, quer ela acredite em almas gêmeas ou não, preciso provar que ela é a minha.

CAPÍTULO 26
Molly

Acho que preciso confessar uma coisa.

Parte do motivo pelo qual eu odeio casamentos, batismos e comemorações de bodas é o fato de que aquela pompa toda tem algum efeito em mim. Detesto ter fortes emoções, especialmente em público. E aqui estou eu, limpando o rímel com os mindinhos enquanto sigo a multidão para o terraço onde será servido o coquetel.

Eu me sinto exposta. Deslocada. E me sinto uma idiota.

– Molly – sussurra Dezzie no meu ouvido. – Você *ainda* está chorando?

Eu a afasto com uma cotovelada leve, fungando, tentando me recompor. Até para mim, isso é demais. Mas aqueles votos – principalmente os de Jon – me acertaram em cheio.

E como poderiam não ter acertado?

Um discurso sobre duas pessoas que se conheceram na escola, que se amaram à distância, que estavam sempre no lugar errado, na hora errada? Não que eu queira me colocar como foco do casamento de outra pessoa, mas os votos poderiam muito bem ser sobre mim e Seth.

Continuo não acreditando nessa história de almas gêmeas. Não acredito que finais felizes são garantidos, mesmo para pessoas que merecem um tanto quanto Jon e Kevin.

Mas acredito que o que Kevin fez foi corajoso. Quero alguém que fique no meio da minha cozinha, aninhando peônias congeladas nos braços, e me diga o que eu sou covarde demais para admitir por conta própria. E é por *isso* que estou emocionada.

Eu me afasto das minhas amigas e vou até o banheiro. O frescor dentro do cômodo é uma bênção, e o fato de estar vazio é outra ainda maior.

Sento em um dos reservados e me recomponho. Então, paro em frente ao espelho e retoco a maquiagem. Limpo qualquer evidência de tristeza e escondo com corretivo. Retoco o batom vermelho como se fosse uma armadura.

Meu celular vibra com a chegada de um novo e-mail, e decido ver o que é enquanto espero meu rosto desinchar um pouco.

Engulo em seco. É do meu pai.

O desenvolvimento de *Busted* foi prejudicado por mais atrasos por conta da covid, e achei que ele fosse me evitar por um tempo depois que enviei o tratamento. Só que há quatro meses, para minha surpresa, ele disse que tinha gostado e pediu um roteiro. Enviei um no início de maio, e ainda não tinha recebido nenhuma resposta dele.

Enviei uma mensagem para avisar da minha chegada na cidade, na esperança de que ele mandasse alguma notícia.

Em geral, ele pelo menos responde às minhas mensagens, mesmo que seja para me dispensar. O fato de ter ficado tanto tempo em silêncio provavelmente era um indicativo de que o e-mail traz más notícias.

De: rog@rogermarks.com
Para: mollymarks@netmail.co
Data: Sáb, 17 de julho de 2021 às 19:15
Assunto: roteiro

Molly,

Loma e Cory gostaram do roteiro. (Eu também.) Eles querem marcar uma reunião em LA para conversar. Cassie vai mandar opções de horário.

Infelizmente, não vou conseguir encontrar você desta vez aí na Flórida. Não estou na cidade, mas vamos jantar juntos depois da reunião.

Puta merda.

Começo a tremer e rir sozinha no banheiro.

Parece um absurdo que eu permita que isso me afete tanto, mas passei praticamente a vida toda esperando por esse simples comentário dele: *(Eu também).*

Logo depois, recebo um e-mail de Cassie, sua assistente de longa data, com uma lista de possíveis dias e horários para a reunião na semana seguinte.

Escolho a segunda-feira à uma e meia da tarde, e mando um e-mail cuidadosamente redigido para meu pai, para não transmitir entusiasmo ou expectativa demais.

De: mollymarks@netmail.co
Para: rog@rogermarks.com
Data: Sáb, 17 de julho de 2021 às 19:25
Assunto: Res: roteiro

Legal, fico feliz. Que pena que não vamos poder nos encontrar agora, mas nos vemos em breve.
M

Eu me sinto meio entorpecida ao voltar para o coquetel.

– Tudo bem? – pergunta Alyssa, quando a encontro sozinha no terraço.

– Você parece... feliz. De um jeito meio esquisito.

– Nunca estive melhor. Amo uma noite ardente.

– Você é que está ardente, com esses lábios.

Estalo os lábios para ela.

– São para te devorar melhor.

– Para devorar *alguém*, isso com certeza – diz ela, olhando para Seth, que parece estar apresentando a família ao marido-celebridade de Marian.

– Para de olhar pra ele – digo, sussurrando.

– Por quê?

– Porque é constrangedor. Você está dando muito na cara.

Ela bufa.

– Talvez você devesse dar na cara também e parar de ficar se lamentando.

– Caso você não lembre, eu fui bem descarada ano passado.

Ela e Dezzie ficaram sabendo da minha performance sexual exuberante e da rejeição educada que sofri.

– Aquilo foi diferente – diz ela. – Ele tinha acabado de sair de um relacionamento. Você deveria conversar com Seth.

Sei que ela tem razão: ele é, afinal, grande parte do motivo pelo qual eu vim a este casamento.

Mas, embora esteja animada, me sinto um pouco desmoralizada no que diz respeito a Seth. Chateada por ele não ter me procurado depois do que aconteceu no ano anterior. Não posso deixar de interpretar isso como um sinal de que ele pensou no que queria, e não era a mim.

Preciso que ele dê o primeiro passo.

Mas fico feliz que a notícia boa tenha alavancado minha confiança justamente hoje. Espero que ele perceba meu brilho.

– Cadê todo mundo? – pergunto, mudando de assunto.

– Bom... – diz Alyssa, soltando um suspiro. – Rob e Dezzie estão discutindo sobre o horário em que precisam estar no aeroporto amanhã. Desapareceram em algum lugar. E eu pedi para Ryland buscar uma bebida. Vamos socializar?

Vamos até os pais de Jon para parabenizá-los. A mãe de Jon foi nossa professora no quinto ano, e o pai dele era o reitor do colégio. Então partimos para os irmãos de Kevin, e não demora muito para chegar a hora da recepção. A família de Kevin sempre foi muito rica, e imagino que estejam pagando pela noite, porque tudo é exuberante: os afrescos no teto, as montanhas de peônias brancas, a banda estilo 1920 que está tocando jazz.

Bebo um gole de champanhe, feliz por estar com minhas amigas em um ambiente tão lindo. O clima parece mexer até com Rob, que puxa Dezzie até a pista assim que os noivos terminam a primeira dança. Alyssa e Ryland vão logo atrás. O que me deixa na mesa com Marian e Javier, que estão tão ocupados entre chamegos que nem percebem que estou sozinha.

Escaneio a multidão em busca de alguém com quem conversar e percebo que Seth está apoiado no bar, olhando para mim. Ele está muito bonito com o terno de linho branco, embora pareça mais magro do que da última vez que o vi, como se tivesse perdido massa muscular – talvez por fazer tanto tempo que as academias não são lugares seguros depois do início da pandemia. Ainda bem que eu nunca nem malhei, para início de conversa.

– Quer dançar? – pergunta ele, mexendo os lábios e apontando para si mesmo.

Mas nego com a cabeça.

– Não sei dançar – respondo, também mexendo os lábios.

Ele faz um biquinho. Mas não deveria, porque sabe que eu danço muito mal. Se tentar, vou tombar e matar os familiares mais idosos de Jon e Kevin.

Assassinato por foxtrote.

Ainda assim, fico feliz que ele tenha me convidado.

Fico ainda mais feliz quando ele atravessa o salão assim mesmo.

– Molly Malone – diz, como saudação. – Levanta. Você precisa dançar comigo.

Não movo um músculo.

– Por favor. Você sabe que não vou dançar charleston nenhum, nem qualquer coisa do tipo.

Ele olha para o mar branco e dourado de convidados que parecem saber executar os passos complicados das músicas antigas.

– Vamos lá. Olha como eles estão se divertindo. Eu te ensino.

– Não. Sou muito descoordenada. Não consigo nem fazer dois pra lá, dois pra cá. Não consigo nem acompanhar vídeos de *malhação*.

Ele ri e ergue as mãos, admitindo derrota.

– Acho que eu me lembro mesmo de você caindo quando tivemos que dançar valsa no baile de debutantes da Porter Carlisle.

– Pois é. Ainda caí em cima da avó dela.

– Hum. Tem alguém aqui que a gente odeie? Podemos te usar como arma.

– O crime perfeito.

– Tá. Então vamos lá fora. Podemos ver o pôr do sol.

Paramos no bar que é temático da época da Lei Seca, e Seth pede coquetéis French 75 para nós. Bebo um golinho do meu enquanto vamos lá para fora, e sinto o azedinho do limão e o amargor do champanhe, um bom refresco naquela umidade toda.

– Que lugar elegante – digo, apontando para o mosaico do piso do terraço e as elaboradas balaustradas que despontam na baía, que está cor-de-rosa, refletindo o pôr do sol.

– Sabia que foi construído por um empresário circense, né? – diz ele.

– Empresário circense. Isso ainda existe?
– Está querendo mudar de carreira?
Aponto para a luxuosa mansão atrás de nós.
– Parece pagar muito bem.
– Não vale o risco de ser devorada por um tigre.
– Você se lembra de quando aquele tigre tentou devorar o Roy da dupla Siegfried e Roy?
– Claro. Você ficou obcecada por essa história.
– Porque parecia um conto de Edgar Allan Poe.
– Talvez você devesse conversar com sua terapeuta sobre esse seu sentimento de *schadenfreude* persistente com Siegfried e Roy.
– Ah, por favor. O nome do tigre era Mantacore. Imagine ter um *tigre*, chamá-lo de *Mantacore*, deixar o animal preso por *anos* e esperar que ele *não* coma você.

Ele ri.

– Estava com saudade dos seus comentários culturais.
– É – digo, baixinho. – Faz um tempo.

Não acrescento que ele poderia ter ouvido todas as referências aos anos 2000 que um homem poderia querer. Eu estava bem aqui.

Esperando por ele.

Algo surge em seu olhar.

– Eu sei. Eu quis procurar você, mas... – Ele balança a cabeça, como se não tivesse palavras para se explicar. – Desculpe.

Por um instante, ficamos só nos encarando. Nenhum dos dois diz nada.

Este seria o momento, em um dos meus roteiros, em que ele diz o quanto sentiu minha falta.

Mas Seth não faz isso. Ele desvia o olhar.

Eu lembro a mim mesma que os clichês de um romance são recursos narrativos. Não são reais.

– Então – me obrigo a dizer. – O que você andou fazendo neste último ano?

Ele solta um suspiro, visivelmente grato por eu ter mudado de assunto.

– Ah, sabe como é. Trabalhando. Praticando ioga. Passando um tempo sozinho na minha casa do lago ouvindo Cat Stevens e chorando.

– Parece saudável.

Ele faz que sim.

– É, bom, estou processando algumas coisas. Meditando. Escrevendo no meu diário.

Ele fala como se estivesse me contando um segredo.

– Ah, é? – pergunto. – Já escreveu sobre mim?

Ele assente.

– A maior parte.

Engulo em seco.

– Tipo?

– Tipo o quanto sinto a sua falta.

Fico olhando para ele.

Não consigo acreditar.

Ele está seguindo os recursos narrativos de um romance.

– Ou o quanto lamento por sempre estar no lugar errado na hora errada – continua Seth.

Ele aperta minha mão. Mal consigo respirar.

– Você está solteira, Molly? – pergunta.

– Estou – respondo, em um sussurro.

– Ótimo – diz ele, também sussurrando.

Seth se aproxima e dá um beijo delicado na minha bochecha. De esguelha, vejo seu irmão do outro lado da porta de vidro, e fico vermelha. Dave não está olhando para nós, mas não quero que ninguém veja.

– Aqui não – digo.

Pego Seth pelo braço e o levo pela escadaria do terraço. A alguns metros dali, há um aglomerado de figueiras. Parecem misteriosas à baixa luz, lançando sombras na grama. Caminhamos pelo bosque formado por seus troncos até uma mesa de piquenique em uma clareira sob uma cobertura de raízes aéreas. Ainda podemos ouvir a banda e o murmúrio das conversas, mas estamos escondidos.

Sento em cima da mesa de piquenique e Seth para à minha frente, as canelas junto às minhas.

Abro as pernas para dar lugar a ele e o puxo na minha direção. Seu beijo é suave e tem gosto de limão. É doce, lento, e me faz lembrar como ele beijava quando estávamos na escola, nos primeiros dias do namoro, antes de sabermos o que estávamos fazendo. Eu estava tão atraída por ele, e ao mesmo tempo era tão sem jeito. Tinha tanto medo de estar errada que quase não queria arriscar.

É como me sinto agora.

Eu me afasto.

– Seth, estou com medo.

– Ah, Molls – diz ele, com carinho. – Por quê?

– Porque não quero estragar tudo.

Ele senta ao meu lado na mesa.

– Como assim?

– Da última vez, quando trocamos mensagens – não digo nada que remeta a sexo, mas imagino que ele saiba do que estou falando –, eu deixei as coisas estranhas. Não quero fazer isso de novo.

– Molls, se está falando do vídeo...

Faço que sim com a cabeça. Não tenho vergonha do que fiz, mas foi uma das poucas vezes que me expus daquela forma. Fiquei um pouco magoada por ele ter cortado o contato comigo depois disso, embora, racionalmente, eu saiba que as circunstâncias foram o motivo pelo qual Seth precisou de um tempo, e não o vídeo.

Estou magoada, mas também com vergonha por estar me sentindo assim.

– Molls, aquilo não teve nada a ver com o vídeo. Se você soubesse quantas vezes eu assisti àquele vídeo...

– Você salvou?

Eu também salvei o dele. Sempre penso em apagar, mas ele me deixa tão, digamos, *animada*, que não consigo.

– Meu bem... – diz ele. – Só de pensar naquele vídeo eu fico...

Ele pega minha mão e coloca em sua virilha. Olho para baixo, chocada, porque ele está totalmente duro.

Posso ver o contorno obsceno em sua calça.

Descanso a cabeça em seu ombro, me sentindo limpa de toda a vergonha terrível que eu vinha alimentando.

– Tá bem – digo.

Então o acaricio e ele solta quase um rosnado, fechando os olhos.

É excitante.

Faço de novo.

Ele pega minha mão nas suas, leva-a aos lábios e beija meu polegar.

– Se continuar fazendo isso eu vou gozar na minha bela calça de linho e passar vergonha na frente da minha família.

Dou uma risada.

– Lembra na época da escola, quando a gente ficava se pegando no seu quarto e você...?

– Ficava com a calça toda manchada? Sim, Molly. Eu me lembro disso, *sim*. Obrigado pela lembrança.

– Meu Deus, a gente tinha tanto tesão acumulado.

Ele olha para a ereção com algum pesar.

– Da minha parte não mudou muito.

– Se você pudesse sentir o quanto estou molha...

Ele cobre minha boca com uma das mãos.

– Assim você está me torturando.

Estou mesmo, mas também estou tentando aliviar a tensão entre nós dois. Os sentimentos não ditos. A importante questão do que vai acontecer em seguida, se é que vai acontecer alguma coisa.

O que é uma infantilidade.

Se é isso que eu quero, preciso ser adulta e encarar meus medos.

– Acho que precisamos conversar – digo.

Seth concorda com a cabeça.

– Precisamos mesmo.

Ele parece estar organizando os próprios pensamentos para falar, mas reúno coragem e digo:

– Senti muito a sua falta.

Seu rosto faz uma coisa muito bonita. Uma luz se acende em seus olhos e logo viaja até seus lábios, que se abrem em um sorriso tão largo que mostra todos os seus dentes. As linhas ao redor de seus olhos se enrugam, formando pequenos rios de felicidade. É uma expressão de prazer absoluto, sem qualquer defesa.

– Também senti muito a sua falta, Molls. Vem cá.

Ele abre os braços e eu viro o quadril, e nos envolvemos em um abraço.

À distância, a música termina e uma voz masculina pede que todos voltem a seus lugares para um brinde feito pelo pai de Kevin.

– Merda – digo. – É cedo demais para sairmos escondidos da festa. É melhor a gente voltar. Não quero ser grosseira.

Ele concorda com a cabeça e estende a mão para me ajudar a levantar.

– Além disso – acrescento –, estou ficando na casa da minha mãe, então não sei se posso... sabe, não ir para casa. Quer dizer, *poder* eu posso, mas isso levaria a uma conversa que não estou a fim de ter.

Ele ri.

– Eu também. Mas o que você vai fazer amanhã?

– Dormir para curar a ressaca de champanhe?

– Você sairia comigo?

O jeito como ele pergunta revela um quê de vulnerabilidade. Como se estivesse com medo de que eu negasse.

– Sim – respondo. – Eu adoraria.

– Sabe o que pode ser divertido? A gente podia voltar ao lugar onde tivemos nosso primeiro encontro.

– Aquele lugar cafona de brunch que tem um balcão de panquecas? Ainda existe?

– Gruta da Roberta – diz ele, com um sorriso largo. – Existe. Eu procurei. – Ele faz uma pausa. – Passei a noite toda querendo te convidar pra sair. Estava só reunindo coragem.

Adoro a expressão de menino em seu rosto. A parte de mim que o conheceu quando tínhamos 15 anos – na época em que ele ficava nervoso perto de mim – se ilumina.

– Tá – respondo. – Panquecas elaboradas com velhinhos aposentados.

Ele aperta minha mão.

– Posso buscar você às onze?

Concordo com a cabeça.

– Eu te passo o endereço por mensagem.

Ele coloca a mão na minha lombar enquanto voltamos até o terraço.

Quando chegamos à escadaria, ele beija minha testa.

– Até amanhã, Molly.

– É. Até amanhã.

Sabe de uma coisa?

Mal posso esperar.

CAPÍTULO 27
Seth

Acordo tarde, o que é uma bênção, um pouco tonto por conta da noite de coquetéis, e agradeço por meus sobrinhos já estarem na piscina com os pais, e pelo fato de a casa ser relativamente silenciosa.

Visto uma roupa e vou até a cozinha, onde meus pais estão tomando café e lendo o jornal em seus iPads.

– Bom dia, querido – diz minha mãe. – Quer tomar café da manhã?

– Não, obrigado.

– Tem certeza? Tem bagels e salmão defumado, e posso preparar uns ovos. Ou prefere um mingau? Também tem...

– Não precisa se preocupar. Na verdade, vou sair. Pai, posso usar o carro por algumas horas?

– Seth! – exclama minha mãe. – Por que sair se temos tanta comida em casa?

Eu sabia que tinha sido um erro não alugar meu próprio carro. Mas meus pais sempre dizem que eu não preciso de um, que sempre posso pegar um dos carros deles.

– Por que gastar dinheiro? – minha mãe sempre pergunta, em tom de súplica.

Então eles começam a monitorar minhas saídas e insistem em me acompanhar em qualquer ida de cinco minutos ao mercado.

Normalmente, acho esse grude fofo; na minha família, ficar em cima da pessoa é uma espécie de linguagem de amor. Mas hoje estou nervoso como se tivesse 16 anos, e não quero ser observado ou ter que me explicar.

– Vou encontrar uma pessoa – digo.

– Ah, é? Quem? – pergunta minha mãe.

Eu não quero contar. Sério.

É claro que ela consegue sentir isso e fica em cima de mim como um cão de caça.

– É alguém que conhecemos?

– É, sim. Molly Marks – respondo, com o maior tom de indiferença possível.

Minha mãe vira para meu pai, que faz questão de não tirar os olhos do jornal.

Sinto o entusiasmo dela crescendo quando ela diz, com uma calma calculada:

– Ah, que legal. Eu pensei *mesmo* ter visto vocês saindo juntos ontem à noite.

Tusso. Não tinha percebido que tinham nos visto. Estou chocado que minha mãe tenha guardado o comentário por tanto tempo. Espero que ela não tenha visto os abraços carregados de tensão sexual.

– Não tivemos muito tempo para conversar, já que passei a noite acompanhando uma certa mãe na pista de dança – digo. – Então decidimos nos encontrar para um brunch, pelos velhos tempos.

Não há nada que impeça um homem adulto de comer ovos à temperatura ambiente com uma ex em um encontro perfeitamente amigável e casual. Mas sinto meu rosto ficar vermelho.

Sei que ela sabe o que está acontecendo.

– Ah. Por que não vai com o meu carro? – pergunta ela. – É mais confortável que o do seu pai.

O desinteresse súbito pelos meus planos não me engana. Ela sempre finge estar entediada quando acha que descobriu algo interessante. Sei exatamente o que vai acontecer. Ela vai se fazer de desentendida e depois sussurrar alto para meu pai que eu tenho *um encontro*, assim que achar que não estou mais ouvindo.

Gosto tanto dessa dinâmica quanto na época em que tinha 16 anos.

– Obrigado – digo, com simpatia. – Que horas você precisa do carro?

Ela dá um tapinha carinhoso na minha mão.

– A gente usa o do seu pai se precisar sair. Fique o tempo que quiser.

– Obrigado.

Pego a chave que está pendurada no gancho, junto algumas coisas na garagem e saio o mais rápido que consigo.

Meus pais moram em um condomínio no meio de um campo de golfe, mais longe da orla, e a mãe de Molly mora em uma das ilhas, então levo quarenta e cinco minutos para chegar à gigantesca mansão à beira-mar. Não vou chamar de McMansão, porque nenhuma franquia do McDonald's pagaria tanto dinheiro em torreões espanhóis.

Paro em frente aos portões de entrada e aperto o botão do interfone.

– Oi? – Uma voz de mulher atende. Deve ser a mãe de Molly. – É o Seth?

– É, sim. Olá.

– Pode entrar.

Ela não parece muito feliz.

Os portões se abrem e atravesso uma portaria ornamentada em direção à casa principal, empoleirada sobre um gramado enorme, verde o bastante para rivalizar com o campo de golfe do condomínio dos meus pais.

Estaciono o carro da minha mãe ao lado do Mercedes G-Wagon dourado-rosê que deve custar tanto quanto a entrada em uma casa.

Fico feliz pela Sra. Marks, por ela ter se dado tão bem, mas a casa é tão luxuosa que chega a ser engraçado. Imagino Molly estremecendo sempre que olha para isso tudo.

Molly abre as portas (duplas, acompanhando o pé direito duplo, com vitrais) antes que eu possa bater.

Ela está com um vestido curto e esvoaçante e uma sandália de plataforma bege com tiras amarradas nos tornozelos. Imediatamente sinto vontade de passar o dia amarrando e desamarrando as tiras.

– E aí? – diz ela, meio ríspida. – Vamos. Você pode ir dirigindo?

Eu me aproximo e beijo seu rosto.

– Claro.

– Esperem! – grita alguém.

A mãe de Molly sai da casa às pressas, descalça e com um roupão comprido com estampa de hibiscos.

– Seth – diz, me olhando de cima a baixo.

Molly solta um suspiro alto.

– Mãe, eu já te disse, a gente precisa ir. Temos reserva.
– O que são cinco minutos? Só quero cumprimentar o Seth.

Ela fica olhando para mim, cheia de expectativa, como quem está esperando que eu faça as honras.

– Olá, senhora – digo, obediente. – Como vai?

Molly solta um gemido.

– Não chama a minha mãe de senhora.

Não consigo evitar. É um instinto dos tempos de namorado apavorado da escola.

– Estou muito bem, Seth. Obrigada. E você?
– Muito bem também.

Ficamos todos parados ali, em um silêncio constrangedor.

– Já está convencida de que ele não é um serial killer, mãe? – pergunta Molly, finalmente.

– Molly me disse que você é advogado em Chicago – diz a Sra. Marks, ignorando a filha.

– Sim, já faz quase dez anos – respondo, nervoso.

– Advogado de *divórcio* – acrescenta ela, me olhando fixamente.

Eu me sinto como um garotinho que está tentando conquistar a filha dela, que é boa demais para mim. Um sentimento bem familiar.

– Ah – digo, com esperança de mudar de assunto. – Meus pais disseram que os negócios estão indo bem... eles veem os seus anúncios por toda parte.

Sua expressão fica um pouco mais suave.

– Ah, não diga isso na frente da Molly. Ela odeia os meus anúncios.

– Bom, você coloca anúncio até no *ônibus* – retruca Molly.

– Qualquer coisa para aumentar a sua herança, minha filha querida – diz a Sra. Marks. – Quem é que sabe se seu pai vai te deixar alguma coisa?

Ela volta a olhar para mim, como se o fato de Roger Marks ser um babaca fosse culpa *minha*.

– Que coisa terrível – resmunga Molly. – Enfim, temos que ir.

– A que horas vai trazer minha filha de volta, Seth? – pergunta a Sra. Marks.

Molly solta uma gargalhada.

– Chega, mãe!

– Foi um prazer, Sra. Marks – digo. – Mas Molly tem razão. Estamos mesmo um pouco atrasados, e a senhora sabe como fica o Gruta na hora do brunch.

– Divirtam-se – diz ela, claramente torcendo pelo contrário.

Ela fica na entrada, carrancuda, esperando Molly e eu entrarmos no carro.

– Meu Deus – diz Molly baixinho. – Desculpe por isso. Parece até que ela nunca viu uma *pessoa* antes.

– Bom saber que ela continua me odiando – digo, sem deixar de sorrir.

– Não é você. Ela odeia todos os advogados. Você sabe, por causa da história com o meu pai.

Ela pigarreia e de repente parece constrangida.

– Mas... você meio que se deu bem. Desde que começou a namorar, ela anda obcecada com minha vida amorosa. Se qualquer homem chega perto da filha solteirona fracassada, ela já vai se oferecendo para pagar pelo anel de noivado antes mesmo de saber o nome dele.

– Você *não* é uma solteirona fracassada.

Ela abaixa o espelho para dar uma conferida no rosto.

– Acho que sou uma solteirona moderadamente preservada.

Estendo a mão e fecho o espelho.

– Ah, Molly, por favor. Você é linda.

Ela parece surpresa.

– Eu moro em uma cidade de modelos de 20 anos e pessoas que gastam o salário inteiro tentando se passar por modelos de 20 anos – diz ela. – Sou uma velha solteirona em comparação.

– Então talvez você devesse ir embora daquela cidade dos infernos – digo. – Para um lugar onde sua beleza seja reconhecida.

– Tipo Chicago?

Sinto o rosto corar ao perceber que ela achou que eu estava sugerindo que ela se mudasse para a minha cidade. Não que eu fosse achar ruim se ela fizesse isso.

– Não tem nada de errado com Chicago – digo. – Você pode morar perto da Dezzie.

Ela sorri.

– Seria bom morar perto da Dezzie. E mais perto da Alyssa. Às vezes me sinto muito distante delas.

– Você se mudaria mesmo?

– Bom, agora que tudo ficou virtual, seria mais fácil. Mas eu gosto de Los Angeles. Faz tanto tempo que estou lá que já me sinto em casa.

É absolutamente compreensível, mas não vou mentir e dizer que não gostaria que ela quisesse se mudar.

– Você se mudaria de Chicago? – pergunta ela.

– Talvez. Por um bom motivo. Sou membro da Ordem do estado de Nova York. E acho que não seria tão difícil assim conseguir o registro em outro estado.

Como a Califórnia, não acrescento.

– Não seria difícil sair do seu escritório?

De repente eu me pergunto se estamos discutindo sobre *nós*, sem falar isso diretamente. Da viabilidade de um relacionamento. Então penso com calma.

– Eu tenho uma boa reputação como advogado em Chicago, e isso atrai muitos clientes. Mas ultimamente tenho pensado em mudar. Eu poderia abrir uma sede do escritório em outro lugar, ou quem sabe um escritório só meu. As pessoas se divorciam no mundo inteiro.

– É, e em um ritmo assustador. Chego a me perguntar por que as pessoas se casam, para início de conversa.

– Porque casar é romântico quando se está apaixonado – digo.

Ela fica em silêncio por um instante.

– Hã – diz. – Eu nunca pensei nesses termos, de verdade. Acho que quase *concordo* com você.

Ótimo.

Entro no estacionamento do Gruta. Fica um pouco afastado, a alguns quilômetros da praia, em uma casa antiga construída na década de 1960, com janelas que vão de parede a parede. Meus pais nos traziam para o brunch quando era aniversário de alguém da família. Quando Molly aceitou sair comigo na escola, eu quis levá-la a um lugar especial. Esse lugar, para meu cérebro adolescente, era o mais especial que existia.

Ao entrarmos, me sinto tentado a colocar a mão nas costas de Molly, mas não faço isso. Toda a atração e a intensidade da conversa da noite anterior parecem distantes, porque estou muito nervoso com a conversa que quero ter com ela agora.

O maître está com um terno de três peças, e as mesas são cobertas por toalhas brancas engomadas e taças de cristal. O salão está ocupado, em grande parte, por grupos de casais mais velhos bebendo mimosas e famílias com crianças hiperativas correndo com pratos cheios de Mickey Mouse – panquecas no formato do personagem com calda de chocolate e chantili.

Parece uma casa de repouso, e começo a questionar minha escolha.

Pelo menos conseguimos uma mesa perto da janela, com vista para a lagoa atrás do restaurante. Já que vamos comer em uma casa de repouso, pelo menos podemos fazer isso observando os cisnes.

– Este lugar é uma loucura – sussurra Molly assim que o maître se afasta. – Tipo, eu me lembro dos bufês elaborados e das estações de panqueca. Mas sempre teve esculturas de gelo?

– Não. E acho que a fonte de chocolate também é nova.

A garçonete vem anotar nossos pedidos de bebida – um cappuccino com leite de aveia para ela e um chá de limão e gengibre para mim. (Estou ansioso demais para consumir cafeína.)

– Não temos leite de aveia – diz a garçonete, parecendo lamentar.

– Ah. Leite de amêndoa? – pergunta Molly.

– Nós só temos, sabe, leite *leite* – diz a garota.

– Certo. Tudo bem. Pode ser leite *leite*.

Optamos por pedir algo no menu em vez de encarar o bufê.

– Não quero pegar covid por causa de um salsichão – diz Molly.

Uma vez resolvida a questão do pedido, não resta nada a fazer a não ser... conversar.

Estou tão nervoso que poderia vomitar.

Então simplesmente mergulho de cabeça.

– Bom, obrigado por ter aceitado meu convite para o brunch – digo.

Estremeço na mesma hora em reação a essa minha construção tão formal. Molly assente.

– Ora, é um prazer, senhor. Eu é que agradeço pelo convite tão gentil.

A implicância na verdade me deixa um pouco mais à vontade. Ridicularização carinhosa sempre foi o jeito de Molly de expressar afeto.

– Eu queria pedir desculpa por não ter te procurado no ano que passou.

– Você já fez isso ontem. Está tudo bem.

Faço que não com a cabeça.

– Não, foi babaca da minha parte. E eu preciso te explicar por que agi assim.

Ela franze o cenho.

– Tudo bem. Sou toda ouvidos.

– Certo. Ótimo.

Ela olha para mim com expectativa. Me sinto constrangido e sem jeito ao tocar no assunto. Estou tão acostumado a ser otimista, positivo, o cara que acha que tudo vai dar certo. É difícil admitir que estou perdido.

Mesmo assim, me jogo.

– Bom, depois que Sarah foi embora, eu tive... é... uma pequena crise existencial.

Olho para Molly para ver se ela reage com alguma repulsa à minha confissão, mas sua expressão é neutra. Ela faz sinal com a cabeça para que eu continue.

– Não foi por causa do fim do relacionamento em si – digo, rapidamente –, e sim porque eu me dei conta de que tenho mania de me jogar em um relacionamento atrás do outro, sem dar um tempo para respirar ou refletir, porque quero aquele amor digno de conto de fadas. A esposa, os filhos, a cerca branca de madeira.

Ela assente mais uma vez, prestando atenção. Não parece surpresa ou horrorizada ao ouvir tudo o que digo. Isso me dá certa coragem.

– E, pra falar a verdade – continuo –, demorou para que eu refletisse sobre isso, porque faz anos que Dave me diz isso. Mas acho que podemos levar um tempo para entender nossos próprios padrões de comportamento, mesmo que a gente tenha algum nível de consciência, sabe?

– Sim – diz ela. – Sei, sim.

Ela é enfática, como se estivesse se identificando com o que estou dizendo. Nunca articulei esse pensamento com alguém antes, e é um alívio enorme ser levado tão a sério.

– Eu me dei conta de que determino uma linha do tempo arbitrária para mim mesmo com o objetivo de me manter motivado, mas que, na verdade, isso está fazendo com que eu me sabote. Porque sempre vou atrás de pessoas que não são certas para mim, mas que se encaixam no modelo que tenho na minha cabeça. É quase como se eu estivesse me convencendo a me apaixonar para poder acelerar as coisas. E o que percebi foi que eu escolho mulheres com base em um conjunto de critérios. E, como consequência, acabo cultivando relacionamentos que me decepcionam, e depois me pergunto por que sempre acabo sozinho. E aí fico ansioso, e o ciclo se repete. – Olho bem em seus olhos. – E estou tão cansado disso, tão cansado.

– Então o que você *quer*? – pergunta ela, baixinho.

– Quero parar de planejar e de ficar obcecado com cada detalhezinho e simplesmente estar com a pessoa que eu adoro. E essa pessoa...

Ela também olha bem em meus olhos, esperando que eu conclua.

– Molly, essa pessoa é você.

CAPÍTULO 28
Molly

Eu queria isso.

Queria *muito*.

Só que, agora que está acontecendo, me sinto tão sobrecarregada que gostaria de ter tomado um ansiolítico antes de sair.

Não estou acostumada com tanta sinceridade. Tanto romantismo.

Não sei se algum dia alguém foi tão aberto comigo sobre querer um relacionamento. Não desde... bom, desde Seth. Na escola.

Diga alguma coisa, imploro a mim mesma. Estou vendo que ele está arriscando tudo ao se abrir comigo, e não posso só ficar sentada aqui assentindo. Esse é o tipo de cena que eu escrevo. Eu devia ser capaz de dizer a coisa certa.

Mas estou sem palavras.

Então só deixo escapar a verdade.

– Eu também adoro você.

E deve ter sido a coisa certa a se dizer, porque ele solta o que deve ter sido o suspiro mais longo do mundo.

– Você disse isso mesmo?

– Disse – sussurro.

Seus olhos brilham. Ele estende a mão para pegar a minha e a beija.

É tão doce, e também angustiante, ser alvo de tanta gentileza. Todos os meus instintos me dizem para fazer uma piada com a emoção do momento.

Mas Seth merece mais que isso.

Ele merece a mesma sinceridade que me ofereceu.

Então não desvio do assunto. Não desvio o olhar.

E simplesmente viver a intensidade do momento, simplesmente *sentir*, é lindo.

Mas também é insuportável.

Está fazendo meu coração martelar nas paredes do meu peito.

Existe um motivo para eu fazer piadas idiotas quando as coisas ficam emotivas. Piadas idiotas não fazem minha garganta se fechar.

Por favor, não tenha um ataque de pânico, imploro a mim mesma. *Por favor, não tenha um ataque de pânico.*

– Ei – diz Seth, o rosto tenso de tanta preocupação. – Por que você parece tão chateada?

Encaro a mesa. Estou morrendo de medo de não conseguir ser quem preciso ser neste momento. A garota que ele merece.

– Estou com muito medo – confesso.

– Ah, Molls – diz ele, murmurando.

Seth se levanta, vem até o meu lado da mesa e coloca as mãos em meus ombros.

Seu toque é um alívio enorme. Eu me recosto nele e fecho os olhos.

– Ei – diz ele, acariciando meu cabelo. – Não precisa ter medo. Isso tudo é *bom*. É *feliz*.

Pego sua mão e coloco em meu rosto. O frescor é como um bálsamo contra minha pele quente.

– Estou bem – digo. – Obrigada.

Bebo um bom gole da água gelada.

– Acho que essa conversa pede uma bebida um pouco mais forte – diz Seth.

Ele acena para a garçonete que está nos atendendo, se levanta e sussurra alguma coisa para ela. Enquanto eles conversam, a comida chega, e fico feliz por ter uma distração.

Ainda me sinto sobrecarregada. Mas sinto que consigo fazer isso.

Com Seth, posso fazer isso.

Ele volta para a cadeira, e começo a atacar meu caranguejo à Benedict.

– Está gostoso? – pergunta ele.

– Sim. Caranguejento. E o seu?

Ele pediu – se prepare – panquecas do Mickey Mouse.

– Bom também. Ratento. Quer experimentar?

Faço que não com a cabeça.

– Não como roedores.

– Alguns diriam que os caranguejos são os roedores do mar.

– Argh. Me deixe degustar meu crustáceo em paz, por favor.

A garçonete volta com uma bandeja de coquetéis rosa enfeitados com pirulitos vermelhos enormes e canudos neon.

– Por um acaso esses são...?

– Shirley Temples! – anuncia Seth. – Como no nosso primeiro encontro.

– Pode colocar vodca no meu? – pergunto à garçonete.

– Eu já tinha pedido para ela – diz Seth.

Brindamos.

– Acho que não é nenhuma surpresa que eu esteja surtando – digo. – Lembra como eu estava ansiosa no nosso primeiro encontro?

– Lembro. E nós já éramos amigos e já tínhamos nos pegado.

Dou de ombros.

– Pegação é divertido. Encontros é que são estressantes.

Ele abre um sorriso largo.

– Quer ir embora e ficar de pegação?

– Não, vou comer meu caranguejo como uma garota crescidinha.

– Ótimo. Porque as panquecas do Mickey estão deliciosas.

Estou me sentindo melhor agora que o meu pânico é de conhecimento público. Mais normal. Normal o bastante para levantar a questão que está me atormentando desde a noite passada.

– Então, não quero colocar o carro na frente dos bois – digo –, mas como... como faríamos isso? Se quiséssemos tentar ficar juntos?

Seu olhar encontra o meu.

– Não sei, na verdade. Nunca namorei à distância. Acho que a gente só... *tenta*.

– Seríamos... é... monogâmicos? – Eu me obrigo a tocar na questão, embora tenha medo de parecer carente só de perguntar.

Seth só abre um sorriso.

– Eu gostaria – diz. – Mas aceito que seja do jeito que você quiser.

Ótimo. Não consigo nem imaginar a agonia de ter que dividir Seth.

– Acho que podemos nos visitar, agora que dá para pegar avião – digo, arriscando.

– Podemos viajar juntos para algum lugar – diz ele.

– Você tem mesmo uma casa no lago? – pergunto, pois não me lembro de ele ter citado uma casa no lago antes da noite passada.

– Tenho. Comprei depois que Sarah e eu terminamos. Para poder me esconder como Thoreau e contemplar a natureza da existência.

– Sabia que Thoreau morava a uns cinco minutos de caminhada da casa da mãe e que ela levava comida para ele?

– Que sortudo. Não tem nem restaurante que entregue na minha casa.

– Onde fica?

– Lago Geneva, em Wisconsin, a uma hora e meia mais ou menos de Chicago. É bem pequena, são só dois quartos. Mas é à beira do lago. Ótimo para andar de caiaque.

– Você não vai querer me colocar em um caiaque.

– Ah, eu vou querer te colocar em um caiaque, sim.

– Eu não gosto nem de veleiros. Não tenho intenção nenhuma de entrar em algo que precise de remos.

– Que sorte. Caiaques não têm remos, têm pás. Vou te levar até o lago quando você for me visitar. Te mostrar a boa e velha diversão saudável do Meio-Oeste.

– Prefiro ir pra Paris ou pro Havaí.

– Ah, por favor. Eu te dou coalhada na boca. Aposto que você nunca nem viu uma coalhada.

– A palavra "coalhada" deve estar entre as mais repugnantes da nossa língua.

– Coalhada, salada de milho e mergulhos refrescantes no lago em dias quentes. Você vai estar no paraíso.

Abro um sorriso para ele. Parece mesmo maravilhoso.

– Eu gostaria de conhecer a sua casa.

– O que você vai fazer no próximo fim de semana?

– Trabalhar, infelizmente.

Tenho a reunião com meu pai e os produtores dele na segunda, e não quero estar cansada por causa do fuso horário.

– Cancela – diz ele, decidido.

– Calma, calma – digo, dando risada. – Estou em um projeto. Não posso simplesmente passear pelo interior do país sem me programar.

– Isso é um sim?

– Vamos checar nossas agendas e combinar uma data. – Faço uma pausa. – É engraçado eu nunca ter visto você no seu próprio ambiente. Tipo, nunca estive no seu apartamento.

– Estou morrendo de vontade de ir até a sua casa. Aposto que é toda feminina e fofa.

Minha casa é mesmo feminina e fofa.

– Aposto que a sua é cheia de toalhinhas de crochê, gatos e aqueles blocos de madeira que dizem *Já são seis da tarde em algum lugar* – digo, brincando.

– É – diz ele. – E cadáveres.

– Isso é óbvio.

Seth pede a conta e me levanto para ir ao banheiro.

Observo meu reflexo no espelho.

Geralmente, sou bastante crítica comigo mesma, mas neste momento acho que estou muito bonita. Talvez seja a luz, ou a cor do vestido, ou meu cabelo ondulado por causa da umidade.

Talvez eu esteja olhando para mim mesma pelos olhos de Seth.

Penso em retocar o batom, mas decido que não faz sentido. Quero beijar Seth, e não sei se o batom vermelho vai combinar com ele.

– Pronta? – pergunta ele quando volto à mesa.

– Pronta. Pra onde vamos agora?

– É surpresa.

Ele pega minha mão e saímos para o estacionamento. Chegamos ao carro da mãe dele. Eu o empurro contra a porta e o beijo.

Os últimos resquícios de ansiedade que eu vinha acumulando somem quando sinto seu abraço. *Você*, meu corpo pensa. *Você*.

– Mamãe! Ecaaaaa! Eles estão se beijando! – grita um garotinho.

– Dá uma joelhada nas bolas daquele garoto – sussurro para Seth.

Ele ri, o rosto enterrado em meu cabelo, me puxando para mais perto.

Ficamos nos pegando por uns cinco minutos, eu acho, até ficarmos suados e grudentos de calor.

Dou um passo para trás e passo as costas da mão na boca.

– Vamos para um hotel – digo.

Seth faz que não com a cabeça.

– Nada disso. Eu tenho um dia inteiro planejado pra nós.

E ele tem mesmo. A próxima parada é no aquário, onde fomos no nosso segundo encontro. Caminhamos pelas salas escuras, passando por águas-vivas que parecem de outro planeta e tanques cheios de cardumes de peixes-anjo, peixes-borboleta e monstros de aparência pré-histórica chamados baiacus-de-espinho. É ao mesmo tempo cativante e profundamente assustador, como todos os aquários.

Entramos em uma sala com uma tartaruga marinha gigante nadando em uma piscina enorme e aberta, e depois em uma sala chamada Sala dos Tubarões, e arrasto Seth às pressas. Não mexo com tubarões. Isso nos leva aos habitantes mais famosos do aquário: dois peixes-boi gigantescos.

– Não consigo decidir se eles são fofos ou horrorosos – diz Seth, observando seus corpos rechonchudos e focinhos arrebitados.

– As duas coisas – respondo.

– São como porcos sem pernas que nadam – diz ele, pensativo.

– Tenho certeza de que pensam o mesmo sobre você.

– Eles comem 72 a 84 cabeças de alface por dia – informa um funcionário.

– Que delícia! – diz Seth, entusiasmado.

Saímos para a lojinha. Vou em direção à porta, mas Seth me chama e pede que eu espere. Ele está em um dos balcões, analisando joias com tema de vida marinha.

– Quero te comprar um presente – diz.

– Já tenho joias de peixe demais, na verdade.

– Nenhuma mulher *jamais* tem joias de peixe demais. – Ele chama a atendente. – Você tem desses colares com pingente de baleia?

Não consigo deixar de sorrir.

A atendente parece confusa.

– Desculpe, não temos... Não temos baleias na Flórida. Mas temos com peixes-boi, golfinhos e estrelas do mar, em todas as pedras do zodíaco.

– Bom, peixes-boi são praticamente as baleias da baía – diz Seth, simulando autoridade. – Vamos levar um desses. Com a pedra de... – Ele vira para mim. – Qual é o seu signo, amor?

– Touro – respondo, relutante.

– Com a pedra de Touro, por favor – diz Seth para a atendente.

– Lindo! – diz ela, pegando um dos colares do balcão. – Posso embalar, ou você já vai usar?

– Ela já vai usar – diz Seth.

Ele pega o colar e coloca em meu pescoço com delicadeza.

– Zircônia cúbica – diz para a atendente, admirado. – Não ficou lindo nela?

– Lindo! – responde a atendente, concordando. – É bem reluzente.

Reviro os olhos para Seth, mas levo a mão ao pingente e passo o polegar no objeto. Tenho a mesma sensação de quando escolhemos um cristal em uma loja de pedras. Sabemos que seus supostos poderes devem ser inventados, mas ainda assim nos sentimos melhor ao tocá-lo.

– Obrigada pela bugiganga – digo quando ele entrega o cartão para pagar o valor de $34,99. – Vou cuidar bem dela.

– Pra você, minha dama, só as joias mais finas que a indústria de bugigangas do oceano é capaz de produzir.

Caminhamos devagar até o carro no calor da Flórida.

– Consegue adivinhar nosso próximo destino?

– O hotel? – pergunto, esperançosa.

Ele ri.

– Ah, vamos. Pensa bem.

Lembro nosso terceiro encontro.

– Não acredito – digo.

– Pode acreditar – rebate ele.

– Não estou vestida para pescar – digo, em tom de protesto, olhando para minha roupa, que é até bem elegante. – E não temos varas.

– Temos, sim – diz ele, abrindo o porta-malas e revelando duas varas de pesca e um cooler pequeno. – Roubei as do meu pai.

– O que tem aí dentro? – pergunto, apontando para o cooler.

– As melhores cervejas geladas de Kal Rubenstein, meu amor – diz ele. – Entra, vai ser divertido.

Atravessamos uma ponte até uma vila de pescadores e paramos em uma loja de equipamentos perto do cais. Seth entra e depois surge com um grande balde cheio de iscas. Carrego o balde e ele leva nossos equipamentos até o cais. Um pelicano descansa em uma das estacas, e alguns pescadores mais velhos e enrugados lançam suas linhas.

– Reparou que ninguém aqui parece estar em um encontro? – pergunto.

– É uma pena que os outros namorados não sejam tão criativos quanto eu.

– Você é meu namorado? – pergunto, baixinho.

Não sei por que essa palavra parece tão assustadora, já que passamos as últimas horas revivendo nosso romance da juventude, nos beijando e falando sobre as viagens que devemos fazer juntos enquanto nos descobrimos nessa fase como um casal.

Mas é assustadora.

– Eu quero ser – responde ele.

Sinto um sorriso lento tomando conta do meu rosto.

– Acho que também quero.

Ele estende a mão e me puxa para seu peito.

Eu me enterro ali.

Sinto que estão nos olhando e vejo, por cima do ombro de Seth, dois homens robustos e bronzeados olhando para nós enquanto esperam que mordam suas iscas.

– Estão olhando para nós como se fôssemos a presa – sussurro.

– É. É melhor andarmos logo com a pescaria – diz Seth, se afastando de mim.

Ao que parece, demonstrações públicas de afeto em um cais onde as pessoas costumam pescar são sentimentais demais, até para ele.

Os peixes começam a morder as iscas, e pegamos alguns pequenos que jogamos de volta ao mar. Mas, de repente, a vara de Seth é fisgada com muita força e ele precisa fazer muito esforço para puxá-la – a ponto de os pescadores ao redor se reunirem para aconselhá-lo.

– Dá um passo para trás e firma os ombros – diz um velho com a barba manchada de tabaco.

– Não puxa com tanta força, vai arrebentar a linha – ordena um cara mais jovem com queimaduras solares fortes.

Seth luta pelo que parece quase uma hora até a criatura emergir. Todos gritamos incentivos quando ele começa a erguer um... tubarão-martelo bem pequeno e muito bravo.

– Você pegou um *tubarão*? – grito, tirando um milhão de fotos com o meu celular.

Eu não mexo com tubarões, como já disse, mas ainda assim estou impressionada por ele ter *pegado um com uma vara de pescar.*

Seth abre um sorrisinho presunçoso, segurando a criatura furiosa e agitada para uma foto. Os pescadores o ajudam a tirar o anzol do tubarão e jogá-lo de volta, mas não sem antes alguns deles também posarem para fotos. Distribuímos o restante das iscas entre eles e voltamos para o carro.

Dirigimos por cinco minutos até um bar de ostras ao ar livre tão antigo que meus avós traziam minha mãe aqui quando ela era criança. Seth pede duas dúzias, que vêm acompanhadas de biscoitos salgados e um molho tão cheio de raiz-forte que minha cara quase cai na mesa, esturricada.

O sol está escondido atrás das nuvens e uma forte rajada de vento sopra sobre a pilha de guardanapos à nossa frente. De repente, sinto cheiro de chuva.

– Ah, não – diz Seth.

Ele olha para o horizonte, onde já dá para ver a chuva caindo no oceano lá longe.

– Vai chover bastante – digo.

Pedimos a conta, mas o bar inteiro tem a mesma ideia.

Quando conseguimos pagar, ouvimos um trovão, e o céu irrompe.

– Será que corremos? – pergunta Seth.

Seguro sua mão.

– Vamos!

Corremos da cobertura do bar até o carro, e ficamos encharcados. A água pinga dos meus braços, do meu cabelo, do meu nariz. A camisa dele está colada no peito. Pulamos para dentro e batemos as portas.

Seth pega umas toalhas no banco de trás e me entrega uma.

– Você pensou em tudo.

– Estou tentando impressionar você. Tinha esperança de que rolasse uma pegação na praia mais tarde. Acho que vamos ter que pular essa parte.

Puxo Seth para perto e lhe dou um beijo.

– Pode rolar pegação no carro.

Dar uns amassos em um carro com os vidros embaçados e a chuva caindo oferece certo ar de privacidade. Se não fosse o console entre nós dois, eu estaria no colo dele. E, se não fossem as crianças no bar de ostras, minha boca talvez estivesse.

Mas manter a cena adequada para maiores de 13 anos também tem seu apelo erótico. Quando a tempestade finalmente para, eu estou morrendo, *morrendo* mesmo, de vontade de transar.

– Vamos para um motel decadente qualquer – digo, ofegante. – Tem um lugar que cobra por hora à beira da rodovia. Sou tranquila o bastante para achar excitante.

– Espera um minuto – diz Seth.

A tela de seu celular está acendendo com novas notificações há um tempo. Ele checa as mensagens e olha para mim, cheio de malícia.

– Minha família está indo jantar em Heron Key. Vão ficar algumas horas fora. Sabe o que isso quer dizer?

Faço que não com a cabeça.

– Não tem nenhum responsável na casa da minha infância.

A casa da infância dele foi o local de muitas das nossas noites mais quentes.

– Quer mesmo transar comigo em uma cama de solteiro?

Ele faz que sim com a cabeça, sério.

– Quero *muito* transar com você em uma cama de solteiro.

Não posso negar que há certo apelo nostálgico. Além disso, por mais que eu goste e tenha certo fascínio por motéis de beira de estrada, é muito mais garantido que os lençóis de Barb Rubenstein não vão ter percevejos.

Dou risada e balanço a cabeça.

– Tudo bem, Rubenstein. Vamos nessa.

A casa dos pais dele é exatamente como eu me lembrava. Uma casa grande em um condomínio fechado construído em um campo de golfe.

Ainda tem o mesmo cheiro da nossa época de escola: cheiro de balcões limpos e do chá de hortelã que a mãe de Seth prepara.

– Me sinto em casa – digo.

– Tenho certeza de que meus pais ficariam felizes se você se mudasse para cá.

– Ótimo, vou considerar.

– Quer alguma coisa? – pergunta Seth. – Água? Vinho? Um dos três zilhões de refrigerantes sem açúcar da minha mãe?

– Só quero você.

– Seu desejo é uma ordem, minha dama.

Ele pega minha mão e me leva até seu quarto. O mais impressionante é que seus pais não redecoraram o lugar nessas duas décadas desde que ele saiu de casa. Ainda tem a cama de solteiro com a mesma colcha. A estante cheia de livros de ficção científica. Até a antiga escrivaninha, com o iMac turquesa rechonchudo que ele usava quando estávamos na escola.

E o quadro, com as mesmas fotos da última vez que estive aqui. Seth com os amigos do acampamento espacial. Seth com Jon e Kevin, sorridentes e suados vestindo o uniforme de futebol. Seth e Dave, com orelhas da Minnie na Disney.

E as fotos de nós dois. Nosso retrato oficial do baile. (Pareço claramente constrangida, e ele parece estar tendo a melhor noite da sua vida.) Nós dois sentados lado a lado em toalhas na praia, com os cabelos bagunçados e rindo. E a foto que sempre foi minha favorita: nós dois em pé no quintal dos fundos da casa dele, seu braço jogado sobre meus ombros, de um jeito natural, eu me apoiando nele. Estamos sorrindo, com os olhos semicerrados por causa do sol. Parecemos tão felizes juntos. Tão apaixonados.

Pego a foto e observo mais de perto.

– Não acredito que você manteve essas fotos no seu quarto durante todos esses anos – digo. – Suas namoradas não morriam de ciúme?

– Ah, sim, minhas namoradas não conseguiam dormir à noite de tão atormentadas pelo meu amor eterno pela garota que levei ao baile do segundo ano.

– Deveriam. Olhe só para nós agora – digo, puxando-o em direção à porta do armário com espelho para que possamos admirar nosso reflexo.

– Eles são lindos juntos – diz ele.

– Muito sexy com esse fundo e o pôster de *Ender's Game*. Aposto que suas ex-namoradas não conseguiam resistir a te atacar aqui neste quarto.

– *Você* não conseguia – diz ele. – E, na verdade, quando trago namoradas pra cá, dormimos no quarto de hóspedes. Só estou dormindo aqui porque Dave e as crianças também vieram.

– Tá, mas falando sério agora, por que seus pais nunca redecoraram o seu quarto? Este lugar parece o Museu do Seth Rubenstein.

– Acabaram não tendo tempo, eu acho. Ou talvez sintam falta de quando eu era um molequinho invocado.

– Você nunca foi invocado. Era o ideal platônico do que um adolescente deveria ser. Fazia o resto de nós parecermos ainda piores do que éramos.

– E você... – diz ele, se aproximando para sorrir para nossas fotos no quadro – era tão linda. – Seth vira para mim e tira o cabelo do meu rosto. – Quase tão linda quanto agora.

Ele abre os braços e eu entro em seu abraço. Ele me puxa para si e nós dois caímos na cama. O móvel geme sob o peso de dois adultos cheios de tesão, e fico torcendo para que não quebre enquanto Seth me puxa para cima dele e eu abro as pernas para sentir sua ereção contra mim. A fricção da protuberância em sua calça na minha calcinha me faz querer chorar – pela sensação boa de estar conectada com ele assim, e pela memória física dos nossos corpos se esfregando nesta cama, frenéticos um pelo outro, mas com medo demais de sermos flagrados pelos pais dele para tirar a roupa.

Não estou acostumada a me sentir emocionada antes do sexo. Ou durante. Ou depois.

Emoções me dão ataques de pânicos. Já o sexo, pelo contrário, me dá o tipo de descarga de dopamina pelo qual geralmente tenho que pagar uma boa soma em dinheiro na farmácia.

É um *alívio* da emoção – um jeito de me perder.

Mas aqui, no abraço de Seth, com a pressão de sua luxúria contra a minha, não estou perdida.

Estou dominada.

– Senti tanta falta disso, amor – diz ele, murmurando.

– Ficar só se esfregando continua muito excitante, o que é uma surpresa – me obrigo a dizer, estremecendo.

– Só porque eu sou bom demais nisso – diz ele, com um sorriso largo, mas a voz ofegante, e sei que também está quase enlouquecendo.

– Bom, você teve anos de prática na adolescência – digo, agarrando sua bunda e erguendo o quadril para conseguir um ângulo melhor.

– Quem disse que eu parei? – pergunta ele, impulsionando o quadril contra o meu.

– Ah, é? Essa é sua marca registrada?

Falar está me ajudando a não gozar, mas ele geme, e eu amo o som.

– Meu senhor amado – diz ele, saindo de cima de mim.

Fico desolada com a perda da pressão do seu corpo em cima do meu. Até que ele enfia a mão dentro da minha calcinha e, então, um dedo dentro de mim.

– Não quero me gabar – sussurra –, mas recentemente aprendi a fazer isso aqui muito bem.

– Não... Você sempre foi bom nisso.

Eu inclino o tronco para a frente e o beijo, o devoro, morrendo.

Tantos sentimentos me dominam. O fato de ele ter me ensinado a me sentir assim. A facilidade com que me adapto, querendo deixar que ele entre em mim. O fato de que ele sabe como me tocar, ainda que só tenhamos transado uma vez, porque seu corpo ainda se lembra do meu de todos aqueles anos em que ficamos apenas na vontade.

Gozo tão rápido que fico com vergonha.

– Merda! Desculpa! – digo com um suspiro, tremendo.

– O que foi, meu bem? – pergunta Seth, cobrindo meu rosto com beijos.

– Eu te quero demais. Parece um vício.

– Acho que tenho a cura pra esse vício – diz ele.

– Qual é?

– Que tal se você virar e eu te comer até você não conseguir mais nem enxergar direito?

Meu Deus, a *boca* desse homem.

Obedeço, e ele solta um rosnado ao tirar minha calcinha, jogá-la no chão, abrir a calça e deslizar para dentro de mim.

É rápido, forte e tudo de que eu precisava. Ainda somos nós dois, mas com a vantagem da experiência. É urgente e meio bruto, alimentado pela boca suja de Seth e pelo desejo louco que temos um pelo outro, mas, de alguma forma, também é delicado.

No fim, nós dois caímos nos travesseiros, ainda vestidos e ofegantes. Ele me puxa para perto e nos deitamos de conchinha.

Não consigo parar de sorrir.

– É surpreendente o quanto você é bom nisso – digo.

– Surpreendente? Eu não exalo destreza sexual?

– Você é muito sexy – digo, com sinceridade. – É que eu não estou acostumada com caras bonzinhos que me deixam maluca de quatro no quarto de infância deles.

– Geralmente são caras malvados que te deixam maluca no quarto de infância deles?

– É.

Ele mordisca minha orelha.

– Ninguém devia ser malvado com você.

– O que você vai fazer se isso acontecer?

– Abrir vários processos contra eles.

Entrelaço os dedos nos dele.

– Isso não deveria me deixar excitada, mas deixa.

– Ah, é? – murmura Seth.

Ele pressiona o quadril contra o meu, e ainda está duro.

Acho que algumas coisas *não* mudaram desde o colégio.

– É – respondo, empinando o quadril para roçar sua ereção.

Ele vira e sobe em mim, apoiado nos braços.

– Vamos tirar esse seu vestido.

Tiramos a roupa um do outro, e me permito admirar o corpo de Seth.

– Fazer exercício funciona mesmo – digo, passando as mãos nos músculos de seus ombros e descendo por seu abdômen até o V definido de seu quadril.

– Está sendo boazinha comigo? – pergunta ele.

– Estou tentando convencer você a me comer de novo.

– Ah, estranho – diz ele. – Funcionou.

Desta vez é mais devagar. Quando gozamos, eu estou, para usar uma metáfora que combina com o quarto, mole feito massinha de modelar.

Ficamos abraçados, nus, embaixo de um cobertor. Mal cabemos na cama. Ele precisa se enrolar em mim para não cair. Nossa respiração desacelera, e consigo sentir as batidas de seu coração.

Essa deve ser a melhor sensação do mundo.

Ele beija minha mandíbula.

– Molly – sussurra em meu ouvido, me apertando de leve. – Estou apaixonado por você.

Minha respiração fica presa.

Fico paralisada, esperando o pânico tomar conta de mim.

Mas, quando meu coração dá uma cambalhota, não é de ansiedade.

É de alegria.

– Eu também – digo.

Ficamos deitados assim, desfrutando do calor e da satisfação, e acabo ficando com sono.

Seth olha para o celular.

– Eles ainda devem demorar uma hora, mais ou menos. Quer tirar um cochilo rápido antes de eu te levar pra casa?

Concordo com a cabeça, e ele coloca o celular para despertar e me abraça.

Adormecemos juntos, nossos batimentos sincronizados.

E, quando acordo, não é com o toque de um despertador.

É com a voz de uma criança gritando:

– Tem uma *garota* na cama do tio Seth! E ela está *pelada*!!!

CAPÍTULO 29
Seth

– Max, fecha a porta – digo, levantando de um salto.

Ele não escuta, porque está gritando, tão apavorado que quem ouvisse poderia pensar que um asteroide acabou de atingir a casa.

– *Max* – grito. – *Fecha a porta.*

Ele arregala os olhos e fica congelado, então fecha a porta com tudo. Ouço sua corrida pelo corredor, ainda gritando sobre a mulher na minha cama.

A dita mulher se enterrou totalmente sob meu cobertor minúsculo, onde agora está rindo tão histérica que a cama está tremendo.

Eu me recosto na minicabeceira e também caio na gargalhada.

Da sala, ouço minha cunhada tentando acalmar a histeria do filho. Não parece funcionar, porque ouço a voz de Jack se juntando à dele.

– Lá se foi nossa fuga despercebida – digo. – Desculpe. Não sei como eles podem já ter voltado.

Ela pega meu celular e checa a hora.

– Provavelmente porque seu alarme não despertou. São 9:45.

– Merda. Deixa eu ver.

Pelo jeito, configurei o alarme para 8:30 da manhã, não da noite.

– Admite – diz Molly. – Você fez isso de propósito pra me envergonhar na frente da sua família.

– Tá bom. Eu admito.

Ela dá um tapinha no meu ombro.

– E aí, qual é o plano? – pergunta.

– Hum, primeiro a gente se veste. Então sai como se nada tivesse acontecido.

– Ótimo. Vai ser fácil.

Ela desliza o vestido pelos ombros e eu visto a minha calça. Juntamos as coisas dela.

– Está preparada? – pergunto.

Molly respira fundo.

– Sim. Não vejo a hora.

Abro a porta e vamos até a cozinha.

Lá encontramos minha família inteira. Os garotos estão comendo picolé de laranja, que imagino terem sido um suborno para que parassem com a gritaria. Mas, ao nos ver, Max arregala os olhos a ponto de parecer que eles vão pular das órbitas.

– Essa é a garota! – grita. – A que estava pelada!

– Gente, esta é a Molly – digo, abraçando-a. – Vocês se conheceram esses dias. Ela é minha namorada.

Minha mãe deixa a esponja cair na bancada da cozinha e leva a mão à boca. Meu pai inclina a cabeça para o lado, com um sorriso enorme. Dave fica boquiaberto, como se eu tivesse acabado de anunciar que vou largar o meu emprego para virar piloto de asa-delta profissional. Max e Jack gritam:

– Ecaaaaaaaaa, uma namorada!

Só Clara parece manter a compostura.

– Oi, Molly – diz, amigável.

Molly sorri para minha família reunida.

– Oi.

Clara junta os filhos e os leva até a varanda, de onde seus protestos estridentes de nojo são menos ensurdecedores. Vou até a geladeira e encho dois copos com água.

– Desculpem – digo, entregando um dos copos a Molly. – Ficamos vendo os anuários antigos e perdemos a noção do tempo.

Dave bufa.

– Pelo jeito eram anuários muito bons.

– Muito bons – diz Molly, concordando.

– Eu ouvi você dizer "namorada"? – pergunta minha mãe, olhando para o meu pai do outro lado da cozinha como quem diz "isso está mesmo acontecendo?".

– Disse – respondo.

– Seth! – grita ela, radiante. – Por que não nos contou antes?
– Notícia quentinha – digo.
Minha mãe corre até nós dois e dá um abraço apertado em Molly.
– Estou tão feliz por vocês.
– Seth é um homem de sorte – diz meu pai.
Dave já se livrou do horror instintivo.
– Bem-vinda à família, Molly – diz.
Molly sorri para ele.
– É uma honra.
Minha mãe ergue uma embalagem enorme com a comida que sobrou do restaurante.
– Vocês querem bolinhos de milho?
– Não – respondo ligeiro.
Tenho certeza de que Molly não vê a hora de sair daqui.
– Na verdade, quero, sim – diz Molly. – Estou morrendo de fome.
– Ah, ótimo! – exclama minha mãe. – Também temos maminha, peixe e... vou preparar um prato pra você.
– Obrigada – diz Molly.
– Quer um prato também, Seth? – pergunta minha mãe.
– Eu como com a Molly.
– Eu ia abrir uma garrafa de pinot – diz meu pai. – Aceitam uma taça?
– Claro – responde Molly.
E, de repente, meus pais estão servindo comida e abrindo vinho e nos levando em direção à varanda.
Clara conseguiu distrair os garotos indo com eles para a piscina.
A água está iluminada por uma luz cor-de-rosa, e os gritinhos de alegria e o som da água criam um clima de resort, como se estivéssemos todos de férias em família.
Tento não ficar pensando que um dia isso vai ser realidade.
– Então, Molly – diz meu pai. – Quando vai voltar para Los Angeles?
Eu me dou conta de que ainda não fiz essa pergunta a ela.
– Vou pegar um voo amanhã cedinho – responde ela.
– Mesmo? – pergunto, desanimado.
Imaginei que ela fosse ficar mais, visitar a família.
– Sim. Passei a semana toda aqui.

Meus pais e Dave claramente percebem minha decepção.

Minha mãe se levanta de repente.

– Kal, Dave, por que não pegamos nossas roupas de banho e nos juntamos aos garotos para nadarmos em família?

Meus sobrinhos ouvem e na mesma hora começam a gritar:

– NADAR EM FAMÍLIA! NADAR EM FAMÍLIA!

– Tá bom, tá bom! – grita Dave para os filhos. – Não precisamos acordar os astronautas lá na lua.

– Acho que você precisa ir pra casa fazer as malas – digo para Molly.

Tento não demonstrar o quanto estou chateado com essa notícia, mas não consigo.

– Desculpa, eu deveria ter dito alguma coisa. É que... me deixei levar pelo momento.

– Não precisa se desculpar. Só estou triste por já termos que nos despedir.

Ela concorda com a cabeça.

– Pois é. Quando você vai embora?

– Sexta.

Hoje é domingo. Eu estava ansioso pela semana com a minha família, mas depois do dia que acabamos de ter – provavelmente o melhor da minha vida – a ideia de ficar na cidade sem Molly parece tão atraente quanto comer areia.

O celular de Molly vibra. Ela pega a bolsa e olha para o aparelho.

– Droga. É minha mãe. Perguntando se você me sequestrou e me matou.

– Ainda não. Mas tenho planos de fazer isso ao levar você pra casa.

– Ah, ótimo. Estou cansada deste invólucro mortal.

– Bom, vamos lá, então?

Ela faz que sim com a cabeça.

– Vamos. Eu preciso mesmo passar um tempinho com ela antes de fazer as malas. Vou me despedir da sua família.

Acenamos para Clara e os garotos, então encontramos Dave e meus pais na sala. Molly abraça todos eles, o que é um tanto engraçado de assistir, já que todos estão de trajes de banho.

Logo estamos de volta ao Volvo da minha mãe, percorrendo as ruas escuras do subúrbio, tentando levar Molly para casa antes do toque de recolher, como se tivéssemos 16 anos de novo.

Coloco Elliot Smith para tocar, porque evoca tristeza e Los Angeles, e desejo internamente que ela não estivesse indo para lá.

– Meu Deus, Seth – diz Molly, abaixando o volume. – Não vamos afundar em melancolia.

– Vou sentir sua falta. Ainda estou pensando no que fazer com isso.

Ela acaricia minha nuca.

– Vai ser horrível – diz.

O fato de ela concordar faz com que eu me sinta melhor. Até que ela acrescenta:

– Talvez isso não seja uma boa ideia.

Fico tenso.

– Isso o quê?

– Tentarmos ser... alguma coisa. Talvez seja melhor se for só um sonho, não um pesadelo logístico desolador.

– Como isso poderia ser melhor? – pergunto.

Minha voz sai alta demais, apavorada demais. Molly se afasta de mim, em direção à porta, assustada.

– É que a gente teve um dia perfeito. Talvez seja melhor...

Paro o carro, ligo o pisca-alerta e me viro de frente para ela.

– Molly, por que você está dizendo isso?

Sua respiração está irregular, e sei que ela está prestes a ter um ataque de pânico. Quero abraçá-la, apertá-la até esgotar sua ansiedade fisicamente, mas estamos separados pelo console do carro e ambos de cinto.

– Eu vou estragar tudo, Seth – diz ela. – Eu me conheço, sei que vou surtar e te magoar, e você vai se dar conta de que não pode ficar comigo, e eu vou sentir sua falta pelo resto da vida.

– Amor – digo, com carinho. – É isso mesmo que você pensa?

– É! Eu sou tão *imprevisível*, Seth. Você não faz ideia.

Deixo escapar uma risada rouca que precisa atravessar o nó na minha garganta.

– Na verdade eu faço, sim. E te quero mesmo assim.

Molly fica em silêncio.

– Faz vinte anos que eu te quero. Você sabe disso, não sabe?

Ela funga.

– Sei. Eu também.

– Sei que você tem suas questões, e eu também tenho as minhas. Sei que um relacionamento à distância não vai ser fácil. Mas *precisamos* tentar. Do contrário, vai ser um desperdício.
– Tá bem – sussurra ela. E é quase um soluço.
Isso me destrói.
Estendo a mão e a abraço com força. Ela descansa a cabeça no meu ombro. No retrovisor, vejo as marcas prateadas de lágrimas em seu rosto.
Preciso secá-las. Já passamos por muita coisa para que este dia acabe triste.
– Tive uma ideia – digo.
– Qual?
– E se você não for pra Los Angeles amanhã?
– Eu não posso ficar, Seth. Estou quase matando minha mãe.
– E se nós dois formos embora juntos? Podemos pegar um voo até Chicago e ir de carro até a minha casa no lago. Só nós dois. Passamos a semana juntos. Fazemos planos. Descobrimos um jeito de viver isso de verdade.
– Você está falando sério?
– Muito sério.
– E a sua família?
– Eu digo a eles que preciso ir embora pra cuidar de uma garota.
Prendo a respiração.
– Eu teria que voltar para Los Angeles sábado à tarde – diz ela, devagar. – Mas quer saber? Não importa. É melhor que nada. Vou ver as passagens.
– Isso!
Volto a dirigir e Molly pega o celular e checa os horários de voo. Ela compra as passagens antes mesmo de chegarmos à ponte que leva até a ilha. Molly precisa me lembrar de não acelerar muito, porque estou tão alucinado de alegria e adrenalina que sem querer estou dirigindo a oitenta por hora.
Agarro Molly no carro na entrada da casa da mãe dela.
Quando ela desce, desço logo atrás e a agarro de novo em frente à porta.
A caminho de casa, canto a plenos pulmões com o rádio.
Dou uma dançadinha enquanto aviso aos meus pais que vou embora mais cedo que o previsto.
E às oito da manhã encontro Molly na calçada do terminal de embarque do aeroporto.

– Tem certeza de que é uma boa ideia? – pergunta Dave ao parar o carro.
– Sei que está feliz, mas isso é... – Ele faz uma pausa, e sei que está procurando uma palavra diplomática. – Repentino.

Vejo a minha garota, o cabelo brilhando ao sol da manhã, e me pergunto como Dave poderia pensar que isso não é o início de um conto de fadas.

Ainda assim, sua preocupação me comove. Ele nunca foi um irmão mais velho especialmente afetuoso quando éramos crianças, mas ninguém chega mais rápido ou me defende mais quando eu preciso. Eu o amo de peito aberto. Ele me ama com os punhos em riste.

– Tenho certeza – digo. – Não se preocupa.

Ele assente e me dá um tapinha no ombro.

– Tudo bem. Bom, liga pra mamãe quando chegar lá. Ela vai ficar preocupada.

– Pode deixar. Obrigado pela carona.

Pego a bagagem no porta-malas, aceno para Dave e praticamente corro até Molly.

– Bom dia, linda – digo, abraçando-a e cheirando seu cabelo delicioso.

– Bom dia – diz ela.

Molly me deixa abraçá-la por mais tempo do que eu esperava.

Enterro o rosto em sua bochecha para esconder a alegria pura em meu sorriso. Porque sei, com ela aqui me abraçando em público, que Molly *gosta* de mim.

Sei que ela disse que me ama, o que talvez seja o ponto alto da minha vida adulta, mas, às vezes, o afeto é tão difícil de conquistar quanto a paixão. Então sou tomado por uma onda de calor ao perceber que ela está feliz por me ver. Que gosta da minha proximidade e da minha companhia.

Tantas vezes esqueci, em meus vários relacionamentos, que *gostar* é tão necessário quanto amar.

Fazemos o check-in e despachamos as malas. Acabamos de passar pela segurança e estamos andando até o portão de embarque de mãos dadas quando Molly para de repente. Quase tropeço.

Me viro para ela, que está pálida. Destituída da leveza que exalava trinta segundos antes.

– O que foi? – pergunto.

– Ah. Nada. É que... – diz ela, apontando para a fila do quiosque de café.

Ali, ao lado de uma ruiva muito bonita, que parece ter uns 25 anos, está o pai dela.

Roger Marks sempre foi um homem impressionante – alto e longilíneo, com maças do rosto marcadas e olhos azul-claros. O cabelo espesso e emaranhado está grisalho, o rosto enrugado, e ele cultivou um bronzeado tão forte que lembra um charuto cubano. É possível imaginá-lo roubando tumbas no Egito ou filmando programas de culinária na Tailândia – ou, o que ele faz de verdade, suponho, escrevendo suspenses populares em um veleiro na Flórida, bebendo rum envelhecido com gelo.

Ele deve sentir que estamos encarando, porque ergue a cabeça e olha ao redor.

Molly acena. Ele vira para ela com os olhos semicerrados, como se estivesse tentando lembrar quem é.

Em sua defesa, a luz vinda das claraboias está fazendo reflexo, mas ainda assim ele demora uma quantidade surpreendente de tempo para se dar conta de que a pessoa do tamanho de Molly que está indo em sua direção e dizendo "Pai!" é sua filha.

Dá para notar o momento em que ele a reconhece porque sua expressão muda completamente. Ele parece chateado. Não. Parece ter sido *pego no flagra*.

Ele ergue a mão, mas não sacrifica o lugar na fila para ir até ela e cumprimentá-la.

O que faz sentido. Ele nunca deixou de fazer o que era mais conveniente para ele para encontrar a filha quando ela era uma adolescente traumatizada. Por que começaria agora?

Eu odeio esse homem.

Sempre odiei.

Agora odeio ainda mais porque estou vendo o entusiasmo no andar de Molly, e ele parado ali parecendo apavorado.

Corro para alcançar Molly, segurando a alça da minha mochila com força, como se fosse um taco de beisebol. Eu vou espancar Roger Marks até ele não saber mais quem é se não for gentil com a filha, que se dane o meu réu primário.

– Oi – diz Molly para o pai. – Não esperava encontrar você aqui.

– Oi, fofinha – diz ele, porque é o tipo de homem que chama uma mulher de "fofinha".

Ele inclina o tronco para a frente para aceitar um beijo no rosto, que não retribui.

– Que coincidência – diz ele.

– Pois é – responde Molly. – Eu achava que você estava fora. Está voltando?

– Indo, na verdade – diz ele. – Um pulinho rápido em Barbados. Torneio de golfe.

– Ah – diz Molly, devagar. – E... é... quem é essa?

A jovem está olhando para o chão, os olhos arregalados e aterrorizados, como se tivesse acabado de ver uma barata passando por cima de seu pé e não conseguisse desviar o olhar.

– Savannah – diz Roger à mulher. – Esta é minha filha, Molly.

A garota ergue a cabeça e lança um olhar rápido para Molly.

– É um prazer te conhecer, Molly.

Ela tem um leve sotaque sulista e a voz trêmula. Ou é tímida ou está morrendo de medo.

– O prazer é todo meu – diz Molly.

Uma pausa bem longa.

– E você, quem é? – pergunta o pai de Molly, estendendo a mão para mim com uma energia jovial que surge do nada.

Ele parece ansioso para mudar de assunto, desviando da viagem e da companheira.

– Seth Rubenstein – digo.

Espero que ele faça a conexão, lembrando que namorei Molly durante boa parte da adolescência dela, mas ele não demonstra ter me reconhecido.

– É um prazer conhecer você, Seth. Roger Marks – diz ele, como se soubesse que vou reconhecer seu nome da prateleira cheia de livros de capa dura neon na banca de revistas a alguns metros dali, satisfeito por me dar a oportunidade de conhecer uma celebridade.

– Vocês já se conhecem – diz Molly. – Seth era meu namorado na época da escola. Lembra?

– Ah, *claro* – diz ele, embora esteja claramente mentindo. – Que bom encontrar você de novo, Seth. Para onde estão indo?

– Chicago – responde Molly, em um tom de voz que só a ouvi usar quando está tentando não parecer chateada. – A caminho de Wisconsin.

Nesse momento, seria natural Roger perguntar à filha por que ela está indo para o Meio-Oeste com o antigo namorado da escola, mas, pelo jeito, ele nem pensa nisso.

– Está chegando a nossa vez – diz ele. – Querem um café?

Minha vontade é pedir algo bem complicado só para que ele seja obrigado a passar dez minutos esperando pela bebida, mas essa interação obviamente é dolorosa para todos os envolvidos, então me contenho.

– Não, obrigada – responde Molly.

– Bem, é muito bom encontrar você, fofinha – diz ele, com um carinho forçado. – Nos vemos em Los Angeles.

– É. Nos vemos lá – responde Molly, com a mesma alegria pouco convincente. – Aproveitem a viagem.

Ela se aproxima para um abraço, mas o pai vira para o atendente para fazer o pedido.

É como ver um gatinho ser atropelado por um carro.

– Ah, opa – diz ela, quase dando um encontrão em Savannah.

Ouço o tom de humilhação em sua voz, mas Roger está ocupado demais dando instruções a um atendente adolescente sobre o tempo de infusão de seu café.

Quero agarrá-lo pelo cabelo idiota e bater seu rosto no balcão de acrílico.

Molly começa se afastar, mas eu fico ali plantado.

– Babaca – digo baixinho.

Roger vira.

– Como é? – diz.

Balanço a cabeça, enojado.

– Ela é sua filha.

– Seth, vamos embora – diz Molly, puxando minha mão. – Está tudo bem.

– Você não é capaz de abraçar a própria filha? Talvez agir como se estivesse minimamente feliz com o encontro?

– Chega – diz Molly, sibilando. – Não faz isso.

Ela fala com o pai por cima do ombro:

– Desculpa, pai. Nos vemos daqui a uma semana.

Ela me puxa e não olha para trás, caminhando rápido em direção ao nosso portão de embarque.

Eu coloco o braço em seus ombros, mas ela se desvencilha de mim.

– Isso foi uma humilhação – sussurra.

Imagino que esteja falando da apatia do pai ao vê-la, mas ela vira para olhar bem para mim.

– Nunca mais faça isso, entendeu?

Ah, merda. Ela está irritada comigo.

– Desculpa – digo, imediatamente. – Você tem razão. Não era meu papel intervir.

– Não. Não era.

Percebo pelo seu tom de voz que ela quer que eu deixe o assunto para lá, mas não consigo.

– É que eu não consigo acreditar – digo. – Ele mentiu sobre estar fora? E quem era aquela garota?

Ela balança a cabeça, sem expressão.

– Quem é que sabe? Não é a esposa dele. Mas não importa. Não vale a pena discutir com ele.

Mas vale, *sim*. Quero que ela fique tão indignada quanto eu. Que esfole aquele babaca com sua língua venenosa. Que vá até a banca de revistas, pegue o último livro do Mack Fontaine e jogue na cara dele.

– Amor – digo, bem mais baixo. – Por que *você* deveria proteger os sentimentos *dele*?

– Porque ele é meu pai – diz ela, categórica. – Quero manter um relacionamento com ele. E estamos nos dando bem. Estou escrevendo o próximo filme do Mack Fontaine.

Fico surpreso por ela confiar nele a ponto de trabalharem juntos, ainda mais em um de seus filmes de detetive de quinta, mas sei que não é da minha conta.

– Tudo bem. Eu entendo. Mas, ainda assim, você pode ter raiva dele pelo modo como ele te tratou.

– Ele é assim mesmo. Estou acostumada. Tenho a minha mãe. Está tudo bem.

Mas não está tudo bem. Vejo pela sua apatia que ela desapareceu em algum lugar dentro de si mesma. E *detesto* isso.

Eu a abraço, mas ela continua rígida. É como abraçar um pedaço de madeira.

– Escuta – digo. – Eu tenho pena dele. Porque a filha dele é uma das pessoas mais extraordinárias que eu já conheci. E ele estragou tudo. E sabe disso. Por isso ele é assim. Porque falhou com você e tem vergonha disso.

Ela respira fundo.

– É? Bom, foi a ele que eu puxei.

– Em que sentido?

– Ser uma babaca egoísta e distante com um lado cruel.

Fico chocado.

– Molly, você não é nada disso.

– Sou, sim – diz ela, categórica. – Sou exatamente como o meu pai. Sou fria e cínica, e magoo as pessoas.

Antes deste momento, eu nunca tinha entendido de verdade o significado da palavra *perplexo*.

– Você não é mesmo – digo, querendo gravar isso em seu cérebro. – Não vou nem…

– Ah, não? Uma escritora sarcástica joga fora um cara incrível e dá um perdido nele por quinze anos? Parece alguém que conhecemos? Lembra quando você disse que estou sempre fugindo? Pois é! Aprendi com o melhor.

– Molly, foi *péssimo* da minha parte dizer isso. Ninguém é só o passado. Ninguém é uma coisa só.

– É, tenho certeza de que eu sou todas as cores da droga do arco-íris, mas herdei as partes ruins do meu pai. Relacionamentos me assustam, eu saio correndo e magoo as pessoas que se importam comigo. E sei qual é a sensação, porque ele fez isso comigo, tá bem? Ele continua fazendo, caramba. E, se você está se perguntando como você, uma pessoa legal com sentimentos e que me *ama*, se encaixa nisso tudo, eu também estou.

Suas pupilas estão dilatadas, e sei que ela está pensando no pior cenário possível. Condenando a si mesma como a personagem que acredita ser, um pouco por culpa minha.

Molly está escrevendo o fim da nossa história antes mesmo que ela comece.

– Molly? – digo. – Todos erramos, e todos temos bagagem. Isso não faz de você uma pessoa ruim. Faz de você humana.

Seus olhos se enchem de lágrimas.

– Obrigada por dizer isso. Mas não sei se essa viagem é uma boa ideia. Eu não vou fazer bem pra você.

Balanço a cabeça.

– Não. Desculpa. Você é exatamente o que vai me fazer bem.

– Não quero te tratar assim. Não quero magoar você. Tenho tanto medo de mim mesma. – Ela não está chorando, mas seu corpo inteiro está tenso, como se ela estivesse usando todos os seus músculos para não desmoronar. – Não quero perder você de novo.

– Amor – digo, abraçando-a com todas as minhas forças. – Eu não vou deixar que isso aconteça.

E, quando seu corpo relaxa e ela começa a chorar em meu pescoço, sei que Molly está disposta a tentar acreditar em mim.

CAPÍTULO 30
Molly

Estou tão feliz por Seth não ter deixado que eu fugisse dele no aeroporto. Porque, se eu não tivesse entrado naquele avião, como eu saberia que ele resmunga enquanto dorme?

Não são palavras da nossa língua. Seth fala uma língua inventada enquanto sonha.

Todo dia ele acorda com o sol às seis da manhã e vai para o deque meditar. Quando termina, sai de caiaque ou vai correr ao redor do lago. Volta para casa exausto e suado, então vai tomar um banho. Só depois ele volta para a cama e me acorda com um beijo.

Ele não me deixa sair da cama enquanto não me fizer gozar pelo menos duas vezes. Não é difícil. Meu corpo está sempre excitado perto dele. Eu quero, e quero, e quero.

Ele prepara o café da manhã para mim todos os dias. Ovos mexidos com tomates suculentos e manjericão fresco, cobertos com queijo feta. Iogurte com granola feita em casa – uma mistura perfumada de canela, castanhas, aveia e grãos – servidos com um bocado de geleia de mirtilo. Biscoitos da receita da avó dele com mingau de fubá com queijo. Panquecas com framboesa cobertas com manteiga derretida e xarope de bordo que ele aquece no fogão.

Ele nunca deixa que eu o ajude. As outras refeições nós preparamos juntos, mas o café da manhã ele faz sozinho.

Enquanto Seth cozinha, eu fico por ali, tentando interpretar seus pertences como se fossem folhas no fundo de uma caneca de chá. Sua casa é simples e arejada, um chalé em formato triangular, com janelas de vidro grandes que dão vista para o lago. Os móveis são mais rústicos do que eu esperava – um sofá Chesterfield de couro envelhecido. Abajures vintage. Tapetes tecidos à mão. Uma mesa de casa de fazenda que ele mantém coberta de castiçais e tigelas de frutas. Tudo o que há na casa, dos jogos de tabuleiros antigos aos livros de receita, até o tapetinho de ioga, tem um lugar específico. Ele nunca deixa nada bagunçado.

De vez em quando, Seth arruma um tempo para se dedicar ao trabalho. De início, preciso me preparar para ouvi-lo falar sobre divórcio e pensão, palavras que são gatilhos para mim. Mas, quando ouço Seth aconselhando seus clientes com paciência e compaixão – dizendo verdades duras sobre a dissolução de um casamento ou dando notícias boas sobre a negociação da custódia dos filhos –, me dou conta de que estava enganada quanto ao seu trabalho. Ainda não amo o que ele faz, mas demanda empatia, gentileza e compreensão da natureza humana. Combina com o melhor lado de Seth.

Ele também é engraçado e justo com a equipe dele ao discutir casos, distribuir responsabilidades e tomar decisões. Ouço suas chamadas com advogados do outro lado – sempre alegres e educadas, mesmo quando ele rejeita seus pedidos e destrói seus argumentos. Fico maravilhada com o quanto ele é competente. Entendo como ele conseguiu comprar uma casa no lago.

Ele continua amando música. Quando não está em chamadas ou videoconferências, está sempre ouvindo música. Não mentiu quanto à predileção por Cat Stevens, o que acho encantador. E me fez olhar de um outro jeito para a discografia do Elvis; o homem sabia mesmo fazer hits. Apesar dos esforços de Seth, continuo odiando Rolling Stones. Nós dois amamos Etta James. Ele acha engraçado colocar NSYNC para tocar quando nos deitamos, e preciso roubar seu celular para desligar a música.

Na primeira noite, tentei ouvir canções de ninar com fones para pegar no sono. Ele tirou meus fones com delicadeza e colocou minha playlist para tocar na caixa de som do quarto. Toda noite, adormecemos juntos ouvindo canções de ninar. Às vezes ele cantarola em meu ouvido.

As tardes são quentes e úmidas, e nadamos no lago juntos. Depois, ficamos deitados em cima de toalhas, lendo os livros que compramos no sebo da cidade. Ele escolheu uma pilha de ficção científica – o mesmo estilo que amava na época da escola – e devora um por um. É expressivo ao ler, rindo das partes boas, franzindo o cenho quando as coisas ficam tensas. Finjo ler uma coleção gasta de contos de Alice Munro, mas passo a maior parte do tempo espiando Seth e refletindo sobre minha sorte.

Tento não pensar no meu pai, no trabalho, ou em Los Angeles – o tique-taque do relógio a que nós dois estamos atentos. A lembrança de que nossa situação é temporária.

Temos cinco dias, digo a mim mesma. *Três dias. Mais uma noite.*

Voltamos para casa úmidos e fartos do sol, fazemos um sexo preguiçoso e tiramos um cochilo. Seth ama fazer compras, ama me levar à loja de produtos naturais para comprar manteiga de amendoim moído à mão e pão de nozes. Conhece os vendedores da feira e me apresenta a eles orgulhoso:

– Essa é a minha namorada, Molly.

É simpático com as garotas que são donas da loja de vinhos local, e elas indicam garrafas de pinot noir e vinho de laranja fermentado com a casca que me lembra o sol.

À noite, grelha peixes que pega no lago e cortes de filé do Meio-Oeste enquanto eu preparo saladas de ervas e de milho. Abrimos um vinho e comemos no deque ao pôr do sol de julho. Quando a escuridão finalmente cai, o céu é tão claro que dá para ver a Via Láctea.

Seth fala sobre nosso futuro. A gente deveria tentar o relacionamento à distância durante seis meses, diz, e fazer um balanço. Conversar por FaceTime todos os dias. Nos encontrar pelo menos uma vez ao mês.

Ele pensa em lugares onde podemos nos encontrar – lugares que nenhum dos dois visitou ainda, onde podemos criar memórias juntos. Santa Fé. Yosemite. A Ilha das Orcas para ver as baleias.

Ele quer ver minha casa e investigar minhas coisas.

Ainda penso no meu pai. Penso que ele e minha mãe eram namoradinhos de escola, e isso não os impediu de destruir o relacionamento. Penso em como ele ainda trai e se desfaz de seus casamentos como se fossem tendências da estação passada. Penso em todos os caras bacanas que larguei, antes de decidir parar de namorar pessoas que poderiam se importar se eu fosse embora.

Em vez de manter uma obsessão silenciosa, falo sobre tudo isso com Seth na escuridão.

Ele ouve meus medos com atenção, mas é otimista. A gente se ama, garante. A gente se conhece. Pode dar certo.

Ele escreve uma lista de gratidão em seu diário todas as noites antes de escovar os dentes e me obriga a fazer uma também.

Sou grata pelas manhãs ouvindo Chopin enquanto o aroma de torradas e pesto me envolve em um chalé iluminado pelo sol.

Pela água do lago que gela meu cabelo.

Por um trabalho que me permite desaparecer nesta vida momentânea.

Pelo sexo no deque à meia-noite, quando as estrelas estão brilhando e os vizinhos, dormindo.

Sou grata, em uma palavra, por Seth.

CAPÍTULO 31

Seth

Sempre que ouço Molly Marks roncando baixinho ao meu lado, meu coração dá um salto. Acordo cedo só para ouvir seu ritmo ofegante. A prova de que ela está ali.

Ela dorme enquanto eu faço o treino da manhã. Mas sei que se levanta escondida para escovar os dentes, porque, quando me deito com ela depois do banho, seu hálito está fresco e mentolado.

A mala dela é tão bagunçada que minha mão chega a coçar para dobrar e organizar suas roupas. (Mas consigo me controlar.) Por outro lado, em um gancho no meu banheiro, ela pendurou uma nécessaire, daqueles divididos em compartimentos, de produtos de skin care, organizados por ordem de uso, que demandam quinze minutos todas as manhãs, e vinte todas as noites. Ela diz que não medita, mas acho que esse é seu jeito de fazer isso.

Depois de passar os produtos, ela fica com um cheirinho incrível.

Na verdade, ela sempre está com um cheirinho incrível.

Na primeira manhã que acordamos juntos, ela disse que não tomava café da manhã – pediu para que eu "não me preocupasse com ela". Talvez ela comesse uma barrinha de proteína mais tarde, disse. Uma barrinha de proteína! Preparei ovos mexidos para ela mesmo assim e descobri que ela come, *sim*, de manhã se for algo delicioso, preparado com amor. Todos os dias, enquanto preparo o café da manhã, penso no que fazer na manhã seguinte para me superar. Quero usar todas as ferramentas que tenho a meu dispor para que ela me associe a esses prazeres.

Ela gosta de passear pela minha casa enquanto cozinho, mexendo em uma coisa ou outra, perguntando a procedência de móveis, livros ou discos. Vasculha meus pertences com uma curiosidade profunda que me deixa lisonjeado, mas também levemente nervoso. Espero que goste do que tem encontrado.

Às vezes, quando tenho que trabalhar, ela pega seu laptop e escreve.

Digita mais rápido que qualquer um, usando a ponta das unhas compridas para voar pelas teclas. É como se as ideias tomassem conta de seu corpo, transformando-a naqueles dedos voadores.

Mas reclama com frequência de estar empacada, sem inspiração.

– Como pode dizer isso quando escreve com tanta fluidez? – pergunto.

– Eu apago muita coisa – responde ela. – Apago milhares de palavras por ano.

Imagine. Centenas de milhares de palavras, simplesmente apagadas. Eu queria poder pegá-las para mim.

À noite, ela pergunta sobre meus casos e clientes. Nunca compartilho detalhes que possam identificar as pessoas, mas conversamos sobre a lei, além dos problemas que meus clientes enfrentam.

– Prefiro nunca me casar a ter que me divorciar – diz Molly.

– É por isso que você precisa se casar com sua alma gêmea – respondo.

Ela desvia o olhar.

Ainda preciso convencê-la de que eu sou sua alma gêmea.

Nunca vou parar de tentar.

Todos os dias, Molly prepara nosso almoço, e todo dia ela faz a mesma coisa: uma montanha enorme de couve com uma quantidade generosa de um molho picante de alho e parmesão, com abacate, uvas, sementes de abóbora e peito de frango grelhado. Ela chama de A Salada e come direto da tigela com os dedos. Diz que A Salada deve ser consumida com as mãos. Acho essa instrução questionável, e como minha parte em um prato, com talheres, mas gosto de vê-la escolher o pedaço exato de couve e lamber o molho dos dedos.

Depois do almoço, pegamos toalhas, protetor solar e livros e vamos até o lago. Molly sempre usa um chapéu enorme bordado com as palavras *loba da praia* em letras rosa-choque, que ela roubou da mãe. Entramos na água juntos e brincamos um pouco. Quando não há muitas crianças por perto, vamos mais para o fundo e nos beijamos – como fazíamos na praia na época da escola. Molly é safadinha e fica sempre tentando me tocar abaixo da cintura. Não deixo que as coisas fiquem quentes demais, porque estamos em público, mas gosto de seus esforços diários para me submeter a uma punheta ao ar livre.

Quando saio da água, ela vai nadar, e eu fico observando sua figura indo de um lado para o outro, lá longe, e pensando *temos cinco dias. Três dias. Mais uma noite.*

Normalmente, quando chegamos em casa... digamos apenas que eu ganho algo melhor que uma punheta.

Quando não preciso trabalhar depois da nossa *sesta*, jogamos buraco. Foi sugestão de Molly – é o que a família da mãe dela joga nas férias – e, no início, ela ganhava todas as partidas. Então, depois de ser humilhado por duas noites seguidas, pesquisei o jogo no Google e descobri que estava me comprometendo com as minhas cartas cedo demais. Agora estamos empatados, e ela fica indignada sempre que eu ganho. Ganhar de Molly Marks em qualquer coisa sempre foi um dos maiores prazeres da minha vida.

Preparamos o jantar juntos e bebemos um bom vinho da lojinha das minhas amigas na cidade. As duas donas, Meg e Luz, largaram o emprego em Milwaukee para se tornarem fornecedoras locais de bebidas alcoólicas, e, às vezes, eu gostaria de ter tido essa ideia antes delas. Molly é ótima em montar acompanhamentos e saladas. Mas nunca A Salada. A Salada é só para o almoço.

Estou tão apaixonado. Tão feliz. Tento me acalmar um pouco, porque Molly fica ansiosa quando fico emocionado demais. De certa forma, é pior que na época da escola, porque ela teve duas décadas para aperfeiçoar suas defesas contra o amor. Mas, quando acontece – quando Molly entra em pânico –, ela deixa que eu a abrace.

Deixa que eu acaricie seu cabelo e a ajude a respirar.

Ela confia em mim.

E isso é o bastante para mim.

Porque não quero que seja só uma aventura. Não quero que seja mais um dos Casos de Amor Impulsivos e Fadados ao Fracasso do Seth®. Não quero que seja o que finalmente vai levar Molly a nunca mais falar comigo.

Antes de irmos para a cama, eu a obrigo a escrever um diário de gratidão comigo.

Sou grato pelo sol que aquece nossa pele.

Pelas canções de ninar que acalentam minha garota.

Pelo lago que nos ajuda a redescobrir o corpo um do outro.

Pela chance de nunca parar de descobrir Molly Marks.

E sou grato por essa esperança.

Essa chance de ter esperança, e mais esperança, e mais esperança.

PARTE SETE
Novembro de 2021

CAPÍTULO 32

Molly

Faltam dois dias para o Dia de Ação de Graças, e estou organizando minha casa bagunçada. Sempre me desdobro em mil para preparar minha casa para receber Seth, um homem que dobra as meias em retângulos empilháveis e tem uma escova de dentes só para limpar os rejuntes. Depois de cinco meses entre a casa dele e a minha, estou me acostumando com os gritos ao encontrar migalhas ou o hábito dele de limpar minha pia com água sanitária. Mas é a primeira vez que vamos passar um feriado juntos, e quero que seja perfeito.

Faço uma pausa para dar uma olhada nos e-mails. Estou esperando notícias do meu pai e do diretor a respeito da última versão do roteiro de *Busted*. Já faz semanas que enviei e não recebi nenhum comentário. O diretor, Scott, costuma responder rápido. O silêncio está me deixando agitada.

Mas não recebi nada – só alguns e-mails a respeito de outros projetos, menores, em que estou trabalhando –, então dou início à temida tarefa de limpar o piso.

Meu celular toca e é Dezzie, então logo agarro o aparelho, ansiosa por me lamentar a um ouvido solidário a respeito do medo de ser considerada suja pelo homem mais higiênico que já existiu.

Mas ela está soluçando.

– Ai, meu Deus – digo. – Amiga. O que aconteceu?

Ela não diz nada. Faz um barulho de quem está sufocando.

A primeira coisa que penso é em Seth. Os dois estão em Chicago. Pode ter acontecido alguma coisa com ele, e ela ficou com o fardo de me contar.

Todos os dias, agora que estamos próximos, tenho visões em que o perco. Um acidente de avião. Um problema no coração não diagnosticado. Tantas coisas que podem acontecer a qualquer momento e tirar essa felicidade inesperada de mim.

– Dezzie! – digo. – O que foi? Você está me assustando.

– É o Rob – diz ela, engasgando.

Sinto um alívio agudo e vergonhoso ao saber que, por mais terrível que seja o motivo da ligação, não é nada com Seth. Então sou tomada por uma onda de culpa por ser essa a minha reação à histeria da minha melhor amiga. Tenho outras visões terríveis. Penso em covid. Câncer. Coloco os dedos sobre a mesa e faço pressão neles para baixo para me obrigar a falar em vez de entrar em parafuso.

– O que foi? Ele está bem?

– Ele vai me deixar.

– Espera aí, é o quê? Deixar *você*?

Tenho certeza de que ouvi errado.

Tenho alimentado com frequência a ideia de que poderia fazer bem à Dezzie passar um tempo longe de Rob, que anda regredindo de modelo de marido bobo a estranho, instável e beberrão. Nunca me ocorreu que *ele* pudesse deixá-la.

– Ele engravidou outra mulher e vai pedir o divórcio – diz ela, com a voz entrecortada.

Fico encarando o celular como se ele fosse radioativo.

– Como é que é? Rob *traiu* você?

– Sim! Com uma mulher da pós. Ele disse que era só um caso, mas, agora que ela vai ter um bebê, ele precisa fazer dar certo. Com *ela*.

Tudo o que consigo pensar é: não. Não, não, não. Isso não pode estar acontecendo com alguém que eu amo.

Não com Dezzie.

Ela está prestes a começar a segunda rodada da fertilização. Ela e Rob refinanciaram a casa para pagar pelo processo. Imagino que o desejo de ter um filho seja o motivo pelo qual ela continuou com ele por tanto tempo.

Isso, e o amor que sente por ele.

Por mais difícil que o casamento tenha se tornado, são anos e mais anos de amor entre os dois.

Quero pegar um avião até Chicago e esfaquear o pescoço dele.

– Eu vou morrer – diz ela, arquejando.

Não, Rob vai. Porque eu vou assassiná-lo.

Mas reprimo o pensamento, porque não é o que ela precisa ouvir neste momento.

– Ah, querida, não vai, não – digo. – Vai ficar tudo bem. Você tem a mim, a Alyssa, seus pais e todos os seus amigos, e nós te amamos tanto, *tanto*, e vamos estar ao seu lado sempre, não importa o que aconteça.

Embora eu diga essas palavras, sei que talvez não sejam suficientes. Minha mãe levou anos para se recompor depois que meu pai a abandonou. Foram necessárias duas *décadas* para confiar em outro homem.

Quando a pessoa com quem você ficou durante tanto tempo se vira contra você – e se transforma em alguém irreconhecível –, você passa a questionar a realidade a sua volta. O que você não notou antes? O que você fez? E, se aconteceu uma vez, o que poderia impedir que acontecesse de novo?

– Não sei o que fazer – diz Dezzie com a voz rouca. – Ele simplesmente foi embora, Molly. Literalmente pegou uma mochila e foi embora. Simples assim.

Na hora, eu me lembro do BMW do meu pai deixando a garagem. Eu, em pé no jardim, implorando que ele não fosse embora. Achando que aquilo não podia ser real. Rezando para que ele visse meu desespero, percebesse o próprio erro e voltasse.

Ele não voltou.

Eles não voltam.

Eles só partem seu coração e vão embora.

Minhas mãos estão tremendo.

– Dezzie – digo, tentando manter a voz calma pela minha amiga. – Escuta bem. Eu sei exatamente o que fazer. Primeiro, você tem algum chá? Camomila?

– Chá? – repete ela, choramingando. – Do que você está falando, Molly?

– Fazer tarefas guiadas acalma! – respondo, desenterrando anos e anos de terapia. – Você vai preparar uma xícara de chá e nós vamos conversar, tá? Pode fazer isso?

– Sim – diz ela, depois de uma longa pausa. – Acho que posso.

– Ótimo. Eu espero. Coloca no viva-voz.

– Tá. Espera aí.

Ouço Dezzie mexendo em algumas coisas na cozinha. Ouço a torneira e a chaleira elétrica. Seu choro.

– Pronto, já preparei a droga do chá.

– Boa. Agora quero que inale o vapor que sai da xícara enquanto eu conto até cinco. Tá? Respira fundo, deixa o ar chegar até o umbigo.

– Eu deveria ter ligado pra Alyssa.

– Prometo que vai ajudar. Respira fundo. Comigo. – Respiro com ela enquanto conto. – Um. Dois. Três. Quatro. Cinco.

Ouço Dezzie respirando comigo. Conto mais uma vez. Repetimos o exercício várias vezes, até o choro diminuir.

– Tá – diz ela, com a voz trêmula. – Estou mais calma. Obrigada.

– Ótimo. Agora, antes de qualquer coisa, você precisa ligar pro Seth. Vou te mandar o número que ele usa no trabalho.

Enquanto eu contava, também visualizei minha mãe perdendo a casa. Meu pai rico escondendo dinheiro. A situação não é a mesma, mas sei que Dezzie e Rob têm dívidas. E, se Rob é capaz de trair e deixá-la, também é capaz de contratar um advogado canalha que pode destruí-la financeiramente.

Talvez seja *este* o motivo pelo qual eu me apaixonei por um advogado de divórcio. Continuo não confiando na espécie, mas confio em Seth. Sei que ele é honrado e bom no que faz. Sei que vai proteger minha amiga.

Dezzie choraminga. O som é pura dor.

– Meu Deus, Molls – diz. – Que pesadelo. Estamos às vésperas da *merda* do feriado do Dia de Ação de Graças, como eu vou...?

– Para. Seth vai saber exatamente o que fazer, tá? Você vai ligar pra ele?

– Vou – responde ela, a voz fraca.

– Enquanto você faz isso, vou comprar uma passagem pra Chicago.

– Não, não faz isso. Meus pais já estão vindo. Chegam hoje à noite.

– Então você vai ter todos nós.

– Não, não, você tem a viagem com Seth.

Tínhamos planejado passar o feriado prolongado no parque Joshua Tree. Seth queria aproveitar o convite que fiz quando estava sofrendo por ele. Diz que aquele foi o momento em que ele se deu conta pela primeira vez de que talvez eu sentisse algo real por ele.

– Tem certeza? – pergunto a Dezzie. – Seth vai entender. Podemos ficar na casa dele e passar o feriado todos juntos.

– Tenho certeza – diz Dezzie.

– Tá bom. Mas liga pra ele e depois pra mim.

Assim que ela desliga, apoio a cabeça na mesa da cozinha. Ainda estou tremendo.

Dezzie e Rob. Meu Deus.

Finais felizes, cara.

Quando penso que eles talvez existam...

É assustador, porque as coisas com Seth estão ficando muito, muito sérias. Eu me vi cair de amores por ele, sabendo que estava perdendo o controle dos meus sentimentos, e ainda assim permiti que isso acontecesse. *Gostei* quando aconteceu. Às vezes, eu me pego sorrindo e olhando para o nada, sonhando com uma vida com ele. Uma vida em que nos mudamos para a mesma cidade, nos casamos, talvez até tenhamos um filho.

Começo a me perguntar se o nosso relacionamento tem garantias.

Mas nenhum relacionamento tem. Porque, se isso pode acontecer com Dezzie e Rob, pode acontecer com qualquer um.

Mando uma mensagem para Seth.

Molly: Oi, amor... dezzie vai te ligar no número do trabalho.
Atende. É importante

Espero dois minutos. Ele não me responde.

Ele sempre responde.

Racionalmente, sei que ele deve estar em reunião ou até já conversando com Dezzie pelo telefone, mas fico abalada do mesmo jeito. Tento voltar a limpar a casa, mas não consigo me concentrar. Tentar arrumar a casa para uma visita romântica do namorado parece de muito mau gosto quando a vida da nossa melhor amiga está desmoronando.

Além disso, fico me perdendo em minhas próprias lembranças do dia em que meu pai foi embora.

Ele me levou para tomar café da manhã em uma dessas lanchonetes de franquia, que era nosso lugar especial. Pediu tiras de frango à milanesa – um hábito infantil que ele tinha e que eu sempre achei engraçadíssimo.

Minhas panquecas chegaram e ele bebeu um gole de café e me contou, como se não fosse nada, que ia se mudar no dia seguinte.

– Sua mãe e eu vamos nos divorciar.

De início, achei que ele estivesse brincando. Meu pai gostava de ser engraçado, e minha mãe geralmente era o alvo de suas piadas. Em retrospecto, esse é um detalhe que diz muito, mas eu era a garotinha do papai na época e ficava encantada quando ele tirava sarro da minha mãe para me divertir. A sensibilidade sarcástica que compartilhávamos era nosso laço especial. A sinceridade, a simpatia e os sentimentos sensíveis da minha mãe não estavam no *nosso* nível.

Só que naquela manhã não era uma piada – a não ser que você considere engraçado o fato de ele me contar que ia se mudar para um condomínio na praia com Coral Lupenski, a filha de 22 anos da minha dentista.

A partir daí comecei a suspeitar que sempre estive do lado errado da história.

Isso se confirmou quando chegamos em casa e minha mãe estava trancada no quarto, soluçando como se fosse morrer, e a única reação dele foi revirar os olhos e me dizer que ela estava "sendo histérica" e que ele tinha deixado dinheiro para pizza caso ela continuasse "sem fazer nada o dia todo". Foi aí que o pânico se instalou.

Quando eu me dei conta de que ele também estava *me* deixando.

Comecei a gritar. Falei que aquilo era patético, que ele não podia simplesmente largar a esposa por uma interesseira só porque agora era famoso.

Ele disse – porque é um péssimo escritor que usa clichês obsoletos:

– Tudo o que é bom um dia acaba, fofinha.

Então pegou a chave e saiu pela porta da frente.

Não pude deixar de ir atrás.

Implorei a ele que me levasse junto e, quando ele nem respondeu, desabei, machucando minhas pernas nas conchas afiadas da entrada da garagem enquanto ele ia embora.

O pior foi o depois, durante a fase mais profunda e assustadora da depressão da minha mãe, quando ela parou de preparar as refeições, mal tomava banho e se recusava a encontrar qualquer pessoa que não fossem meus avós, e eu continuei esperando que *ele* resolvesse o problema.

Eu queria o meu pai.

Nós dois éramos tão próximos. Eu era tomada por ondas de desespero tão intensas que quase desmaiava, queria ligar para ele e dizer que eu achava que estava morrendo, que eu precisava que ele acariciasse minhas costas e me dissesse que tudo ficaria bem – mas ele era o motivo do desespero. Ele era o motivo pelo qual as coisas não ficariam bem. Por um bom tempo.

E sei que *isso* – essa saudade de alguém que destruiu a própria capacidade de nos consolar de um jeito irreparável – é o que Dezzie está sentindo. A pessoa cujo amor ela mais deseja não está ao lado dela, porque é exatamente a pessoa que está causando sua dor.

Quero abraçá-la. Quero dar a ela tudo de que Rob abriu mão.

Meu celular toca.

– Dezzie? – pergunto. – Conseguiu conversar com Seth?

– Consegui – responde ela, fungando. – Ele não pode me ajudar.

– *Como é que é?*

Seth é um dos maiores advogados de divórcio de Chicago. *É claro* que ele pode ajudá-la.

– Amiga, espera aí – digo. – Como assim?

– Ele disse que não pode me representar porque Rob já ligou pra ele hoje de manhã e tentou contratar seus serviços. Ele disse que existe "conflito de interesse", mesmo sem ter aceitado o caso do Rob.

– Espera. Rob contou tudo isso pro Seth e ele não *contou pra você*?

– Acho que ele não pode fazer isso... Por lei? Não sei. Ele me deu o número de alguns advogados que, segundo ele, são bons.

– Meu Deus.

Sou inundada por um sentimento repentino e avassalador de traição.

– Vou ligar pra ele agora. Vou convencer Seth. Deve ter um jeito.

Desligo antes que ela possa responder e ligo para Seth.

Ele atende na mesma hora.

– Oi – diz ele, em um tom sombrio.

– Por favor, me diz que é mentira que você se recusou a ajudar Dezzie.

– Eita – responde ele, devagar. – Me recusei... eu disse a ela que... espera... O que está acontecendo? Você está chateada comigo?

– Sim – respondo, sibilando. – Estou muito chateada com você.

Tamborilo as unhas de gel na mesa com força, satisfeita por elas estarem longas e pontiagudas, pelo barulho que fazem.

– Eu não me recusei a ajudar – diz ele. – Não posso dizer mais nada além disso... Conversas sobre assuntos jurídicos são confidenciais...

– Ah, por favor – digo, interrompendo Seth. – Você não pode invocar o sigilo profissional se ela não vai ser sua cliente. E não acredito que você não contou pra ela na mesma hora quando o *Rob* apareceu no *seu* escritório.

Ele solta um suspiro.

– Molls, eu passei a manhã toda arrasado, mas não há nada que eu possa fazer. Seria totalmente antiético da minha parte compartilhar essa informação. E eu adoraria representar Dezzie, mas Rob me procurou primeiro. Temos trabalhado juntos na organização sem fins lucrativos, então ele achou que eu aceitaria o caso. Mas é claro que eu jamais o representaria contra a Dezzie, então recusei. Infelizmente, o fato de ele ter me procurado significa que eu também não posso representá-la.

Ele está sendo tão paciente e sensato que minha vontade é jogar o celular na parede.

– Por que você não pode abrir uma exceção? – grito. – Você conhece Dezzie há décadas. Ela é a minha *melhor amiga*.

Ele solta mais um suspiro. Parece muito sofrido.

Como se *eu* fosse o problema nessa situação.

– Como eu disse, é antiético. Estou me sentindo péssimo, mas não tem nada que eu possa fazer pra mudar isso.

Estou sem palavras.

Ah, espera. Não estou, não.

– Você está ferrando a minha amiga.

– Não, não estou – diz ele, com aquela voz firme de advogado. – Ela é minha amiga também. E passei pra ela o nome dos melhores advogados de Chicago. Ela vai estar em ótimas mãos com qualquer um deles.

Não digo mais nada. Isso nem merece uma resposta.

– Molls, tem um cliente me esperando. Eu te ligo daqui a uma hora, tá bem?

– Tá. Tá bom. Beleza, então.

Desligo o telefone antes que ele possa se despedir e ligo para Dezzie.

– Oi – digo. – Desculpa. Não consegui fazer Seth mudar de ideia. Ele disse que é questão de ética e está sendo muito intransigente.

– Tudo bem – diz ela. – Eu entendo.

Ela pode entender, mas eu não. Ele é sócio do escritório. Não pode contornar as regras uma vez? Se não por ela, por mim?

– Molly – diz Dezzie. – Sério. Tá tudo bem. Ele foi um amor e pediu mil desculpas.

Eu me obrigo a respirar fundo.

Não se trata de mim e de Seth.

Não se trata do meu pai.

É só uma reação emocional pela minha amiga pela qual sem dúvida vou precisar me desculpar depois.

– Como você está se sentindo? – pergunto a Dezzie. – Já ligou para os outros advogados?

– Ainda não.

– Você deveria fazer isso logo, antes que as pessoas saiam para o feriado. Precisa entrar em contato com eles antes que Rob faça isso.

– Eu sei. Vou fazer já, já. Só estou um pouco desnorteada.

– Já falou com Alyssa?

– Não. Tenho a impressão de que ela só vai dizer "eu avisei".

– Meu Deus, Dezzie, não. Alyssa *jamais* faria isso. Além do mais, ela não previu toda essa situação.

Mas Seth previu.

Na nossa aposta.

Pensar nisso me dá arrepios.

– Eu sei que Alyssa achava que eu deveria me separar do Rob – diz Dezzie. – Ela deu a entender quando levamos as crianças ao parque de diversões mês passado. E ela tinha razão.

– Bom, tenho certeza de que ela gostaria de estar errada.

Dezzie solta um suspiro.

– Pra falar a verdade, estou feliz por ter descoberto antes de engravidar.

– É, você se livrou de uma boa.

– Me livrei mesmo. – Ela faz uma pausa. – Você é tão inteligente, sabia? Fico surpresa.

– Como assim?

– Você nunca se importou com os homens. Nunca organizou a vida em torno das bobeiras de um romance. Eu achava que você tinha um cinismo

277

meio patológico, mas agora acho que é um gênio por rejeitar todas essas instituições tóxicas.

Não é legal ouvir de uma pessoa que nos conhece desde a escola que temos um cinismo patológico, mas tento não me abalar.

– Que instituições tóxicas? – pergunto, embora eu desconfie que sei do que ela está falando.

– Casamento. Amor. Essa besteira de até que a morte nos separe.

Ela parece tão áspera.

Parece comigo.

Odeio ouvir.

Seth me abriu para a possibilidade de todas essas coisas. Não sei se acredito plenamente nelas. Mas, por ele, quero acreditar.

– Dezzie, o amor não é uma instituição tóxica – digo. – Eu certamente não o rejeito. E o casamento… algumas pessoas parecem gostar. Quem é que vai saber de verdade?

Mas ela não está ouvindo.

– Você não dá espaço para que as pessoas destruam sua vida – diz Dezzie. – Você se protege. Eu achava que isso era um pouco covarde, para ser bem sincera. Mas agora estou com inveja.

– Hum, não sei se devo me sentir lisonjeada ou ofendida – admito.

– Desculpa – diz ela. – Eu não deveria explodir assim. Sei que as coisas com Seth estão indo bem, e isso me deixa muito feliz. Não estou tentando, tipo, envenenar seu otimismo. Só sei que você sempre se manteve atenta e me sinto idiota por não ter feito isso também, principalmente depois do último ano com Rob. Tipo, eu não deveria ter sido pega de surpresa, mas sinto que fui atropelada por um caminhão, sendo que nem estava andando perto da rua.

– Eu acho mesmo que você deveria me deixar ir até aí. Ou encontrar você em algum lugar.

– Cara. *Não*. Você e Seth vão passar o primeiro Dia de Ação de Graças juntos. Não vou estragar esse momento.

– Ele que fique em casa. Estou com tanta raiva dele.

– Não fique com raiva por mim. Eu entendo. Ele foi um amorzão quando falou comigo.

Solto um suspiro. Sei que vou ter que deixar essa raiva para lá, mas no momento ela parece boa e justa.

Pode não ser justa com Seth.

Mas é real.

– O que eu posso fazer pra você se sentir melhor? – pergunto a Dezzie, tentando lembrar que isso tudo não diz respeito a mim.

– Nada – responde ela, murmurando. – A não ser que queira matar Rob.

– Eu quero – digo. – Passei a manhã toda fantasiando sobre isso.

– Eu também. Pensei em usar um misturador de massa.

– Sangrento. Amei.

– Vou ligar pra Alyssa agora – diz ela. – Encarar a realidade.

– Tá bom. Me liga quando quiser. Te amo.

– Também te amo, Molls.

Passo as horas seguintes fazendo faxina na força do ódio. Usando uma peça do aspirador de pó em que eu nunca tinha nem encostado para sugar sabe Deus o quê das fendas do sofá. Limpando marcas de digital dos interruptores. Tirando o pó das lâmpadas das luminárias. A tarefa me acalma. Quando termino, minha raiva já se dissipou, pelo menos um pouco.

Tiro a roupa de cama e coloco os lençóis novinhos que comprei para a visita de Seth, que até lavei e sequei para alcançar a maciez ideal. Queimo sálvia e palo santo em todos os cômodos – a casa fica com o aroma oficial de Los Angeles. Saio e compro flores frescas para enfeitar a mesa de jantar, além de suprimentos para levarmos para o deserto. Esbanjo com queijos bons, frios, azeitonas e biscoitos de alecrim e erva-doce da minha queijaria favorita. Compro galinhas de caça da Cornualha para assar em vez do peru. Dois tipos de batatas, tomilho fresco, pimenta moída e creme de leite para preparar o famoso gratinado da minha mãe. Uma torta de cranberry com laranja salpicada e partículas reluzentes de açúcar demerara. Ovos, bacon e bolinhos de cenoura para o café da manhã. Uísque, o pinot favorito de Seth e ingredientes para um coquetel especial de Ação de Graças com cranberries e gim. Um cooler grande e dois sacos de gelo para transportar a carga durante a viagem de duas horas.

Compro até me entorpecer o bastante e sentir algo próximo do perdão.

Seth me liga quando estou entrando na garagem.

– Oi – diz. – Desculpa. Fiquei preso em ligações com os clientes a tarde toda. Acabei de chegar no aeroporto. Tudo bem?

Ele parece quase com medo.

Eu me sinto péssima.

– Estou bem. Desculpe ter sido tão dura. Eu só estava decepcionada.

– Tudo bem – diz ele. – Você é uma ótima amiga.

Eu não classificaria meu comportamento como ótimo. Diria que está mais para trauma. Mas não discuto.

– Obrigada.

– Você vai me buscar no aeroporto ou pego um Uber? – pergunta ele.

– É claro que vou te buscar. Não vejo a hora.

Pelo seu tom de voz, sei que ele está sorrindo quando diz:

– Nem eu. Até daqui a pouco. Eu te amo.

– Eu também te amo – digo.

E amo mesmo.

Ainda estou abalada, mas amo.

CAPÍTULO 33
Seth

Normalmente, quando vou encontrar Molly depois de semanas longe, sinto uma euforia tão intensa que fico quase maníaco. Só que hoje senti uma pressão dolorosa atrás dos olhos ao passar pela esteira de bagagens e confrontar a nuvem quente de fumaça de escapamento do lado de fora do aeroporto.

Passei o dia inteiro chateado, desde que Rob apareceu no escritório com a bomba.

O momento não poderia ser pior.

É algo implícito, mas muita coisa depende desta viagem.

Foi ideia de Molly passarmos o Dia de Ação de Graças juntos, só nós dois.

Ela não disse com palavras, mas sei que está testando como seria ser minha família.

E eu quero passar nesse teste.

Sei que é rápido, e que esse é meu padrão antigo e problemático. Mas passei um ano sozinho, superando esse padrão, e não parece ser a mesma coisa. Eu quero essa mulher desde que eu tinha 14 anos.

O convite para o Dia de Ação de Graças parece um complemento daquela vez que ela me convidou para ir ao parque Joshua Tree: o jeitinho de Molly de dizer que me queria da mesma forma que eu a queria.

Passamos muito tempo nestes últimos meses conversando sobre nossos problemas. Meu histórico de ímpeto exagerado, o medo dela de ser abandonada de repente, o que a faz abandonar primeiro. Tenho me esforçado para não dar o salto de tornar isso algo permanente antes que ela esteja pronta, para deixar que o relacionamento respire. E percebo que ela também está se esforçando para não recuar diante do meu amor. Para se permitir confiar que é real e que é dela. Que não vou a lugar nenhum.

Mas a raiva que ela demonstrou com o lance da Dezzie me deixou ansioso. Divórcio é um assunto difícil para ela em qualquer circunstância, e Dezzie é uma das pessoas que ela mais ama. Eu queria poder usar minhas habilidades para salvar ambas.

Mas não posso.

Como sócio do escritório, é meu papel defender as regras éticas e seria um escândalo caso eu viesse a violá-las. Adoro Dezzie e vou dar a ela todo o apoio emocional de que ela precisa, mas não posso ser seu advogado.

Mando minha localização para Molly e ela diz que está a dois minutos do aeroporto. Tento enxergar até a esquina, para ver seu carro chegando.

E lá está ela. Minha garota.

E – graças a Deus – está sorrindo.

Ela desce do carro assim que encontra um lugar para estacionar, corre na minha direção e se joga em meus braços.

Beijo seu cabelo brilhante e cheiroso.

– Oi, amor – digo.

– Oi – responde ela, sussurrando.

Ficamos abraçados alguns segundos a mais do que seria socialmente aceitável em uma situação de vagas concorridas. Estar com ela faz minha dor de cabeça diminuir um pouco.

Ela se afasta e me analisa com atenção.

– Você parece exausto – diz.

– Foi um dia longo. Muito trabalho antes da minha grande aventura na Califórnia.

Ela se abstém de qualquer comentário mordaz sobre esse trabalho não ser para Dezzie, para meu profundo alívio.

– Mas agora vamos ter um descanso gostosinho – diz ela.

Molly beija meu rosto, então pega minha mala e a guarda no carro. Entro do lado do passageiro e ela dirige pelo trânsito sinuoso ao redor do aeroporto.

Ela dirige como se fosse uma forma de arte. Não é agressiva, mas habilidosa – costurando entre as seis faixas com elegância para chegar a uma saída que surge do nada, abrindo espaço para carros que estão prestes a ser cortados sem atrapalhar o fluxo do trânsito, mantendo a conversa enquanto percorre a via sinuosa e íngreme que leva até sua casa.

Sua autoridade atrás do volante é sexy. Não vejo a hora de vê-la dirigindo pelo deserto. Espero que a rota seja bem difícil.

– Lar, doce lar – diz ela, entrando na garagem da casa pequena e branca em estilo espanhol.

A casa é rodeada de arbustos de buganvílias roxas e cactos que brotam da terra como ereções alegres e cobertas de flores.

O ar cheira a jasmim.

É a cara dela. Amo sua casa.

Dentro, a decoração é uma mistura de madeira escura e móveis confortáveis de linho branco. O piso é de lajotas espanholas e os cômodos se comunicam pelos arcos originais da casa, de 1920.

Molly logo sai acendendo velas perfumadas por todas as superfícies, fazendo os cômodos reluzirem.

– Quer fazer um lanche? – pergunta.

– Quero. Estou faminto.

Ela me leva até a cozinha amarela, com armários azul-claros com puxadores de cristal vintage que encontrou no eBay. Prezo muito o cuidado que teve em restaurar a casa e o orgulho com que me conta isso. É mais uma das facetas inesperadas que venho descobrindo desde que passamos a conviver como adultos.

Fico pensando em comprar uma casa antiga e reformar para ela. Em algum lugar com um quintal grande e várias árvores frutíferas. Uma casa só nossa.

– Torrada? – oferece Molly.

Ela pegou meu hábito de comer torradas à meia-noite.

– Sim, por favor.

Ela coloca pão na torradeira – o pão de fermentação natural de que eu gosto, da feira do bairro – e me conduz até o terraço.

Ficamos ali parados, de mãos dadas, observando as luzes brilhantes de Los Angeles. Uma brisa leve sopra e o ar está fresco, mas não gelado. O cheiro da minha torrada chega até nós, respiro fundo e beijo a testa da mulher que pensou em todos os detalhes para a minha visita.

É neste momento que me dou conta de que posso fazer isso: posso me mudar para Los Angeles.

– Nunca me canso dessa vista – digo. – Estava com saudades.

– Faz só três semanas.

– Parece que faz três meses.

Ela aperta minha mão.

Voltamos para dentro e ela passa manteiga comum em uma das fatias e manteiga de amendoim na outra, depois junta as duas em uma bagunça saturada, do jeitinho que eu gosto. Pego o sanduíche, minha marca registrada, e devoro em cima da pia. Fica muito mais gostoso quando é ela quem prepara.

Quando termino, limpo o balcão.

Molly observa com uma expressão de ironia.

– Terminou, inspetor?

– Terminei. Me leva pra cama.

Vamos até o quarto dela – um espaço bonito e feminino com cortinas de veludo branco e uma cama queen-size com uma pilha fofinha de almofadas. Quero me aconchegar imediatamente nas almofadas depois do dia longo de trabalho e da viagem.

Agarro Molly e a puxo até a cama.

– Vem aqui, garota.

Ela me deixa envolvê-la com o meu corpo e apertá-la como se eu fosse um polvo exuberante. Seu corpo pequeno, macio e celestial junto ao meu.

– Obrigado por me receber – digo, com os lábios em seu cabelo.

O que quero dizer com isso é "obrigado por me amar". Obrigado pela honra de me receber em sua vida.

Ela ri.

– É um prazer, Sr. Boas Maneiras.

Ainda não falamos sobre Dezzie. E eu me pergunto se devo tocar no assunto. Mas Molly parece relaxada. Não quero estragar seu humor.

Eu a afogo em mais beijos, dos olhos até o pescoço. Ela solta um gritinho e me empurra.

– Você está me esmagando!

– Não consigo me segurar. Você é muito esmagável.

– Você é muito brega.

Bocejo.

– Estou bem cansado.

São onze da noite em Los Angeles, o que quer dizer que é uma da manhã em Chicago.

– Vai me deixar na mão, Rubenstein?

– Não. Vou tomar um banho no seu belíssimo banheiro. E *aí sim* vou te deixar na mão.

– Vou pegar uma toalha pra você.

Gosto de lavar o cabelo com o xampu de Molly, cujo frasco indica o nome do aroma familiar e inebriante do seu cabelo – *néroli*.

Eu me ensaboo com seu sabonete de eucalipto, que preenche o banheiro com um aroma que lembra tratamentos de spa. O luxo dos produtos de higiene de Molly me faz questionar minha afinidade com marcas de farmácia que anunciam cheiro de "homem".

Saio do banheiro com uma toalha na cintura, liberando a nuvem de vapor aromático para o corredor. Molly está me esperando na cama. Ela agora veste uma camisola branca longa e transparente, que me lembra uma donzela vitoriana virgem prestes a ser corrompida por um fantasma sensual em um sótão à luz de velas.

– Você está com o meu cheiro – comenta ela.

– Eu sei. Mal consigo resistir a mim mesmo.

Ela aponta para a mesa de cabeceira do *meu* lado da cama. (Molly é dogmática quanto a dormir do lado esquerdo, não importa onde estamos.)

– Peguei água e um relaxantezinho, caso você esteja agitado demais pra dormir.

Ela me conhece tão bem.

– Obrigado, minha rainha.

Penduro a toalha em um gancho atrás da porta e me deito na cama nu. Viro de frente para ela e passo o dedo no punho de renda de sua camisola.

– Eu posso ver o que tem embaixo do seu traje de Jane Austen?

– A dama está se sentindo um pouco casta hoje. Você se incomoda?

A ideia desconfortável de que ela ainda pode estar irritada por causa de Dezzie ressurge. Sempre insisto que Molly fale sobre suas ansiedades. É mau exemplo da minha parte não abordar o assunto, ainda que eu esteja com um pouco de medo.

– Tudo bem – respondo. – Mas, Molls?
– Sim?
– Você ainda está chateada? Por eu não poder representar Dezzie?
Ela fica meio tensa.
– Um pouco – admite. – Mas eu entendo. Eu acho.
– Eu faria isso por você sem pensar duas vezes se eu pudesse. Por vocês duas.
– Eu sei. Não quero ser injusta. Acho que é só um lembrete terrível do quanto as coisas podem dar errado. Mesmo com pessoas que eram felizes.

Eu a abraço com mais força. Sei que isso está trazendo à tona tudo o que aconteceu com o pai dela.

– Eu estava pensando que sua vida inteira é lidar com esse tipo de coisa – diz ela. – E disse a mim mesma: tá, talvez esse seja um jeito de o universo me mostrar que seu trabalho é positivo, que não preciso me sentir culpada por ele, que você pode ajudar a minha amiga. Mas aí você disse que não podia, e eu pensei *é claro que não*. Como fui idiota.

Odeio ouvir isso. Minha carreira é uma das poucas coisas que não posso prometer mudar por ela, e me entristece pensar que talvez ela sempre tenha certa insegurança com o que eu faço – que essa pode ser uma tensão com a qual vamos precisar conviver.

– Eu entendo – digo. – Eu queria mais que tudo poder lutar por ela. Não quero parecer egoísta, mas minha sensação é de que esta era uma oportunidade de provar meu valor pra você, e Rob estragou tudo. Mas Dezzie vai encontrar um ótimo advogado… Vamos garantir isso.

Molly se aproxima e me dá um selinho.

– Você não precisa provar seu valor para mim, Seth. Mas tenho minhas questões, e elas não vão desaparecer só porque eu te amo.

Meu Deus, o alívio que sinto ao ouvir essas palavras é enorme.

– Eu também te amo – respondo, sussurrando.

Abraço Molly até que sua respiração se acalme, grato por termos sobrevivido à primeira briga de verdade como casal.

De manhã, acordo antes dela e saio de fininho para correr. (É muito mais difícil no bairro montanhoso onde ela mora, e entendo por que Molly se recusa a sair para correr.) Quando volto, ela já está vestida. Dispensa meu desejo de preparar o café da manhã para ela – quer me levar na sua lanchonete mexicana favorita para nos alimentarmos com *chilaquiles* e *horchatas* para a viagem.

Peço algo para comer seguindo sua recomendação: meio molho mole, meio molho verde, com um ovo de gema mole por cima. O dono a conhece e a chama de *mija*, e de repente quero que a gente fique em Los Angeles em vez de ir para Joshua Tree – amo ver Molly em seu mundo.

Mas, se as coisas acontecerem como eu espero, vou ter o resto da vida para fazer isso.

O caminho até o deserto é plano, claro e quase sem graça de início, mas de repente fica lindo. Da terra marrom brotam milhares de moinhos de vento brancos. A estrada se abre para montanhas escarpadas. Depois de cerca de duas horas, avisto uma árvore de Josué pela primeira vez. Nunca tinha visto uma pessoalmente e, maravilhado, comento com Molly o modo como seus galhos se ramificam em formatos lúdicos, que me lembram livros infantis. Avançamos por uma estrada chamada Rodovia das 29 Palmeiras, passando por uma cidade de terreno escarpado com uma mistura de saloons antigos, lojinhas hipster, centrinhos comerciais e barracos abandonados, então Molly sai da rodovia e avança por uma série de estradas não pavimentadas até um portão com uma placa de madeira que diz: RANCHO JACKRABBIT.

– É aqui – diz.

Ela sai do carro, tira uma chave do bolso de trás da calça e abre o portão para que a gente entre.

Theresa, amiga de Molly, me enviou fotos quando eu estava organizando meus preparativos secretos para o fim de semana, mas ainda fico impressionado com a perfeição do lugar. O quintal é repleto de árvores de Josué e cactos finos que parecem formar teias de aranha. Em frente à casa, há um lindo jardim de pedras com um banco grande o bastante para que dois apaixonados se beijem sob o céu estrelado. Por acaso sei que, se a gente passar uns trezentos metros da entrada, existe um segundo portão, que leva a uma casa de hóspedes. Theresa mantém essa segunda casa fechada durante o inverno, mas me mandou as chaves escondido.

– Qual é o tamanho deste lugar? – pergunto, porque não quero que Molly saiba que já investiguei tudo.

– Quatro hectares – diz ela. – Theresa comprou dois lotes lado a lado por muito pouco e reformou o bangalô da década de 1950. É incrível. Se prepare.

Pegamos nossas malas e abrimos a porta telada da varanda. A casa é baixa e parece ser toda composta de janelas de madeira com vista para as árvores. Do lado de dentro, tudo parece escolhido para aparecer em um artigo de revista de arquitetura sobre o estilo *retrô chic*.

– É incrível mesmo – digo.

– Você vai gostar de saber que tem uma fogueira.

Molly sabe, pelos dias que passamos em Wisconsin, que sou meio piromaníaco.

Descarregamos as iguarias do cooler e as guardamos na geladeira retrô da cozinha. Admiro os pratos de um tom de verde leitoso, que estão empilhados nas prateleiras, e Molly me informa que o nome é "jadeíta" e que são "absurdamente caros". Ela diz com tanta cobiça que faço uma nota mental de encontrar uma coleção de utensílios de jadeíta para ela.

– Pronto para visitar o parque? – pergunta Molly.

– Pronto.

– Ótimo. Calce as botas de trilha. Vou só ligar pra Dezzie rapidinho antes.

Ela entra no quarto e fecha a porta. Ouço sua voz suave através da parede, embora não consiga distinguir as palavras.

– Como ela está? – pergunto quando Molly sai do quarto.

– Um pouco melhor hoje – responde ela. – Conseguiu falar com um dos advogados que você recomendou e marcou uma reunião para segunda-feira.

Graças a Deus. Eu mandei mensagem para os três para ver com antecedência se poderiam encaixar uma reunião, mas o feriado estava tão próximo que só uma – a temida Geneva Bentley – ainda estava no escritório.

– Fico muito feliz – digo.

– Eu também. Pronto?

Dirigimos durante dez minutos até a entrada do parque nacional, e Molly estaciona no início da trilha para o que chama de "uma caminhada para pessoas normais", um circuito plano e curto em meio a rochedos que leva até a Skull Rock. (Uma pedra, ela me informa, prestativa, que parece uma caveira.) Então, para "honrar o meu desejo por um exercício penoso", dirigimos até outra trilha e passamos duas horas subindo e descendo uma montanha.

A trilha é puxada, mas a vista é linda e, na hora de voltar para o carro, estou exultante de tanto ar fresco e endorfina.

– É bom irmos embora antes que comece a escurecer, mas quero te levar para conhecer o meu lugar favorito antes – diz Molly.

– Se é o seu lugar favorito, então é o meu também.

– Você é muito brega mesmo.

– Eu moro no Meio-Oeste. A terra da breguice.

Pelo menos por enquanto.

Passamos por campos de árvores de Josué, e o sol começa a se pôr, deixando as montanhas ao redor arroxeadas.

Molly para em um estacionamento com placas grandes alertando sobre a presença de abelhas. Olho em volta com cautela.

– Molly? – digo.

– Seth?

– É uma pegadinha? Você está tentando me matar?

– Você é alérgico a abelhas?

– Não, mas tenho medo de ataques de abelhas. Como qualquer pessoa sensata.

Ela desconsidera o meu comentário.

– Vale o risco. Confia em mim.

Saímos do carro e andamos em direção à entrada de uma trilha, passando por um labirinto gigantesco de cactos.

– São cactos cholla – explica ela.

As plantas chegam na altura da cintura e sua coloração é em degradê, com raízes marrons que sobem, revelando um tom espetacular de amarelo. De longe, parecem gordas e felpudas, como grandes Muppets, mas de perto os espinhos parecem mortais. Parecem *querer* nos matar.

– Não são lindos? – pergunta Molly.

Ela é linda. O pôr do sol irradia em seu cabelo e deixa sua pele luminosa. Mas o que eu amo de verdade é a serenidade em seu rosto.

Ela está tão feliz.

E eu estou feliz por poder desfrutar da felicidade dela.

Vejo que, por mais que tenha ficado abalada com o que está acontecendo com Dezzie e Rob, isso não a consumiu. Também há espaço para a alegria.

– Então, Molls – digo, obrigando minha voz a sair com uma calma que está bem longe do que estou sentindo de verdade. – Tenho uma surpresa pra você.

– Aaah. O que é?

Estamos caminhando pelos jardins, e a conduzo até um mirante onde não há mais ninguém.

– Marquei umas reuniões para segunda – digo. – Com escritórios de advocacia.

– Ah, é? Sobre o quê?

– Sobre a possibilidade de me candidatar. Para vagas por aqui.

Ela arregala os olhos. E logo percebo que não é de alegria.

– Uau – diz ela. – Uau. Por que não conversou comigo primeiro?

– Porque eu queria que fosse surpresa – digo, com cautela. – Achei que seria... uma boa notícia?

Ela olha para mim com os olhos semicerrados.

– Então você está pensando em se mudar pra cá?

Ela não parece animada – está mais para confusa.

Tudo bem. Posso contornar essa confusão.

Coloco o braço em sua cintura.

– Amor, os últimos cinco meses foram os mais felizes da minha vida. Eu te amo e quero estar com você.

Ela assente devagar.

– Eu também te amo, Seth. Mas é uma mudança muito grande na sua vida só pra estar perto de mim. Tipo, é um compromisso enorme.

– Essa é a ideia – digo, baixinho.

– E a organização sem fins lucrativos?

– Estamos considerando expandir para fora de Chicago. Eu adoraria fazer em Los Angeles algo como o que fazemos por lá.

Ela abre um sorriso meio tenso.

– Tá. Podemos conversar mais sobre isso. Vamos ver como vão ser suas reuniões.

Decido não contar que já fiz algumas entrevistas por Zoom com os dois escritórios onde penso em trabalhar. As reuniões presenciais serão basicamente visitas para ver se as coisas fluem bem e decidir qual dos dois escritórios eu prefiro.

Mas aí ela estende a mão, puxa minha cabeça para baixo com gentileza e me beija.

– Desculpa – diz. – Só estou nervosa. Acho que pode ser ótimo. Imagina! A gente poder se ver todos os dias! Só de ter pensado nisso você é incrível.

Eu sou incrível.

Estou loucamente apaixonado.

– Eu só quero estar com você, Molls. Como você me quiser.

– Eu quero você de todas as maneiras – diz ela. – Vamos para casa cuidar disso.

CAPÍTULO 34
Molly

Estou melhorando em reconhecer meus momentos de autossabotagem. E orgulhosa de mim por me corrigir.

É claro que eu não deveria entrar em pânico com a ideia de Seth procurar opções de emprego em Los Angeles. Não tem nada definitivo, e seria incrível se ele viesse morar aqui. Não podemos ficar em um relacionamento à distância para sempre. Amo nossas maratonas de ligações e as viagens românticas para nos encontrarmos, mas tem sempre um quê de tristeza: estou sempre, sempre com saudade dele. Mesmo quando estamos juntos eu sei que é temporário, e sinto saudade por antecedência.

Eu não deveria deixar a inquietação pela crise de Dezzie estragar o que era para ser um momento lindo.

O que ela disse no telefone sobre o amor é o que minha terapeuta chamaria de "comportamento reativo". Um ponto de vista compreensível considerando o que ela está passando, mas que não devo internalizar.

Ainda assim, acordo às quatro da manhã, hora em que meu corpo costuma remoer as coisas, tão agitada que não consigo voltar a dormir. Em vez disso, permito que minha mente repasse todas as formas como Seth e eu podemos falhar um com o outro, magoar um ao outro, ou sofrer um acidente terrível e morrer. Sei que estou pensando no pior cenário. Mas, para mim, fazer isso é um jeito de me preparar. Um jeito de partir meu próprio coração, antes que outra pessoa faça isso.

De dia, no entanto, consigo aceitar que a ansiedade não é uma realidade. Então seguro a mão de Seth, levo-o até o carro e o beijo de corpo e alma.

Beijar Seth sempre faz com que eu me sinta muito melhor.

– Quer que eu dirija? – pergunta ele.

Acho que ele percebeu que estou com as pernas meio bambas.

– Não. Tudo bem.

Saímos, e acelero pelas estradas desérticas, que estão quase vazias em razão do feriado e da hora. São seis da tarde quando voltamos à cidade, e estou morrendo de fome.

– Aceita dar uma volta no saloon, parceiro? – pergunto.

– Eu seria capaz de comer uma lebre inteira – diz ele.

– Acho que carne de lebre deve ser meio forte e dura.

– Do jeitinho que eu gosto.

Geralmente é difícil conseguir uma mesa no saloon à noite, mas a cidade está calma tão perto do Dia de Ação de Graças, e conseguimos uma assim que chegamos. Pedimos todas as frituras do cardápio – picles, anéis de cebola, asinhas – e hambúrgueres.

Seth se levanta para ir ao banheiro e meus dedos coçam para mandar uma mensagem para Alyssa sobre a possibilidade de ele se mudar para cá. Estou entusiasmada e apavorada, e me sentiria bem melhor se destrinchasse isso com ela. Mas não falo nada. Contar isso a Alyssa desviaria a atenção da crise de Dezzie, o que não parece certo. Além do mais, a mudança não vai acontecer amanhã. Vou ter bastante tempo para explorar meus sentimentos com as minhas amigas.

Sem falar que talvez seja mais saudável se eu fizer isso com Seth.

– Tem um papa-léguas empalhado no banheiro masculino, em cima dos mictórios – diz ele ao voltar. – Me deu a impressão de que ele estava dando uma olhada no meu pinto.

– Bom, tenho certeza de que ele ficou impressionado.

– É. Meu pinto é *bem* maior que o de um papa-léguas.

– Será que temos mesmo que falar sobre o pinto dos papa-léguas? Estou comendo picles fritos.

– Ah, claro. Sobre que tipo de pinto você quer falar?

Abro um sorriso para ele e limpo a maionese de alho da boca com as costas da mão.

– Sobre pinto nenhum, mas sobre o escroto que não me contou que estava pensando em se mudar para Los Angeles.

— Desculpa!

— Estou brincando. Fiquei pensando nisso. Como você acha que vai ser? Você viria morar comigo?

Ele parece *muito* feliz por falar sobre isso.

— Talvez no início? — responde, como se não tivesse pensado na questão, embora eu tenha certeza de que ele preparou uma apresentação de slides sobre essa história toda. — Aí podemos ver como nos sentimos e se precisamos de mais espaço?

— Eu não gostaria de me desfazer da minha casa — vou logo dizendo. Minha casa, no meu nome, é minha segurança. Aprendi isso do pior jeito possível com minha mãe. — Mas talvez eu possa colocar para alugar. E podemos comprar um lugar maior ali perto. Hum, e tem a questão do trânsito. Onde ficam os escritórios que você está considerando?

— No centro.

— Ah, são só vinte minutos se calcular direitinho a saída.

Ele assente.

— É. Eu dei uma pesquisada nisso antes de entrar em contato. Sei qual é sua opinião sobre o lado Oeste.

Eu moro na região Nordeste de Los Angeles desde que me mudei para a Costa Oeste, e a essa altura qualquer lugar a oeste de Silver Lake é como estar na Patagônia para mim.

— Você contou para seus pais? — pergunto.

— Só para o Dave.

— Ele é totalmente contra?

Sei que Dave ainda não confia em mim, mesmo que Seth não admita isso.

— Ele acha que eu tenho que fazer o que me faz feliz. E você me faz incrivelmente feliz.

Incrivelmente feliz. Às vezes eu me sinto tão apaixonada por esse homem que fico até tonta.

Nós vamos conseguir, penso. *Você, Molly Marks, vai conseguir.*

— Você vai ter que fazer outro exame da ordem? — pergunto.

— Vou. Mas sou muito bom em testes, como você bem sabe.

Eu sei. Ele conseguiu a nota máxima nos testes para a universidade. Isso me irrita até hoje.

De repente, fico entusiasmada. Genuinamente feliz pela primeira vez desde a notícia sobre Dezzie.

– Estou muito feliz por você estar pensando nisso – digo.

Seth está no meio de um gole de cerveja, e seus olhos se arregalam por cima do copo. Ele faz uma pausa para respirar e está com um bigode de espuma.

– Mesmo?

– Sim. Quer dizer, não podemos ficar viajando de um lado para o outro assim para sempre. E sei que, teoricamente, é mais fácil eu me mudar para Chicago, já que posso escrever roteiros de qualquer lugar.

– Mas você ama morar aqui. Quanto mais eu vejo você no seu mundo, mais eu entendo que não faria sentido você ir embora. Quero que você esteja em um lugar onde é feliz.

– Talvez a gente consiga convencer Dezzie a se mudar para cá também.

O olhar dele parece tão reluzente e feliz. A sensação que tenho é de que *vamos mesmo fazer isso*.

Terminamos de comer, vamos para casa e fazemos amor.

Depois, Seth acende a fogueira enquanto eu ligo para Dezzie. Ela não atende. Deve estar dormindo.

Uma parte bem egoísta de mim fica feliz por isso. Quero estar ao lado dela, mas não quero minar a beleza desta noite com alguma tristeza. Quero abraçar Seth sob as estrelas.

E é o que faço.

Vamos para a cama cedo e dormimos até o horário exuberante das dez da manhã. Quando abro os olhos, estou nos braços de Seth. Ele não se levantou para correr, o que é estranho.

– Você está aqui – digo, feliz.

Ele me puxa mais para perto.

– Estou.

Ficamos abraçados por um tempo, então ele vai preparar o café da manhã. Dou uma espiada no celular e vejo uma mensagem de Dezzie perguntando se eu posso conversar.

Saio para ligar para ela.

– Oi, querida – digo quando ela atende. – Como você está?

Sua voz sai meio grasnada quando ela me conta que dormiu mal e que sente saudade de Rob, embora o odeie.

– Molls, eu só quero que ele volte. Não é doentio?

– Ah, amiga. Não é doentio. Você ainda ama o Rob.

– Mas eu devia desprezá-lo. Eu *desprezo* o Rob.

– As duas coisas podem ser verdade ao mesmo tempo. É provável que seja assim por um bom tempo.

A mãe dela a chama para que ela vá ajudar na cozinha, e prometo ligar mais tarde.

E essa é a minha deixa para começar a cozinhar também.

Vou até a cozinha, onde Seth me deixou um café, um prato de bacon e um muffin, como um anjo. Enquanto mastigo, penso sobre o que fazer primeiro. Preciso tirar as galinhas da salmoura e recheá-las, preparar as favas, fazer a manteiga de alho, cozinhar o cranberry... Fico uma hora entregue à preparação da comida, cantarolando sozinha, contente.

Na sala, Seth está conversando por FaceTime com a família; estão todos na casa de Dave e Clara. Ouço os garotos gritando pelo telefone lá da cozinha. Sorrio para mim mesma quando Seth ri com eles.

– Esperem – diz ele. – Vou chamar a Molly.

Ele entra na cozinha com a família inteira espiando do celular.

– Feliz Dia de Ação de Graças, Molly! – dizem, em coro.

– Feliz Dia de Ação de Graças pra vocês também!

– Molly não fica linda enfiando fatias de maçã na bunda dessas galinhas? – pergunta Seth.

– Molly ficaria linda enfiando qualquer coisa em qualquer bunda – diz o pai dele.

Dou uma engasgada.

– É uma piada suja? – pergunto para Seth, só mexendo os lábios, sem emitir som.

Ele faz uma expressão de horror.

– Acho que sim – responde, também só mexendo os lábios.

– O vovô disse bunda! – grita Max.

– Que sorte a sua – diz Clara, com ironia.

– Então tá bem, família. Preciso ajudar Molly com as bundas – diz Seth, beliscando a minha. – Estamos com saudade.

– Amamos vocês! – exclama Barb.

Seth desliga, rindo.

– Lá está o puro suco do caos.

– Está arrependido por não ter ido?

– Nem um pouco – responde ele, me abraçando e beijando meu pescoço. – Agora, o que posso fazer para ajudar?

Coloco Seth para descascar e fatiar batatas para o gratinado enquanto ralo o queijo e corto as cebolas. Preparar refeições elaboradas com Seth é sempre uma alegria. Talvez, penso, ao vê-lo semicerrar os olhos tentando cortar as batatas o mais finas possível, eu queira mesmo isso.

O tempo todo.

Definitivamente.

Para sempre.

– Batatas fatiadas, chef – diz Seth, mostrando a tábua com batatas em fatias tão finas que estão praticamente translúcidas.

– Belo trabalho.

– É estranho eu ficar triste por não estarmos preparando ensopado de feijão-verde? Tem certeza de que você não quer ensopado de feijão-verde?

– Eu te disse. Nenhuma comida bege à base de sopa de cogumelos.

Ele solta um suspiro trágico.

– Azar o seu, McMarkson. O que mais eu posso fazer?

– Por enquanto, nada.

– Se importa se eu explorar? Estou um pouco ansioso já que não fui correr.

– Claro, vai lá.

Eu me concentro na montagem das camadas do gratinado, acrescentando bolinhas de manteiga e polvilhando farinha, pimenta, sal, tomilho e parmesão. É uma forma de meditação, e fico satisfeita.

Coloco o gratinado no forno. Era a última coisa que eu precisava adiantar, então decido ligar para minha mãe.

– Olá, filha querida! – diz ela, vibrante, ao telefone. – Estamos recebendo a família do Bruce para almoçar e a casa está cheia agora. Posso te ligar em algumas horas?

– Sua malandrinha! Não me contou que ia conhecer a família dele!

Ela ri.

– Surpresa!

Ela finalmente me apresentou ao namorado quando fui à Flórida para o casamento de Jon e Kevin. Ele é um consultor financeiro de fala mansa e olhos gentis que idolatra minha mãe e me contou sobre todas as últimas vendas dela com tanto orgulho e entusiasmo que até me questionei como ela pôde se apaixonar pelo meu pai.

Olha só para nós duas. As mulheres Marks, em relacionamentos saudáveis com homens que amamos.

– Tudo bem, mãe – digo. – Depois me conta como foi por aí. Amo você.

Assim que desligo, meu pai me liga.

Por essa eu não esperava. Ele não costuma nem mandar mensagem no Dia de Ação de Graças, muito menos ligar. As coisas entre nós estão... educadas, para não dizer um pouco tensas, desde a situação no aeroporto, que temos um acordo tácito de fingir que nunca aconteceu. Quando nos encontramos em Los Angeles falamos principalmente sobre o trabalho – ele não perguntou de Seth, e não perguntei sobre Celeste.

Não tentei abraçá-lo.

Mas ele tinha comentários detalhados sobre o meu roteiro, o que foi uma surpresa, e não consigo deixar de sentir certa satisfação com essa atenção dedicada ao meu trabalho. Pelo visto, foi necessário um roteiro para que eu conseguisse um lugar à mesa quando o assunto é merecer seu respeito. Eu gostaria que o simples fato de ser sua filha me garantisse esse privilégio. Mas ele é quem ele é.

– Oi, pai – digo. – Feliz Dia de Ação de Graças.

– Obrigado, fofinha. Pra você também.

– Como estão as comemorações por aí?

– Velejamos até Key West. Não somos muito fãs de peru.

Não sei se ele está falando de Celeste ou Savannah, então só respondo:

– É, nem eu. Estou preparando galinha de caça da Cornualha.

– Vai servir com o gratinado entupidor de artérias da Kathy?

Respiro fundo ao ouvir a crítica à minha mãe.

– E muito vinho.

Pelo menos na questão do vinho nós concordamos.

– Olha só, fofinha – diz ele. – Eu queria atualizar você a respeito do filme.

Ah. Isso explica por que ele se dignou a me ligar. Se alguém é capaz de surgir com demandas no momento mais grosseiro possível, esse alguém é Roger Marks.

– Espera, vou pegar meu caderno – digo, batendo a farinha das mãos.

– Não precisa – diz ele. – Vou ser breve.

Estou com um mau pressentimento. Ele nunca é rápido quando se trata de sua obra tão alardeada.

– Tudo bem. Diga.

– Scott decidiu seguir um caminho diferente.

Relaxo. São apenas mais revisões. Nada importante. Editar é a parte de que eu mais gosto do trabalho de escrita.

– Sem problemas – digo. – Marcamos uma chamada de vídeo para conversar, ou ele vai mandar os comentários?

– Resumindo, ele achou a sua versão feminina demais. Então pode deixar pra lá.

– Deixar pra lá?

O que se segue é uma pausa bem longa.

– Lion Remnick vai assumir o trabalho agora.

Lion Remnick é um roteirista de filmes de super-heróis, de perseguição de carro e outros tipos em que as coisas explodem com frequência. Ele não é um charlatão. É bom no que faz. É o tipo de pessoa cujo sucesso costumo comparar ao meu, e fico em desvantagem.

Não é nenhum choque que um roteiro mude de mãos no meio do caminho.

Já aconteceu muitas vezes comigo.

Mas este roteiro é para o meu *pai*.

– Espera, a decisão foi do Scott? – pergunto, e minha voz sai trêmula. – Você é produtor executivo. Ele não pode me demitir se você não concordar.

– Eu concordo – responde ele, categórico. – Na verdade, se quer mesmo saber os detalhes, eu tinha minhas reservas desde a versão anterior, e Lion ficou disponível de repente, então...

– Então você chamou outra pessoa pelas minhas costas? Porque eu sou *feminina* demais? Não foi justamente por isso que você me contratou? Para escrever sobre uma mulher que não fosse só uma boneca palito com peitos mal-acabados?

– Olha só, Molly, o cinema é assim. Eu não preciso dizer a *você* que nem sempre as coisas dão certo.

A insinuação por trás dessa fala é clara: faz um tempo que as coisas não dão certo com meus roteiros. Não que ele fosse ficar impressionado com mais uma comédia romântica, mesmo se fizesse sucesso.

– Está falando sério, pai? – grito no celular.

– Você vai receber pelo trabalho feito até aqui de qualquer forma, é claro – diz ele, bem calmo.

Como se a questão fosse o dinheiro.

– Eu não me importo com o dinheiro. Eu me importo com meu pai me *demitir* no Dia de Ação de Graças.

– Não é nada pessoal, Molly – diz ele, com um suspiro sofrido. – Eu preciso fazer o que é melhor para a franquia.

Balanço a cabeça diante do meu próprio reflexo na janela da cozinha, porque preciso que *alguém* se assombre junto comigo frente a essa ofensa.

– Tudo bem, pode não ser pessoal pra você. Mas já parou pra pensar que é pessoal pra mim? Será que você se dá conta de que eu sou um ser humano?

– Podemos conversar sobre isso depois, quando você estiver mais calma.

A sugestão de que estou reagindo irracionalmente faz com que eu queira agir irracionalmente.

Esta conversa ainda não acabou. Estou cansada de ser rejeitada por esse homem. E, pela primeira vez, não quero fazer piada, fugir da conversa ou me entorpecer com calmante e vinho. Talvez seja culpa de Seth – com sua insistência para que eu me comunique. Talvez seja culpa de Rob – estou farta das merdas dos homens. Mas quero expressar minha fúria. Quero que meu pai saiba que não vai se safar tão fácil dessa.

– Não, espera – digo. – Quero te perguntar uma coisa.

Ele solta um suspiro.

– Perguntar o quê?

– Por que você não cuidou de mim?

– Como assim?

– Quando foi embora.

– De onde você tirou isso, Molly?

– Das duas décadas que passei segurando a língua enquanto você me magoava em toda e qualquer oportunidade.

– Não seja dramática – retruca ele. – Sei que o divórcio não foi fácil para nenhum de nós, mas...

– Você me deixou com a mamãe. E *sabia* que ela estava surtando e que mal podia cuidar de si mesma, muito menos da filha de 13 anos. E você *me deixou sozinha* nessa situação.

– Se me lembro bem, você não queria me ver.

– É, eu era uma *criança* e você partiu meu coração. Era responsabilidade sua consertar isso. E você nem tentou uma guarda compartilhada.

Eu não sei nem se já admiti para mim mesma o quanto isso acabou comigo.

– A situação foi muito mais complicada do que isso, como você deve imaginar agora que é adulta – diz ele.

Mas não, eu não imagino. Se tivesse um filho, faria de tudo para lutar por ele. Eu seria capaz de mover montanhas.

– Visitar um filho não é tão complicado assim – digo. – Você me *abandonou. Nunca* me apoiou. Nem com seu filme absurdo.

– Não estou abandonando você. Fizemos um acordo profissional, com todas as incertezas que isso traz, e, se você não é adulta o bastante para lidar com a situação, isso só prova que tomei a decisão certa.

– As "incertezas que isso traz"? Meu Deus, você é um babaca.

– *Chega* – grita meu pai. – Feliz Dia de Ação de Graças, Molly. Vou desligar agora.

A linha fica muda.

Jogo o celular no balcão e mal consigo respirar.

Odeio o meu pai. Odeio muito. Odeio o fato de seu amor ser algo condicional. O fato de ele não dar a mínima para mim. O fato de ele sempre me abandonar.

Mas qual é a surpresa nisso? Eles sempre nos abandonam.

Meu celular começa a vibrar.

O mais inacreditável é que meu primeiro pensamento é que deve ser meu pai, ligando de novo para pedir desculpa, porque desligar na minha cara é brutal, até para ele.

Mas é claro que não é.

É Dezzie.

Não quero atender agora. Quero deitar no chão gelado da cozinha e chorar.

Mas ela precisa de mim, e eu a amo, então atendo.

– Oi, querida – digo, tentando não demonstrar o quanto estou chateada. – Como você está?

– Péssima – responde ela, com a voz rouca.

Percebo que andou bebendo, chorando ou ambos.

– Triste, louca, má.

– Sinto muito – digo. – Almoçou com a sua família?

– Almocei. Eles estão um doce. O que quase faz com que eu me sinta ainda pior. Não quero pena de ninguém.

– Entendo exatamente o que quer dizer – digo, pensando em Seth. Não quero que ele sinta pena de mim pelo que acabou de acontecer com meu pai. Ele já tinha reservas quanto a eu trabalhar com ele. Não suporto pensar em sua expressão quando ele descobrir que tinha razão em se preocupar. Ele vai ficar furioso. Minha ferida está aberta demais para lidar com a raiva dele também.

Já tive emoções suficientes este fim de semana para uma vida inteira.

– Nunca se case, Molly – diz Dezzie, a fala arrastada. – Prometa. Faça um pacto de sangue comigo.

Penso no meu pai, saindo da garagem com seu BMW reluzente, nos abandonando, eu soluçando e minha mãe catatônica. Penso em Rob, comendo uma mulher qualquer enquanto ele e Dezzie tentavam engravidar.

E penso no meu namorado, que defende homens como eles. Meu namorado, que passa todos os dias de sua vida ajudando as pessoas a se voltarem umas contra as outras, a abandonarem suas promessas. Meu namorado, que é perfeito, até que o inevitável aconteça e ele deixe de ser.

Essa realidade faz meu coração martelar no peito. Me faz querer soluçar.

Venho me esforçando tanto para acreditar que o que sinto por Seth não vai me levar a um massacre emocional.

Mas, em um dia como hoje, é bem difícil não enxergar a verdade amarga: *quanto mais você confia, mais tem a perder.*

– Não se preocupe, Dezzie – digo. – Evitar o casamento não vai ser um problema.

– Ótimo. Porque eu não desejo isso pra você. Não desejo pra ninguém.

– Nem eu, amiga.

Ela boceja.

– Bebi vinho demais. Acho que preciso dormir.

– Tudo bem. Vai tirar um cochilo. Te ligo à noite.

CAPÍTULO 35
Seth

Estou me sentindo meio atordoado.

Enquanto Molly cozinhava, fui até o outro portão e abri para a equipe que contratei. Eles estão instalando as luzes no quintal, em silêncio. Preciso distrair Molly até a hora do jantar.

Entro na casa, que está com um cheiro maravilhoso.

– Caramba! – exclamo. – O que quer que você esteja fazendo...

Mas vejo Molly e paro de falar na hora.

Ela está curvada sobre a mesa, bebericando uma taça de vinho e olhando para alguma coisa no celular.

– Ei – digo. – O que aconteceu?

Ela se vira para mim. Parece oca por dentro.

– Nada – diz. – Desculpa. Dezzie ligou e eu me distraí. Ela está péssima.

Isso explicaria por que ela está chateada.

Merda.

Eu me pergunto se não errei ao não repensar minha decisão quando ainda havia tempo. Passou pela minha cabeça que as circunstâncias não fossem ideais, com tudo o que está acontecendo com Dezzie. Mas tivemos um dia tão lindo ontem, e Molly pareceu tão feliz por estarmos juntos, tão animada com a possibilidade da minha mudança, que pareceu bobeira questionar a minha ideia.

De qualquer forma, é tarde demais para mudar qualquer coisa agora. Já tem seis homens na entrada erguendo o cenário que projetei.

E tive uma ideia para animar Molly.

– Sabe – digo –, se você quiser, podemos voltar amanhã cedinho e pegar um voo até Chicago. Talvez você se sinta melhor se estiver com ela. E posso ajudar com a preparação para a reunião com a advogada.

Molly olha para mim com um olhar triste.

– Você faria isso?

– É claro que sim.

– E suas entrevistas segunda?

Dou de ombros.

– Posso remarcar.

Sei que os escritórios querem me contratar, querem muito. Eles vão esperar por mim.

– Uau – diz Molly. – Seria muito legal fazer uma surpresa pra ela. Vamos fazer isso.

– Podemos dar uma olhada nos voos juntos depois do jantar.

Ela sorri, e seu rosto inteiro parece mais iluminado – como se ela de repente tivesse ganhado mais quatro horas de sono.

Relaxo. Meu plano continua de pé.

– O cheirinho aqui está incrível – digo. – Não vejo a hora do nosso banquete.

– Obrigada – responde ela. – Tenho toda a intenção de te levar ao céu com meus dotes culinários.

– Pode me levar ao céu quando quiser, meu amor.

Ela solta um gemido.

– Ei, vi um baralho na sala de jantar – digo. – Quer levar uma surra em uma partida de buraco?

Quero mantê-la ocupada para que Molly não encontre um motivo para ir até o quintal na próxima meia hora.

– Estou um pouco cansada. Não dormi bem essa noite. Você se importa se eu deitar um pouquinho antes de comermos?

Melhor ainda. O quarto fica nos fundos da casa, onde ela não vai ouvir nada do que está acontecendo.

– Não – respondo. – Claro que não.

– Tá. Acabei de colocar as galinhas no forno. Acionei o timer, então você não precisa se preocupar em fazer nada.

– Entendi. Dorme um pouco. Vou colocando a mesa.

305

Mando mensagem para a organizadora do evento para avisar que vamos começar um pouco mais tarde, mas, na verdade, isso é bom, porque me dá um tempo para deixar a mesa bem romântica. Sou grato à minha mãe por ter me obrigado a aprender onde vão todos os garfos. Sou o George Clooney da mesa posta.

Vasculho o aparador e começo a organizar os talheres. Encontro uns castiçais de jadeíta e preparo velas brancas altas para um ambiente perfeito e iluminado. Precisamos de um arranjo de mesa, então pego uma toalha e tesouras da cozinha e saio. Corto uns galhos verdes de um arbusto de flores amarelo-claras, que arrumo em volta dos castiçais.

O efeito é festivo e bonito, e as flores conferem um aroma de terra ao ambiente, como o que fica depois de uma tempestade.

Troco de roupa, para ficar bonito para o jantar, depois ando de um lado para o outro, agitado e ansioso.

Molly dorme mais do que eu esperava, então me ocupo, mandando mensagens de Dia de Ação de Graças para todo mundo que conheço. Quando ela finalmente sai do quarto, está com uma blusa aconchegante e uma maquiagem leve. Vai ficar tão bonita nas fotos.

– Como foi o cochilo? – pergunto.

– Restaurador. E estou morrendo de fome. Você já quer jantar?

– Quero.

– Tá. Só preciso escaldar o feijão. Senta. Vou te servir como uma esposa dedicada.

Esposa. Sinto o prazer percorrer meu corpo. Mando uma mensagem com um aviso de dez minutos, acendo as velas e espero não desmoronar tudo de tão nervoso, denunciando a surpresa.

Molly entra com uma bandeja com duas galinhas douradas rodeadas de galhos de alecrim.

– Ora, Srta. Molly Malone – digo. – Não acredito que estava escondendo sua habilidade com aves todo esse tempo.

– Uma dama precisa ter seus segredos.

Ela traz o restante da comida, e pego a garrafa de pinot que ela abriu e sirvo duas taças. Essa é minha deixa.

É hora de mudar nossas vidas.

Vamos lá.

– Antes de começarmos – digo –, vamos dizer pelo que somos gratos.

Ela sorri.

– Você e suas listas de gratidão.

– Ei! É Dia de Ação de Graças! Se tem um dia em que devemos fazer listas de gratidão...

– Tá bom, tá bom, você começa, então.

– Bom, em primeiro lugar, sou grato pelos aviões, porque eles me levam até você – digo.

Ela revira os olhos, mas está sorrindo.

– Muito criativo.

– Gratidão não é uma tarefa de escrita criativa. É uma prática de atenção plena.

Molly assente, como quem diz *tá bom, tá bom*.

– Posso continuar?

– Por favor.

– Sou grato pelas máscaras N95 por nos manterem seguros quando pegamos um voo para nos encontrar. Sou grato pelas milhas, que nos ajudam a não falir com as viagens. Sou grato pelas camas, perfeitas pra...

– Tá bom, Don Juan. Você é grato pelo sexo e pelas viagens.

– Sexo e viagens com *você* – esclareço.

– Terminou? – pergunta ela.

– Estou só começando.

– Ah, é claro.

– Sou grato pelo serviço nacional de parques – digo. – Por me proporcionar uma aventura com a minha garota. Sou grato pelos cactos cholla, que fazem os olhos dela brilharem como os de uma criança. Sou grato pelo sauvignon blanc, porque ele faz você dançar comigo, embora, sendo sincero, você seja uma péssima dançarina.

– Você está tirando sarro de mim? No seu momento de gratidão? – pergunta ela tentando esconder um sorriso.

– Só um pouquinho. Pra te manter humilde.

– Já chegou a minha vez?

– Não. Sou grato pelos chalés em cidades pequenas, onde passei alguns dos melhores dias da minha vida. Por reencontros de turmas da escola, por me darem uma segunda chance com você. Por todos os relacionamentos errados que me fizeram perceber que este é o certo.

Minha voz falha um pouco. Estou ficando emotivo, mas estou determinado a fazer o discurso sem chorar.

O rosto de Molly fica tenso. Ela está me olhando com muita atenção.

– Seth – diz –, eu te amo, mas a comida está esfriando. Vamos comer?

Mas agora já mergulhei de cabeça. Não conseguiria parar nem se eu quisesse.

E não quero. Só quero Molly.

Respiro fundo.

– Sou grato por todos os anos que passamos separados, porque nos ajudaram a nos tornar pessoas que poderiam ficar juntas.

À distância, ouço a música começando, bem na hora. Ela também ouve e se vira para mim com uma expressão horrível.

– Tá – diz. – O que está acontecendo? Sério.

Tem algo estranho em seu olhar. Como se ela soubesse exatamente o que está acontecendo e estivesse analisando as possibilidades de fazer tudo parar, frenética.

Meu estômago se revira. Nunca rezei com tanto afinco quanto neste momento, torcendo para que tudo acabe bem.

– Acho que está vindo lá de fora – digo, minha voz muito mais calma do que estou me sentindo. – Vamos dar uma olhada.

Molly fica plantada onde está.

– O que você está fazendo, Seth?

– Vamos – digo, forçando um sorriso e pegando sua mão. – Quero te mostrar uma coisa.

Ela não se mexe. A expressão de seu olhar é selvagem, como se ela fosse um animal encurralado.

– Amor – digo. – Confia em mim. Vamos.

Ela me deixa guiá-la pela sala de estar até a varanda. No quintal, em uma clareira entre as árvores de Josué e ocotillos, um quarteto de cordas está sentado em frente a uma tela de três metros de altura com a projeção de um céu estrelado. Ao surgirmos, eles começam a tocar "I Found a Love", de Etta James.

É uma das nossas músicas. Que ouvíamos sem parar no meu chalé na primeira semana que passamos juntos.

Luzes que eu trouxe de Los Angeles se acendem ao nosso redor, projetando raios em direção ao céu.

Molly leva a mão à boca. Seus olhos se enchem de lágrimas. Na escuridão, não consigo dizer se são lágrimas de felicidade. Tudo o que vejo é o brilho.

Procuro no bolso o anel que comprei para ela na Roman & Roman. É um aglomerado de diamantes da era georgiana formando uma flor sobre uma faixa delicada de ouro. O anel me faz lembrar os pingentes dos muitos colares que ela sempre usa.

– Amor – digo, a voz entrecortada. – Sou muito grato por poder compartilhar este feriado com você. Pela chance de começar novas tradições juntos. E pela oportunidade de honrar as antigas. Como esta.

Ajoelho.

Neste momento, as luzes começam a mudar de cor, projetando um redemoinho de raios no céu. Atrás dos músicos, o projetor se ilumina com imagens de fogos de artifício. (Eles são proibidos no parque; esse foi o melhor que pude fazer.)

– Molly Marks – digo. – Sou muito grato por ter encontrado a minha alma gêmea. Quer casar comigo?

A música sobe e lágrimas escorrem pelo rosto de Molly.

Estendo a mão para pegar a dela. Está mole, e úmida.

Ela afasta a mão da minha.

Paro, o anel no ar.

Ela toca o rosto com as mãos, como se estivesse protegendo os dedos de mim.

Seus olhos estão arregalados e concentrados atrás de mim, nas luzes.

Meu corpo está ficando gelado, porque sei que isso não é nada bom, não é feliz, não é como um momento desses deve ser. Mas ainda estou com o sorriso idiota nos lábios, e as luzes estúpidas continuam enlouquecidas, e a pergunta para a qual eu achava que sabia qual seria a resposta continua em meus olhos.

– Para de olhar pra mim – diz ela. Ouço angústia em sua voz. – Por favor, não me peça isso. Eu não posso. Não posso.

Ela vira e corre para dentro.

CAPÍTULO 36
Molly

A música para de repente, mas a casa está iluminada de um jeito meio sinistro por causa das luzes do lado de fora.

Parece uma operação do FBI.

Seth entra logo atrás de mim. Continua com o anel na mão, segurando com tanta força que torço que não rasgue a pele dele.

Tudo o que eu queria agora era um botão de voltar. Algum jeito de mostrar a ele, cinco minutos atrás, que ele não deveria fazer a pergunta que acabou de fazer.

Algum jeito de não estar vivendo em uma realidade na qual tudo o que posso fazer é magoar o homem que mais quero proteger.

Mas não posso ajudá-lo, porque meu coração está trovejando com uma única palavra: *não*.

Não. Ela lateja em minhas têmporas, em meu peito, enorme, absoluta, dura e tão natural para mim quanto um órgão do meu corpo.

– Molly? – chama Seth, com a voz rouca.

Balanço a cabeça. Lágrimas escorrem em meu rosto.

Quando as pessoas usam esse tom de voz com você, e a culpa é sua, e você não pode fazer nada, não tem volta.

– Por favor – digo, me afastando.

Seth para. Parece que ele vai cair. Ele apoia uma das mãos em uma estante.

– Tudo bem, Molls – diz ele, com uma voz que deixa muito claro que não está tudo bem, nunca vai estar tudo bem. – Eu entendo.

Mas isso não importa porque o *não* está se tornando ainda maior, me envolvendo como se fosse um saco de dormir e eu estivesse presa dentro dele, sufocando.

Preciso que Seth me abrace, me acalme, faça essa sensação ir embora.

Mas ele não pode. Ele é o motivo pelo qual não consigo respirar.

Eu me agacho, ofegante.

Merda.

Merda, merda, merda.

Seth corre até mim, se ajoelha e coloca as mãos em meus ombros com firmeza.

– Molls – diz, há urgência em sua voz. – Olha pra mim.

Seus olhos estão cheios de bondade.

Meu Deus, eu não mereço esse homem. Nunca mereci.

– Amor, não precisa entrar em pânico. Está tudo bem.

Balanço a cabeça, incapaz de pronunciar uma palavra.

– Você está fazendo aquilo – diz ele, com a voz calma. – Aquilo de fugir. E não precisa. Está segura comigo.

Mas ele está tirando a conclusão errada. Está achando que não sei o que está causando este ataque de pânico. Que, quando eu conseguir enxergar o padrão, vou me acalmar.

Ele está pensando que eu cresci. Que consigo acreditar no que ele diz sobre estar segura.

Mas não consigo. Meu coração parece ainda ter 13 anos, e eu não consigo.

– Eu estou mesmo – digo, em meio às lágrimas. – Você me conhece tão bem.

Ele solta uma risada entrecortada.

– É. Conheço. E é por isso que...

Eu o interrompo.

– E, se me conhece tão bem, deveria saber que eu faria isso. É como eu sou.

– Molly, isso não é verdade...

Só que é verdade. Não existe um futuro concebível em que a resposta para essa pergunta não seja "não". Eu tinha medo de que ele me deixasse por eu ser cínica demais ou cruel demais para ele, mas a verdade é que eu é que vou deixá-lo, *eu*, porque o amo demais para um dia não ter esse medo.

– Para, por favor – digo. – Por favor. Não vamos mais arrastar isso.

– Não fala assim comigo – diz ele, brusco, como se as palavras fossem arrancadas de sua alma. – Podemos esperar o tempo que você precisar. Caramba, Molly, desculpa. Eu calculei mal, agora vejo isso, eu entendo, mas você não precisa responder neste momento.

– Eu respondi. – Seu rosto se contrai. Vejo que ele está começando a acreditar que é verdade. – Vamos fazer de conta que acabou quinze minutos atrás, quando tudo estava bem – digo, baixinho.

Pela expressão em seu rosto, parece que eu o esfaqueei e agora ele está segurando o ferimento, se recusando a acreditar no sangue que escorre entre seus dedos.

– *Acabou*? Você quer dizer, *nós*?

– É. Nunca vou ser o seu final feliz e não quero viver ao som do tique-taque de uma bomba-relógio. Então vamos pausar na parte em que tudo estava perfeito.

O último traço de gentileza desaparece de seu rosto.

– Não estamos em uma comédia romântica, Molly.

– Não. Você tem razão. Estamos em Joshua Tree, no Dia de Ação de Graças. E sou grata, independentemente de como tenha acabado, pelo tempo que passamos juntos.

Acho que consegui elaborar a frase certa. O tipo de coisa que ele diria.

Mas seu rosto se contorce de dor, e me dou conta de que ele interpretou minha sinceridade como zombaria.

– Certo – diz ele. – Que lindo. Obrigado por isso.

CAPÍTULO 37

Seth

Molly Marks disse certa vez, depois da primeira noite que passamos juntos, que eu sempre a amaria mais que ela a mim.

Acho que ela tinha razão.

Eu me afasto dela e corro até a porta. O vento gelado do deserto atinge meu rosto e faz as lágrimas escorrerem pelos meus cílios, ardendo, enquanto vou cambaleando até o quintal.

Odeio o fato de que estou chorando. Não que seja alguma vergonha – sou um chorão –, mas porque achei que estaria chorando de alegria neste momento. Acreditei que Molly estaria em meus braços, secando as lágrimas em meu rosto e tirando sarro de mim por ser tão emotivo.

O quarteto de cordas continua ali, os instrumentos a postos, esperando por um sinal, como se pudéssemos começar tudo outra vez.

Dou uma gorjeta e digo que podem juntar tudo.

O olhar arrasado deles é humilhante.

Dou a volta na casa, indo até a fogueira, e procuro o celular no bolso. Preciso conversar com alguém.

Ligo para Dave.

Chama algumas vezes e cai na caixa postal. Claro. Já está tarde na Costa Leste, e ele deve estar dando banho nos filhos ou arrumando a cozinha com a esposa, que o ama. Um fenômeno que é cada vez mais improvável que eu venha a experimentar.

Não deixo uma mensagem porque Molly enraizou em mim que mensagens de voz são irritantes.

E devem ser ainda piores quando a pessoa que as deixa está chorando.

Acho que vou passar a noite sentado aqui, com a garganta doendo e o vento jogando a fumaça em meus olhos, sozinho.

Mas nesse momento meu celular vibra.

Nunca pensei que pudesse ficar tão feliz de ver o nome do meu irmão.

– Oi – digo.

– E aí? – responde ele, animado. – Como foi?

Perco totalmente a compostura ao ouvir o tom de sua voz.

– Dave – digo, soluçando.

– Meu Deus – vocifera Dave. – O que aconteceu?

– Ela disse não. E terminou com tudo.

Cerro os punhos, esperando Dave dizer que Molly não me merece, ou que ele sabia que ela faria isso, ou que vai acabar com ela.

Mas tudo o que ele diz é:

– Quando você consegue chegar em Nashville?

A ideia de estar lá com ele e minha família é como se alguém acendesse uma árvore de Natal em uma sala escura, fazendo-a brilhar.

É isso. É disso que eu preciso.

– Acho que consigo chegar amanhã à noite – respondo.

– Compra passagem. Agora mesmo.

Ele é curto e grosso, como sempre, e isso me consola. A confiança imponente de um irmão mais velho que sabe exatamente o que fazer.

– Tá – digo.

– Ei, Seth?

– O quê?

– Você vai superar isso. Nunca vai doer tanto quanto está doendo agora.

A gentileza dele me faz desabar.

– Eu amo tanto a Molly, Dave – digo, soluçando.

– Eu sei, cara. Eu sei.

– O que eu faço?

– Chora tudo o que você tem pra chorar. Bebe água e vai dormir. Me passa os detalhes do voo por mensagem que eu vou te buscar.

Concordo com a cabeça. Isso tudo é razoável. São coisas que eu posso fazer.

– Você vai contar para a mãe e o pai? – pergunto.

– Você prefere que eu conte?

Eu com certeza não quero fazer isso. Eles amam a Molly. Vão ficar arrasados. E depois vão ficar furiosos com ela. E, por algum motivo, não suporto pensar nisso.

– Sim, por favor – digo.

– Então eu vou contar.

– Tá bem.

Há uma pausa.

– Você não merece isso, cara – diz Dave.

Lágrimas escorrem pelo meu rosto. A questão não é o que eu mereço, ou o que Molly merece, mas é bom ouvir as palavras do meu irmão.

– Tá. Vou desligar agora.

– Descansa um pouco. Nos vemos amanhã.

Fecho os olhos e respiro fundo. Eu me imagino sentado em uma banqueta no balcão da cozinha de Dave, os garotos gritando por causa do LEGO, comendo o ensopado de feijão-verde que sobrou do jantar. É algo a que posso me agarrar. Só preciso segurar as pontas até chegar lá.

E quer saber?

Eu vou conseguir.

Não vou ficar sentado, tremendo. Vou agir como um adulto funcional e ver se fazendo isso me sinto como um.

Entro pela cozinha. Está uma bagunça. O que é bom.

Se tem uma coisa que sei fazer no piloto automático é limpar.

Arregaço as mangas e me jogo no consolo que é ensaboar e esfregar.

Levo quarenta e cinco minutos para limpar tudo, e Molly não aparece.

Quando entro na sala de jantar para começar a tirar a mesa, ela está sentada ali, jogada em uma cadeira, os olhos fechados.

– Está acordada? – pergunto.

– Estou – responde ela.

– Você quer comer? Ou posso guardar tudo?

Ela continua sem olhar diretamente para mim. Só dá de ombros.

– Joga fora.

– Não vou jogar fora um jantar inteiro de Dia de Ação de Graças.

– Tá bom – diz ela.

Molly se levanta e vira para mim. Ela está péssima.

Meu impulso é abraçá-la. Apesar de tudo que aconteceu.

Mas não faço isso.

Fico observando Molly pegar um garfo e enfiá-lo no gratinado, apática. Ela come duas garfadas de batata com queijo e engole como se fosse vomitar. Então, enfia os dedos no peito de uma das galinhas de caça da Cornualha, arranca um pouco de carne, mergulha no molho de cranberry e come. Pega uma única vagem da tigela e também se obriga a engoli-la.

– Pronto – diz. – Faça o que quiser com o resto.

A cena me irrita.

– Por que você está agindo como uma criança?

– Porque eu sou uma – diz ela, inexpressiva. – Sou uma pessoa com o emocional atrofiado. É o que eu venho tentando te explicar.

Não discuto com ela. Não tenho energia para isso. Em vez de discutir, limpo a mesa. Embalo as sobras e guardo na geladeira. Talvez eu coma mais tarde se a vontade de vomitar passar.

Molly entra na cozinha. Está mancando, como se estivesse com dor.

Fico feliz por não ser o único que está sentindo uma dor física.

– Desculpa – diz, sem esclarecer pelo que está se desculpando.

Por ter terminado comigo? Por ter comido com as mãos daquele jeito?

– É.

É tudo o que consigo responder a ela.

– Obrigada por limpar tudo.

– Bom, você cozinhou.

Ela cruza os braços e se abraça.

– Vou dormir.

São sete da noite, mas não questiono.

– Vamos embora assim que amanhecer – diz ela.

– É – repito.

Já estou apreensivo com a viagem de duas horas de volta a Los Angeles.

– Vou comprar uma passagem para Nashville – digo. – Você ainda quer que eu veja uma passagem para Chicago para você?

Molly faz que não com a cabeça.

– Eu vou dar um jeito.

– Tá bem. Vou dormir naquele outro quarto. Boa noite.

– Boa noite – diz ela.

Pego a garrafa de vinho tinto e levo para o menor dos dois quartos.

O quarto tem dois beliches, o que me parece bem humilhante, portanto adequado à situação.

Tomo um analgésico com o vinho, estremecendo de dó dos meus rins, e desmaio tão rápido que acordo com o celular sem bateria no peito, morto de fome e sem fazer a menor ideia de onde estou, às cinco da manhã.

Acordo assustado, atordoado. Meus olhos estão ardidos por ter chorado.

Que se dane tudo isso. Que se dane mesmo tudo isso.

Ataco a geladeira, ainda com a roupa da noite anterior. Como um pouco do jantar de Dia de Ação de Graças gelado, no escuro, direto das travessas, e depois jogo o que sobrou no lixo. Nem me dou ao trabalho de passar um café; estou bem desperto de tanto desespero.

Tomo um banho. Quando saio, Molly já acordou e está sentada no sofá com as pernas dobradas embaixo de si. Está mais pálida e abatida do que nunca. Acho que não dormiu.

Sua mala está ao lado da porta.

– Podemos ir quando você estiver pronto – diz ela.

– Vou só pegar as minhas coisas.

Volto para o quarto minúsculo para trocar de roupa e me dou conta de que deixei o anel em cima da mesinha, ao lado da minha blusa.

Não quero nem encostar nele, mas não posso deixá-lo no quarto de uma pessoa qualquer em Joshua Tree. Jogo o anel dentro da mala, enfio o resto das coisas lá dentro e volto para a sala.

Molly já está do lado de fora, guardando as coisas no carro.

– Pegou tudo? – pergunta quando eu coloco minha mala ao lado do cooler.

– Peguei. Meu voo sai do LAX meio-dia e meia. Pode me deixar no aeroporto no caminho?

Ela assente.

Voltamos em um silêncio absoluto.

No aeroporto, ela não desce do carro para se despedir.

Só olha para mim, os olhos vermelhos, quando saio para a calçada.

– Tchau, Seth – diz, como se dizer essas duas palavras lhe custasse tudo o que tem.

– Tchau.

Enquanto a palavra sai da minha boca, me dou conta de que esta talvez seja a última vez que a vejo. Então me aproximo e beijo seu rosto pela última vez.

– Você ganhou a aposta – digo em seu ouvido. – Romances são mesmo uma besteira.

Molly começa a chorar.

Não me importo.

Pego minhas malas e me afasto. Olho por cima do ombro ao chegar à porta do terminal.

O carro dela já desapareceu.

PARTE OITO

Dezembro de 2021

CAPÍTULO 38
Molly

Sempre considerei a escrita uma transação comercial. Não escrevo um diário. Não despejo minha alma em romances autobiográficos, nem escrevo ensaios pessoais para processar minha vida através das lentes de, sei lá, borboletas migratórias ou cidades-fantasma no Texas. Escrevo roteiros bobos por dinheiro. E é isso.

Então é estranho que, no momento em que fui demitida, terminei com meu namorado e tudo o que tenho é tempo para me dedicar à minha carreira fracassada, meu maior impulso seja escrever algo que não está à venda.

É uma fantasia especulativa que se passa em um mundo estranhamente parecido com o nosso. O título é *Mais sorte na próxima*.

Você vai reconhecer a história. Ex-namorados, um advogado de divórcio que é um romântico incurável e uma roteirista de comédias românticas que não acredita no amor, fazem uma aposta no reencontro do colégio: quem conseguir prever com mais precisão o resultado de cinco relacionamentos antes do reencontro de vinte anos vai ter que admitir que o outro é que tem razão a respeito de almas gêmeas.

Talvez seja a coisa mais comercial que já escrevi – o roteiro popular que minha agente me enche o saco há anos para produzir. Mas que não mandei para ela.

Estou escrevendo esse roteiro para mim.

Em uma comédia romântica, este seria o momento fundo do poço, em que sou obrigada a olhar para mim mesma para entender meus defeitos, então crescer e me tornar a parceira que Seth merece.

Mas não acho que seja o que está acontecendo. Entender meus defeitos nunca foi o problema.

É a parte de crescer que eu não consigo resolver.

Entrei em pânico quando Seth me pediu em casamento, o que era previsível. Foi um ato impensado, o que era previsível.

Não fossem o choque com o divórcio de Dezzie e a dor pela indiferença do meu pai, talvez eu tivesse aceitado.

Mas não teria importado.

Aceitar o pedido não mudaria o fato de que o pavor em relação ao amor está enterrado em mim como uma mina terrestre, que acabaria explodindo. Quanto mais perto você está do raio da explosão, mais provável é que seja atingido pelos estilhaços. Às vezes, o coração de Seth parecia tão perto que ainda o imagino batendo dentro de mim. Aquele tamborilar baixinho, seguro, suave.

Talvez tenha sido uma bênção eu ter levado apenas cinco meses para destruir tudo. Se nosso relacionamento tivesse durado mais, será que as consequências seriam suportáveis? Porque hoje sinto uma perda do tipo acordar-no-meio-da-noite-e-não-conseguir-respirar. Uma dor de chorar-no-chuveiro, depois soluçar-no-carro, então choramingar-no-mercado que parece piorar a cada dia. Estou de luto por Seth Rubenstein. E pela mulher que, por alguns meses, acreditou que tinha se curado o suficiente para confiar em si mesma e ficar com ele.

Então, como um presente para mim mesma, estou escrevendo a história *dessa* mulher. O final feliz que eu queria na vida real.

Recebo uma mensagem e, como sempre faço quando meu celular vibra, torço para que seja Seth, e me dou conta de que não vai ser, e aí me odeio por ainda ter esse impulso, aí não quero nem ver a mensagem. Não fosse o desejo de apoiar Dezzie, talvez eu silenciasse o celular para sempre.

É Alyssa.

Alyssa: Verificação diária

Esse é seu novo ritual para se certificar de que ainda estou viva.

Molly: Bem. Respirando. Pode seguir com o seu dia

Alyssa: Relatório de estatísticas

Obediente, digito a prova de que estou cumprindo as operações básicas.

Molly: Dormi 5 horas
Molly: Comi
Molly: Passei protetor solar, então ganho créditos
Alyssa: 5 horas não é tempo de sono suficiente!
Alyssa: Comeu o quê?
Molly: Froot loops
Alyssa: Cereal não conta. Pelo menos faça AS!!

(Ela está se referindo À Salada.)

Molly: Pare de se preocupar, estou bem
Alyssa: Não está. LIGA PRO SETH

Não tem um dia sequer que ela não exija que eu ligue para Seth, em letras maiúsculas.

"Vai se sentir melhor se vocês esclarecerem as coisas", diz ela. "Vocês se amavam demais pra permitir que tudo termine assim."

"Amavam" é incorreto. O que eu sinto por Seth nunca vai estar no passado.

Sei que Alyssa tem razão. Eu devo a ele mais do que silêncio.

Mas não consigo me convencer a ligar. Tenho muito medo do que ele vai dizer.

"Uma ferida aberta não pode sarar", diz Alyssa, como se fosse médica, não contadora.

Mas eu não quero sarar. Não quero abrir mão da dor. Minha desolação é tudo o que me restou de Seth.

Daí surgiu o roteiro. É meu jeito de mantê-lo comigo. De imortalizar meu amor pela pessoa que não suporto manter ou perder.

Estou prestes a começar o terceiro ato: o momento em uma comédia romântica em que um dos dois, embora tenha se frustrado com o desejo pelo outro em razão dos vários obstáculos dos últimos setenta minutos, decide tentar uma última vez.

A cena começa em um casamento em Bali. (É um filme, afinal de contas; então tomei certa liberdade criativa com os cenários.) Nossos amantes, Cole e Nina, se encontram durante os brindes. Até o momento, apesar de alguns "quases", a antiga chama não teve a oportunidade de voltar a queimar. Eles estavam em outros relacionamentos, lamentando pelo fim de outros relacionamentos, com raiva um do outro, ou negando a atração que sentem um pelo outro. Agora, finalmente, os dois estão solteiros. E, nesta noite, não conseguem tirar os olhos um do outro.

Cole a convida para dançar "Can't Help Falling in Love". (Nas minhas fantasias, nosso filme tem orçamento suficiente para usar músicas do Elvis. Além disso, consigo dançar sem cair.)

É eletrizante. Nina se derrete quando Cole sussurra em seu ouvido as palavras que mudam tudo: *Estou caidinho por você.*

Eles vão embora da festa juntos. E desta vez é o momento certo.

Ela está mais relaxada, pronta para abrir o coração para ele. Ele não está mais se importando, está pronto para arriscar tudo e tentar fazê-la ver que é sua alma gêmea.

Eles fogem por uma semana para uma linda casa na costa do Maine. (Que tem falésias, então é um pouco mais cinematográfica que o Lago Geneva, Wisconsin que me perdoe.)

Vemos uma montagem de Cole e Nina se apaixonando: caminhando de mãos dadas pelas falésias, procurando baleias. Fazendo um sexo preguiçoso em um dia chuvoso enquanto "I Found a Love", de Etta James, toca ao fundo. Cantarolando canções de ninar antes de dormir.

Cole pede Nina em casamento. *O amor pode não ser perfeito*, diz. *Mas de uma coisa eu sei: nós somos perfeitos um para o outro. Você é a minha alma gêmea.*

Acho que você sabe o que ela diz nesse momento. A fala se escreve praticamente sozinha: *Eu não acredito em almas gêmeas.*

Ela está com muito medo.

Ela vai embora.

Ela parte o coração dele.

Então, passamos para o ponto de vista dela, uma semana depois.

Como eu, ela está sozinha, e está péssima.

Como eu, não consegue parar de pensar na pessoa que abandonou.

Como eu, sabe que foi um erro.

Mas, ao contrário de mim, ela está em uma comédia romântica.

Então decide ser corajosa.

Quando termino, estou chorando.

Eu queria ser Nina.

Queria que Seth fosse Cole.

Queria que nosso final pudesse ser como este: comovente, redentor e lindo.

Sinto uma emoção avassaladora ao escrever "FIM".

Quero que Seth leia.

Ele ama meus filmes – provavelmente mais que qualquer outra pessoa no planeta. Sei que, se ainda estivéssemos juntos, ele adoraria a ideia de transformar nossa história em um filme. Ele valorizaria esse artefato do nosso amor. Assistiria sem parar. Decoraria todas as falas. Esfregaria na minha cara que foi ele quem escreveu as melhores.

Meu celular toca – é minha mãe. Vou para a Flórida amanhã de manhã. Ela deve estar querendo confirmar pela terceira vez o horário em que deve me buscar no aeroporto.

– Oi – digo.

– Oooooooi, minha Molly Malolly – diz ela, vibrando.

Faz muito tempo que ela não me chama assim. É seu apelido especial para mim, e é muito parecido com os nomes bobos que Seth usa, e estou com tanta saudade dele, tão decepcionada comigo mesma, tão exausta de ter passado o último mês acordando às quatro da manhã e tão abalada com o que acabei de escrever que caio no choro, e é daquele tipo de choro feio.

– Molly! – exclama minha mãe. – Querida, ah, não! O que foi, minha garotinha?

– É o Seth – resmungo. – Estou com muita, muita saudade do Seth.

– Ah, amorzinho – diz ela. – Eu queria estar com você pra te dar um abraço daqueles. Mas você logo vai estar aqui e vou cuidar muito bem de você. Nós vamos ter um Natal maravilhoso e tudo vai ficar bem.

– Eu sei – respondo, quase sufocando. Mas não consigo parar de chorar. – Eu estraguei tudo, mãe. Sou igualzinha ao meu pai.

Ouço minha mãe respirar fundo.

– Não. Você *não* é. Como pode dizer uma coisa dessas?

– Eu não sei amar.

– Minha querida – diz ela, com muita autoridade. – Isso não é verdade. Se tem alguém no planeta que sabe disso, esse alguém sou eu.

– Mãe, eu abandono as pessoas, como ele. Eu jogo as pessoas fora.

– Molly, escuta. Seu pai deixa as pessoas porque não é capaz de amar o suficiente. Você deixou Seth porque o ama muito. Você é o *oposto* do seu pai.

– Eu parti o coração dele – digo, ainda sufocada.

– E o seu também. E, meu amor, sei que está com medo, mas acredito mesmo, de verdade, que você deveria dizer a ele como está se sentindo.

– Não acho que é uma boa ideia.

– Se eu me lembro bem, você também não achava que era boa ideia quando terminou com ele na época da escola.

Isso faz com que eu me sinta ainda pior. Odeio pensar naquela época. Passei meses acordando no meio da noite, morrendo de vontade de ligar para ele. Comecei a beber a ponto de desmaiar só para pegar no sono. Perdi a virgindade com um instrutor de esqui de 24 anos e depois dormi com vários homens mais velhos, achando que fosse aliviar minha dor. Não aliviou. O estresse era tão intenso que meu cabelo caía aos tufos e parei de menstruar.

– E aí passou uns dois anos arrependida, com saudade dele – continua minha mãe. – Me ligava toda semana, soluçando, se recusando a tentar fazer as pazes com ele. E você sabia que ele estava sofrendo, porque todos os seus amigos diziam isso, mas não conseguia se convencer a admitir que tinha ficado com medo e cometido um erro. Sendo que podia ter simplesmente conversado com ele e consertado tudo. E eu me sinto muito culpada por isso, Molly – diz ela, baixinho. – Porque eu mesma não estava bem na época. Estava muito pessimista com tudo o que envolvia relacionamentos e subestimei o que você sentia, considerei uma paixão adolescente. Eu gostaria de poder ter ajudado mais. Acho que teria incentivado você a tentar de novo.

– Mãe! – digo, em tom de protesto, a voz rouca. – A gente tinha 18 anos. É claro que terminamos. Eu ficaria triste de qualquer forma. Não é culpa sua.

– Pode ser – diz ela. – Mas quer saber? Acho que vocês continuaram um pouco apaixonados um pelo outro durante todos esses anos. E por isso o sentimento foi tão forte dessa vez. Na verdade, acho que ele foi o único garoto que você amou *na vida*.

Perco completamente o controle.

Minha mãe murmura no telefone, como se estivesse acalmando um bebê, e fico só ouvindo e chorando. Quando já estou exausta, ela diz:

– Docinho, liga pra ele. O pior que pode acontecer é você estar certa e ele não querer saber de você, e você vai continuar tão triste quanto já está.

– Vou pensar – digo. – Desculpa por estar tão perdida.

– Pode ficar perdida o quanto quiser. Sou sua mãe. E, Molls? Amar você sempre foi a maior honra da minha vida. Desculpa por não estar presente quando você precisou.

Suas palavras me provocam um arrepio na espinha. Porque é assim que me sinto, por ser a pessoa a quem Seth Rubenstein amou. Honrada. E foi uma honra amá-lo da mesma maneira profunda, eterna, desesperada, de ficar com as pernas bambas, como ele sempre me amou.

E quando amamos alguém dessa forma – quando *somos* amados assim de volta – temos uma responsabilidade com a pessoa. O relacionamento pode acabar, mas isso não quer dizer que a conexão se rompa do nada.

Venho dizendo a mim mesma que não mereço que Seth me aceite de volta. E não mereço. Mas isso deixa de lado o principal.

Preciso pedir desculpas por tê-lo *magoado*.

Por tê-lo atacado para evitar o pavor de perdê-lo. Por ter entrado em pânico de tanto que o amo, o desejo e preciso dele. Por enxergar meu erro e insistir nele, porque tenho muito medo de ele não me querer como eu o quero.

Se eu pedir desculpa, arrisco descobrir que ele não é mais capaz de me perdoar.

Que finalmente o magoei para sempre.

Mas, só porque o resultado não vai ser um conto de fadas perfeito, não quer dizer que você não possa arriscar ser vulnerável.

Quando magoamos alguém, devemos fazer o que estiver ao nosso alcance para consertar a situação.

Quando estamos com medo, devemos fazer o que estiver ao nosso alcance para ter coragem.

– Eu te amo, mãe – digo ao telefone, fungando. – Preciso ir, tá? Tem uma coisa que eu preciso fazer antes de arrumar as minhas malas.

Ela desliga, e eu volto ao roteiro.

Que se dane.

Vou ceder ao tema do gesto grandioso.

Arrasto o roteiro até meu e-mail e envio para Becky. Ela se saiu tão bem como estagiária que a contratei como assistente de meio período.

    De: mollymarks@netmail.co
    Para: bma445@nyu.edu
    Data: Qua, 22 de dezembro de 2021, às 16:01
    Assunto: Pode revisar isto?

Becks... estou encaminhando um arquivo novo. Pode dar uma lida para ver se há erros de digitação e garantir que esteja tudo certo com a formatação e coisas do tipo? Preciso disso pronto para antes do Ano-Novo. Obrigada!

CAPÍTULO 39
Seth

Vou poupar você de um relato do último mês da minha vida.

Digamos apenas que, quando cheguei a Nashville, chorei tanto que cheguei a vomitar.

Não se sinta mal por mim; estranhamente, isso me reanimou.

O lado bom de ter meu coração triturado é que me converti ao modo Molly de pensar: agora eu sei, de uma vez por todas, que não existe mulher alguma esperando para tornar minha vida perfeita e significativa. Não posso esperar que outra pessoa faça isso. Só posso contar comigo mesmo.

Então vou abrir meu próprio escritório.

Agi com muita rapidez. Já consegui dois sócios e um financiamento. Contratamos um gerente e, com a ajuda dele, o escritório já estará funcionando em março. Então vou pedir demissão e levar meus clientes comigo.

Se parece desonesto, bom, talvez Molly tenha razão em desconfiar de advogados de divórcio.

Pelo menos posso me consolar me dedicando à minha comunidade.

A organização sem fins lucrativos está crescendo. Venho trabalhando com Becky Anatolian e alguns amigos da faculdade de direito que atuam em Nova York para abrir uma filial na cidade, com estudantes de direito da Columbia e da NYU.

Becky tem sido uma voluntária tão sensacional que pedimos a ela que liderasse os esforços para abrir o novo escritório.

Estou aguardando um e-mail a respeito de um imóvel no Brooklyn que ela acabou de visitar com nosso corretor.

Estou quase saindo do escritório para ir ao aeroporto – vou passar o Ano-Novo com meus pais na Flórida, para não ficar sozinho – quando o e-mail de Becky surge na caixa de entrada.

De: bma445@nyu.edu
Para: sethrubes@mail.me
Data: Qui, 30 de dezembro de 2021 às 10:41
Assunto: Conforme solicitado...

Oi, Molly! Espero que esteja se divertindo na Flórida! Estou enviando o roteiro revisado. Me avise se precisar de mais alguma coisa.
Becks

Ela anexou um arquivo chamado MSNPFinal_revisadoBA.fdr.
Obviamente, esse e-mail não era para mim.
Obviamente, era para uma pessoa chamada Molly.
Obviamente, a Molly em questão é Molly Marks.
Becky deve ter colocado meu endereço de e-mail acidentalmente ao enviar o arquivo.
Sei que é errado abrir algo que não é para mim. Eu deveria avisar Becky que ela mandou para a pessoa errada e apagar o e-mail.
Mas... É, não é o que vou fazer.
Perdoo a mim mesmo em razão da circunstância em que me encontro e clico no anexo.
Meu computador não reconhece o arquivo.
Merda.
Pesquiso extensões .fdr no Google e descubro que é um roteiro escrito em um software chamado Final Draft, que eu não tenho.
A cabeça da minha assistente surge na porta.
– O carro está esperando. É bom você ir agora para não se atrasar. Segundo o Google Maps o trânsito está ruim.
– Tá bom. Obrigado, Pattie – digo, tentando não revelar que estou em um estado de crise emocional.
Pego minha mala e desço correndo até o carro.

– O'Hare? – pergunta o motorista.

– Isso – respondo, colocando o cinto.

Assim que o carro começa a se mexer, compro o aplicativo do Final Draft e abro o e-mail de Becky.

Quando clico no anexo, um roteiro é aberto na tela do meu celular.

MAIS SORTE NA PRÓXIMA

DE MOLLY MARKS

INTERIOR DE UMA TENDA BRANCA – NOITE

NINA MACLEAN (30 e poucos anos, cansada do mundo) está sentada sozinha a uma mesa sob uma tenda branca em uma praia. A tenda está decorada com um tema tropical exagerado: palmeiras falsas e cestas com chinelos de dedo.
Acima, uma faixa: <u>BEM-VINDOS, ALUNOS DA TURMA DE 2003!!!</u>
<u>COLÉGIO SEA VIEW</u>

ALUNOS ANTIGOS estão na pista de dança, curtindo ao som de um rap dos anos 1990.

COLE HESS (30 e poucos anos, charmoso) se aproxima de Nina por trás.

Nina acena para um garçom no momento em que Cole a alcança.

NINA
(AO GARÇOM)
Mais uma taça de prosecco, por favor.

COLE
(AO GARÇOM)
Na verdade, um Negroni, com uma dose extra
de Campari. Nina gosta de coisas amargas.

Nina e Cole trocam olhares. Eles têm uma história. Ele se senta na cadeira vazia ao lado dela.

>COLE
>
>Como tem passado desde que partiu meu coração quinze anos atrás? Continua afogando gatinhos e fazendo crianças chorarem?

>NINA
>
>E desviando dinheiro do fundo de aposentadoria dos velhinhos.

>COLE
>
>Estranho, você sempre foi terrível em matemática.

>NINA
>
>Rá-rá, muito engraçado. Na verdade, sou roteirista. Comédias românticas.

Cole cai na gargalhada.

>COLE
>
>É um pouco irônico, não acha? Você sempre odiou qualquer coisa relacionada ao amor. Eu sei disso muito bem.

>NINA
>
>Sempre gostei de dinheiro. E pagam bem. O que você faz?

>COLE
>
>Sou advogado. Direito de família.

>NINA
>
>Ai, meu Deus. Você é advogado de divórcio? Puta merda.

Meu Deus.

É sobre *nós dois*? Molly escreveu um roteiro sobre *nós dois*?

É isso que ela está fazendo enquanto acordo no meio da noite sem conseguir respirar? Transformando nosso amor em *piadinhas*?

Estou chocado com sua capacidade de continuar me magoando, considerando o quanto já estou me sentindo péssimo, embora não devesse estar. Ninguém nunca foi capaz de me fazer sofrer como Molly Marks.

Eu devia parar de ler, por autopreservação, mas não consigo.

Fico extasiado quando Nina e Cole começam a mexer um com o outro e discutir sobre quem entende mais sobre o amor. Eles escolhem cinco casais para fazer uma aposta, incluindo a si mesmos.

Meu carro chega ao aeroporto e me obrigo a parar de ler até passar pela segurança. No portão de embarque, chamam a minha atenção por ficar no celular segurando a fila de prioridade.

Não consigo me conter. Encontro palavras que dissemos um ao outro nas páginas, letra por letra. *Você me faz incrivelmente feliz*, diz ele. *Você vai encontrar o amor da sua vida. E ela vai ser uma mulher de sorte*, diz ela. Meu coração acelera quando me lembro da sensação de dizer e ouvir essas palavras, por saber que esses momentos estão gravados na memória de Molly, como estão na minha.

Minha raiva se transforma em algo mais complexo. Um ressentimento agridoce, nostalgia e alegria, tudo ao mesmo tempo.

Devoro o segundo ato. Assim como Molly e eu, Nina e Cole se encontram em um jogo de beisebol e se divertem muito juntos. Mas no fim da noite, quando ela tenta beijá-lo, ele revela que está namorando.

Ela finge não se importar, mas, assim que ele vai embora, soluça com a cabeça apoiada no volante do carro no estacionamento, cercada de torcedores barulhentos acendendo serpentinas e soltando fogos, os vidros do carro tremendo.

Penso naquele dia no carro de Molly, depois do chá de bebê. Na expressão em seu rosto quando revelei que estava saindo com alguém. Eu sabia que ela tinha ficado decepcionada. Não sabia que ela tinha ficado arrasada.

Mas está aqui: ela ficou *arrasada*. Molly nunca me disse isso. Mas acho que faz sentido. Ela não gosta de compartilhar suas vulnerabilidades.

Em vez disso, coloca essas vulnerabilidades em seus personagens.

E os personagens que ela criou? Nina? Ela está sofrendo. E Cole não enxerga isso. Ele fica noivo da mulher errada, e não enxerga isso. Ele "tira um tempo para se curar" quando o relacionamento acaba, embora Nina esteja bem ali – e *ainda assim* ele não enxerga isso.

Sempre achei que eu é que estivesse correndo atrás de Molly. Mas me dou conta, lendo esse roteiro, que Molly também correu atrás de mim. Que a magoei, profundamente, de maneiras que eu não tinha como evitar, assim como ela não tinha como evitar me magoar.

Que ela pode ter terminado tudo quando eu a pedi em casamento – mas ela também esperou por mim. Esperou *anos*.

Isso me faz querer abraçá-la e me desculpar por ter sido tão obtuso. Por fazê-la esperar por aquilo que ela sempre soube que era o certo.

Continuo lendo. Cole e Nina se encontram no casamento de um amigo. Os dois finalmente estão solteiros. Eles se apaixonam com toda a ternura e a entrega com que nós dois nos apaixonamos.

Então, no topo de uma falésia, na chuva, enquanto observam baleias, Cole se ajoelha e a pede em casamento.

Ele diz a Nina que ela é sua alma gêmea.

Fico tenso.

Molly escreve comédias românticas, mas tenho a sensação – terrível – de que esta não é uma comédia romântica. Que é o que Molly chama de trauma romântico, um desvio do gênero, em que a história de amor está fadada a dar errado.

Não faça isso, imploro em silêncio. *Não os faça sofrer como nós sofremos.*

Mas, no fundo, sei o que me aguarda.

Nina diz que não acredita em almas gêmeas.

Ela deixa Cole no Maine.

Rolo a tela, frenético, rezando para que a palavra que vem a seguir não seja FIM.

O roteiro ainda tem quinze páginas.

Eu vou morrer.

Vemos Nina sofrer. *Eu estraguei tudo*, diz à melhor amiga. *Mas não mereço mais uma chance.*

DIGA ISSO A ELE, tenho vontade de gritar ao ler isso. DIGA ISSO A ELE.

Restam quatro páginas, e mal consigo respirar.

Passamos ao ponto de vista de Cole. Ele e o melhor amigo estão combinando a ida ao vigésimo reencontro da turma de escola. *Nina vai?*, pergunta o amigo. *Não*, responde Cole. *Ela odeia esse tipo de coisa. E não vai querer me encontrar.*

Ele tem razão. Quando eles chegam, Nina não está lá.

Embora já soubesse, Cole fica arrasado. Mas, quando está indo embora, alguém no palco dá uma batidinha no microfone.

É Nina. Ela está olhando fixamente para ele.

Cinco anos atrás, diz ela, para a multidão, *eu fiz uma coisa muito idiota. Disse ao Cole que o amor verdadeiro é apenas um conto de fadas. Que almas gêmeas são uma baboseira inventada por Hollywood. Chegamos até a fazer uma aposta, na verdade. Se ele ganhar, preciso admitir que essa coisa de felizes para sempre é real. E, se eu ganhar, ele tem que admitir que o amor verdadeiro é uma fantasia – uma parada rápida na longa estrada que leva ao desgosto.*

Bom, estou aqui para dizer que talvez nenhum de nós tenha razão. Relacionamentos carregam alegria e dor. Às vezes, um amor enorme pode desaparecer. Em outras, relacionamentos conturbados se recuperam. A vida pode trazer reviravoltas inesperadas. Tudo o que podemos fazer é dar valor ao que temos e tentar ao máximo fazer a coisa certa.

Tudo o que podemos fazer é ter coragem de acreditar no amor e lutar por ele.

Cole, eu sei que estraguei tudo. Sei que fui covarde e que magoei você. Mas aqui estou eu, lutando por você. E, se me der outra chance, vou lutar pelo nosso felizes para sempre pelo resto da vida.

Ele nem precisa pensar. Atravessa o salão correndo, desviando dos colegas boquiabertos, e sobe no palco em um salto.

Sinto muito que você não tenha ganhado a aposta, sussurra.

Não me importo com a aposta, responde ela. *Só me importo com você.*

Ele a abraça e a faz rodopiar enquanto os colegas aplaudem.

FIM

A essa altura estou entregue às lágrimas. O homem ao meu lado ignora a cena por alguns minutos, então finalmente vira para mim.

– Cara, está tudo bem? Você precisa de um uísque ou algo do tipo?
Faço que não com a cabeça.
– Desculpa – digo, fungando. – Estou bem. Só estou muito, muito feliz.
E é verdade.
Porque Molly teve coragem de escrever isso.
Nosso final feliz.

Mas também estou chorando porque o roteiro consegue partir meu coração mais uma vez. Ele prova que essa mulher sabe, com detalhes precisos, o que causou o colapso do nosso relacionamento. Ela enxerga o quanto nos amávamos e também as maneiras como falhamos um com o outro. Ela entende que nenhum de nós tinha razão sobre o amor – a versão dela tão pessimista que beirava o niilismo, a minha tão otimista que beirava a paródia. E, em vez de conversar sobre isso, e tentar fazer nosso relacionamento funcionar, ela escreveu um filme perfeito.

Esse roteiro prova que ela correu atrás de mim, me amou, sofreu por mim. E, sim, é uma versão idealizada da nossa relação, com o final de conto de fadas que é muito perfeitinho para a vida real. E, sim, como ela sempre diz, a história termina na parte boa, no auge da felicidade.

Mas eu assistiria à sequência, quando as coisas ficam complicadas e eles têm que lidar com isso. Quero a parte em que eles brigam por ela nunca guardar a louça e por ele ser obcecado por aspirar a casa. Quando eles soltam pum na frente um do outro e conversam abertamente sobre fazer cocô. Quando estão sem dormir e trêmulos porque o bebê deles está com cólica, ou desolados pela perda do pai de um dos dois. Quero ver Nina e Cole viverem o prazer e a tristeza, o tédio e o conforto, a alegria da vida em casal.

Porque nunca precisei da parte comédia romântica do nosso relacionamento.

Eu não via a hora de chegar à parte em que a cena *não* congela. A parte do amor, da dor e da bagunça.

E, no lugar disso tudo, ganhei esse roteiro. As emoções mais profundas da minha vida, embaladas em uma ficção comercial. As coisas doces que eu fiz, acrescidas de detalhes deslumbrantes para que você se apaixone loucamente pelo cara do filme. Nossos momentos mais ternos transformados em diálogos de apertar o coração. Nossas falhas simplificadas em defeitos previsíveis superados em cento e dez minutos.

Parte de mim está muito magoada por ela ter escolhido fazer *isso* com a nossa história de amor. Idealizá-la, em vez de tentar consertá-la. Vendê-la, em vez de vivê-la. Essa parte está tentada a cozinhar nesse ressentimento até que o filme seja lançado em três anos, e depois escrever uma carta aberta cheia de mágoa, acusando-a de monetizar minha dor pelas minhas costas. Processá-la por explorar minha vida sem a minha permissão. Me vingar por tudo que perdê-la tirou de mim.

Mas eu não sou assim.

No fundo, acho que tem algo mais importante que ambição ou dinheiro no meio disso tudo. Acho que escrever esse roteiro é uma tentativa de Molly de se curar.

Eu sei, no fundo do meu coração, que nos amamos de um jeito que eu jamais experimentei antes, e duvido que voltarei a viver algo assim.

Nosso amor não era uma comédia romântica.

Eu não esperava que fosse.

Tudo o que eu queria era Molly.

Mas o que eu faço com isso? Vou atrás dela só para ser rejeitado mais uma vez? Só para ouvir mais um sermão por não entender que a ficção não é a realidade?

Por mais que eu queira invadir sua casa e exigir que ela tente outra vez, não posso ser a pessoa que fica de joelhos.

Não mais uma vez.

Mas eu tenho esperança.

Esperança, e esperança, e esperança.

CAPÍTULO 40
Molly

– Molls, por acaso você tem remédio para cólica no estoque de remédios que carrega toda vez que viaja? – pergunta Alyssa, gemendo.

– Ou morfina? – pergunta Dezzie. – Acho que talvez eu precise de morfina mesmo.

No sótão da casa da minha mãe, saio do saco de dormir. Parece que dormi em um compactador de lixo.

– Estamos oficialmente velhas e fracas demais para fazer festas do pijama – digo, cambaleando em direção ao banheiro.

Quando bolamos esse plano de fazer uma festa do pijama na semana depois do Natal na casa da minha mãe, não pensamos no que poderia acontecer com um corpo de 36 anos ao dormir no chão duro de madeira.

– Deveríamos ter comprado colchões de ar – diz Alyssa. – Acho que machuquei o quadril.

– Bom, foi divertido – grito da porta aberta do banheiro. Foi a primeira noite que não passei obcecada com Seth desde que terminamos. – E, olha só, achei ibuprofeno.

Passamos o remédio como se estivéssemos compartilhando ecstasy em uma rave.

– Estou ouvindo passinhos? – grita minha mãe lá de baixo.

– Já acordamos – grito de volta.

– Ah, ótimo. Estou preparando waffles.

Nós nos arrastamos até a cozinha e encontramos minha mãe vestindo um cafetã com estampa de palmeiras, enfiando laranjas na centrífuga de 3 mil dólares.

– Eu cobiço tanto esta cozinha... – diz Dezzie, cambaleando até uma banqueta.

– Você pode vir cozinhar comigo quando quiser – responde minha mãe. – Tem *alguém* aqui que sempre prepara a mesma salada sem graça.

Dezzie e Alyssa caem na gargalhada.

Minha mãe nos entrega uma jarra de suco de laranja. Está perfeito. A Flórida faz duas coisas melhor que a Califórnia: praias de areia branca e frutas cítricas.

– E aí, como foi o Natal de vocês? – pergunta minha mãe, colocando a massa na máquina de waffle.

– Caótico – responde Alyssa. – Oito primos correndo pela casa do meu pai. A árvore caiu duas vezes. Achei que minha madrasta fosse levar todo mundo para fora e começar a fazer execuções.

– Aposto que eles adoram passar um tempo com os netos – diz minha mãe, olhando para mim, incisiva. – Alguns de nós talvez nunca saibamos o que é isso.

As três passaram a semana toda fazendo isso. Referências veladas à opinião compartilhada de que eu devia ir atrás de Seth.

Não contei a elas sobre meu plano de ir a Chicago depois daqui.

Que vou mandar imprimir e encadernar o roteiro. Que vou aparecer à porta de Seth no dia 1º de janeiro, o dia que ele mais detesta, com o coração na mão, e pedir a ele que leia.

Eu *quero* contar a elas. Estou agonizando, me perguntando como ele vai me receber quando eu aparecer, e tudo o que quero é bombardeá-las de perguntas sobre o que elas acreditam que vai acontecer.

Mas, se eu acrescentar as esperanças e os medos de qualquer outra pessoa aos meus, pode ser que eu perca a coragem.

Preciso fazer isso sozinha.

Dou de ombros para minha mãe.

– Talvez você e Bruce devessem adotar umas criancinhas.

Os dois ficaram noivos na Véspera de Natal, rodeados pelos filhos, eu e os do Bruce. Estou muito feliz pela minha mãe. Por eles. É incrível ver minha mãe como parte de um casal loucamente apaixonado. Bruce pilota a lancha dela, e ela compra roupas esportivas com proteção solar para ele, e eles ficam entre uma mansão e outra o dia todo, calçando chinelos de dedo.

São muito fofos.

– Seu Natal foi bom, querida? – minha mãe pergunta a Dezzie, com delicadeza.

Dezzie sorri.

– Sabe de uma coisa? Pior que foi muito divertido. Achei que seria difícil passar o Natal sem Rob, mas, pra ser sincera, foi tão gostoso estarmos todos juntos que foi tudo bem.

Minha mãe segura a mão de Dezzie do outro lado do balcão da cozinha e aperta.

– Que bons ventos o levem. – Então ela passa a falar mais baixo. – E o divórcio, como está indo?

– Mãe! – exclamo, em tom de protesto. – Ela não quer falar disso.

– Não, tudo bem – diz Dezzie. – Até agora está correndo tudo bem. Contratei uma advogada fodona, e assim que o divórcio sair vou me casar com *ela* de tanto que estou apaixonada.

O alerta de e-mail no meu iPad toca e eu estendo a mão para pegá-lo.

– Nada de eletrônicos na mesa do café da manhã – diz minha mãe, tirando o tablet da minha mão.

Ela anda fixada nessas coisas de atenção plena e agora fica escondendo meus aparelhos.

Pego o iPad de volta.

– Preciso disto pra trabalhar.

– É Véspera de Ano-Novo! – diz ela, em tom de protesto.

– Não há descanso para os ímpios.

Na verdade, nem tenho trabalho. Estou esperando ansiosamente que Becky mande uma cópia revisada do roteiro para que eu possa imprimir para Seth hoje à tarde. Meu voo para Chicago é logo de manhãzinha, e quero mandar encadernar profissionalmente antes de ir.

O nome de Becky está no topo da caixa de entrada. Finalmente.

De: bma445@nyu.edu
Para: mollymarks@netmail.co
Data: Sex, 31 de dezembro de 2021 às 8:44
Assunto: Conforme solicitado…

Oi, Seth!

Fico arrepiada ao ler o nome dele.
– Mas o que...? – digo em voz alta.
– O que foi? – pergunta Alyssa, preocupada.
Levanto o indicador para pedir um minuto e continuo lendo.

O espaço é perfeito – melhor até do que nas fotos. O corretor disse que os donos aceitariam que fizéssemos uma reforma para atender às nossas necessidades.
O prazo para a solicitação de locação é até 3 de janeiro, então precisamos tomar uma decisão o quanto antes.
Avise se devo seguir em frente com o processo.
Espero que tenha um ótimo Ano-Novo na Flórida!
Becky

– Puta merda – resmungo.
Minha mãe joga farinha em mim. (Jogar comida nas pessoas é uma característica que herdei dela.)
– Fala logo o que é, sua pateta! – diz ela. – E para de falar palavrão.
– Não é nada de mais – digo, tentando controlar meus batimentos acelerados. – É... que eu recebi um e-mail que era para ser enviado para o Seth.
– Seth *Rubenstein*? – pergunta minha mãe.
– Não existe outro Seth – diz Dezzie. – Você sabe que não existe outro.
Alyssa coloca a mão no meu ombro.
– Tudo bem?
– Sim. Não precisa se preocupar – respondo. – Só fiquei surpresa.
– O que diz o e-mail? – pergunta Alyssa.
– Nada de mais. Coisa de trabalho. Mas parece que ele está aqui. Veio passar o Ano-Novo na cidade.
O que, é claro, acaba com meus planos.
Minha expressão deve ter entregado minha angústia, porque o silêncio na cozinha é constrangedor.
– Os pais dele não faziam uma grande festa de Ano-Novo? – pergunta Alyssa.

– É... Com todos os amigos do golfe. A gente entrou de penetra uma vez – diz Dezzie.

– Talvez você devesse fazer isso, Molly – diz Alyssa, baixinho. – Aposto que ele ficaria feliz em ver você.

Mas não posso ir até a casa deles neste estado. Não posso nem assistir a comerciais de TV minimamente emocionantes na frente dos outros sem paralisar de vergonha. Fazer meu discurso na frente dos pais de Seth ou, Deus me livre, de Dave seria como ir a todos os casamentos e batizados e velórios do mundo nua e tremendo.

– Não quero falar sobre Seth – resmungo.

Alyssa, Dezzie e minha mãe ficam me encarando, tristes, com olhares que variam entre "estou com pena de você" (Alyssa), "tenho medo de que você nunca seja feliz" (minha mãe) e "você é a mulher mais idiota do universo" (Dezzie).

– Ai, meu Deus, parem com isso! – digo. – Está tudo bem. Eu estou bem. Será que podemos comer?

– Podemos – responde minha mãe. – Me ajudem a levar as coisas até a mesa.

Ela distribui pratos cheios de waffles, ovos e bacon, e sentamos à mesa da copa. Ela preparou tigelas sofisticadas de chantili, xarope de bordo, geleia de morango e granulado.

Todas comemos e conversamos sobre nossos planos para a noite. Minha mãe e Bruce organizaram um coquetel com tema de discoteca. Ela comprou um vestidinho bem provocante para mim. O pai e a madrasta de Alyssa vão cuidar das crianças para que ela e Ryland possam jantar em um bistrô no centro da cidade. Dezzie vai até Miami para acompanhar a irmã em uma festa.

Devoramos uns quatro quilos de waffles cada uma, e as garotas fazem as malas para ir embora. Enquanto elas se ocupam com isso, abro meu e-mail para responder a Becky.

> Oi, Becks... Acho que você me mandou por engano.
> Aproveitando: você teve um tempinho para dar uma olhada no roteiro que eu enviei? Preciso dele o quanto antes.

Subo e lavo o rosto. Estou péssima – pareço cinco anos mais velha do que há um mês atrás. Dezzie e Alyssa entram no banheiro atrás de mim.

As duas me abraçam, e nos esmagamos em um abraço a três.

– *Ménage à trois!* – diz Dezzie, com um sotaque francês bizarro.

Ela faz isso sempre que nós três nos abraçamos, desde que tínhamos 10 anos e ela descobriu o que a expressão significa.

A piada continua boa.

– Pode nos levar de volta? – pergunta Alyssa. – Ryland acabou de mandar mensagem, e, pelo jeito, Jesse deu um piti por ter que calçar os sapatos antes de sair, o que fez Amelia ter um acesso de raiva porque *ela* estava de sapatos, e agora o bicho está pegando.

Dou risada.

– Posso. Vou só trocar de roupa.

Entramos no carro da minha mãe e colocamos uma playlist feita por nós três com nossas músicas favoritas no volume máximo. Levo Alyssa primeiro. Dezzie e eu entramos para cumprimentar Ryland e as crianças (que estão mesmo umas pestes) e logo voltamos para o carro.

– Caramba – diz Dezzie. – Eu quero tanto ter filhos, aí vejo isso e meus ovários murcham.

– Tenho certeza de que em quinze minutos eles voltam a ser uns anjinhos.

– Pelo menos são fofos, mesmo no meio de um ataque desses de raiva.

– São mesmo. Até fico com vontade de ter um.

Ela me lança um olhar doloroso. Sabe que só quero um bebê se for com uma pessoa específica.

Paro o carro na garagem dos Chans e entro com Dezzie para cumprimentar seus pais. A Sra. Chan insiste que eu me sente e a atualize sobre o último ano da minha vida. O que é difícil de fazer sem mencionar Seth, o que com certeza vai me fazer chorar. Em vez disso, falo sobre a temporada de incêndios em Los Angeles. Quem vive na Flórida ama ouvir sobre os incêndios. Distrai dos furacões.

Quando terminamos, dou um abraço em Dezzie e volto para o carro.

Em casa, minha mãe está às voltas com Bruce e a organizadora de eventos, então consigo me esquivar, subir e entrar em pânico pela dissolução do meu plano. Ansiosa, checo meu e-mail para verificar se Becky já me respondeu, mas ainda não. Não que isso importe. Se ele está aqui, não posso surpreendê-lo. Eu me pergunto se isso tudo não é um sinal de que eu não deveria seguir com o plano. De que deveria deixá-lo em paz.

No andar de baixo, alguém toca a campainha.

Olho pela janela e vejo, imagine só, meu pai, com um buquê de lírios gigantesco.

Que merda é essa?

O estranho é que meu cérebro se concentra nos lírios, e não em sua presença inexplicável. Ou ele não lembra que minha mãe é alérgica, ou seu plano é sufocá-la em sua própria casa.

Vou até a escada e me agacho para ouvir o que estão dizendo.

– Molly está por aqui? – pergunta meu pai. – Mandei mensagem e ela não respondeu, mas sei que ela sempre vem passar o fim do ano por aqui, então pensei em arriscar... Eu teria ligado, mas não tenho o seu número.

Minha mãe espirra.

– Em primeiro lugar, Roger, tira isso da minha cara. Sou alérgica.

– É mesmo? Me desculpe. Eu não sabia.

– Sabia, sim. Fomos casados por vinte anos.

Ela arranca o buquê das mãos dele e joga em direção ao carro.

A cena é absurda, mas muito satisfatória, e solto uma risadinha.

– Em segundo lugar, se minha filha quisesse ver ou falar com você, ela teria respondido à mensagem – continua ela. – Se não respondeu, podemos concluir que ela não quer nada com você. E, depois do que você aprontou no Dia de Ação de Graças, eu entendo por quê.

– Eu não "aprontei" nada – diz ele, fazendo aspas exageradas com os dedos no ar. – Tratei de um assunto simples de trabalho. Mas admito que o momento não foi dos melhores, e sinto muito por ela ter ficado magoada.

– Você sente muito por "ela ter ficado magoada"? – pergunta minha mãe, devolvendo as aspas com os dedos. – Que pedido de desculpas tocante. Tenho certeza de que ela vai ficar muito comovida.

Não quero ver minha mãe estrangular meu pai, então desço para colocar um fim à cena.

– Oi, pai – digo, segurando minha mãe pelo cotovelo e afastando-a dele.

– O que você está fazendo por aqui?

Ele reconfigura a própria expressão em uma mais próxima da que usa ao autografar livros.

– Olá, Molly – diz ele, apontando para os lírios. – Trouxe flores, mas sua mãe jogou o seu buquê no meu carro.

– Ela tem uma alergia muito forte a lírios. Você deveria saber. Foi casado com ela durante vinte anos.

Ele ignora meu comentário e coloca a mão no bolso.

– Também trouxe seu presente de Natal.

Ele tira do bolso um cheque, dobrado ao meio.

Não aceito.

– Não, obrigada. Tenho a remuneração lucrativa do Mack Fontaine, lembra? O que veio fazer aqui?

Ele solta um suspiro sofrido. É como se imaginasse uma plateia nos observando, uma plateia que está do lado dele, disposta a ter empatia por ele em razão das reações hostis das duas mulheres que ele obviamente fez certo em abandonar.

– Eu queria dizer que sinto muito que você tenha ficado chateada por causa do filme – diz ele.

Não é meu trabalho ensinar meu pai a pedir desculpa sem culpar a pessoa que foi ofendida, então só o encaro e digo:

– Você acha mesmo que a questão aqui é o *filme*?

– A questão é que você é um péssimo pai, Roger – diz minha mãe, sua cabeça ressurgindo à porta.

– Mãe – digo. – Por que não vai pendurar os enfeites e me deixa conversar com meu pai?

– Tudo bem. Mas não permita que ele te coloque pra baixo.

É quase impossível, dado que meu humor está se esgotando.

– Eu te amo, Molly – diz meu pai, com o tom severo de quem corrige um cão que se recusa a ser treinado. – E sei que está com dificuldades na carreira...

– Ai, meu Deus...

– Mas você não pode esperar nenhum tratamento especial. Como ficaria minha imagem se eu mantivesse você na equipe apenas por nepotismo, sendo que você não estava correspondendo? Posso ajudar de outras maneiras. Se você estiver precisando de dinheiro...

Ele volta a estender o cheque.

– Pelo amor de Deus! – exclamo, explodindo. – Você não entende mesmo, né? Eu não estava animada com o filme por causa do *dinheiro*. Eu estava animada porque achei que significava que você me *respeitava*. Que estava reconhecendo minha existência como mais do que apenas uma pessoa que você é obrigado a levar para almoçar quando passa por Los Angeles.

– Isso não é justo – diz ele. – Eu quero te ver. Você é minha filha.

– Sou sua filha quando é conveniente pra você. Desde os meus 13 anos é assim.

As rugas do cantinho dos olhos dele saltam de tanta agitação.

– Olha só, Molly – diz ele. – Eu sei que você acha que eu não estava ao seu lado, mas tentei visitar quando você deixava. Paguei pelos seus estudos. Deixei que ficasse no meu chalé de esqui depois que se formou.

Meu impulso é bater a porta na cara dele. Mas penso em Seth. Em como ele me obrigava a verbalizar meus sentimentos.

– Esse é seu discursinho comovente de defesa pré-reconciliação? – pergunto. – Porque acho que você precisa fazer um exame de consciência antes.

Ele passa a mão no cabelo branco bagunçado que é sua marca registrada, deixando-o ainda mais icônico.

– Tudo bem – diz. – Quer saber? Você tem razão. Depois de um tempo, eu não me esforcei mesmo pra ver você. Talvez tenha sido um erro. Mas você não gostava da minha mulher, e ficava irritada sempre que me encontrava, e acho que eu fiz um favor a nós dois ao não forçar uma relação. Francamente, eu achava que era o que você queria.

– Não é só pelo passado, pai. Você quase nunca me procura, e quando eu vou atrás você me dispensa. Isso machuca.

– Bom, então você precisa entender que doeu quando você *me* dispensou.

– Está falando de quando eu era *uma criança*?

– Eu já pedi desculpa, Molly. Não sei quantas vezes posso fazer isso.

Estou farta. Quero que ele vá embora.

– Tá bom – digo. – Eu aceito seu pedido de desculpa.

Ele assente, como se fosse um nobre.

– Ótimo. Fico feliz. Para superar tudo isso, que tal recomeçar? Por que não vem para o brunch amanhã? Podemos sair com o veleiro. Começar uma nova tradição.

Estremeço ao pensar no quanto a Molly adolescente adoraria que ele tivesse essa ideia.

Mas esta Molly – a Molly adulta – não vai se arriscar por uma migalha de atenção.

E ela odeia veleiros.

– Não me faz bem estar com você agora – digo. – Não é um bom momento.

Ele faz um biquinho.

– É uma escolha sua. Mas lembre-se deste momento da próxima vez que quiser jogar minha suposta negligência na minha cara.

– Vou lembrar. Tchau.

Começo a fechar a porta, mas ele coloca o pé para me impedir.

– É sério isso? – pergunto.

– Não bata a porta na minha cara. Eu sou seu pai.

– Mas você não é! – grito. – É exatamente isso que estou querendo dizer. Então será que poderia me deixar em paz agora? Quer mesmo estragar mais um dia de festa?

Ele me olha e fica claro que não consegue mesmo compreender minha raiva. Então tira o pé.

– Vou esperar que você me procure, já que claramente não está a fim de conversar.

Ele se vira e volta para o carro, abandonando os lírios onde eles caíram.

– Que se *dane* esse cara – digo, fechando a porta.

– É – grita minha mãe, que vem correndo da sala. – Que se dane esse cara!

Bruce aparece atrás dela com a organizadora de eventos, com uma expressão de preocupação.

– Molly, querida – diz ele. – Não gosto de desejar o mal dos outros. Mas que se dane esse cara.

– Não sei de quem vocês estão falando – diz a organizadora. – Mas que se dane esse cara!

Minha mãe me abraça.

– Tudo bem, querida?

– Tudo. Mas foi cansativo. Vou tentar tirar um cochilo pra garantir uma Molly reluzente para a festa.

– Boa ideia – diz ela. – Ninguém gosta de uma rabugenta.

– Eu sei. É por isso que ninguém gosta de mim.

Ela dá um beijão babado na minha bochecha.

– Eu gosto de você, Molly Malolly.

No andar de cima, me jogo na cama e minhas costas agradecem por deitar em um colchão e não em uma camada fina de acetato no chão de madeira.

Estou muito, muito cansada.

Não sei o que fazer com Seth. Não sei o que fazer em relação ao meu pai.

Tudo o que eu sei é: preciso de um novo plano.

Não quero ser Roger Marks.

É uma decisão tão covarde esperar que Seth enxergue um pedido de desculpas em um roteiro quanto foi equivocado acreditar que a oferta de uma oportunidade de carreira vinda do meu pai era uma prova do seu amor paterno.

Preciso parar de fazer o que meu pai faria: escrever um cheque para provar seu afeto em vez de me amar na vida real. O que é meu roteiro se não o meu jeito de escrever esse cheque? *Por favor, aceite este pedaço de papel para eu não ter que dizer o que estou sentindo.*

Talvez a escrita do roteiro tenha sido para mim.

O que eu preciso fazer é procurar Seth, então simplesmente dizer que o amo e o quero de volta.

Posso sondar Kevin para saber quando ele vai voltar a Chicago e encontrá-lo por lá. Dizer o que preciso dizer em particular.

Consertar tudo.

Mas, no momento, preciso dormir.

Pego uma máscara de repouso e desmaio em minutos.

Acordo com minha mãe batendo à porta.

– Molls? Está acordada? São quase sete horas. Os convidados chegam às oito.

Cochilei por quase quatro horas.

– Desculpa – digo, meio grogue. – Vou tomar um banho e me arrumar.

– Sem pressa. Você pode fazer uma entrada grandiosa com seu vestidinho.

Estremeço ao pensar no vestido curto de lantejoulas que ela diz que encontrou na Saks, mas que parece mais uma peça da Forever 21.

Problema. Dane-se.

Tirando minha mãe e Bruce, ninguém com quem eu me importe vai me ver esta noite. Eu poderia até fazer um cosplay de uma boneca Bratz. Mergulho de cabeça.

Lábios rosa-choque reluzentes, cílios postiços, salto agulha, sutiã que levanta os seios, a coisa toda. Quando começo a ouvir a campainha, estou uma gostosa. Nada a ver comigo, mas uma gostosa.

Pego o celular para dar uma olhada nas notificações antes de descer, já que passei a tarde toda incomunicável. Tem uma mensagem da minha mãe, de uma hora atrás, perguntando se estou acordada. E um novo e-mail de Becky.

Só de saber que o nome de Seth vai estar nesse e-mail, meu coração já acelera. Penso em apagar sem ler, mas tem um anexo. Cerro os dentes e abro o e-mail.

De: bma445@nyu.edu
Para: mollymarks@netmail.co
Data: Sex, 31 de dezembro de 2021 às 16:44
Assunto: Res: Res: Conforme solicitado...

Molly! MIL desculpas... confundi os e-mails que estavam na fila e mandei este para você por engano, e o que era para você mandei para Seth Rubenstein. O que quer dizer que... sem querer mandei o seu roteiro para ele. Estou MORRENDO de vergonha. Vou mandar uma mensagem para ele pedindo que desconsidere. Está em formato Final Draft, então, de qualquer forma, duvido que ele abra.

Mais uma vez, me desculpe!!! Me sinto péssima!!! Estou enviando a versão revisada aqui.

Não pode ser.

Eu mereço coisas ruins pelo que fiz, mas não isso.

Se Seth ler o arquivo sem contexto, vai achar que estou tentando transformar o que aconteceu entre nós em um filme. Lucrar com seu coração partido, sem nem perguntar se ele se incomoda.

Ele vai me odiar tanto que não consigo nem pensar nisso.

Tento dizer a mim mesma que ele é a pessoa mais ética que eu conheço, que, por mais curioso que possa ficar ao ver o anexo, ele não invadiria minha privacidade abrindo o arquivo.

Mas ele também é humano.

É claro que vai abrir.

E não suporto essa ideia – a ideia de ele reviver as melhores partes de nós dois, e as piores, sem saber que escrevi para entregar a ele.

Penso no que gritei para meu pai: *Você quer mesmo estragar mais um dia de festa?*

Não posso fazer isso com Seth.

Que se dane Chicago. Que se dane o que a família dele vai pensar. Que se dane o medo estrondoso em meu coração.

Desço correndo, tentando não cair com o salto agulha de dez centímetros, saio de fininho, passando pelos clientes levemente embriagados da Imobiliária Marks gritando meu nome, e roubo o SUV enorme e ridículo da minha mãe.

CAPÍTULO 41
Seth

Decidi ficar feliz na Véspera de Ano-Novo.
Animado, até.
Vou colocar de lado o pavor anual que sinto na última noite do ano e me entregar à animação dos amigos e adversários de golfe mais queridos dos meus pais. Amo bater papo com os aposentados. Os 60 e poucos anos parecem uma idade bem divertida.
Além disso, minha mãe, que evita as armadilhas da elegância burguesa quando dá uma festa, está servindo todas as minhas comidinhas favoritas. Iscas de frango. Ovos recheados. Enroladinhos de salsicha. Eu adoro enroladinhos de salsicha, e as pessoas não servem mais essa iguaria em eventos.
Então, circulo pela festa no quintal com um sorriso no rosto. No deque da piscina, devoro uma quantidade excessiva de enroladinhos. Converso com Sue e Harry Gottlieb sobre os netos deles. Flerto com Pris Hernandez, por quem tenho uma quedinha desde que ela dava aula de espanhol na minha escola. Estou usando minha coroa de Ano-Novo. É *impossível* ficar deprimido com uma coroa brilhante, mesmo que ela seja meio pequena e machuque um pouco a cabeça.
E sabe de uma coisa? Meu bom humor não é apenas de fachada.
Porque tenho o roteiro de Molly no coração.
Ainda estou triste por ela ter escolhido expressar seu amor por mim assim. Mas minha esperança supera minha dor. Talvez eu esteja me iludindo, lançando minha visão cor-de-rosa sobre a possibilidade de a paixão

e o afeto serem maiores que o medo. Afinal, Molly sempre disse que as comédias românticas oferecem finais felizes que não existem na vida real.

Faz um mês que não tenho notícia dela.

Mas não posso acreditar que, em um roteiro autobiográfico, a dor da personagem dela pela perda do nosso relacionamento não seja baseada em um sofrimento real.

E, enquanto meu coração trêmulo reverbera essa emoção, falo sobre tênis em dupla com dois dentistas aposentados.

– Antes era impossível conseguir uma quadra, e agora não conseguimos nem organizar um campeonato simples – reclama o Dr. Steele.

O Dr. Yun concorda com a cabeça.

– Todo o mundo trocou o tênis pelo pickleball.

O Dr. Steele está prestes a fazer uma crítica ferrenha ao pickleball, a julgar por sua expressão, mas de repente fica imóvel.

Está olhando fixamente para alguma coisa atrás de mim.

Ele cutuca o Dr. Yun com o cotovelo.

– Está vendo aquela mulher ali?

Dr. Yun concorda com a cabeça, devagar, como se estivesse em transe.

– Uau.

Olho por cima do ombro para ver quem eles estão cobiçando.

É uma bola de discoteca.

Ou, pelo menos, uma mulher com um vestido aproximadamente do tamanho de uma – o vestido mais curto, justo e cintilante que já vi fora de um videoclipe da Katy Perry. As pernas dela são longas, realçadas por um salto agulha prateado. O cabelo castanho-escuro vai até o quadril.

É Molly.

Minha Molly.

Emanando um brilho tão intenso que, se os dentistas não estivessem comendo-a com os olhos, eu acharia que encontrá-la ali se tratava de uma alucinação.

Mas ela é real.

Molly levanta a mão para mim e acena.

Parece estar morrendo de medo.

Meu coração dá uma cambalhota.

Independentemente do que tenha acontecido entre nós, eu *nunca* quero ver esse sentimento no rosto de Molly Marks.

Retribuo o aceno e caminho em sua direção.
O tempo desacelera, como nos filmes.
Como em um dos filmes *dela*.
– *Seth* – diz ela, só mexendo os lábios.
– *Molls* – respondo, também só mexendo os lábios.
Quando chego perto o bastante para segurar sua mão... tropeço em um suporte para guarda-sol e caio com tudo na banheira de hidromassagem.
Tipo, caio mesmo, de corpo inteiro. *Ploft!* Fico com água até o pescoço.
Consigo me segurar a tempo de não bater com a cabeça na beirada. Pessoas de 60 e poucos anos se aglomeram ao meu redor, gritando assustadas.
O rosto de Molly parece uma versão linda e muito bem arrumada do quadro *O grito*, do Edvard Munch.
Ela corre na minha direção, se acotovelando com os aposentados para abrir caminho, então se ajoelha ao lado da banheira, à qual me agarro com toda a força que tenho.
– Meu Deus, Seth! – grita ela. – Você está bem?
– Vou ligar pra emergência – grita o Dr. Yun, em meio à confusão de vozes.
– Não, não, eu estou bem – digo a ele, com a voz rouca por causa da emoção e da água quente e cheia de cloro que entrou pela minha traqueia. – Só molhado. E envergonhado.
Molly estende as mãos para mim e me ajuda a levantar.
Mas estou mergulhado até o peito na água borbulhante, e a calça cáqui que minha mãe insistiu que eu usasse para a festa está pesando, me deixando todo desajeitado.
Escorrego de novo, e desta vez trago Molly comigo.
Seu corpo cintilante voa para a frente, de joelhos, e ela cai na banheira gritando e espirrando água quente a 40 graus.
Nós nos penduramos na beirada, de braços dados, tentando não afogar um ao outro. Minha calça larga ficou presa no seu salto agulha. Os paetês de seu vestido arranham meus braços nus.
– Você está bem? – pergunta Molly, arquejando, assim que consegue se recuperar um pouquinho.
– Merda – digo, ríspido, embora minha mãe não aprove que eu diga palavrão na frente dos amigos dela. – Acho que torci o tornozelo.

– Pelo menos a água quente faz bem para lesões...? – sugere ela, hesitante, o cabelo dando nós nos ombros, empurrado pelos jatos de água.

Ela tira água do olho, e um cílio falso cai em sua bochecha.

Tiro o cílio com delicadeza e seguro-o contra a luz lançada pelas tochas.

– Faça um pedido.

Ela começa a chorar.

– Já fiz.

E eu tenho esperança, muita *esperança*, de que isso queira dizer que o desejo dela sou eu.

– O que está fazendo aqui, Molls? – pergunto baixinho. – Ou será que devo te chamar de... Nina?

Ela puxa o ar entre os dentes cerrados.

– Você leu.

Faço que sim com a cabeça.

– Veio até aqui pra saber a minha opinião sobre o final?

O tom rosado das luzes da banheira ilumina os paetês de seu vestido, colorindo-os em um tom rosa-dourado.

– Bom, cair em uma banheira *seria* um bom cenário pra deixar o roteiro mais interessante.

– Eu gosto do seu roteiro do jeitinho que está.

Ela balança a cabeça.

– Eu sinto *muito*, Seth. Eu escrevi o roteiro pra você, não pra vender. Eu ia te entregar de presente como um pedido de desculpas.

Meus ombros relaxam ao ouvir essas palavras. Eu sabia. *Sabia* que ela tinha escrito para nós.

Eu a envolvo em um abraço. Sinto muita dor ao me mexer, mas faz um mês que não me sinto bem desse jeito.

Ainda assim, Molly disse que o roteiro é um pedido de desculpa. Não uma tentativa de me reconquistar.

Em relacionamentos, pedidos de desculpas costumam ser um adeus. Como rei dos relacionamentos fracassados, sei bem disso. Então faço a pergunta que está me assombrando:

– Molly? Quanto daquele final é verdadeiro?

– Do final?

– Da parte em que você sofre por mim. Que se arrepende de ter me deixado. Que quer ir atrás de mim mas tem medo de que eu não queira te ver.

– Ah. A noite escura da alma.

– Meu Deus, foi tão ruim assim?

– Esse é o termo técnico para o momento em que a garota ou reúne coragem, ou perde o amor da sua vida.

Essas palavras me tiram o fôlego.

– O amor da sua vida?

Ela olha no fundo dos meus olhos.

– É. O amor da minha vida.

Neste momento eu me caso com ela e temos quatorze filhos e fundamos um reino celestial eterno, sem ressalvas.

Isso é tudo o que eu queria ouvir.

Mas Molly não terminou de falar.

– Seth, estou muito arrependida. Não é desculpa, mas... eu estava tão assustada. Nunca pensei que fosse capaz de amar tanto alguém, e não suportava a ideia de perder você. Então sabotei tudo. Outra vez. E magoei você.

Quero consolá-la nesse momento, mas minha garganta está seca demais. Apenas balanço a cabeça.

– E não espero que consiga deixar isso pra lá, ou que me aceite de volta, ou que confie em mim – diz ela. – Mas eu precisava vir até aqui, porque nunca me perdoaria se não te dissesse que você é a pessoa certa pra mim, que estou loucamente apaixonada por você, e que vou me arrepender do que fiz pelo resto da minha vida. E que, se eu tivesse a oportunidade de fazer tudo de novo, eu escolheria...

Sua voz vai sumindo.

– O que você escolheria, meu bem? – sussurro.

– Eu escolheria minha alma gêmea. Se ele me aceitasse.

Mas Molly sabe que eu aceito, porque já a agarrei e a trouxe até meu peito com toda a força, sem machucá-la, e estou murmurando:

– Eu aceito, eu aceito, eu aceito.

Aos poucos, somos tomados pela consciência de que há quarenta pares de olhos – muitos deles cobertos por óculos que dizem "2022!" em rosa-choque – nos espionando.

– Humm. Acho que eles estão gostando da cena – digo.

– Deve mesmo parecer que estamos fazendo uma espécie de ritual de batismo pseudossexual – diz Molly. – Mas acho que a culpa é minha por ter caído em cima de você em uma banheira de hidromassagem.

– Ah, amor – digo. – Você acha mesmo que eu passei um dia que fosse sem torcer que você aparecesse em um vestidinho provocante e caísse em cima de mim em uma banheira de hidromassagem?

– Sou grata pelo seu amor a quedas cômicas – diz ela.

Meu Deus, essa garota. Sempre com essas frases. Dá até para suspeitar que ela escreve filmes românticos ou algo do tipo.

– Pelo que mais você é grata? – pergunto.

Molly solta uma risada trêmula.

– Sou grata por assistentes que mandam e-mails errados. Por pais que passam trinta anos na mesma casa, porque assim eu sei seu endereço de cor. Sou grata por roteiros que transmitem tudo o que eu não tive coragem de dizer na vida real. E sou grata por garotos gentis que acreditam em finais felizes.

Dou um beijo nela.

– Eu sou grato por você, Molly. Simples assim.

E é assim que nossa comédia romântica acaba.

A câmera se aproxima dos dois apaixonados, e os créditos começam a rolar, enquanto vemos uma montagem de sua bela vida.

Mas este não é o fim da nossa história. Não é nem o fim da noite.

A câmera não filma a parte em que nos secamos, vamos até o quarto de hóspedes e choramos de um jeito gutural e asmático que está mais para clínico do que para cinematográfico.

Os erros de gravação surgem na tela, mas na vida real estou dizendo a ela o quanto tenho medo de reatarmos e ela me deixar outra vez, e Molly está soluçando e dizendo que sabe, e que também teme isso. Está admitindo que meu trabalho a deixa ansiosa, e que não sabe se um dia vai fazer as pazes com isso. Eu estou dizendo que não sei como tranquilizá-la. Que não posso correr atrás dela pelo resto da vida.

Que vamos ter que nos amar, confiar um no outro e alimentar esse tesouro com que fomos abençoados.

E vamos precisar ter esperança.

Mas ainda acredito que alguns amores são coisa do destino.

E sei que Molly Marks é o amor da minha vida.

PARTE NOVE

Escola Preparatória Palm Bay,
reencontro de vinte anos

Novembro de 2023

CAPÍTULO 42
Molly

Se algum dia você for organizar um evento que exige alugar uma tenda branca, pode ter certeza de que eu, Molly Marks, vou carregada até lá pelo meu marido.

Às vezes, mesmo que não tenhamos sido convidados.

– Eu amo isso tudo – diz Seth, soltando um suspiro, feliz, ao passarmos por baixo de uma faixa que proclama, em letras trabalhadas cor-de-rosa:

BEM-VINDOS AO REENCONTRO DE VINTE ANOS,
TURMA DE 2003!!!

– Caligrafia! – exclama Seth, entusiasmado. – Incrível!
– Não me provoca – digo, beliscando seu punho com as unhas.
Mas estou sorrindo.
Porque estamos de volta à praia onde explorávamos o corpo um do outro na adolescência, levando picadas de pulgas-da-areia até a altura do quadril. De volta à tenda onde, quinze anos depois, Seth Rubenstein permitiu que eu sentasse ao seu lado, embora eu tenha partido seu coração.

Estamos de volta, juntos, como ele previu. Sua profecia realizada – "It's Gonna Be Me".

Marian Hart acena para nós de seu posto, a mesa onde os cartões que demarcam os lugares estão espalhados.

– Bem-vindos, pombinhos! – exclama ela, quase um gritinho. – Como vai a vida de casados?

– Transcendental – diz Seth.

– Acabei de saber do seu filme – diz ela, para mim. – Eu *amo* Kiki Deirdre!

Ela está falando do *Mais sorte na próxima*, que Seth me convenceu a vender, e que foi comprado e logo colocado em produção por Kiki, uma das poucas grandes estrelas do cinema que ainda conseguem levar uma comédia romântica ao sucesso de bilheteria. Eles estão fazendo testes para o papel de Cole neste momento. Seth quer Javier Bardem, que, segundo ele, é o único ator vivo capaz de captar seu magnetismo sexual. Quando expliquei a ele que Javier é velho e espanhol demais para fazer o papel de um advogado judeu de 30 e poucos anos que nasceu na Flórida, ele disse que preciso "expandir minha visão de mundo".

Foi por comentários como esse que ele conquistou o crédito de produtor executivo, que negociou em troca dos direitos de personalidade.

Se o filme fizer o sucesso que esperamos, pode até superar o próximo Mack Fontaine e me render uma mensagem de texto efusiva do meu pai, dizendo "Parabéns, fofinha". (Voltamos a nos falar, embora eu não tenha ido a seu quinto casamento.)

Marian vira para Gloria, que está procurando seu nome na pilha de cartões.

– Eles não são fofos? – diz Marian, apontando para nós. – Eu sempre soube que eles iam acabar juntos.

– Ah, é? – pergunta Gloria, sem expressão. – Eu fico chocada que alguém tenha aceitado ficar com a Molly. Mesmo que seja Seth.

Abro um sorriso potente.

– Seth gosta do meu temperamento difícil.

Ele se aproxima e beija meu rosto.

– Gosto *muito*.

Marian nos entrega nossos cartões.

– Vocês estão na mesa 4. Coloquei vocês com Jon, Kevin, duas garotas da equipe de tênis e Steve Clinton.

– Aquele bilionário esquisito? – pergunto, com entusiasmo genuíno.

– Alguns talvez dissessem que ele é normal e você que é esquisita – diz Gloria.

– Você está deslumbrante, Marian – diz Seth, apontando para a barriga de grávida dela. – Quantos meses?

– Só vinte semanas, mas ninguém diz. Trigêmeos!

Ela faz uma cara de "acredita?", e eu acredito, claro, porque ela e Javier contaram em detalhes a jornada da fertilidade deles no programa de TV *Good Morning America*, em que são convidados frequentes agora que ele se aposentou do beisebol e ela transformou a felicidade doméstica do casal em uma marca de estilo de vida multimilionária.

– Como estão os gêmeos? – pergunta Marian.

– O inferno na terra – responde Gloria. – Mas nós os amamos mesmo assim.

Elas entram em uma conversa sobre criação de gêmeos. Até agora, somos pais de um gato, apenas, então Seth pega nossos cartões de mesa e me tira dali.

– Se me lembro bem – diz ele –, você previu que Gloria e Emily teriam terminado. E olhe para elas. Mães, com dois monstrinhos gêmeos.

– Se eu me lembro bem, você disse que Marian estaria casada com Marcus – rebato. – E aqui está ela, esperando uma verdadeira ninhada do jogador de beisebol mais famoso do mundo.

– De qualquer forma, Marcus me parece feliz – diz Seth.

Nós dois olhamos para onde ele e a namorada, uma jogadora profissional de golfe, estão conversando com Chaz, o comediante de stand-up.

– Hum, Rubenstein – digo. – Estamos empatados. Um a um.

– Não. Lembra que você achou que Dezzie e Rob ficariam casados para sempre?

– Descanse em paz, Rob – resmungo.

Ele não está morto, mas para mim está. Não que Dezzie ainda se importe. Ela está virando um Preptini Palm Bay com Felix, o chef de cozinha com quem abriu um dos restaurantes mais concorridos de Chicago e com quem vai se casar em abril. Alyssa e Ryland vão até eles, de mãos dadas. Nenhum casal na festa parece mais natural que Alyssa e Ryland.

Seth e eu acertamos no que dizia respeito a eles. Isso me faz feliz.

– Pelo menos não achei que Jon fosse ficar com aquele Alastair, como você – digo.

– Alastair tinha um sotaque britânico – diz Seth. – Eu *amo* sotaques britânicos.

361

– Acho que essa você deixou passar. Sinto muito que tenha que se contentar comigo.

– Bom, não sinta – diz Seth. – Porque você está aqui em nosso reencontro de vinte anos, comigo.

– Ah, nem me venha com essa – digo. – Você previu que íamos *transar* na noite do reencontro de vinte anos. Você não sabe se vai ter essa sorte.

– Acho que vou – diz ele, em meu ouvido. – Você não vai resistir depois que começar a beber aqueles Preptinis.

– Tá bom, Rubes – digo. – Concedo uma vitória provisória, mas só porque quero aquele gos...

Ele ergue um dedo.

– Calminha aí. Lembra o que você tem que dizer? Já que eu ganhei?

Faço uma careta. Odeio perder.

– Almas gêmeas existem – declamo, como um fantoche mal-humorado.

– Boa garota – diz ele. – Mas eu preferia que não fosse nesse tom.

Solto um suspiro.

– *Almas gêmeas existem* – digo, com uma vozinha sexy e fina. – Melhor?

É sua vez de fazer uma careta.

– Eu me esforcei demais por essa vitória. Durante *anos*. Não transforme o meu momento em algo bizarro.

Seguro seu rosto e beijo seus lábios, deixando uma mancha vermelha no arco superior.

– Tá bem – digo baixinho. – Você tinha razão, Seth. Almas gêmeas existem.

– Obrigado, Molly – responde ele. – Sei que a derrota é difícil pra você.

– Na verdade, deu tudo certo – digo. – Porque, vendo pelo lado bom, pelo jeito almas gêmeas existem mesmo. E, de alguma forma, tive a sorte de você ser a minha.

AGRADECIMENTOS

Alguns meses depois que terminei este livro, perdemos minha amada Vó Pat. Ela era a pessoa que lia aqueles livros de bolso clichês, com um homem fortão na capa e que fez com que eu me interessasse por esses romances desde muito nova. Ela fazia questão de estocar cópias autografadas de todos os meus livros no condomínio para aposentados em que vivia, onde suas amigas mais queridas e mais saidinhas podiam passá-los de mão em mão e se surpreender com as cenas de sexo. Ela nunca chegou a ler *Só mais uma comédia romântica*, mas muitas coisas neste livro foram inspiradas pelo lugar onde ela morava e que ajudou a criar gerações da nossa família, então acho que ela teria adorado.

Esse lugar, como você já deve ter imaginado, é a Flórida. Eu gostaria de agradecer ao meu estado natal peculiar por me transformar em uma pessoa que sabe muito mais do que gostaria sobre furacões, cultura circense, golpistas, doenças causadas por mosquitos, insolação, maré vermelha, pragas de sucuris e jacarés em piscinas. Meu querido estado ensolarado, sua política tem me entristecido muito ultimamente, mas eu não seria quem sou se não tivesse crescido nas águas quentes de seus mares, sob um pôr do sol deslumbrante, e Seth e Molly não existiriam sem você.

Seth e Molly também não existiriam seu meu marido, uma criatura estonteante que me cobre de uma adoração que não mereço, e que foi um dos primeiros leitores deste livro, duas vezes. Obrigada por possibilitar que eu passe o dia todo no sofá escrevendo romances, e por achar isso impressionante, e não absolutamente preguiçoso. Continuo loucamente apaixonada por você, mesmo depois de 45 anos. Sem ressalvas.

Agradeço também a minha agente, a espertíssima e incansável Sarah Younger; sem ela eu seria uma criança perdida e não uma autora semifuncional. Nada me deixa mais animada que seus lábios vermelhos no FaceTime, nada é capaz de melhorar meus livros como sua exigência de que eu inclua galanteios no texto, e nada me faz seguir em frente como ter você lutando por mim. Também sou muito grata pela idealizadora da NYLA, Nancy Yost, por seu incentivo e seus conselhos sábios, e pela craque dos direitos de publicação em países estrangeiros Cheryl Pientka, que, com muita dedicação e habilidade, fez este livro chegar às mãos de leitores do mundo inteiro.

O livro que está em suas mãos não seria o que é sem a editora dos meus sonhos mais loucos, Caroline Bleeke, que, com sua precisão cirúrgica, deixou-o cem vezes mais perspicaz, inteligente e sensível. Sou muito grata pela sua visão, sua persistência e seus e-mails deliciosos.

Também sou grata a Sydney Jeon por me guiar durante a produção do livro, e a Shelly Perron pela revisão rigorosa e pelos comentários encorajadores. Sou grata a toda a equipe da Flatiron pelo lar incrível que deram a este livro – obrigada, Bob Miller, Megan Lynch, Malati Chavali, Claire McLaughlin, Maris Tasaka, Erin Kibby, Emily Walters, Jeremy Pink, Jason Reigal, Jen Edwards, Keith Hayes, Kelly Gatesman, Katy Robitzski, Emily Dyer e Drew Kilman. E agradeço muito a Vi-An Nguyen pela capa maravilhosa.

Uma das principais atividades do meu dia a dia como autora é ameaçar parar de escrever, e sem o apoio das minhas irmãs de profissão talvez eu já tivesse cumprido essa ameaça. Erin, Kari, Alexis, Emily, Kelli, Melonie, Nicole, Susan, Susannah e Suzanne – vocês não são apenas as amigas com quem eu mais troco mensagens, vocês são parte da minha família. Obrigada por preencherem o vazio existencial, taça a taça. E obrigada, minha esposa platônica Lauren, por me ajudar a entender como se escreve uma comédia romântica para começo de conversa. Nosso Bebê me preparou para escrever este livro, e nossas noites regadas a vinho me mantêm sã. E obrigada mesmo, minha amada Claudia: guru do mundo editorial do Reino Unido, melhor cozinheira, melhores conversas por WhatsApp, melhor amiga transatlântica.

Também sou grata pela minha família, que meu querido pai – que de maneira nenhuma foi inspiração para Roger Marks – vai ficar bastante irritado ao me ver chamar de os Doyles Boca-Suja neste texto. Vocês são muito engraçados, carinhosos e me dão muito apoio. Vocês falam um idioma próprio e são o motivo pelo qual eu adoro escrever sobre famílias. Sinto muito que todos os seus gatos deixem a desejar perto dos meus, e amo vocês até os confins da terra, exceto quando acabam com a minha raça nos jogos de tabuleiro.

Nenhuma seção de agradecimentos dolorosamente longa estaria completa sem uma palavra de devoção a todos os autores brilhantes de romance que seguem subindo o sarrafo do que o gênero oferece ao mundo. Molly Marks pode duvidar das histórias de amor o quanto quiser, mas vocês me fazem acreditar nelas e me inspiram a escrevê-las cada vez melhor. Obrigada por me inspirarem, por me deixarem mais ambiciosa e por espalharem a palavra de um mundo de ficção que abraça, alimenta e encanta seus leitores como nenhum outro.

E, finalmente, obrigada a todos que leram este livro, e todos os meus outros livros, e livros em geral. A escrita é uma vocação estranha e solitária, e seu entusiasmo, suas palavras gentis, suas postagens engraçadíssimas nas redes sociais, seus comentários estonteantes e suas resenhas cuidadosas fazem tudo valer a pena. Nenhum de nós, autores, estaria aqui sem vocês, e duvido que algum de nós queira isso.

CONHEÇA OUTROS TÍTULOS DA EDITORA ARQUEIRO

Apenas amigos?
Abby Jimenez

Kristen é uma mulher prática. Não faz drama nem joguinhos e não tem paciência para caras que não entendem seu humor afiado. É muito sincera, mas guarda um grande segredo: aos 24 anos, terá que passar por um procedimento médico que a impedirá de engravidar para sempre.

Por isso, planejar o casamento da melhor amiga é uma experiência agridoce – especialmente quando ela conhece o padrinho, Josh, um bombeiro sexy do tipo que estamparia calendários. Josh é fofo, engraçado, não se ofende com o sarcasmo dela... e ainda tem malditas covinhas. Até Dublê Mike, o cachorrinho invocado de Kristen, o adora.

O único problema é que Josh cresceu numa família enorme, com seis irmãs, e também quer ter muitos filhos um dia. Kristen sabe que Josh estaria melhor com outra pessoa. Ela não quer se envolver romanticamente, então propõe uma amizade colorida. Mas até quando seu coração manterá esse acordo?

Livro de estreia de Abby Jimenez, *Apenas amigos?* nos faz rir e chorar enquanto retrata a infertilidade e a perda de um jeito irreverente, sensível e apaixonante.

Parte do seu mundo
Abby Jimenez

Depois de fazer uma aposta e conhecer uma cabrita de pijama, o mundo aparentemente perfeito de Alexis Montgomery virou de cabeça para baixo. A causa: Daniel Grant, um carpinteiro sexy dez anos mais jovem que ela – o completo oposto da sofisticada mulher da cidade grande. Ainda assim, a química entre eles é inegável.

Parte de uma família rica de renomados cirurgiões, Alexis não está interessada em glória e fama. Ela está feliz com sua profissão de médica socorrista e não deseja perpetuar o legado dos pais. E, a cada minuto que passa com Daniel em sua cidadezinha, ela descobre o que realmente importa.

Porém, deixar que o relacionamento deles se torne algo mais do que apenas uma aventura significaria dar as costas para sua família e abandonar a oportunidade de ajudar milhares de pessoas.

Permitir que Daniel faça parte de seu mundo é impossível, mas ela também não quer desistir da felicidade que encontrou nos braços dele. Com tantas diferenças entre eles, como Alexis pode escolher entre seus dois universos?

Para saber mais sobre os títulos e autores da Editora Arqueiro,
visite o nosso site e siga as nossas redes sociais.
Além de informações sobre os próximos lançamentos,
você terá acesso a conteúdos exclusivos
e poderá participar de promoções e sorteios.

editoraarqueiro.com.br